Pascal Engman & Johannes Selåker

Wintersonnenwende

PASCAL ENGMAN &
JOHANNES SELÅKER

WINTER SONNEN WENDE

Kriminalroman

Aus dem Schwedischen
von Ulla Ackermann

Ullstein

Besuchen Sie uns im Internet:
www.ullstein.de

Deutsche Erstausgabe im Ullstein Paperback
1. Auflage Oktober 2024

Published by agreement with Nordin Agency
Die schwedische Originalausgabe erschien 2023 unter dem Titel
Skammens väg bei Bokförlaget Forum, Stockholm.
Satz: LVD GmbH, Berlin
Gesetzt aus der Albertina MT Pro
Druck und Bindearbeiten: GGP Media GmbH, Pößneck
ISBN 978-3-86493-240-3

PROLOG

MS Estonia, 28. September 1994, kurz nach Mitternacht

In der Bar Admiral auf Deck fünf rutschten die Gläser über den Tisch. Die Fähre krängte schwer. Der dreiundvierzigjährige Dan Blomander hatte das Unwetter vorhin vom Fenster aus betrachtet. Das brodelnde Meer hatte ausgesehen, als würde es kochen, und in den ausgestorbenen Korridoren, die er auf dem Weg hoch in die Bar passiert hatte, klebte Erbrochenes auf den Teppichen. Die meisten Passagiere litten wegen des starken Wellengangs an Seekrankheit, und Dan nahm an, dass die Leute in ihren Kabinen lagen.

Ihm aber war nicht schlecht, er war bloß betrunken.

Bei ihm am Tisch saß ein Mann. Der Fremde hatte ihm zwei Wodka spendiert. Irritiert wedelte Dan die Nikotinschwaden beiseite und musterte ihn.

Er war um die fünfzig, von feingliedriger Statur, sein Haaransatz hatte sich bereits deutlich nach hinten verschoben, und er sprach fehlerfreies Schwedisch mit leichtem, osteuropäischem Akzent. Dan zählte nicht mehr, die wievielte Zigarette der Mann rauchte. Er selbst hatte das Rauchen nach der Diagnose aufgegeben.

Was seinen Mittrinker nach Schweden führte, wusste Dan nicht. Er für seinen Teil hatte auf andere Gedanken kommen wollen, nachdem er seine Ein-Mann-Kfz-Werkstatt dichtgemacht hatte. Das anhaltende Konjunkturtief sorgte seit Wochen für gähnende Leere in seinen Auftragsbüchern, und er war das untätige Herumsitzen auf Öland leid gewesen. Fiel eine Autoreparatur an, gingen die Leute zu einer dieser neuen Franchise-Werkstattketten. Kleine selbstständige Handwerker wie er wurden vom Markt verdrängt. Er konnte den Kunden keinen Vorwurf machen. Die Ketten warben mit günstigen Preisen, und die Leute hatten kein Geld. Die Arbeitslosigkeit lag bei acht Prozent.

Diese Reise war aus einer Laune heraus geboren, aber Extravaganzen hatte er sich keine gegönnt. 1987 war er einmal nach Fuerteventura geflogen. Diesmal hatte er sich für Tallinn entschieden, da war alles billiger als zu Hause. Der Alkohol, das Hotel und vor allem die Frauen. Er hatte dem Fremden von ihnen erzählt, was er mit ihren Körpern angestellt hatte, damit geprahlt, wie wenig er dafür bezahlt hatte. Doch der andere hatte kaum etwas erwidert. Irgendwann hatte Dan geschwiegen und sich aufs Trinken beschränkt.

Eine Explosion erklang. Der Knall schien aus dem Schiffskörper gekommen zu sein, aus dem Maschinenraum der Estonia.

»Was war das?«, fragte Dan erschrocken.

Sein Gegenüber antwortete nicht. Stattdessen griff er nach der Flasche und machte ihre Gläser voll.

TEIL I

Samstag, 31. Dezember 1994

1

Den Blick auf das gold lackierte Kopfende des Bettes gerichtet, empfing Ellen Alm die Stöße des Mannes hinter ihr. Sie kamen in einem steten, schneller werdenden Rhythmus. Bald wäre er fertig. Sein Griff um ihren Hals wurde fester. Sie gab vor, kurz vorm Ersticken zu sein, rang nach Luft, ruckte panisch mit dem Nacken, ging auf allen vieren ins Hohlkreuz und tat so, als wollte sie sich losreißen. So kam er schneller zum Ende. Typen wie ihn geilte es auf, sie leiden zu sehen.

»Hör auf, bitte«, röchelte sie. »Du tust mir weh.«

In Wahrheit spürte sie nicht das Geringste. Doch ihr Flehen hatte den gewünschten Effekt. Mit einem langen Stöhnen erfolgte der letzte Stoß. Er schubste sie von sich weg und betrachtete sie angewidert, während sein Altmänner-Schwanz zum Erdmittelpunkt hin erschlaffte. Keuchend fuhr er sich durch das verschwitzte schlohweiße Haar. Dann lächelte er überheblich.

Ellen ertrug weder seinen Blick noch seinen dürren, faltigen Körper. Sie stand auf und ging über den Teppichboden raus in den Flur und ins Bad. Die Zugluft vom Wohnzimmerfenster verursachte ihr Gänsehaut. Das Fenster blieb immer offen, um zu lüften.

Im Spiegel begutachtete sie die Spuren der Misshandlung.

Ihre Lippen waren geschwollen, an ihrem Hals leuchteten rote Druckstellen. Aber sie war so sehr daran gewöhnt, dass sie keine Schmerzen fühlte.

Ihr Körper war zierlich, mädchenhaft. Dafür bezahlten Freier wie der da draußen. Bertil, so hieß er, war ein sadistisches Schwein. Aber es gab nicht viele gute Männer, die sich am Silvesterabend davonstehlen konnten.

Ellen wusch sich nur im Waschbecken. Sie wollte keine Zeit verlieren. Die Mädchen teilten sich die Zimmer, der Belegungsplan war eng getaktet. Und solange man ein Zimmer nutzte, musste man so viele Freier wie möglich abfertigen, sonst wurde man von den Betreibern des Bordells ohne Schutz eines Zuhälters nach draußen auf die Straße geschickt. Außerdem war es kurz vor Mitternacht, und in den frühen Morgenstunden ging der Betrieb erst richtig los. Dann zogen haufenweise Jungscliquen durch die Malmskillnadsgatan, die sich die angebrochene Silvesternacht mit ein paar Frauen versüßen wollten. Die ließ man sich nicht entgehen, unsichere und zaghafte Muttersöhnchen waren leicht abzuzocken.

Im Schlafzimmer hörte sie Bertil ächzen. Er war schon über siebzig und musste sich hinterher immer erholen. Eines Tages würde er so sterben, dachte Ellen bei sich. Sein Herz würde versagen, während er irgendein bemitleidenswertes osteuropäisches Mädchen mit dem Gürtel schlug. Aber bis dahin würde sie ihm das Geld aus der Tasche ziehen. Bertil war einer der wenigen Freier, bei denen sie nicht auf sofortiger Bezahlung bestand, er machte nie Probleme.

Sie tröpfelte sich *Clear Eyes* in die Augen, damit sich die Blutgefäße verengten, und überschminkte die Spuren von Bertils Misshandlungen. Dieser Moment war der schlimmste. Ihre Rolle war abgelegt, aber der Ekel blieb. Für Bertil war sie Lucy. Ihren richtigen Namen kannte er nicht. Und bei der Arbeit fühlte sie sich wie Lucy. Doch jetzt, hinterher, war sie wieder Ellen Alm. Dann gab es keinen Schutzwall gegen die Gefühle, die in ihr aufstiegen; abgesehen von den Drogen, die allem den Stachel nahmen. Aber mit den Drogen hatte sie im Herbst aufgehört, nachdem Pål sie verlassen hatte und ihre Mutter gestorben war.

Ellen zog resolut ihren Lippenstift nach, als die Erinnerung ans Hospiz sie überwältigte. Sie war nur einmal dort gewesen, zwei Tage, bevor ihre Mutter gestorben war. Ihre Mutter hatte voriges Jahr mit ihr gebrochen, als Ellen erst Gras geraucht und dann stärkere Sachen ausprobiert hatte. Ihre Mutter hatte sie mit den Worten, sie wolle nichts mit dreckigen Junkies zu schaffen haben, vor die Tür gesetzt. Und auf der Straße war sie dann komplett abgestürzt.

Im Hospiz war es, als hätte das Zerwürfnis nie stattgefunden. Ellen sah ihre Mutter vor sich, hörte ihre schwache Stimme, mit der sie ihre Lebenslüge offenbart und sie um einen letzten Gefallen gebeten hatte; untermalt von den Schreien aus dem Nebenzimmer, ein verzweifeltes Flehen, nicht zu sterben. Der unverwechselbare Geruch von fortgeputztem Tod.

Bei der Gelegenheit hatte sie ihre Mutter nach ihrem Vater gefragt. Wer er war und warum sie nie über ihn gesprochen hatte. Aber Mama hatte nur geseufzt und eine kalte Hand auf ihre gelegt.

»Ein andermal, Schätzchen«, hatte sie gesagt.

Zwei Tage später war sie gestorben.

In der Wohnung fiel eine Tür ins Schloss und kurz darauf eine zweite. Ellen kehrte zurück in die Wirklichkeit. Prellte der alte Sack sie etwa um ihre Kohle? Sie griff nach ihrem Eyeliner und schnellte herum, um Bertil nachzulaufen. Wenn er irgendwelche Spielchen versuchte, würde sie ihm den Stift in den Hals rammen. Als sie eben die Badezimmertür öffnen wollte, hörte sie einen Aufschrei und erstarrte. Ein Schuss fiel, ein zweiter.

Ellen riss die Tür auf und rannte ohne einen Blick ins Schlafzimmer den Flur entlang ins Wohnzimmer. Sie musste hier weg, fliehen. Hinter ihr erklangen Schritte, die rasch näher kamen. Sie erreichte das geöffnete Fenster und kletterte hinaus.

Ihre nackten Füße trafen auf das Vorderdach. Ein paar Meter entfernt führte eine Feuerleiter in den Innenhof hinunter. Die Kälte machte ihren Körper plump und schwerfällig. Sie hatte Angst, auszurutschen und hinzufallen.

Ein neuer Knall erklang, ein zweiter. Im ersten Moment glaubte Ellen, dass es Schüsse waren. Doch dann stiegen Silvesterraketen in den Himmel. Wie üblich hatte jemand nicht bis Mitternacht warten können. Sie kletterte die Feuerleiter hinunter und rannte nackt durch den Innenhof, während über ihr ein Farbenmeer explodierte. Sie hatte alles in der Wohnung zurückgelassen. Kleidung, Geld, das Adressbuch mit den Namen ihrer Stammkunden und allen Telefonnummern. Als sie die Tür zu einer Seitenstraße der Malmskillnadsgatan erreichte, hallte eine Stimme durch den Hof. Sie blieb stehen und blickte zu dem Fenster hoch, durch das sie geflohen war. Die Silhouette eines Mannes zeichnete sich darin ab. Doch das war es nicht, was sie vor Angst erstarren ließ.

Er hatte sie bei ihrem richtigen Namen gerufen.

Dem Namen, den niemand in dieser Welt kennen sollte.

2

Noch eine Viertelstunde, bis 1994 zu 1995 wurde. Der Küchentisch in der Dreizimmerwohnung in der Hornsgatan war gedeckt, aber das Essen – Rinderfilet mit Sauce béarnaise und Bratkartoffeln – war kalt. Die Servietten, die er zu Turmspitzen gefaltet hatte, steckten in den Gläsern. Goldfarbenes Konfetti lag zwischen den Gedecken, von der Deckenlampe ringelten sich Luftschlangen auf die Teller herab. Tomas Wolf fuhr zusammen, als im Park Tantolunden ein Böller explodierte. Er stellte sich ans Fenster. Die Kinder hatten das neue Jahr eigentlich bei ihm begrüßen sollen. Aber als sie gerade mit dem Essen beginnen wollten, hatte Ebba angefangen zu weinen und nach Hause gewollt, zu Klara.

Der siebenjährige Alexander hatte sich bemüht, seine kleine Schwester zu trösten. Er hatte ihr übers Haar gestrichen, versucht, sie zum Bleiben zu überreden, und dabei unentwegt besorgt zu seinem Vater gesehen, der seine Kinder hilflos betrachtete. Zum ersten Mal erhaschte Tomas einen Blick auf den jämmerlichen, bemitleidenswerten Mann, der er in den Augen seines Sohnes war.

Er griff nach seinen Zigaretten, nahm eine Dose Bier aus dem Kühlschrank, ging ins Wohnzimmer und schaltete die Deckenlampe aus, um den fast vollständig kahlen Raum nicht sehen zu müssen. Er ließ am Fenster zum Tantolunden die Jalousien herunter, sank in den Sessel, zündete sich eine Zigarette an, inhalierte einen tiefen Zug und lauschte dem leisen Knistern des Tabaks. Die aufglimmende Glut war die einzige Lichtquelle in der kompakten Dunkelheit.

1994 war ein Jahr wie kein anderes gewesen. Er dachte an den Glutsommer, in dem Schweden bei der Fußball-WM Bronze geholt hatte, während er einen zweifachen Frauenmörder gejagt hatte. Das alles lag erst fünf Monate zurück, trotzdem erschien es ihm wie ein anderes Leben.

Ende September war die Estonia gesunken und hatte über achthundert Menschen mit in den Tod gerissen. Ungefähr zur selben Zeit – Zeit war inzwischen konturlos, ein verworrenes, in sich selbst verstricktes Gebilde – war Klara mit den Kindern in ein Reihenhaus in Enskede gezogen.

Das Aus seiner Familie war bereits im Frühjahr besiegelt gewesen, nach seiner Rückkehr vom Militäreinsatz in Bosnien. Seine Wutausbrüche, Gedächtnislücken und Albträume, die darauf gefolgt waren. Angstattacken, bei denen er keine Luft bekommen hatte und fest davon überzeugt gewesen war, sterben zu müssen. Ihm war klar, dass irgendetwas mit ihm nicht stimmte, dass irgendwo unter seiner Haut eine blutende Wut saß. Er spürte den Schmerz, ohne dessen Ursprung lokalisieren zu können; und nur die Tabletten, die er regelmäßig bei einem Dealer mit Goldring im Ohr in der Zinken Bar kaufte, brachten Linderung.

Um seine Arbeit als Kriminalkommissar bei der Stockholmer Mordkommission bewältigen zu können, hatte er inzwischen ständig ein Notizbuch bei sich, in dem er sich die banalsten Dinge notierte: wo er abends das Auto abstellte, in welcher Bankfiliale er Kunde war oder den Namen der Straße, in der Klara jetzt wohnte. Anfangs hatten sie ausgemacht, dass die Kinder jede zweite Woche bei ihm sein sollten. Doch es klappte nicht. Er vergaß, sie aus der Kita abzuholen, fuhr zur Arbeit, ohne sie zu wecken, oder er verschlief. Er war der Vater geworden, der er nie hatte sein wollen. Alexander und Ebba hatten Angst, schlichen auf Zehenspitzen um ihn herum. Heute Abend war ihm klar geworden, dass sie Mitleid mit ihm hatten. Sein eigener Sohn empfand Mitleid mit ihm.

»Es tut mir leid, Alexander«, flüsterte er in die Dunkelheit. »Es tut mir leid, Ebba. Aber ich schaffe es nicht.«

Vor dem Fenster erklangen die Explosionen der Feuerwerksraketen jetzt in dichter Folge.

Tomas trank einen Schluck Bier, griff nach seiner Dienstpistole, die auf der Lehne des Sessels lag, entsicherte sie und nahm einen letzten tiefen Zug von der Zigarette.

Dann stand er auf, tastete sich durch das dunkle Wohnzimmer und öffnete ein Fenster, um die Kälte hereinzulassen. Er wollte nicht, dass es stank oder sein Körper beim Auffinden aufgequollen wäre.

Tomas kehrte zum Sessel zurück, sog die frische Luft tief in die Lungen ein und setzte sich wieder hin.

Das kalte Metall stieß gegen seine Vorderzähne, als er den Lauf in den Mund schob.

Er bewegte die Mündung im Mund hin und her, um den richtigen Winkel zu finden, biss die Kiefer aufeinander und atmete tief durch, die Spitze seines Zeigefingers berührte den Abzug.

Das Feuerwerk auf den verschneiten Straßen schwoll zu einem Crescendo an.

Der Jahreswechsel stand kurz bevor.

Das war das Ende. Um Punkt Mitternacht würde Tomas Wolf, einunddreißig Jahre alt, nicht mehr existieren. Seine Kinder würden ihn vermissen, aber er musste den Tag nicht miterleben, an dem Alexanders und Ebbas Mitleid in Verachtung umschlagen würde. Er hatte den Krieg in Bosnien überlebt, doch schlussendlich hatte er ihn trotzdem das Leben gekostet.

Im Flur läutete das Telefon. Tomas versuchte, das Klingeln zu ignorieren, sich darauf zu konzentrieren, sein Leben zu beenden, wiegte den Oberkörper vor und zurück. Ein winselnder, tierischer Laut stieg seine Kehle empor, als er einen Kampf mit seinem Zeigefinger ausfocht.

3

Die Außentemperaturanzeige des Saab zeigte minus dreizehn Grad. Auf dem Hötorget waren Hunderte Menschen zusammengekommen, um das Ereignis zu feiern, das nur noch wenige Sekunden entfernt war: den Jahreswechsel. Ein weiteres Jahr würde der Vergangenheit angehören.

Vera Berg schob sich eine Zigarette zwischen die Lippen und drückte auf den Zigarettenanzünder. Ihre Kollegin Carina Hult warf ihr vom Fahrersitz einen irritierten Seitenblick zu.

»Es ist Silvester«, lächelte Vera. »Eine Zigarette darf ich doch wohl im Auto rauchen?«

Carina klappte demonstrativ langsam den Aschenbecher auf. Der Anzünder sprang heraus, und Vera hielt das aufgeheizte Ende an ihre Zigarette. Sie waren auf der Jagd nach einer Story, Zeitungsjournalistin und Fotografin, fuhren durch die Stadt auf der Suche nach dem großen Ereignis der Silvesternacht. Einer Meldung, um die morgige Zeitung zu füllen. Gerade parkten sie in der Hoffnung auf eine Schlägerei und dramatische Bilder in der Kungsgatan.

»Zehn, neun, acht ...«

Auf dem Hötorget setzte der Countdown ein, und kurz darauf explodierte der Himmel. Es zischte und knallte in der ganzen Stadt. 1994 war Vergangenheit. Mattias Flinks Amoklauf in Falun, die Estonia-Katastrophe und die Stureplan-Morde, Stig Hoffstens Frauenmorde, Schwedens WM-Bronzemedaille und ein glühend heißer Sommer, der ewig weit weg schien; all das würde bald nur noch verschwommene Erinnerung sein.

Vera drehte den Polizeifunk lauter. Bisher war ihnen noch kein Auflagenbringer untergekommen. 1995 nahm seinen Lauf, und ein prall gefülltes Nachrichtenjahr war mit einem ereignislosen Abend zu Ende gegangen. Es kam ihr armselig und gleichzeitig wie ein schlechtes Omen vor. Als Journalistin war sie auf Mord und andere reißerische Meldungen angewiesen, die ihr den Stoff für ihre Artikel lieferten.

»Wie viel verdienst du eigentlich?«, erkundigte sich Carina.

»Fünfundfünfzig im Jahr«, antwortete Vera.

Sie schämte sich, wie immer, wenn die Sprache auf ihr Gehalt kam.

»Warum schlägst du dir dann mit mir die Silvesternacht um die Ohren? Ich glaube nicht, dass Muryn dich von der *Kvällsposten* abgeworben hat, damit du als Nachtreporterin losziehst.«

Das stimmte. Vera gehörte zu einer Gruppe Kriminalreporter, die direkt dem Redaktionsleiter des *Aftonbladet,* Rikard Muryn, unterstellt war. Er hatte sie im Herbst geheadhuntet, und bis ihre Kündigungsfrist bei der *Kvällsposten* verstrichen war, hatte sie unter beruflicher Quarantäne gestanden. Als sie ihre Stelle beim *Aftonbladet* in der zweiten Dezemberwoche endlich antreten konnte, hatte sie sowohl den Untergang der Estonia als auch die Stureplan-Morde verpasst. Der Starstatus, den ihr ihre Rolle bei der Jagd nach Stig Hoffsten verliehen hatte, war wie weggeblasen. Man erwartete von ihr, für die Zeitung neue Sensationsmeldungen an Land zu ziehen. Doch drei Wochen später glänzte der große Scoop noch immer durch Abwesenheit. Darum hatte sie sich freiwillig für eine Zusatzschicht in der Silvesternacht gemeldet. Sie hatte so oder so keine anderen Pläne.

»Ich will mir beim nächsten Feierabendbier nicht wieder anhören müssen, dass ich bloß als Quotenfrau angeworben wurde«, erwiderte Vera. »Ich brauche eine Topstory, sonst kann ich nach meiner Probezeit die Koffer packen.«

Carina deutete auf den Zeitungs- und Tabakwarenladen auf der anderen Straßenseite.

»Soweit ich weiß, hängt diese Schlagzeile an Zehntausenden Kiosken im ganzen Land«, sagte sie.

Von dem Kiosk verkündete die Titelseite des *Aftonbladet,* dass die heutige Ausgabe ein Exklusivinterview der Starjournalistin Vera Berg mit dem Spion Stig Bergling enthielt. Sogar ein gemeinsames Foto von ihnen war abgedruckt.

»Du weißt genauso gut wie ich, dass ich das Interview nur machen durfte, um als Wichsvorlage herzuhalten. Bergling redet nur mit jungen Frauen.«

Vera schnippte die Asche von der Zigarette und schaute in den Himmel. Die Knallerei hielt noch immer an. Sie dachte an Sigge, den kleinen Jungen, um den sie sich gekümmert hatte, nachdem sich dessen Ganovenvater, ihr Ex-Freund Jonny, aus dem Staub gemacht hatte. Sie hatte Sigge nicht mehr gesehen, seit Jonny im September bei ihr zu Hause aufgekreuzt war, den Jungen unter Androhung von Gewalt mitgenommen und ihre Adoptionspläne zunichtegemacht hatte. Sah Sigge jetzt auch in den Himmel und guckte sich das Feuerwerk an? Oder schlief er schon?

»Hast du das mit dem Internet gehört?«, fragte Carina.

»Nein, was?«

»Wir kriegen eine Webdomain. Sie geht heute Nacht an den Start. www.aftonbladet.se. Alles wird digitalisiert. Und die Nutzung ist kostenlos.«

»Cool«, sagte Vera.

Sie hatte von dem Online-Projekt gehört, das aber in erster Linie für die Rohrkrepierer der Zeitung gedacht war.

»Cool?«, erwiderte Carina. »Du weißt, was ›kostenlos‹ bedeutet, oder? Die Leute müssen sich keine Printausgabe mehr kaufen, was heißt, dass meine Bildhonorare noch weiter sinken.«

»Möglich. Aber es hat doch kaum jemand Internet.«

Im Polizeifunk kam eine Meldung:

»Siebzig an alle verfügbaren Streifen in der Innenstadt. Schusswechsel in der Malmskillnadsgatan 46. Der Anrufer sagt, eine Person sei tot.«

»Liegt da nicht dieser Pokerclub?«, fragte Carina und fuhr mit schlingernden Reifen los.

»Ja, irgendein illegaler Nachtclub«, bestätigte Vera.

Drei Minuten später stiegen sie in der Malmskillnadsgatan aus dem Auto. Zwei uniformierte Polizeibeamte errichteten schon eine Absperrung. Sie waren zu spät gekommen, um den Tatort noch aus nächster Nähe in Augenschein nehmen zu können.

»Da drüben ist es.« Vera deutete auf den Treppenaufgang mit der Nummer 46. »Wir können nicht mehr hin.«

»Sie haben das volle Besteck mobilisiert. Wie damals nach den Schüssen am Stureplan.«

Vera bahnte sich einen Weg durch die Schaulustigen. Auf Höhe des Pokerclubs stand eine Gruppe Männer in schlecht sitzenden Anzügen und rauchte, vor dem Eingang mit der Nummer 46 froren ein paar junge, viel zu dünn gekleidete Frauen. Eine von ihnen weinte. Vera nahm an, dass es Prostituierte waren.

Sie zückte Block und Stift. Jetzt galt es, schnellstmöglich Zeugen aufzutreiben und irgendein exklusives Detail in Erfahrung zu bringen, das ihren Artikel auf die Titelseite katapultierte.

»Kennst du diesen Polizisten nicht?«, fragte Carina, als Vera eben zu der weinenden jungen Frau hinübergehen wollte, und deutete in die entgegengesetzte Richtung. »Vielleicht kann er uns hinter die Absperrung schleusen?«

Vera drehte sich um und entdeckte Tomas Wolf, der gerade aus seinem Auto stieg. Ohne ein Wort ging er an ihr vorbei, duckte sich unter dem Absperrband hindurch und verschwand im Haus. Sie war sich sicher, dass er sie gesehen hatte.

Vor einem halben Jahr hatte er ihr das Leben gerettet. Jetzt behandelte er sie wie Luft.

»Nicht mehr«, sagte sie.

4

Tomas ging auf den Eingang mit der Nummer 46 zu. Die Tür stand offen, Stimmen und eilige Schritte hallten durchs Haus. Vor dem im selben Gebäudekomplex liegenden illegalen Pokerclub »Der Ochse« hatten sich ein paar Dutzend Schaulustige versammelt. Tomas betrachtete die verfrorenen, stark geschminkten Prostituierten, die dort standen, weil die Polizeiabsperrung ihre Erwerbsmeile beeinträchtigte, und die Pokerspieler, die ihren Club hatten räumen müssen, weil sich eine der Wohnungen im Haus in einen Tatort verwandelt hatte. Einige von ihnen hielten ihre Getränke in der Hand. Uniformierte Polizisten nahmen erste Zeugenaussagen auf.

In einem traumartig umnebelten Zustand stieg Tomas die Treppe hoch. Im vierten Stock stand eine Wohnungstür offen. Er streifte Schuhüberzieher und Handschuhe über und ging hinein.

Teures Fischgrätparkett. Stuck und ein Kristallkronleuchter an der Decke. Lila gestrichene Wände. Er lief den Flur entlang, von dem mehrere Zimmer abgingen. Ein Gefühl der Unwirklichkeit überkam ihn.

Hätte er vor einer Stunde den Abzug seiner Dienstwaffe durchgedrückt, hätte dies seine Wohnung sein können. Er sollte tot sein, befand sich aber unter den Lebenden.

Er hörte die Stimmen der Kriminaltechniker, die miteinander sprachen, das Klicken der Kameras im Schlafzimmer, wo das Opfer lag.

Noch brachte er es nicht fertig, die Leiche zu begutachten.

Tomas betrat ein leeres Schlafzimmer. Ein breites, bezogenes Bett mit gold lackiertem Kopfteil, ein Nachttisch auf einer Seite. Ein antiker Stuhl mit grünem Samtbezug. Er trat ans

Fenster und blickte auf die Malmskillnadsgatan hinaus. Es schneite. Durch einen Riss drang kalte Zugluft herein.

Die Wohnung hatte etwas Unpersönliches. Es gab Betten, Möbel, Lampen und Bilder, all die Dinge, mit denen Menschen ihr Zuhause einrichteten. Doch dies war kein Zuhause. Tomas konnte nicht genau sagen, was ihm dieses Gefühl gab.

»Da bist du ja«, erklang eine Stimme hinter ihm.

Er drehte sich um und entdeckte seinen Kollegen Zingo mit einem beigefarbenen Mantel über dem Arm. Zingo hieß mit richtigem Namen Lars Johansson, doch seit er in den Siebzigern in Västerås einen Einbrecher mit einer Flasche der Marke Zingo k. o. geschlagen hatte, nannten ihn alle Zingo. Er war zweiundfünfzig Jahre alt und trug wie immer eines seiner kurzärmeligen Hawaii-Hemden. Sein halblanges Haar war ungewaschen und von ersten grauen Strähnen durchsetzt.

»Haben sie dich auch gerufen?«, fragte Tomas.

»Wie es aussieht. Ich dachte, die Kinder sind heute bei dir?«

»Daraus wurde nichts.«

»Es trifft immer uns arme geschiedene Kerle, wenn die Leute sich an einem Feiertag gegenseitig den Garaus machen. Außerdem sind wir unterbesetzt. Wir haben einen Mord im Hammarby-Hafen, ein toter Junge in einem Streugutlagersilo. Jemand hat ihm die Hand abgehackt. Er soll früher am Tag im Höder Dart gewesen sein.«

Das Höder Dart war ein Treffpunkt für Skinheads und White-Supremacy-Anhänger im Stockholmer Jugendzentrum Fryshuset. Tomas war früher selbst oft dort gewesen, war zusammen mit seinem älteren Halbbruder Kristian mit dem Zug von Hallstahammar in die Hauptstadt gefahren.

»Was ist das hier für ein Ort?«, fragte er mit einer Geste auf das Bett.

Zingo ignorierte seine Frage und rief stattdessen nach einer

UV-Leuchte. Dann verschränkte er die Hände hinter dem Rücken und stellte sich neben Tomas ans Fenster. Die Traube der Schaulustigen draußen vor der Absperrung war angewachsen.

»Riechst du das?« Zingo schnupperte in die Luft.

Tomas antwortete nicht.

»Kein Ort auf der Welt riecht so stark nach Gewalt und Alkohol wie die Winternächte in dieser verfluchten Stadt. Im kommenden Jahr werden in Schweden statistisch gesehen fast hundertzehn Menschen ermordet. Sie werden sich gegenseitig erstechen, erschießen oder totschlagen. Wie du siehst, haben sie schon damit angefangen, und wir erleben es hautnah mit, *front row.*«

Ein Kriminaltechniker erschien mit der UV-Leuchte.

»Schalt bitte das Licht aus und mach die Tür hinter dir zu«, bat Zingo.

Der Kollege kam Zingos Aufforderung nach und ging wieder hinaus. Nur der gelbe Schein der Straßenlaternen fiel ins Zimmer. Zingo richtete die UV-Lampe auf Bett und Kopfteil. Bläulich weiße Flecken schimmerten auf wie Meeresleuchten. Zingo ließ das UV-Licht über Wände und Fußboden wandern.

»Eine Galaxie aus Spermaflecken«, sagte er.

»Ein Bordell?«

»Ja.«

Zingo tastete sich zum Lichtschalter vor, schaltete die Deckenlampe an, ging in den Flur hinaus und bedeutete Tomas mitzukommen. Sie stellten sich in die Tür des angrenzenden Schlafzimmers.

Auf dem Teppichboden lag ein nackter weißhaariger Mann mit einer Kopfschusswunde.

»Bertil Runström. Jahrgang 1922«, sagte Zingo.

Zweiundsiebzig Jahre alt, rechnete Tomas im Kopf. Im Wohnzimmer fotografierte ein Kriminaltechniker den Fußboden. Tomas trat neben ihn und betrachtete die feuchten Fußabdrücke, die der Kollege ablichtete.

»Der Schütze hat ungefähr hier gestanden«, sagte Zingo aus dem Flur, »und Runström zwischen die Augen geschossen, aus … sechs Metern Entfernung. Eine nicht ganz leichte Übung, das muss ich sagen.«

Ein kalter Luftzug im Rücken ließ Tomas erschaudern. Er ging zu dem offen stehenden Fenster am anderen Ende des Wohnzimmers. Darunter lag ein verschneites Vordach. Eine deutliche Fußspur führte zu einer Feuerleiter, über die man in den Innenhof hinuntergelangte.

»Und hinterher ist er über das Dach geflohen?«, rief er.

»Oder sie«, meinte Zingo, der zu ihm aufgeschlossen hatte.

Tomas drehte sich um.

»Sie?«

Zingo zupfte seinen Hemdkragen zurecht. Die Kälte schien ihm nicht das Geringste auszumachen.

»Die Fenster des Pokerclubs gehen auf den Innenhof.« Er deutete nach unten. »Einer der Spieler sagt, er habe kurz nach dem Schuss eine nackte Frau über den Hof laufen sehen.«

Im Flur erklangen Schritte und Stimmen. Zwei hochgewachsene Männer in schwarzen Trenchcoats betraten das Wohnzimmer. Sie sahen sich um und zogen ihre Lederhandschuhe aus.

»Da hol mich doch der Teufel«, platzte Zingo heraus.

»Wer ist das?«, wollte Tomas wissen.

»Wenn mich nicht alles täuscht, sind das zwei Repräsentanten aus der geheimen Talentschmiede Seiner Majestät.«

Die schwarz gekleideten Männer hatten sie am Fenster entdeckt und kamen zu ihnen herüber. Als sie ihre Dienstausweise zückten, stellte sich heraus, dass sie von der Säpo, der schwedischen Geheimpolizei, waren. Zingo nahm Haltung an und hob in einem ironischen Salut die Hand.

»Ihr könnt zusammenpacken und nach Hause fahren. Ab hier übernehmen wir«, sagte der Größere der beiden Säpo-Leute.

5

Das weinende Mädchen hatte ihr keine Informationen geben können. Sie war verängstigt und aufgewühlt und schien kein Wort Schwedisch zu sprechen. Einem Streifenpolizisten hatte Vera immerhin entlocken können, dass es um einen Mordfall ging. In einer der Wohnungen lag ein Toter. Mehr wusste sie nicht. Ihr Frust wuchs. Sie hatte nicht mehr viel Zeit, sie musste der Zeitung einen Artikel liefern. In einer Stunde war Redaktionsschluss. Tomas Wolf war am Tatort, weigerte sich aber, mit ihr zu reden. Mit einem wütenden Tritt beförderte Vera eine Bierdose den vereisten Bürgersteig hinunter.

Sie ging zu dem im selben Gebäudekomplex untergebrachten Pokerclub hinüber und wandte sich an die rauchenden Männer.

»Hat einer von Ihnen etwas gesehen?«, erkundigte sie sich. »Ich komme vom *Aftonbladet*.«

Ein untersetzter, dicklicher Mann mit Hornbrille kam zu ihr herüber. Er wirkte gestresst. Trotz der Minusgrade standen ihm Schweißperlen auf der Stirn.

»Ich will nicht namentlich genannt werden«, sagte er.

»In Ordnung.«

Vera gab Carina Hult ein Zeichen, keine Bilder zu machen.

»Da drüben liegt ein Puff«, flüsterte der Mann und deutete zum Hauseingang mit der Nummer 46.

»Fragen Sie mich nicht, woher ich das weiß. Aber ich hab die Schüsse gehört und dann aus dem Fenster gesehen. Ein junges Mädchen lief draußen vorbei. Splitternackt. Man hat alles gesehen.«

»Hier, auf der Straße?«, hakte Vera nach.

»Auf dem Innenhof. Die Fenster des Clubs gehen zum Innenhof. Normalerweise rauchen wir da. Aber die Polizei hat den Bereich abgeriegelt. Das Mädchen ist jedenfalls im Haus gegenüber verschwunden.«

»Wenn Sie wissen, dass dort ein Puff liegt«, sagte Vera, »dann wissen Sie vielleicht auch, wer das Mädchen war?«

»Leider nein.«

»Wie alt war sie ungefähr?«

»Achtzehn, vielleicht neunzehn. Ein richtig heißer Feger.«

»Hatte sie eine Waffe?«

»Keine Ahnung. Ich glaube nicht. Ich … Ich hab vor allem auf ihre Brüste geguckt.«

Vera bedankte sich. Was bedeutete die Aussage des Mannes? War die nackte Frau die Täterin? Sie musste mehr über sie herausfinden.

Ein kalter Wind kam auf, und sie zog ihren Mantel fester um sich. Vor der Absperrung entdeckte sie einen Mann mit dem Logo des Bikerclubs Odin MC auf dem Rücken. Sein Gesicht war von einer Narbe verunstaltet, und Vera meinte in ihm einen der Typen wiederzuerkennen, die sie im Sommer belästigt hatten, als sie nach Jonny gesucht hatte.

Sie ging zu ihm hin und tippte ihm auf die Schulter.

»Wir kennen uns«, sagte sie.

Es war tatsächlich der Grapscher.

»Sieh einer an, die Reportertussi.«

Er grinste so breit, dass ihm der pralle Snus-Beutel unter seiner Oberlippe fast aus dem Mund fiel.

»Ich nehme an, ihr seid hier für die Sicherheit zuständig?«

»Das geht dich gar nichts an.«

»Ich weiß, dass eine Frau gesehen wurde. Wer ist sie?«

»Keinen Schimmer, wovon du redest.«

Vera trat einen Schritt auf den Biker zu.

»Wenn du nicht kooperierst, erzähle ich der Polizei, dass du mir an den Busen gegrapscht hast. Vielleicht erstatte ich sogar Anzeige.«

»Okay, okay. Keine Ahnung, wer sie ist. Wir kümmern uns nur um die Sicherheit, genau wie in ein paar anderen Clubs in der Stadt. Für die Frauen sind andere Leute verantwortlich.«

Vera glaubte ihm. Soweit sie wusste, war der Odin MC nicht in Menschenhandel involviert. Aber vielleicht konnte Pål, der Präsident des Clubs, ihr trotzdem Informationen über das Mädchen beschaffen. Er hatte ihr letztes Jahr geholfen, Jonny ans Messer zu liefern, damit das Jugendamt ihr das Sorgerecht für Sigge übertrug. Pål mochte kriminell sein, aber man konnte sich auf ihn verlassen.

»Ist Pål hier irgendwo?«, fragte sie.

Der Narbentyp machte ein verlegenes Gesicht.

»Ich darf nicht darüber reden.«

»Ich kann immer noch zu den Bullen gehen und dich anzeigen.«

»Hab ihn schon lange nicht mehr gesehen. Er macht sich rar. War in letzter Zeit viel weg.«

»Okay.«

Vera zog ihren Fäustling aus und sah auf die Uhr. Schon nach zwei. Wenn sie den Artikel noch in der morgigen Ausgabe unterbringen wollte, musste sie sich beeilen. Ihre Finger schmerzten in der Kälte.

Suchend blickte sie sich nach Carina um und entdeckte sie schließlich ein Stück entfernt, damit beschäftigt, Großaufnahmen von der Malmskillnadsgatan zu machen. Vera signalisierte ihr, dass sie die Story telefonisch durchgeben würde.

Auf der Malmskillnadsbron war es ein wenig ruhiger. Sie stellte sich in die Mitte der Bogenbrücke und sah auf die Kungsgatan. Es war kein schöner Anblick. Ein Mann kotzte mit heruntergelassener Hose an die Fassade neben dem Kino Rigoletto, als hätte ihn die Übelkeit beim Pinkeln überrascht. Auf der anderen Straßenseite prügelten sich zwei Männer, und vom Stureplan her näherte sich ein Streifenwagen mit angeschaltetem Blaulicht.

Eine verspätete Feuerwerksrakete explodierte über Östermalm, und sie musste wieder an Sigge denken. Vermisste er sie? War sein Leben mit Jonny noch genauso chaotisch wie früher?

Sie hatte den ganzen Herbst über versucht, das Sorgerecht zurückzubekommen. Hatte Hilfe bei ihrer Bekannten beim Jugendamt gesucht und einen Anwalt eingeschaltet, dem sie ein Heidengeld gezahlt hatte. Aber Jonny hatte einen Anstellungsvertrag als Bäcker aus der Tasche gezaubert sowie eine Handvoll Leumundszeugen, die bestätigten, dass er sich exemplarisch führte und seine krummen Touren Vergangenheit waren. Vera wusste ganz genau, dass der Inhaber der Bäckerei spielsüchtig war und Jonny regelmäßig um Geld anpumpte. Aber das spielte keine Rolle. Jonny war Sigges leiblicher Vater.

Sie wählte die Nummer des *Aftonbladet*, und der Leiter der Nachtredaktion, Anders Gärdén, den alle nur Gäddan, Hecht, nannten, nahm ab.

»Vera Berg hier.«

»Und? Was für eine Top-Story hat unsere Starjournalistin diesmal ausgegraben? Werden wir deinen glanzvollen Namen endlich in der Autorenzeile lesen, oder streichst du bloß dein Gehalt ein, ohne etwas zu liefern?«

»Willst du eine Titelseite oder nicht?«

»Okay, okay.«

»Wir haben einen Silvestermord«, sagte Vera. »Schüsse mitten in der City. Hier kommt der Aufmacher:

NACKTE FRAU
FLÜCHTET IM SCHNEE
– landesweite Fahndung nach
MORD IN DER SILVESTERNACHT.

Vera lächelte, als sie die Schlagzeile formulierte. In Kürze würde sie an jeder Tankstelle und an jedem Kiosk im Land zu lesen sein.

Montag, 2. Januar 1995

6

Im Anschluss an ihre Teambesprechung am Montagmorgen bat die Leiterin der Mordkommission, Ylva Zethraeus, Tomas und Zingo in ihr Büro. Tomas schob sein schwarzes Notizbuch in die Hosentasche und folgte Zingo. Ylva blieb vor ihrem Schreibtisch stehen und deutete auf die beiden Besucherstühle.

Es war kurz vor neun, und die Wintersonne kletterte langsam hinter den Häuserfassaden empor.

Tomas war zuletzt im Sommer in Ylvas Büro gewesen, in der intensivsten Phase ihrer Ermittlung im Fall der beiden ermordeten Migrantinnen, als der Rest des Landes vor den Fernsehern die Fußball-WM verfolgt hatte. Ylva hatte die Leitung der Mordkommission damals nach der Prostata-Erkrankung ihres vorherigen Chefs kommissarisch übernommen.

Er fühlte sich in Ylvas Gegenwart immer ein bisschen befangen, irgendetwas an ihrem Auftreten verunsicherte ihn. Nichtsdestotrotz hielt er sie für die Richtige für den Job, auch wenn einige ältere Kollegen hin und wieder darüber murrten, Anweisungen von einer Frau entgegennehmen zu müssen.

»Erzählt«, forderte Ylva sie auf, während sie die Aktenstapel auf ihrem Schreibtisch sortierte.

Tomas und Zingo tauschten einen verständnislosen Blick.

»Was sollen wir erzählen, Chefin?«, fragte Zingo. »Wie es sich anfühlt, Teil der Europäischen Union zu sein? Ich merke keinen Unterschied. Du etwa? Der große Schrecken ist ausgeblieben, es sind nicht, wie befürchtet, scharenweise deutsche Schwule bei uns eingefallen.«

Seit der Silvesternacht gehörte Schweden zur EU, der Beschluss zum Beitritt war bei einer Volksabstimmung im November 1994 gefallen.

Ylva hielt inne und musterte sie einen Moment, ehe sie sich wieder ihren Aktenbergen zuwandte.

»Von eurer Begegnung mit den bösen Jungs von der Säpo, die in der Silvesternacht ihre Erbsenschniedel vor euch geschwenkt haben.«

Zingo hob die Augenbrauen.

»Hätten wir … äh … dagegenhalten sollen?«

Ylva lächelte flüchtig.

»Natürlich nicht. Spiel nicht den Dummen. Was wissen wir über den Ermordeten?«

»Bertil Runström, zweiundsiebzig Jahre alt«, fuhr Zingo fort. »Wurde mit einem Kopfschuss im vierten Stock der Malmskillnadsgatan 46 aufgefunden. Viel mehr wissen wir nicht, weil unsere Kollegen von der Geheimpolizei hereingetrampelt sind und uns mit ihrer schieren Gegenwart geblendet haben. Aber ich habe gehört, dass Runström regelmäßig Gast auf der Rennbahn in Solvalla gewesen sein soll.«

Dieses letzte Detail war Tomas neu. Aber das unerwartete Auftauchen der Säpo hatte wahrscheinlich Zingos Neugierde geweckt. Er verbrachte fast seine gesamte Freizeit auf der Pferderennbahn und hatte sich in seinem weitläufigen Netzwerk aus kriminellen Kontakten, die sein Hobby teilten, umgehört.

»Wissen wir, warum Runström dort war?«, fragte Ylva.

»Er hat ein Rohr verlegt«, sagte Zingo.

Ylva blickte auf und sah ihn fragend an. Tomas beugte sich vor.

»Die Wohnung ist ein Bordell«, erklärte er. »Wir glauben, dass er die Dienste einer Prostituierten in Anspruch genommen hat.«

Ylva sank auf ihren Stuhl, anscheinend zufrieden mit der neuen Ordnung auf ihrem Schreibtisch. Sie schwieg eine Weile.

»Ich möchte, dass ihr die Stureplan-Ermittlung vorerst ruhen lasst«, sagte sie dann.

Vor fast genau einem Monat, am vierten Dezember, waren im Nachtclub Sturecompagniet bei einer Schießerei vier Menschen getötet und Dutzende Besucher verletzt worden. Zweiundsiebzig Stunden später hatten die Täter Guillermo Marquez Jara und Tommy Zethraeus, der trotz Namensgleichheit nicht mit Ylva verwandt war, gefasst werden können. Doch die Auswertung von Hinweisen und Zeugenaussagen dauerte noch an. Die Arbeit war mühsam, aber unumgänglich, damit die Mörder nach Anklageerhebung hinter Schloss und Riegel wanderten.

»Was sollen wir stattdessen machen?«, wollte Zingo wissen.

»Uns Zeit ersparen, indem ihr Vorarbeit für eine Ermittlung im Mordfall Bertil Runström leistet.«

Tomas öffnete den Mund, um zu protestieren, doch Ylva hob die Hand.

»Momentan liegt der Fall bei der Säpo«, sagte sie. »Aber es wird dieselbe Leier sein wie immer, wenn sich die Geheimpolizei an Ermittlungsarbeit versucht. Sie fahnden nach Kurden. Früher oder später werden sie irgendeinen armen Teufel ausgraben, den sie aber wieder laufen lassen müssen, weil er unschuldig ist. Und dann verlagern sie die Zuständigkeit wieder zu uns, damit sie andere Kurden in irgendeinem Zusammenhang strafrechtlich verfolgen können, der die nationale

Sicherheit gefährdet. Und wir hinken mit unseren Ermittlungen hoffnungslos hinterher und müssen uns den Vorwurf der Inkompetenz gefallen lassen.«

Weder Tomas noch Zingo konnten Ylvas Argumentation etwas entgegenhalten.

»Darum möchte ich, dass ihr mehr über Runström in Erfahrung bringt«, fuhr sie fort. »Findet heraus, warum die Säpo auf der Bildfläche erschienen ist.«

Zingo stand auf.

»Vielleicht ist er Kurde?«, meinte er.

Sie verließen Ylvas Büro.

»Hol deine Jacke«, sagte Zingo. »Wir treffen uns vor den Fahrstühlen.«

Tomas ging in sein Büro, griff nach seiner braunen Lederjacke, die er trug, seit er sie als Teenager gestohlen hatte, und vermied es, einen Blick auf das Foto von Alexander und Ebba auf seinem Schreibtisch zu werfen. Im Nebenzimmer schrillte das Telefon. Er zog die Tür hinter sich zu und ging zu den Aufzügen.

»Wohin fahren wir?«, fragte er.

Zingo drückte einen Knopf.

»Wir unterhalten uns mit Burek-Goran.«

Tomas hatte den Namen noch nie gehört.

»Burek-Goran?«

Er nahm seine Zigaretten aus seiner Hemdtasche und hielt Zingo die Schachtel hin. Der schüttelte den Kopf.

»Ein großer Mann. Und ein Freund von mir.«

Auf dem Weg zur Tiefgarage zündete Tomas sich eine Zigarette an.

»Ein großer Mann?«, fragte er.

»Wir können von Glück reden, dass nicht seine Leiche gefunden wurde, die hätten wir mit dem Gabelstapler abtransportieren müssen.«

7

Das Restaurant Medusa lag in der Grevgatan auf Östermalm. Es war elf Uhr vormittags und der Gastraum so gut wie leer. An einem Tisch in der Mitte des Lokals saß ein kräftig gebauter Mann in einem Rollstuhl und ließ sich einen Teller Spaghetti schmecken. Als Tomas und Zingo hereinkamen, hob er den Kopf, wischte sich mit einer Serviette den Mund ab, erhob sich aus seinem Rollstuhl, zupfte sein schwarzes Hemd zurecht und breitete seine kurzen, dicken Arme aus.

»Lars, lieber Freund!«, rief er in gebrochenem Schwedisch und küsste ihn auf beide Wangen.

Danach streckte er Tomas eine beringte Hand hin, und Tomas schüttelte sie.

»Kommt, setzt euch«, forderte Goran sie auf und deutete auf seinen Tisch.

Sie zogen sich Stühle heran, Goran sank zurück in seinen Rollstuhl.

Er aß Pasta mit Meeresfrüchten. Das Gericht duftete nach Knoblauch und Olivenöl.

»Wollt ihr etwas bestellen?« Goran gestikulierte mit seinem Besteck.

Tomas und Zingo schüttelten beide den Kopf.

»Ich muss mit dir reden«, begann Zingo.

Goran fuhr sich mit dem Handrücken über sein fleischiges Kinn, stopfte eine Serviette in den Hemdkragen und wickelte Spaghetti auf seine Gabel. Zingo wartete. Goran kaute und schluckte. Dann lehnte er sich zurück und deutete auf Tomas.

»Tomas.« Zingo nickte in Richtung Ausgang. »Gibst du uns eine Minute?«

Tomas stand wortlos auf, verließ das Restaurant und blieb draußen in der Kälte stehen. Er zündete sich eine Zigarette an.

Durch das Fenster sah er Zingo und Goran, die in ein eifriges Gespräch vertieft waren. Irritiert schüttelte er den Kopf. Er hatte noch immer keine Ahnung, was Zingo mit diesem Treffen bezweckte.

Er stellte sich mit dem Rücken zum Fenster. Auf der anderen Straßenseite stand eine Telefonzelle. Eine Dame im Pelzmantel ging vorbei. Danach eine Politesse. Tomas schnippte die Asche von seiner Zigarette.

Schneefall setzte ein, und ein eisiger Wind ließ ihn frösteln.

Zwei Typen näherten sich vom Karlavägen her. Rasierte Köpfe, grüne Bomberjacken und schwarze Springerstiefel. Feindselige Blicke. Thorshammer an einer Kette um den Hals. Sie waren jung. Viel zu jung, um ihn zu kennen. Für einen kurzen Moment vermisste er die Gemeinschaft der Bewegung. Die leichten Antworten, den banalen Hass. In ihrer ganzen Trivialität hatte sie seinem Leben zumindest eine Richtung gegeben.

Sein Halbbruder Kristian hatte ihn in die White-Supremacy-Bewegung eingeführt, ihn mit Gewalt und Fremdenhass bekannt gemacht.

Er dachte an Kristians Leiche, die er im Herbst im Wald vor Hallstahammar nach ihrem Messerkampf zurückgelassen hatte. Was war von ihr noch übrig? Ihre Mutter hatte ihn angerufen und gefragt, ob er wisse, wo Kristian stecke. Es kam vor, dass er für ein paar Wochen von der Bildfläche verschwand, aber nie so lange wie dieses Mal. Irgendwann hatte sie Kristian als vermisst gemeldet.

Tomas fühlte mit ihr. Kristian war ein schlechter Mensch gewesen, aber er war ihr Sohn. Auch wenn ihre Lebensentscheidungen zweifellos dazu beigetragen hatten, Kristian zu dem Menschen zu machen, der er geworden war, verdiente sie einen Abschluss.

Tomas schloss die Augen, spürte wieder den Pistolenlauf in

seinem Mund. Wenn er es nicht mehr aushielt, wenn er es durchzog, würden zwei ihrer drei Söhne binnen weniger Monate tot sein.

Mit einem Blick durchs Fenster vergewisserte er sich, dass Goran und Zingo noch immer ins Gespräch vertieft waren, überquerte die Straße und betrat die Telefonzelle. Er holte sein Adressbuch hervor, schob ein paar Münzen in den Schlitz und wählte die Nummer des Polizeireviers von Hallstahammar. Als sich am anderen Ende jemand meldete, begann Tomas zu reden, ohne seinen Namen zu nennen. Er sagte, er habe zwanzig Kilometer vor Hallstahammar eine Leiche im Wald gefunden, beschrieb den Fundort und den Weg dorthin und legte auf.

Das wäre erledigt. Er schloss die Augen. Als er sie wieder öffnete, stand Zingo draußen auf der Straße. Tomas ging zu ihm.

»Wen hast du angerufen?«, erkundigte sich Zingo auf dem Weg zum Auto.

»Klara. Ich wollte hören, wie es den Kindern geht.«

Eine Stille entstand. Sah er Gespenster, oder hegte Zingo den Verdacht, dass er log?

Tomas nahm den Schlüssel zu seinem himmelblauen Volvo 240 aus der Hosentasche und schloss die Fahrertür auf. Er musste den Schlüssel mehrmals hin und her drehen, bis die Zentralverriegelung reagierte.

»Was hast du über Bertil Runström erfahren?«, fragte er.

Zingo öffnete die Beifahrertür und stieg ein. Er rieb sich die Hände, damit sie warm wurden.

»Einiges«, sagte er. »Runström war ein pensionierter Säpo-Beamter mit einer Vorliebe für Pornos und blutjunge Mädchen. Außerdem war er ein Spanner.«

»Inwiefern?«, fragte Tomas, während er den Motor anließ.

»Er hat gegen Bezahlung bei Pornodrehs zugeschaut.«

Tomas warf einen Blick in den Seitenspiegel. Die Fahrbahn war frei.

»Klingt nach einem netten Zeitgenossen. Wer würde so jemanden nach dem Leben trachten?«, fragte er und fuhr los.

Er dachte an den unbekleideten Männerkörper, der mit einem Kopfschuss hingerichtet worden war. Die aktuellen Ermittlungen erfüllten ihn nicht gerade mit Enthusiasmus.

Vielleicht, dachte er bei sich, habe ich zu viele Leichen gesehen, als dass mich der Mord an einem alten, geilen Sack, der kleine Mädchen fickt, noch aus der Fassung bringt.

Zingo zuckte mit den Schultern. Er schien Tomas' ironischen Unterton nicht bemerkt zu haben.

»Wer würde das nicht? Goran hat jedenfalls versprochen, sich umzuhören, wie die Arrangements für das betreffende Bordell aussehen. Er war sich nicht sicher, wer es betreibt und wer dort für die Sicherheit verantwortlich ist.«

8

Im Laufe des Tages hatte es geschneit, und vom Bett in der Wohnung an der Floragatan schien der Park Humlegården im Dunkeln von selbst zu leuchten. Die weißen Baumkronen glitzerten im Schein der Straßenlaternen.

Vera zog die Decke um sich. Sie streckte sich nach der Schachtel auf dem Nachttisch, nahm die letzten zwei Zigaretten heraus, zündete beide an und reichte eine an Rikard Muryn weiter.

»Wie läuft es mit dem Mord in der Malmskillnadsgatan?«, fragte er. »Dieses nackte Mädchen ist ein sensationeller Aufmacher. Gute Arbeit.«

Die Wohnung, in der sie sich befanden, gehörte dem *Aftonbladet* und wurde Gastkorrespondenten zur Verfügung gestellt, Informanten, die untertauchen mussten, oder bedrohten Journalisten. Doch in den vergangenen Wochen hatten Vera und Rikard sie als Liebesnest genutzt.

»Redest du nach dem Sex immer über die Arbeit?«, erwiderte Vera.

Rikard lachte und fuhr sich mit der Hand durch seine perfekt gescheitelte Frisur. Vera fragte sich, wann er Zeit hatte, zum Friseur zu gehen, oder ob seine Frau ihm die Haare schnitt.

»Entschuldige, ich bin nur neugierig.«

Ihre Beziehung hatte an dem Abend begonnen, als Rikard sie in der Künstlerbar von der *Kvällsposten* abgeworben hatte. Er hatte etwas auf eine Serviette gekritzelt und sie ihr über den Tisch zugeschoben. Aber darauf hatte nicht, wie sie erwartet hatte, seine Telefonnummer gestanden, sondern ein mit heißer Nadel gestrickter Anstellungsvertrag, fertig zur Unterschrift. Ihr Gehalt hatte sie selbst eintragen können. Danach waren sie in die Wohnung gefahren und hatten miteinander geschlafen. So war es weitergegangen. Ohne Bedingungen und ohne Zukunftsaussichten.

»Die Story läuft überhaupt nicht«, antwortete Vera. »So was habe ich noch nie erlebt. Die Sache ist komplett unter Verschluss. Ich weiß nicht mal, wer die Ermittlungen leitet.«

»Was sagen deine Informanten? Hattest du nicht einen alten Säpo-Mann an der Hand, der dir bei Bergling geholfen hat?«

Rikard meinte Lennart Ringman, einen pensionierten Säpo-Beamten, der ihr den Weg zum Interview mit Stig Bergling geebnet und sogar beim Anwalt des berühmten Spions und Maulwurfs für sie gebürgt hatte. Aber als sie ihn heute Morgen wegen des Mordes in der Malmskillnadsgatan angerufen hatte, war er seltsam einsilbig geblieben. Vielleicht weil die Säpo nach ihrem Artikel ins Kreuzfeuer der Kritik geraten war.

»Ringman, ja. Aber nein, er mauert auch.«

Vera missfiel das Ungleichgewicht, das durch dieses Gespräch zwischen ihnen entstand. Rikard war jetzt nicht mehr ihr Liebhaber, sondern ihr Chef.

»Und wer ist das Opfer?«, fragte Rikard weiter.

Draußen auf der Straße fuhr ein Krankenwagen vorbei. Das Blaulicht flackerte über die Stuckleisten an der Decke.

»Irgendein pensionierter Direktor, Bertil Runström«, seufzte Vera. »Mehr weiß ich nicht.«

»Du bist Journalistin, Vera. Von irgendeiner deiner Quellen musst du eine Information herauskriegen.«

Vera drückte ihre Zigarette im Aschenbecher auf dem Nachttisch aus. Ihre Wangen brannten. Die Beziehung mit Rikard erschien ihr immer mehr als schlechte Idee. Sie hatte das dunkle Gefühl, dass Rikard sie in der Redaktion beschützte. Was, wenn sein Wohlwollen irgendwann ein Ende hatte? Das war eine typische Frauenfalle, und sie war noch nie so dumm gewesen, in sie hineinzutappen.

»Du bist jetzt nicht mein Chef«, erwiderte sie. »Nicht hier.«

Rikard legte den Arm um sie, drückte seine Kippe mit den Fingern aus und legte sie auf den Nachttisch.

»Hast du noch eine Zigarette?«, fragte er. »Und so habe ich es auch nicht gemeint.«

Vera deutete auf das gestreifte Sofa am anderen Ende des Raums, wo ihre Handtasche lag. Rikard stand auf und kramte darin herum.

Neben dem Sofa stand ein altes Transistorradio. Bergling hatte ihr erzählt, dass russische Spione Transistorradios nutzten, um ihren Verbindungsmännern über die Kurzwellenfrequenz verschlüsselte Nachrichten zukommen zu lassen.

»Wenn man die Frequenzbänder durchsucht, stößt man irgendwann auf Sender, auf denen endlose Zahlenkolonnen laufen. Sobald man so etwas hört, weiß man, dass man Agentenfunk lauscht«, hatte er gesagt.

Sie wollte Rikard die Story eben erzählen, als er ihr zuvorkam.

»Was ist das hier?«, rief er und hielt ein Schuljahrbuch in die Höhe. Es war Sigges. Vera hatte es bestellt, um zu erfahren, wie Sigge aussah. Es schien ihm gut zu gehen. Er lächelte auf dem Foto, war aber ein bisschen zu dünn. Auf dem Cover war die Ziegelsteinfassade der Johannesskolan abgebildet. Das Gebäude erschien ihr viel zu groß für Sigge.

»Recherchematerial«, sagte sie. »Ein Hintergrundcheck.«

Rikard schien sich mit der Antwort zufriedenzugeben und warf das Jahrbuch aufs Sofa.

»Du weißt, dass du dich komplett auf den Mord konzentrieren kannst, oder? Mach eine handfeste Story daraus. Hör dich um, rede mit Leuten.«

»Okay.«

Rikard klaubte seine Armbanduhr auf, die zwischen seinen Kleidern auf dem Boden lag. Seine Miene verhärtete sich, und Vera wusste, dass er Muffensausen hatte.

»Es ist schon nach sechs. Ich muss los. Aber wir beide müssen miteinander reden.«

Vera hatte gehofft, Rikard würde ihr weitere Vorträge ersparen, solange sie noch nicht einmal angezogen war.

»Worüber? Geht es wieder um den Mord?«

Rikard seufzte. Ihr Handy begann zu klingeln. Ohne sich etwas überzuziehen, stand sie auf und nahm es aus der Handtasche.

»Ich will mein Leben mit dir verbringen, Vera. Das ist alles.«

Vera erstarrte. Sie sollte sich freuen, sie mochte Rikard. Stattdessen dachte sie daran, was die Kollegen in der Redaktion sagen würden, wenn das herauskam. Es hatte schon giftige Kommentare gehagelt, als Rikard ihr das Bergling-Interview gegeben hatte. Leif M. Ivarsson, der gleichzeitig mit ihr von der *Kvällsposten* zum *Aftonbladet* gewechselt war, hatte angedeutet, sie hätte Bergling im Interviewraum einen geblasen. Alle hatten gelacht.

»Ich bin bereit, meine Frau zu verlassen. Aber ich muss wissen, dass du das hier wirklich willst.«

Vera nahm den Anruf an und hielt die Hand vors Mikrofon.

Heimlich miteinander ins Bett zu gehen, war eine Sache. Sie wollte mit Rikard zusammen sein. Aber wenn sie offiziell ein Paar würden, wäre sie als Journalistin geliefert. Kein Kollege in der Branche würde ihr noch vertrauen. Alle würden denken, sie hätte sich hochgeschlafen.

»Tut mir leid, ich kann jetzt nicht darüber reden. Ich muss mich mit jemandem treffen«, flüsterte sie.

Rikard sank aufs Bett und zog seine Boxershorts an. Es war offensichtlich, dass er sich eine andere Antwort erhofft hatte.

»Mit wem?«, fragte er.

Er wirkte beunruhigt.

»Mit jemandem, der vielleicht weiß, mit wem Bertil Runström Sex hatte, bevor er umgebracht wurde.«

9

Tomas drehte den Wasserhahn auf, im Wohnzimmer lief der Fernseher. Sobald sie aufgegessen hatten, waren die Kinder nach nebenan gerannt. Seit der Scheidung aßen Klara und er einmal in der Woche zusammen mit den Kindern in Klaras Reihenhaus in Enskede. Alexander und Ebba sollten wissen, dass sie, obwohl sie nicht mehr alle zusammen unter einem Dach wohnten, trotzdem eine Familie waren. Tomas wusch das Geschirr ab, während Klara mit einer Tasse Kaffee vor sich auf der Küchenbank saß.

»Ab morgen geht die Sonne erst nach drei Uhr nachmittags

unter«, sagte sie und blickte in die kompakte Dunkelheit vor dem Fenster. »Wir gehen helleren Zeiten entgegen.«

Tomas antwortete nicht.

»Was hast du an Silvester gemacht, nachdem die Kinder weg waren?«, fragte Klara vorsichtig.

»Nichts Besonderes. Ich wollte früh schlafen gehen, wurde dann aber noch zu einem Fall gerufen.«

»Du warst nicht … enttäuscht? Weil die Kinder nach Hause wollten, meine ich?«

Klara musterte ihn mit besorgtem Blick. Nicht nur seine Kinder bemitleideten ihn. Seine Ex-Frau tat es auch.

»Nein.«

Er betrachtete Klaras Profil, das sich in der Fensterscheibe spiegelte, und dachte bei sich, dass sie glücklicher wirkte. Sie lachte häufiger als vor ihrer Trennung, sah jünger aus. Er freute sich für sie. Er war dankbar dafür, dass sie die Mutter seiner Kinder war. Ihretwegen hatte er die White-Supremacy-Bewegung verlassen. Sie hatte ihm so viel gegeben. Was hatte er ihr eigentlich zurückgegeben?

Manchmal fragte er sich, ob sie es bereute, ihn kennengelernt zu haben. Die Jahre vor der Scheidung hatten ihr stark zugesetzt. Sein Untergang hätte sie um ein Haar mit in den Abgrund gerissen. Aber sie war stark. Stärker, als er es je gewesen war.

Er trocknete das Geschirr ab, räumte die sauberen Teller in den Schrank und nahm die Platzsets vom Tisch. Unschlüssig blieb er mit ihnen in der Hand stehen, wusste nicht mehr, wo Klara sie aufbewahrte.

»In der obersten Schublade«, sagte sie und deutete darauf.

Er sah von Klara zum Schrank.

Die Erinnerung kehrte zurück, aber in seinen Fingern kribbelte das Unbehagen.

»Danke.«

Er legte die Sets in die Schublade und wischte seine schweißnassen Hände ab.

»Ich bringe die Kinder ins Bett«, sagte er. »Bleib sitzen.«

»Warte.« Klara deutete auf den Tisch. »Können wir kurz reden?«

Tomas setzte sich.

»Geht es dir gut, Tomas?«

Er nickte, bemühte sich um eine neutrale Miene. Trotzdem hatte er das altbekannte Gefühl, dass Klara ihn durchschaute.

Sie trank einen Schluck Kaffee.

»Deine Vergesslichkeit macht mir Sorgen«, sagte sie. »Könnte es Alzheimer sein? Ich habe in einem Artikel gelesen, dass nicht nur alte Menschen davon betroffen sind.«

Sie beugte sich zu ihm herüber.

»Lass das überprüfen. Der Kinder wegen. Und meinetwegen.«

Tomas nickte.

»Okay«, versprach er. »Das mache ich.«

Er merkte, dass Klara noch etwas sagen wollte. Etwas, das ihr schwerfiel.

»Hast du eine Zigarette?«, fragte sie.

»Ich dachte, du willst nicht, dass im Haus geraucht wird?«

Klara stand auf und öffnete das Küchenfenster. Die Deckenlampe schaukelte im kalten Luftzug. Tomas entzündete eine Zigarette für sie, dann steckte er sich selbst eine an. Klara trommelte mit den Fingern ihrer linken Hand auf den Tisch.

»Ich habe jemanden kennengelernt«, sagte sie schließlich.

Tomas inhalierte einen Zug, versuchte zu ergründen, ob die Neuigkeit ihn verletzte. Sie tat es nicht. Er hatte damit gerechnet, dass es passieren würde. Alles andere wäre nicht fair. Er hatte das Leben mit Klara weggeworfen. Er hatte sie betrogen, sie und die Kinder im Stich gelassen. Er verdiente die drei nicht.

Er nahm einen neuen Zug von der Zigarette.

»Wie schön«, sagte er. »Ich freue mich für dich.«

Klara starrte einen Moment schweigend auf den Tisch. Tomas stand auf und aschte in die Spüle.

»Willst du nicht wissen, wer es ist?«, fragte sie leise.

Tomas lehnte sich an die Arbeitsfläche.

»Solange er dich liebt und dich gut behandelt, spielt es keine Rolle.«

Klara ging zu ihm und fuhr mit der Hand über seine unrasierte Wange. Es war lange her, dass ihn jemand berührt hatte. Wahrscheinlich war es auch Klara gewesen. An einem dieser tropisch heißen Juliabende, als sie ihm gesagt hatte, dass sie ihn verlassen würde. Die Erinnerung kehrte mit voller Wucht zurück. Nach diesen erlösenden Worten hatte sie sich auf seinen Schoß gesetzt und ihn geküsst. Damals hatte er gewusst, dass es ihr letzter Kuss sein würde, und gedacht, dass dieser letzte Kuss entscheidender und bedeutsamer war als der erste.

»Am Ende ist alles gut geworden«, sagte Klara. »Oder nicht?«

Er nickte.

Das Telefon klingelte. Klara nahm ihre Hand von seiner Wange und ging an den Apparat. Sie klemmte sich den Hörer zwischen Ohr und Schulter und schloss das Küchenfenster.

»Er ist hier«, sagte sie. »Moment, ich reiche dich weiter.«

Sie hielt ihm den Hörer hin.

»Zingo«, sagte sie.

Tomas griff nach dem Hörer.

»Wir müssen reden«, sagte Zingo. »Wann bist du wieder zu Hause?«

Tomas sah zu Klara hinüber. Er wollte nicht zurück in die Wirklichkeit und wieder Polizist sein. Die guten Momente im Leben waren rar, und dieser Abend war ein guter Moment. Er hatte keine Ahnung, wie viele er noch haben würde.

»Gib mir eine Stunde.«

10

Als Tomas in der Hornsgatan die Treppe hinaufkam, saß Zingo in einem der schäbigen Plastikgartenstühle im Laubengang und wartete auf ihn.

»Warum hast du die Möbel nicht reingeholt?«, fragte er und fuhr mit der Hand über die verdorrte Pflanze auf dem Tisch.

Tomas schloss schweigend die Wohnungstür auf. Sie zogen Stiefel und Jacken aus und setzten sich ins kahle Wohnzimmer. Bis auf das Sofa und den Sessel hatte Klara alle Möbel mitgenommen.

Auf einem alten Getränkekasten stand ein kleiner Fernsehapparat, den er vor ein paar Wochen in der Hoffnung gekauft hatte, dass die Kinder sich dann bei ihm wohler fühlen würden. Tomas schenkte ihnen zwei Whisky ein.

»Ich mag deinen Stil, gemütlich und einladend«, kommentierte Zingo und sah sich um.

»Was ist so wichtig, dass es nicht bis morgen warten kann?« Tomas ließ sich in den Sessel sinken.

Zingo setzte sich aufs Sofa.

»Bertil Runström. Burek-Goran sollte sich ja für uns umhören.«

Tomas wartete, während Zingo an seinem Whisky nippte.

»Runström hat in den Achtzigern in der schwedischen Botschaft in Moskau gearbeitet«, fuhr Zingo nach seiner Kunstpause fort. »Hat da offenbar eine ganze Menge Leute kennengelernt. Kontakte, die er in den letzten Jahren genutzt hat, um seine Pension aufzubessern. Er hat schwedischen Botschaftsmitarbeitern geholfen, Geld zu waschen. In einem Reisebüro hier in Stockholm.«

Zingo trank einen neuen Schluck und verzog das Gesicht.

»Das Reisebüro nennt sich Eastern Travel und liegt im Narvavägen. Der Besitzer heißt Morris Heckler, und der Mann ist ein echter Großunternehmer. Der reinste Kamprad. Neben seiner Teilhaberschaft am Reisebüro betreibt er unter anderem einen Pornoclub namens Lack in der Döbelnsgatan sowie diesen Puff, in dem Runström ermordet wurde.«

Aus dem Augenwinkel sah Tomas zum Telefon im Flur. Seit seinem anonymen Hinweis waren etliche Stunden vergangen. Vielleicht würde es in Kürze klingeln und der Anrufer am anderen Ende ihm mitteilen, dass Kristians Leiche gefunden worden war. Er fragte sich, wie er auf die Nachricht reagieren würde. Erleichtert, schätzte er.

»Das ist gut«, sagte er abwesend. »Das ist gut.«

Die Erinnerung daran, wie er seinem Bruder das Messer in den Leib gestoßen hatte, ließ ihn erschaudern.

»Morgen statten wir diesem Heckler einen Besuch ab. Vielleicht weiß er, wer die Frau ist, die aus dem Puff geflohen sein soll. Wir sind als Einzige an dieser Sache dran, und wir können nicht alles allein machen.«

Tomas versuchte, Kristians Stimme aus seinem Inneren zu vertreiben. *Lass mich nicht hier,* hatte er gefleht. Aber Tomas hatte sich umgedreht und war, ohne einen Blick zurück, davongegangen.

»Ja, das ist gut.«

Zingo stellte mit irritierter Miene sein Whiskyglas auf den Fußboden und sah ihn an.

»Was ist los mit dir?«

»Ich bin nur müde.«

»Macht einer deiner Brüder wieder Ärger?«

Tomas schüttelte den Kopf.

Zingo stand auf und wandte sich zum Gehen, drehte sich in der Tür aber noch einmal um.

»Weißt du was, Tomas? Ich habe keine Ahnung, was du im Balkankrieg gesehen hast, was du erlebt hast. Ich bin mir auch nicht sicher, ob ich es wissen will. Aber du bist seit fast einem Jahr wieder zu Hause. Was auch immer du mit dir herumträgst, deine Familie hat es dich bereits gekostet. Lass es dabei bewenden. Lass nicht zu, dass dieser Krieg dir auch deine Arbeit nimmt.«

Als Zingo gegangen war, zog Tomas seine Jacke über, nahm Whisky und Zigaretten mit nach draußen und setzte sich an den wackligen Gartentisch im Laubengang. Er war wütend auf Zingo. Warum sollte er irgendeine Art von Engagement zeigen, weil ein Dreckskerl wie Runström über den Jordan gegangen war? Ein perverser, alter Sack mit zwielichtigen Russengeschäften, der noch dazu gerne dabei zusah, wenn zugedröhnte Mädchen vor der Kamera gefickt wurden?

Er seufzte und trank einen Schluck Whisky.

Aber vielleicht war genau das der Unterschied zwischen dem friedlichen Schweden und dem Krieg, der unverändert im ehemaligen Jugoslawien wütete. In Schweden wurden Behördenkapazitäten darauf verwandt, den Tod eines perversen Freiers aufzuklären, während sich die Leute einen Dreck um das Schicksal vergewaltigter und ermordeter junger bosnischer Frauen scherten, die in Massengräbern verscharrt wurden, und nur die nächsten Angehörigen nahmen Anteil.

Unten auf der Hornsgatan herrschte kaum Verkehr. Eine dicke Schicht Neuschnee bedeckte die Dächer. Ein Hund bellte. Aus einer Wohnung auf der anderen Straßenseite drang Rockmusik herüber. Ein nackter Mann tauchte am Fenster auf, sah hinaus und verschwand wieder.

Vielleicht hatte die Polizei von Hallstahammar seinen Anruf nicht ernst genommen. Eine solche Messerwunde überlebte man nicht. Kristian hatte im Sterben gelegen, als er, Tomas, aufgestanden und zu seinem Auto zurückgegangen war, sich umgezogen und seine Kleidung auf dem Rückweg in der Mülltonne einer Tankstelle entsorgt hatte. Die Welt war ein besserer Ort ohne Kristian und seinen Hass. Und dasselbe galt vermutlich auch für Bertil Runström. Tomas zog den Blister aus seiner Hosentasche. Noch acht Tabletten. Der nächste Besuch in der Zinken Bar stand bevor.

Er seufzte.

Die Leute redeten immer noch von dem vergangenen Sommer, schwärmten von der Hitze und dem kollektiven Fußballrausch.

Einen solchen Sommer gibt es kein zweites Mal, hatte er einen Kollegen erst heute sagen hören. Er selbst dachte mit Grauen daran zurück. Die Mörderjagd, die seine gesamte Zeit in Anspruch genommen hatte, während seine Familie Stück für Stück zerbrochen war. Wie Zingo und er im Trüben gefischt hatten, voller Angst, der Mörder könnte erneut zuschlagen. Die Heimlichkeiten mit Azra, die aus Bosnien nach Schweden geflüchtet war. Das blutige Laken im Krankenhaus von Köping, als das Leben ihres gemeinsamen Kindes vorbei gewesen war, ehe es angefangen hatte. Das war Kristians Werk gewesen. Er hatte Azra so brutal zusammengeschlagen, dass sie das Kind verloren hatte. Der Sommer war voller Versprechungen gewesen, die er nicht gehalten hatte, weder Azra noch Klara gegenüber. Jetzt hatte er sie beide verloren. Azra lebte inzwischen in Deutschland, bei Verwandten in Stuttgart. Klara hatte einen neuen Partner und ein neues Leben.

Er war als Einziger im Alten zurückgeblieben.

Könnte er diese blutende Wunde unter seiner Haut nur lokalisieren, sie verbinden und verheilen lassen, dann würde er ein guter Vater für Alexander und Ebba sein.

Das wünschte er sich mehr als alles andere.

11

Jeanette Dunérs Anruf hatte Vera vor Rikard Muryns Beziehungsgespräch gerettet. Jetzt stand sie ihr in der Malmskillnadsgatan, im Zentrum des Stockholmer Rotlichtmilieus, gegenüber. Jeanette trug einen pinken Pelz, der sich mit ihren rot gefärbten Haaren biss, die so strohig aussahen, als könnten sie jeden Moment ausfallen.

»Danke, dass Sie mich so schnell treffen konnten«, sagte Vera.

Ein Stück von ihnen entfernt parkte ein Volvo. Vera wusste, dass er dem *Aftonbladet* gehörte. Es war nicht ungewöhnlich, dass ihre männlichen Kollegen Dienste von Prostituierten in Anspruch nahmen.

»Die Geschäfte gehen momentan schlecht«, erwiderte Jeanette. »Ich habe alle Zeit der Welt.«

Es war kurz vor Mitternacht, und Mädchen aller Altersklassen in knappen Outfits und mit rot geschminkten Lippen säumten die Straße.

Jeanette war eine Nutte, und so bezeichnete sie sich auch selbst. Sie pfiff auf höfliche Umschreibungen fürs horizontale Gewerbe. Das hatte Vera bei ihrem ersten Zusammentreffen gelernt, als sie die fast sechzigjährige Frau für eine Reportage über Straßenprostitution interviewt hatte. Am Tag darauf hatte Jeanette sie angerufen, wutentbrannt, weil Vera sie in ihrem Artikel als Sexarbeiterin bezeichnet hatte.

»Kein Grund, mich in Watte zu packen«, hatte sie gesagt.

Vera bot Jeanette eine Zigarette an, doch sie schüttelte den Kopf.

»Viele Kunden mögen das nicht«, meinte sie.

Vera machte eine umfassende Geste in Richtung der jüngeren Frauen.

»Sie sind doch so etwas wie eine Mutter für diese Mädchen«, sagte sie.

»Ich tu, was ich kann, damit ihnen nichts zustößt. Viele der Mädchen haben seit dem Mord an Catrine da Costa Angst. Diese beiden Ärzte laufen immer noch frei herum.«

»Ich habe Sie angerufen, weil ich mehr über den Mord in der Silvesternacht herausfinden möchte.«

»Das habe ich geahnt. Ich habe Silvester mit einem alten Stammkunden gefeiert und bin keine verlässliche Zeugin. Der Kerl ist so alt, dass es ihm vor allem um Gesellschaft geht. Aber als die Sache passiert ist, stand ich in sexy Reizunterwäsche in einer Wohnung in der Hornsgatan.«

»Was wissen Sie über das Bordell?«

»Es gehört dem Odin MC. Sie haben im Herbst mehrere Puffs in der Stadt übernommen und wissen inzwischen ziemlich gut, wie das Geschäft läuft. Sie kümmern sich um die Sicherheit und verlangen dafür zwanzig Prozent der Einnahmen der Mädchen. Das sind gute Jungs, mit ein paar Ausnahmen.«

Vera ballte die Fäuste. Sie hatte Pål, den Präsidenten des Odin MC, immer noch nicht erreicht. Er schien zunehmend der Schlüssel zu mehr Information in dieser Geschichte zu sein. Sie hatte ihn mehrfach angerufen, aber er meldete sich nicht zurück. Das sah ihm nicht ähnlich.

»Welche Mädchen haben an dem Abend in der Nummer 46 gearbeitet?«

»An Silvester waren fünf Mädchen da. Amber, Lucy, Stacey, Nikita und Hailey.«

»Und die fünf sind natürlich Amerikanerinnen, habe ich recht? Abgesehen von der Russin.«

Jeanette lachte.

»Die jungen Mädchen wollen ihr wahres Leben vom Gewerbe trennen. Sie sind nicht wie wir Alten. Wir haben kein Problem damit, unsere richtigen Namen zu verwenden. Ich habe keine Ahnung, wie die Mädchen wirklich heißen. Sie haben noch nicht aufgegeben, wollen dieses Leben auf Abstand halten, sich die Möglichkeit offenhalten, es hinter sich zu lassen, ohne dass Spuren ins Milieu zurückführen.«

»Wissen Sie, welche Mädchen um Mitternacht in der Wohnung waren?«

»Nein, aber das herauszufinden, dürfte nicht schwierig sein. Das sollte in dem Plan stehen, der an der Wand hängt.«

»Was für ein Plan?«

»Es gab Streit wegen der Zeiten, also haben die Jungs vom Odin MC im Flur einen Belegungsplan aufgehängt. Direkt neben der Wohnungstür, mit Namen und Zeiten.«

Diese Information war ein Durchbruch. Aber die Wohnung war versiegelt. Vera konnte sich den Plan nicht ansehen. Es gab nur eine Möglichkeit, wie sie herausfinden konnte, wer das Mädchen war, das in der Silvesternacht über den Innenhof geflohen war.

»Kann ich kurz telefonieren?«, fragte sie.

Jeanette nickte.

»Klar.«

Vera entfernte sich ein Stück, griff nach ihrem Handy und wählte Zingos Nummer. Ein Volvo rollte die Straße entlang und hielt vor einem Mädchen, das kaum achtzehn sein konnte. Der Fahrer kurbelte das Fenster herunter und schien zu verhandeln. Kurz darauf stieg das Mädchen ein, und der Volvo fuhr davon.

Es widerstrebte ihr, Zingo anzurufen. Tomas Wolf war sein Partner und würde ganz bestimmt von ihrem Anruf erfahren. Aber sie hatte keine Wahl. Die Polizei musste den Belegungsplan im Flur gesehen haben.

Nach dem fünften Freizeichen legte sie auf und ging zu Jeanette Dunér zurück. Schnee wirbelte um sie herum. Die Malmskillnadsgatan war ein zugiger Windkanal. Es war ihr unbegreiflich, wie die Mädchen hier nächtelang in kurzen Röcken stehen konnten, ohne sich die fürs Gewerbe wichtigsten Körperteile abzufrieren. Aber vielleicht betäubte die Kälte das Gefühl?

»Haben Sie schon mal daran gedacht, dass es eines der Mädchen gewesen sein könnte? Sie ahnen nicht, was für eine Finsternis in vielen von uns herrscht«, sagte Jeanette jetzt.

Vera dachte an die nackte junge Frau. Wenn sie ihren Freier umgebracht hatte, hätte sie sich dann nicht hinterher wenigstens ihre Sachen angezogen? Und wäre sie dann nicht heimlich vom Tatort verschwunden, anstatt vor aller Augen zu fliehen und Aufmerksamkeit auf sich zu ziehen?

»Welche Freier verkehren in der Nummer 46?«, fragte sie.

»Namen bekommen Sie nicht von mir.«

»Das verstehe ich. Aber können Sie mir sagen, um welche Art von Klientel es sich handelt?«

Mit einem Blick vergewisserte sich Jeanette, dass niemand ihr Gespräch belauschte.

»Diese Adresse war etwas für Eingeweihte. Da konnte man nicht einfach von der Straße aus reinstolpern, sondern musste von ihr wissen. Da verkehrten die hohen Tiere.«

Was Jeanette dann sagte, gab der Geschichte eine vollkommen neue Wendung, und Vera wurde klar, warum die Ermittlungen unter Verschluss gehalten wurden.

»Einige waren hochrangige Kriminelle, aber erstaunlich viele arbeiten bei der Geheimpolizei. Ich würde sagen, der Tote war einer von denen. Seit dem Mord habe ich hier keine normalen Bullen mehr gesehen.«

Veras Herz schlug bis zum Hals. Das war eine richtig gute Story.

»Kann ich mit einem der Mädchen sprechen?«, fragte sie.

»Ich kann Ihnen einen Namen nennen, aber den haben Sie nicht von mir.«

Dienstag, 3. Januar 1995

12

Das Reisebüro Eastern Travel lag im Untergeschoss eines Hauses im Narvavägen. Tomas und Zingo hofften, von Morris Heckler Auskünfte über die aus dem Bordell geflohene Frau zu bekommen. Ob sie nun geschossen hatte oder nicht, eine Zeugin war sie auf jeden Fall. Den mehr oder weniger übereinstimmenden Personenbeschreibungen der Pokerspieler zufolge war sie ungefähr eins sechzig groß und hatte kurze braune Haare.

Im Verkaufsraum schmückten Ansichten von Moskau, Sankt Petersburg, Prag, Riga und Vilnius die Wände. Hinter einem Schreibtisch saß eine rothaarige Frau mittleren Alters.

»Ist Morris Heckler im Haus?«, fragte Zingo.

Die Frau schüttelte den Kopf.

»Wer sind Sie?«, erwiderte sie. Ihr Schwedisch hatte einen deutlichen Akzent.

»*Die Polizei*«, sagte Zingo auf Deutsch und hielt seinen Dienstausweis hoch.

Die Frau betrachtete sie ungerührt.

»Wo ist er?«

»Ich weiß es nicht. Aber versuchen Sie es im Club in der Döbelnsgatan. Da hat er sein zweites Büro.«

Zingos Handy klingelte. Er angelte es ungeschickt aus der

Hosentasche, blickte mit zusammengekniffenen Augen darauf, bis er die richtige Taste fand, und nahm den Anruf an. Tomas wandte sich an die Frau.

»Haben Sie eine Telefonnummer von ihm? Wir müssen ihn in einer dringenden Angelegenheit sprechen.«

»Nein, er hat kein Handy. Er kann Handys nicht leiden.«

Obwohl Tomas Hecklers Abneigung gegen Handys teilte – er hatte sich kürzlich einen Pager zugelegt –, entging ihm nicht, dass sie log.

Das Telefon auf ihrem Schreibtisch klingelte. Sie nahm ab, ein Faxton ertönte aus dem Hörer. Sie legte auf, erhob sich und ging zum Faxgerät.

Zingo hatte sein Telefongespräch beendet und signalisierte Tomas, dass sie gehen sollten.

Ohne ein weiteres Wort an die Frau verließen sie das Reisebüro.

»Wer war das?«, wollte Tomas wissen.

Der Himmel war grau. In der Nacht hatte es wieder geschneit. Sie stapften durch den Schnee zum Strandvägen, wo sie ihren Wagen geparkt hatten.

»Vera Berg.«

Tomas hatte die Journalistin in der Silvesternacht, als Runströms Leiche gefunden worden war, in der Malmskillnadsgatan gesehen, aber nicht mit ihr gesprochen. Wahrscheinlich, dachte er, würde er nie wieder mit ihr sprechen.

»Was wollte sie?«

Der Kanal unter der Djurgardsbron war zugefroren. Die Stockholmer nutzten das kurze Tageslicht, fuhren auf dem Eis Schlittschuh und führten ihre Hunde spazieren. In ein paar Stunden ging die Sonne schon wieder unter.

»Sie wollte wissen, ob wir den Belegungsplan gesehen haben.«

Tomas sah Zingo an.

»Welchen Belegungsplan?«

»Das habe ich auch gefragt. Anscheinend hat sie irgendwoher erfahren, dass neben der Wohnungstür ein Kalender hing, in dem eingetragen wird, welches Mädchen wann welches Zimmer benutzt. Jetzt haben wir das Problem, dass der Tatort für uns tabu ist, seit die Säpo den Fall übernommen hat. Aber vielleicht weiß Ylva eine Lösung.«

Tomas dachte nach.

»Die Fotos der Spurensicherung«, sagte er. »Die Abzüge hat die Säpo, aber die Negative sind noch bei uns.«

Zingo nickte beeindruckt.

»Willkommen zurück. Du hast recht. Wir lassen den Pornoclub und Heckler vorerst sausen. Stattdessen fahren wir in die Pathologie und reden mit Monica.«

»Monica Spännare? Der Rechtsmedizinerin?«

»Sie kann die Negative für uns anfordern, ohne dass die Jungs im Säpo-Affenhaus hellhörig werden.«

Tomas schloss den Volvo auf. Zingo zog seine Jacke aus und warf sie auf die Rückbank. Zu spät fiel Tomas ein, dass er wieder vergessen hatte, die Tüte mit seinen eingenässten Jeans und den Boxershorts zu entsorgen.

»Was ist das?« Zingo warf einen Blick in die Tüte, nahm die Jeans heraus und hielt sie hoch.

»Warum fährst du damit im Auto spazieren?«

Er roch daran.

»Die stinkt nach Pisse.«

»Die Tüte liegt im Auto, seit ich zwischen den Jahren mit den Kindern Schlittschuh laufen war. Ich habe Ebba beim Pipimachen geholfen, und dabei hat sie mir auf die Hose gepullert«, sagte er.

13

Obwohl es nach zwölf Uhr mittags war, sah die junge Frau, die ihr in Märsta Centrum die Tür öffnete, aus, als hätte sie sie aus dem Bett geklingelt. Sie machte einen blassen, übernächtigten Eindruck und trug einen verwaschenen Jogginganzug, der um ihre dürre Gestalt schlabberte. Vera hatte ihren Besuch nicht vorher angekündigt, das hätte die Frau bloß verschreckt.

»Hallo, sind Sie Camilla Lundin?«, fragte sie.

Ein feuchter, muffiger Geruch drang aus der Wohnung.

»Ja, was wollen Sie?«

Vera hatte Jeanette Dunér versprochen, Camilla nicht zu verraten, woher sie ihre Adresse hatte. Wenn sie etwas von ihr erfahren wollte, durfte sie sie nicht verängstigen.

»Ich berichte über den Mord in der Silvesternacht, und ich weiß, dass Sie kurz davor in der Wohnung gearbeitet haben.«

Vorsichtig stellte sie einen Fuß in die Tür, damit Camilla sie nicht zuschlagen konnte.

»Sie müssen keine Angst haben. Die Polizei weiß nichts von Ihnen. Ich möchte Ihnen nur ein paar Fragen stellen. Vollkommen anonym.«

Vera zog zwei Fünfhundert-Kronen-Scheine aus der Hosentasche und hielt sie Camilla hin.

»Sie bekommen natürlich Provision.«

»Okay.«

Camilla Lundin riss ihr die Scheine aus der Hand, dann nickte sie, trat einen Schritt zur Seite und ließ sie herein.

Der Fußboden im Eingangsbereich war mit Rollsplitt übersät, und Vera musste über einen Berg Mülltüten steigen, um in die Wohnung zu gelangen.

»Wir können uns ins Wohnzimmer setzen.« Camilla ging

ihr voraus den Flur entlang. »Ihre Schuhe können Sie anlassen.«

Die Jalousien waren heruntergelassen, auf dem Sofa häufte sich achtlos hingeworfene Kleidung. Auf dem Couchtisch standen schmutzige Teller, und im ganzen Zimmer verstreut lagen leere Tablettenblister. Vera schob einen Pizzakarton zur Seite und setzte sich. Sie nahm Block und Stift aus der Jackentasche, behielt die Jacke aber an.

»Was wollen Sie wissen?« Camilla trank einen Schluck aus der Colaflasche, die auf dem Couchtisch stand.

»Haben Sie an Silvester gearbeitet?«

»Ja, Lucy hat mich abgelöst. Ungefähr eine Stunde, bevor es passiert ist.«

Camilla sank in einen abgewetzten, schäbigen Sessel.

»Lucy?«

»So nennt sie sich. Ihren richtigen Namen kenne ich nicht. So halten es die meisten von uns.«

Die Polizei hatte nichts von dem Belegungsplan mit den Namen der Mädchen gewusst, von der Seite konnte sie also keine Hilfe erwarten, um die Identität des Mädchens herauszufinden.

Aber den Namen Lucy hatte sie schon einmal gehört. Im letzten Sommer war sie im Clublokal des Odin MC einem Mädchen begegnet, das sich so genannt hatte. Eine bedauernswerte zugedröhnte Gestalt, die trotz ihres jungen Alters schon von einem Leben als Stripperin gezeichnet gewesen war. Konnte es dieselbe Lucy sein?

»Lucy«, sagte Vera. »Ist das diese Stripperin mit den Silikontitten, die für Pål im Odin MC arbeitet?«

»Nein, ich glaube, sie ist noch ziemlich neu in der Branche, noch nicht so verbraucht wie wir anderen.«

Camilla deutete auf ihr Gesicht. Schatten spielten auf ihrer rauen, schuppigen Haut.

»Und das ist merkwürdig, weil sie auf der Straße der Schande war.«

Das klang wie eine poetische Umschreibung, könnte glatt als Titel für eine Reportage über die Malmskillnadsgatan herhalten, dachte Vera und notierte den Begriff.

»Was ist die Straße der Schande?«, fragte sie.

»Ein Straßenstrich in Tschechien. Der längste Straßenstrich Europas, und der schlimmste. Die Mädchen, die von da zurückkommen, sind nicht mehr dieselben. Wenn sie überhaupt zurückkommen.«

»Warum ist dieser Strich so schlimm?«

»Ich bin nie da gewesen. Und ich würde auch im Leben nicht da hinfahren. Aber die Mädchen reden untereinander. Man arbeitet, ohne Geld zu bekommen. Wird von seinem Zuhälter vergewaltigt und geschlagen. Und die Freier sind noch schlimmer. Das hält man nur aus, wenn man an der Nadel hängt.«

»Wissen Sie, wo Lucy jetzt ist?«

»Nein, seit dem Mord hat sie keiner mehr gesehen. Sie ist bestimmt abgehauen.«

Vera dachte an den Zeugen, der Lucy in der Silvesternacht nackt über den Innenhof hatte flüchten sehen. Irgendetwas passte nicht ins Bild. Und Lucy war untergetaucht. Entweder hatte sie Angst, oder sie war schuldig.

»Wie sieht Lucy aus?«

»Sie ist kleiner als ich, vielleicht eins sechzig. Braune Haare, um die zwanzig. Sie ist Schwedin, sieht aber nicht typisch schwedisch aus.«

»Wie meinen Sie das?«

Camilla dachte eine Weile nach.

»Sie ähnelt den Mädchen, die aus den Ostblockländern kommen. Slawisch, oder wie man sagt.«

»Hat sie einen Akzent?«

»Nein, überhaupt nicht. Sie kommt aus Schweden, woher genau, weiß ich nicht. Aber Stockholmerin ist sie jedenfalls nicht. Sie hat keinen Dialekt. Sie wissen schon, wie Leute, die nie lange genug am selben Ort bleiben, um sich einen Dialekt anzueignen.«

Vera versuchte, sich ein Bild von Lucy zu machen, zu verstehen, wer die junge Frau, nach der sie suchte, war. Nach dem zu urteilen, was Camilla erzählt hatte, schien sie ein unstetes Leben zu führen, verschwieg ihren richtigen Namen, schien nicht in Stockholm verwurzelt zu sein. Und sie war so verzweifelt gewesen, dass sie auf dem gefürchtetsten Straßenstrich Europas gelandet war. War sie vielleicht schon vor dem Mord in der Silvesternacht auf der Flucht gewesen?

»Wissen Sie, warum Lucy auf der Straße der Schande angeschafft hat?«

Camilla zuckte mit den Schultern.

»Warum verkauft man seinen Körper? Vielleicht hatte sie es sich hier mit ihrem Zuhälter verdorben, vielleicht zu viel gedrückt. Ich weiß es nicht. Aber um dort zu landen, muss man schon jede Hoffnung auf ein normales Leben aufgegeben haben. Ich glaube, Lucy hat keine Familie, die diesen Namen verdient. Die Straße der Schande ist nicht der erste Stopp auf der Reise, sie ist die Endstation.«

Vera stand auf, bedankte sich bei Camilla und versprach, ihren Namen nicht zu nennen, falls sie sie in ihrem Artikel zitierte.

»Eine Frage noch«, sagte sie dann. »Wissen Sie vielleicht, wo Pål steckt? Pål vom Odin MC?«

»Keine Ahnung. Wahrscheinlich ist er irgendwo im Ausland.«

»Aber wo, wissen Sie nicht?«

»Nein.«

Als Vera zurück zum Auto ging, waren die Scheiben überfroren. Sie startete den Motor, drehte das Gebläse voll auf und ließ den Saab warm laufen.

Was sie von Camilla erfahren hatte, bedrückte sie. Für gewöhnlich ließ sie Storys, an denen sie arbeitete, nicht an sich heran. Aber irgendetwas an Lucys Leben erinnerte sie an ihre eigene Familie. Ihre Eltern hatten nach dem Tod ihres Bruders mit ihr gebrochen, ihr die Schuld daran gegeben. Sie hatte sich lange bedeutungslos gefühlt, gedacht, es würde keine Rolle spielen, was mit ihr geschah.

Ging es Lucy genauso? War sie deshalb auf der Straße der Schande gelandet?

Vera schaltete wieder in den Journalistenmodus. Sie hatte hilfreiche Infos über die gesuchte Frau bekommen, die der Schlüssel zur Lösung sein konnte, aber sie musste mehr herausfinden.

Nach dem, was Camilla erzählt hatte, vermutete sie, dass Lucy vor noch nicht allzu langer Zeit von zu Hause abgehauen war. Ein so junges Mädchen, das Drogen nahm und sich prostituierte, erregte Aufmerksamkeit. Irgendjemand aus ihrem Umfeld hätte reagiert, sie höchstwahrscheinlich als vermisst gemeldet.

Bevor sie losfuhr, wählte sie Jerker Wretströms Nummer bei der Polizei Märsta. Sie hatte den Kriminalkommissar vorigen Sommer kennengelernt, als er Tomas Wolfs Bruder Kristian wegen Tatverdachts in einem Mord festgenommen hatte, der aber, wie sich später herausstellte, auf Stig Hoffstens Konto gegangen war. Wie sie hatte Wretström den Verdacht gehegt, dass Tomas Wolf sich in die Ermittlung eingeschaltet hatte, um seinen Bruder zu schützen, und seitdem war Wretström ihr Informant.

»Hey, meine geheime Quelle. Willst du dir einen Tausender verdienen?«, begrüßte sie ihn.

Jerker seufzte.

»Worum geht es diesmal?«

»Ich brauche eine Liste mit den Namen aller aktuell als vermisst gemeldeten Frauen. Ich bin gerade in Märsta.«

Ein neuer Seufzer.

»Ich arbeite mehr für dich als für die Polizeibehörde. Aber okay. Restaurant Hongkong, in einer halben Stunde.«

14

Tomas und Zingo warteten auf der Rückseite der Pathologie in Solna auf die Rechtsmedizinerin Monica Spännare. Die Sonne stand wie eine blasse Brausetablette zwischen dicken Wolken am Himmel. Ein Stück entfernt zog eine Prozession Hare-Krishna-Anhänger vorüber, scheinbar unberührt von der klirrenden Kälte.

»Ich wusste nicht, dass du mit Monica befreundet bist?«, sagte Tomas.

Zingo lehnte mit vor der Brust verschränkten Armen an einem Pfeiler.

»Sie schneidet schon seit Anfang der Achtziger Leichen auf, und sie hat Humor. Ihr Vorgänger war noch einer vom alten Schlag, ein Verfechter der Rassenbiologie. Monica ist ein kesser Vater.«

Tomas hob die Augenbrauen.

»Was meinst du?«

Zingo fuhr sich durch seine grauen, strähnigen Haare.

»Sie mag Frauen, Tomas. Sie ist lesbisch.«

In diesem Moment kam Monica Spännare zu ihnen heraus. Sie war um die fünfzig, trug einen weißen Kittel, hatte dunkle, buschige Augenbrauen, einen breiten Mund und dichtes braunes Haar. Zingo und sie umarmten einander herzlich.

»Hast du die Negative aus dem Bordell bekommen?«, fragte er.

Die Rechtsmedizinerin schüttelte den Kopf.

Tomas seufzte. Monica lachte.

»Ich dachte, dass ihr bestimmt keine Zeit mit der Entwicklung vergeuden wollt, und habe meinen Assistenten gebeten, das zu erledigen.«

Sie nahm einen braunen Umschlag aus ihrem Kittel und hielt ihn Zingo hin. Als er danach griff, zog sie ihn wieder zurück.

»Wann pokern wir mal wieder?«, fragte sie.

»Wenn dir dein Portemonnaie zu schwer ist, bin ich gerne bereit, deine Last zu reduzieren. Genau wie beim letzten Mal.«

»Du hast recht«, sagte Monica. »Ich sollte besser die Finger davon lassen.«

»Es gibt vieles, was man besser lassen sollte.«

Die Rechtsmedizinerin gab Zingo den Umschlag, winkte zum Abschied und ging zurück in die Pathologie. Zingo nahm die Fotos heraus. Tomas stellte sich neben ihn.

Der Belegungsplan war wochenweise gegliedert. Den Eintragungen zufolge hatte zum Mordzeitpunkt nur eine Frau in der Wohnung gearbeitet. Ihr Name war Lucy. An allen übrigen Tagen hatten sich noch mindestens vier weitere Prostituierte in der Wohnung befunden.

Ihnen wurde schnell klar, dass der Plan, trotz allem, eine Enttäuschung war. Die angegebenen Namen waren ganz eindeutig nicht die richtigen Namen der Frauen.

»Warum scheint jede Prostituierte in dieser Stadt anglophil zu sein?«, fragte Zingo, als sie zu Tomas' Volvo gingen, und zählte sie auf: Amber, Lucy, Stacey und Hailey.

Der Schnee knirschte unter ihren Füßen. Die Sonne war schon fast hinter den Fassaden verschwunden.

»Könnte diese Lucy Runström erschossen haben?«, fragte Tomas.

»Dann wäre sie eine verflucht gute Schützin«, meinte Zingo. »Aber klar. Vielleicht ist Runström gewalttätig geworden, vielleicht wollte er nicht zahlen. Kein Wunder, dass die Prostituierten anfangen, Waffen bei sich zu tragen. Schließlich finden wir mindestens eine von ihnen pro Monat tot auf.«

»Wir fahren zu Hecklers Pornoclub in der Döbelnsgatan«, beschloss Tomas. »Mit ein bisschen Glück weiß er, wer Lucy ist, und kennt ihren richtigen Namen.«

Sie fuhren schweigend durch die anbrechende Dunkelheit. In den Radionachrichten verkündete Ministerpräsident Ingvar Carlsson, dass die schwedische Regierung, entgegen ihrer bisherigen Ankündigung, das Wrack der Estonia nicht bergen würde. Tomas dachte an die letzten Septembertage voriges Jahr zurück, an die vielen Schwedinnen und Schweden, deren Leichensäcke auf Lastwagen den Valhallavägen entlangtransportiert worden waren.

»Vier Tage später, und ich würde jetzt da unten auf dem Meeresboden liegen«, sagte Zingo. »Grausiger Gedanke.«

Zingo war ein paar Tage vor dem Schiffsunglück mit der Estonia nach Tallinn gefahren. Während Schweden sich in Staatstrauer befunden hatte, war Zingo verreist, ohne jemandem davon zu erzählen. Als er eine Woche später wieder im Polizeipräsidium aufgetaucht war, hatte er kein Wort darüber verloren, wo er gewesen war oder was er gemacht hatte. Es kam öfter vor, dass Zingo untertauchte, um in aller Stille zu saufen. Doch diesmal hatte er bei seiner Rückkehr verändert gewirkt. Gelöster. Tomas hatte ihn nie nach dem Grund gefragt, nahm aber an, dass es damit zusammenhing, dass er dem Estonia-Unglück knapp entronnen war.

Er bog vom Sveavägen nach links in die Frejgatan und parkte unterhalb der Stefanskirche.

Die schäbige rote Eingangstür des Pornoclubs stand offen. Die Stockholmer Sexclubs wurden von verschiedenen kriminellen Organisationen betrieben, und Sicherheit wurde in der Branche großgeschrieben. Der Markt war hart umkämpft, und Anschläge auf konkurrierende Clubs waren an der Tagesordnung.

Sie wechselten einen erstaunten Blick, dann ging Tomas voraus. Drinnen war es dunkel. Treppenstufen führten in den Clubraum hinunter. Tomas tastete an der Wand entlang nach einem Lichtschalter und machte Licht. Ein rotes Neonschild mit dem Schriftzug Lack leuchtete über der Treppe auf, und die Umrisse eines Stehpults mit Kasse wurden deutlich.

»Hallo?«, rief er.

15

Vera betrat das Restaurant Hongkong im Märsta Centrum. Jerker Wretström war der einzige Gast in dem in die Jahre gekommenen Lokal. Er saß ganz hinten in einer Nische und las im *Aftonbladet.*

Sie ging am Tresen vorbei und nahm gegenüber von ihm Platz. Eine müde Kellnerin servierte Wretström das Gericht »Acht Kostbarkeiten« und fragte Vera, ob sie ihr die Karte bringen solle. Sie verneinte und legte zwei Fünfhundert-Kronen-Scheine auf den Tisch.

»Hier.« Sie schob Wretström die Scheine zu.

Die Kellnerin verschwand.

»Danke. Aber das ist nur ein kleiner Trost, angesichts dessen, was in unserem Land vor sich geht.«

Wretström drehte die Zeitung zu ihr herüber. Das *Aftonbladet* brachte eine ganze Seite über die Einführung der eingetragenen Lebenspartnerschaft für gleichgeschlechtliche Paare.

»Hast du die Liste?«, fragte sie, ohne den Artikel zu kommentieren.

Wretström hob die Zeitung an, deutete auf eine braune Mappe darunter, ignorierte die Stäbchen neben seinem Teller und schaufelte sich das Essen mit einem Löffel in den Mund.

Vera blätterte die Seiten durch. Die Liste war länger, als sie erwartet hatte.

»Scheiße, Jerker.«

Der Kommissar hatte die Hälfte seines Essens verschlungen, als Vera ihn unterbrach.

»Was habe ich jetzt wieder verbrochen?«

»Hier stehen lauter selbstmordgefährdete Männer«, sagte sie. »Bemitleidenswerte Existenzen, die irgendwo in den Wäldern verschwunden sind. Du solltest mir die Frauen besorgen. Ich wollte nur die Namen aller als vermisst gemeldeten Frauen.«

»Ach ja, richtig«, murmelte er mit vollem Mund.

Vera schnappte sich einen der Fünfhundert-Kronen-Scheine und schob ihn zurück in ihr Portemonnaie. Wretström wirkte verblüfft, sagte aber nichts.

»Ich bezahle nicht dafür, dass ich meine Zeit mit der Suche nach verschwundenen Männern verplempere.«

Vera winkte der Kellnerin zu, ihr ein großes Bier zu bringen.

»Bist du nicht mit dem Auto hier?«, fragte Wretström.

»Willst du mich festnehmen? Nach einem Bier kann man noch fahren.«

Schulterzuckend widmete sich der Kommissar wieder seinem Essen, während Vera die Liste durchging. Die Kellnerin kam mit dem Bier, und sie nahm einen großen Schluck.

Mehrere der Frauen auf der Liste konnten Lucy sein. Sie kreiste die Namen ein, um Wretström später um weitere Informationen über sie zu bitten.

Sie wusste immer noch zu wenig, um der Spur konkret nachgehen zu können. Sie brauchte mehr Details über Lucy, um den Personenkreis weiter einzugrenzen.

Wretström wischte sich den Mund ab und warf die Serviette auf den Teller.

»Ich muss los«, sagte er.

»Die Rechnung übernehme ich. Danke, Jerker.«

»Keine Ursache.«

Er steckte den Schein ein und wandte sich zum Gehen. Als die Tür hinter ihm zufiel, war Vera schon wieder in die Liste vertieft.

Als sie die letzte Seite durchging, hatte sie ihr Bier ausgetrunken. Der Ansatz erschien sinnlos. Es gab einfach zu viele vermisste Frauen in Schweden. Sie griff nach ihren Zigaretten und steckte sich eine an. Aus den Lautsprechern des Restaurants ertönte der grässliche Nordman-Song *Der Wanderer.*

Zerstreut überflog sie die letzten Zeilen. Als sie den Buchstaben W erreichte, ließ ein Name sie innehalten.

Sie merkte, dass sie die Luft anhielt, und atmete tief durch. Im September war in Hallstahammar ein Kristian Wolf als vermisst gemeldet worden. Das konnte nur Tomas Wolfs Bruder sein.

Sie dachte an den vergangenen Sommer, als sie Tomas fälschlicherweise für den Frauenmörder gehalten hatte, aber seine Lügen und sein Doppelleben, seine Affäre mit Azra, der Liebe seines Lebens, hatten sie misstrauisch gemacht.

Doch die heimliche Romanze hatte ein abruptes Ende genommen, als Tomas' Bruder Kristian Azra zusammenschlug und lebensgefährlich verletzte. Azra hatte überlebt, aber das Kind, das sie von Tomas erwartete, verloren. Wie es danach mit ihr weitergegangen war, wusste sie nicht.

Vera drückte die Zigarette aus und kreiste Kristian Wolfs

Namen ein. Er war nicht der Typ, der sich den Kopf wegblies. Ihm musste etwas zugestoßen sein.

Sie legte ein paar Hundert-Kronen-Scheine auf den Tisch und stand auf.

Dies konnte der Scoop sein, auf den sie gewartet hatte und der ihren Widersachern beim *Aftonbladet* beweisen würde, dass sie tatsächlich eine Starjournalistin war.

Draußen war es bereits stockfinster, und auf dem Weg zum Auto biss ihr die Kälte in die Wangen. Der Bürgersteig war vereist und glatt.

Heute war es zu spät, um noch nach Hallstahammar zu fahren. Aber morgen früh würde sie sich als Erstes mit Kristian Wolfs Verschwinden befassen.

Als sie den Zündschlüssel umdrehte, durchzuckte sie ein Déjà-vu. Es war nicht das erste Mal, dass sie Märsta mit der Gewissheit verließ, dass Tomas Wolf irgendetwas verbarg.

16

Im Schein des Neonschilds gingen Tomas und Zingo die Treppe hinunter. Sie kamen an einer Garderobe vorbei und betraten einen dunklen Raum. Tomas betätigte den Lichtschalter an der Wand. Ein Deckenscheinwerfer tauchte sie in rotes Licht. Hätten sich auf der erhöhten Bühne in der Mitte des Raumes nicht eine Pole-Dance-Stange und ein Käfig befunden, hätte es ein ganz gewöhnlicher Nachtclub sein können. An der hinteren Wand erstreckte sich eine gut bestückte Bar. An den Seiten standen Samtsofas und Loungetische.

Zingo legte Tomas eine Hand auf die Schulter und deutete auf eine Tür zu ihrer Rechten. Sie blickten in den dahinterliegenden Raum. Die Wände waren grau gekachelt. In der Mitte stand ein großer Jacuzzi, daneben ein Tisch mit einem leeren

Champagnerkühler. Den hinteren Bereich nahm ein breites Bett ein. Am Kopfende hing ein großer Spiegel mit Goldrahmen.

Sie kehrten zurück in den Clubraum.

»Dahinten«, sagte Tomas.

Hinter der Bar lag eine weitere Tür. Sie umrundeten den Tresen und betraten eine Art Umkleide mit Spiegeln und Schminktischen. Süßer Parfümgeruch hing in der Luft. An der gegenüberliegenden Wand standen blaue Metallspinde mit Vorhängeschlössern. An einer Stirnseite führte eine Tür in ein angrenzendes Zimmer. Die Tür war nur angelehnt, und durch den Spalt sickerte Licht.

Irgendetwas stimmte nicht, Tomas spürte es am ganzen Körper.

Noch bevor er das Zimmer betrat, stieg ihm der metallisch-süßliche Geruch von Blut in die Nase.

Er zog die Tür auf.

Hinter einem wuchtigen Schreibtisch saß ein Mann. Sein schwarzes Hemd war aufgeknöpft und sein Oberkörper mit breitem Klebeband an die Rückenlehne seines Stuhls gefesselt. Tomas starrte auf das Gesicht. Ein blutiges Etwas ragte aus dem geöffneten Mund. Als er sich über die Schreibtischplatte beugte, erkannte er, dass es die Genitalien des Mannes waren. Er schluckte krampfhaft, zwang aufsteigende Galle hinunter. Dann richtete er den Blick auf seine Füße und merkte, dass er in einer dunklen Blutlache stand. Rasch trat er zur Seite.

Tomas umrundete den Schreibtisch. Der Unterleib des Mannes war unbekleidet. Wo seine Genitalien gesessen hatten, klaffte eine blutige Fleischmasse. Das Blut war an der Innenseite seiner Oberschenkel entlanggelaufen und tropfte noch zwischen seinen Füßen hinunter.

Tomas wandte den Blick ab und heftete ihn auf einen großen grünen Safe in der Zimmerecke. Die Tür stand offen. Um nicht weiter den Toten ansehen zu müssen, nahm er ihn genauer in Augenschein. An der Steckdose neben dem Safe fehlte die weiße Verkleidung, ein schwarzes Kabel hing auf den Boden herunter und endete in der Blutlache. Tomas ging in die Hocke. Das Kabel war aufgetrennt, und die Drähte ragten heraus.

»Stromschläge«, sagte Zingo.

Auf dem Schreibtisch lagen weiße, blutige Splitter. Im ersten Moment verstand Tomas nicht, was er da sah. Dann begriff er. Er betrachtete die Hände des Mannes.

»Das sind Fingernägel«, sagte er. Seine Stimme drohte zu versagen. »Das sind seine verfluchten Fingernägel.«

Zingo antwortete nicht. Tomas blickte auf. Zingo ging um den Schreibtisch herum und legte dem Toten eine Hand in den Nacken. Tomas öffnete den Mund, um zu protestieren, schwieg jedoch, als Zingo seine Dienstwaffe zog.

»Er ist noch warm. Vielleicht ist der Täter noch hier.«

Im selben Moment hörte Tomas, wie draußen eine Tür geöffnet wurde.

17

Veras Gedanken kreisten in einem fort um Kristian Wolfs Verschwinden. Und als sie die Wohnung in der Pilgatan betrat, hatte sie sich schon in eine Wut auf Birgitta hineingesteigert, weil diese sie bestimmt den ganzen Abend lang bei der Arbeit stören würde.

Nach ihrem Aus bei der *Kvällsposten* hatte sie die gestellte Wohnung der Zeitung hier im Haus räumen müssen und war bei ihrer verwitweten Nachbarin Birgitta eingezogen. Seitdem teilten sie sich die große Wohnung und gingen sich gegenseitig auf die Nerven, wie ein altes Ehepaar.

»Birgitta, bist du zu Hause?«, rief Vera.

Sie war auf der Suche nach einer eigenen Wohnung, aber sie stand weder auf einer Warteliste, noch hatte sie das Geld für einen illegalen Vertrag. Ihre gesamten Ersparnisse waren für den Anwalt draufgegangen, der ihr mit Sigge geholfen hatte.

»Ich bin hier.«

Vera stöhnte innerlich auf und zog ihre Schuhe aus.

»Hier? Was ist so schwer daran, den Raum zu nennen«, murmelte sie.

Sie durchsuchte die Sechszimmerwohnung, bis sie Birgitta mit dem Kopf voller Lockenwickler im Wohnzimmer fand. Auf dem Couchtisch dampfte das Abendessen, eine mit Käse und Mais gefüllte Quiche, aber der Geruch warnte vor einer eigentümlichen Gewürzmischung.

»Ich hab mich schon gefragt, wo du bleibst. Die Sendung fängt gleich an.« Birgitta deutete auf den Fernsehapparat. »Ich nehme sie natürlich auf.«

Im ersten Moment begriff Vera nicht, was Birgitta meinte. Sie konnte an nichts anderes denken als an die neue Spur zu Kristian Wolf. Dann fiel ihr ein, dass heute Dienstag war und um neun Uhr auf TV3 ihr Auftritt im Medienmagazin ausgestrahlt wurde, bei dem sie über ihr Interview mit Stig Bergling sprach. Die Sendung war letzte Woche im Studio aufgezeichnet worden.

»Dann esse ich in der Küche«, sagte sie.

Ihre Stimme klang schroffer, als sie es beabsichtigt hatte.

»Das schaue ich mir ganz bestimmt nicht an.«

Birgitta stand wortlos auf, maß sie mit einem unergründlichen Blick und rauschte aus dem Zimmer.

Vera seufzte. Sie hatte keine Ahnung, warum sie so überreagiert hatte, aber sie hatte Angst, Birgitta zu enttäuschen, wenn die alte Dame zu sehr Anteil an ihrem Leben nähme.

Sie blickte zum Couchtisch. Zwischen den Tellern lag ein aufgeschlagenes Fotoalbum. Vera setzte sich hin und betrachtete die Seite. Eines der Bilder zeigte Birgitta in Veras Alter mit einem kleinen Jungen auf dem Schoß. Das Bild war auf demselben Sofa gemacht worden, auf dem sie jetzt gerade saß.

In dem halben Jahr, das sie Birgitta inzwischen kannte, hatte diese nicht viel von ihrer Vergangenheit erzählt. Vera wusste, dass Birgittas Mann Börje gestorben war und die beiden keine Kinder gehabt hatten. Doch das war auch alles.

Wer war der kleine Knirps mit dem braunen Lockenschopf? Unter dem Foto stand bloß: »Birgitta und Lasse, Januar 1965«. Einen Lasse hatte Birgitta nie erwähnt.

Im Durchgang zwischen Küche und Wohnzimmer erklangen Schritte, und einen Augenblick später erschien Birgitta mit einem Glas Salsasoße in der Hand. Sie schien Veras ruppiges Verhalten unter den Teppich gekehrt zu haben.

»In meiner Familie essen wir gemeinsam«, sagte sie. »Und außerdem habe ich heute extra für dich ein neues Rezept ausprobiert.«

Sie deutete auf die sonderbar duftende Quiche.

»Das ist keine normale Quiche, sondern eine mexikanische Taco-Quiche.«

Vera stand auf und zeigte auf das Foto.

»Wer ist das?«, fragte sie.

»Ach, lag das alte Ding offen herum?« Birgitta stellte die Salsasoße auf den Tisch.

Sie griff nach dem Fotoalbum und schlug es ohne einen Blick auf das Foto zu.

»Das Essen wird kalt. Ich erzähle es dir ein andermal«, sagte sie und setzte sich aufs Sofa.

Vera blieb stehen und schaute sich im Wohnzimmer um. Wie dumm sie gewesen war. Es hätte ihr längst klar sein müssen. Die Wohnung war viel zu groß für Birgitta, selbst dann, wenn ihr Mann noch leben würde. Wie konnte sie sich diese Wohnung überhaupt leisten? Im Gästezimmer stand ein Kinderbett, in dem Sigge letztes Jahr geschlafen hatte. Dies war keine Wohnung für eine Witwe. Dies war ein Zuhause für eine Familie. Eine Familie, die aus irgendeinem Grund nicht mehr existierte. Mit einem Kloß im Hals setzte sie sich wieder hin.

»Okay«, sagte sie. »Wir können uns die Sendung anschauen. Ich hatte nur einen harten Tag.«

»Glaub nicht, dass du mich davon hättest abhalten können, dich im Fernsehen zu sehen«, erwiderte Birgitta.

Sie lächelte, aber Vera spürte, dass sie dahinter etwas anderes verborgen hielt.

»Ich habe die Quiche heute beim Einkaufen probiert. Ein Mann hat Kostproben verteilt. Er meinte, in Mexiko essen die Leute dieses Gericht jeden Tag.«

»Interessant«, murmelte Vera und nahm einen Bissen.

Die Füllung schmeckte wie ganz gewöhnliche Hackfleischsoße.

In diesem Moment klingelte es an der Haustür. Wieder und wieder.

Erbost stand Birgitta auf und eilte in den Flur.

»Wenn das wieder dieser Parabolantennenverkäufer ist, werde ich dem Kerl was erzählen!«, wetterte sie.

Dann hörte Vera, wie Birgitta die Tür öffnete und aufschrie. Sie sprang auf, und als sie den Namen hörte, den Birgitta rief, stockte ihr der Atem. Sie hatte seit Monaten auf diesen Augenblick gewartet.

18

Die Sig Sauer fest in der rechten Hand, spähte Tomas in die Umkleide. Im Augenwinkel sah er sein Profil in den Spiegeln, während er sich in Richtung Bar bewegte. Zingo war dicht hinter ihm. Tomas nahm seine Dienstwaffe in die linke Hand, wischte seine rechte an den Jeans ab, ehe er die Finger wieder fest um den Griff schloss.

Vor zwei Tagen hatte er das kalte Metall in seinem Mund gespürt, fest entschlossen, sein Leben zu beenden. Seine Tage waren gezählt. Der Mord im Bordell hatte seinen Selbstmord aufgeschoben, und jetzt war in seiner inneren Leichen-Kartei noch ein weiterer Toter hinzugekommen.

Der Mörder hatte Morris Heckler den Penis abgetrennt und ihn ihm in den Mund gestopft. Etwas Vergleichbares hatte Tomas noch nie gesehen.

In der Bar erklang wieder ein Geräusch. Jemand war hier, kein Zweifel.

Tomas legte die Hand auf die Klinke und sah Zingo an. Der nickte unmerklich. Tomas riss die Tür auf, und Zingo machte mit vorgehaltener Waffe einen raschen Schritt an ihm vorbei.

»Polizei, keine Bewegung!«, rief er.

Tomas richtete seine Sig Sauer in dieselbe Richtung wie Zingo.

Ein groß gewachsener Mann in schwarzem Mantel wandte ihnen den Rücken zu.

»Die Hände weg vom Körper!«, befahl Tomas.

Zögernd gehorchte der Mann. Tomas sicherte seine Waffe, steckte sie zurück ins Schulterholster und ging auf ihn zu. Zingo rückte langsam nach.

»Sind Sie bewaffnet?« Tomas tastete den Mantel des Mannes ab.

Er hatte ein vernarbtes, braun gebranntes Gesicht und weit auseinanderstehende Augen.

»Nein, verdammt.«

Tomas durchsuchte seine Kleidung und stellte fest, dass der Mann die Wahrheit sagte. Er legte Autoschlüssel und einen Blister Danaboltabletten auf den Bartresen. In der Gesäßtasche der Jeans steckte ein Portemonnaie mit einem Führerschein. Tomas' Blick ging von dem kleinen Schwarz-Weiß-Bild zum Gesicht des Mannes. Nach kurzem Zögern kam er zu dem Schluss, dass sein Gegenüber mit dem Führerscheininhaber identisch war.

»Samuel Nordmark«, las er vor.

Der Mann war Jahrgang fünfundsechzig und anscheinend irgendeine Art Bodybuilder. Nicht zuletzt die Steroide sprachen dafür, dass er kein normaler Freizeitsportler war.

»Was machen Sie hier?«, fragte Tomas.

»Ich arbeite hier als Türsteher. Kann ich die Arme runternehmen, oder erschießt mich Ihr Partner dann?«

Zingo schob seine Waffe ins Holster.

»Wo ist Morris?« Samuel Nordmark sah sich um.

Tomas musterte ihn.

»Warum fragen Sie?«

»Weil er normalerweise um diese Zeit hier ist. In seinem Büro.«

Tomas bedeutete dem Türsteher, sich auf einen der Barhocker zu setzen.

»Wann haben Sie das letzte Mal mit Morris Heckler gesprochen?«

»Gestern Abend.«

»Wo war das?«

Nordmark zog seinen Mantel aus und legte ihn auf den Tresen. Gewaltige geäderte Bizepse ragten aus den Ärmeln seines T-Shirts.

»Hier im Club.«

»Wann ist er gegangen?«

»Gegen acht. Wie immer.«

Tomas nickte langsam. Er griff nach seinen Zigaretten, klopfte eine heraus und schob sie zwischen die Lippen.

»Morris Heckler ist tot«, sagte er und zündete die Zigarette an. »Er wurde in seinem Büro ermordet.«

Nordmark starrte ihn an, als wollte er herausfinden, ob das ein Witz sein sollte, aber er sagte nichts. Tomas dachte an den offen stehenden Safe.

»Ist er noch dadrin?«, wollte Nordmark mit weit aufgerissenen Augen wissen.

Tomas überging die Frage.

»Hat Ihr Chef im Büro Geld aufbewahrt?«, fragte er stattdessen.

Nordmark schüttelte den Kopf. Zingo lehnte sich an den Tresen.

»Was hatte er dann in dem Safe? Das gute Porzellan? Backrezepte?«

Nordmark sah ihn mit gläsernem Blick an.

»Filme«, antwortete er. »Die Filme, die er selbst produziert hat.«

»Er hat seine eigenen Pornofilme im Safe aufbewahrt?«, hakte Tomas nach.

»Sie haben … ihm viel bedeutet.«

»Ja, er scheint eine zartbesaitete Künstlerseele gewesen zu sein«, meinte Zingo.

Er zog sein Handy aus der Hosentasche, wählte eine Nummer und entfernte sich ein Stück. Wahrscheinlich rief er Ylva an.

Tomas klopfte auf den Tresen, um Nordmarks Aufmerksamkeit auf sich zu lenken.

»Hat er sonst noch etwas in dem Safe aufbewahrt?«

»Nein. Nicht dass ich wüsste.«

19

Vera stürzte in den Flur. Der Anblick, der sich ihr bot, hob ihre Welt aus den Angeln.

»Um Himmels willen!«, rief Birgitta aus. »Was ist denn mit dir passiert, kleiner Muck?«

Sigge stand zitternd vor Kälte nur mit T-Shirt und Jeans bekleidet im kalten Treppenhaus. Vera drängte sich an Birgitta vorbei.

»Sigge!«, rief sie. »Wie kommst du denn hierher, kleiner Mann?«

Sigges blondes Haar war so fettig, dass es dunkel glänzte, und in der Hand hielt er die Schnuffeldecke mit den gelben Punkten, die er als Kleinkind immer mit sich herumgetragen hatte.

»Hat Papa dich hergebracht?«, fragte Vera.

Sie nahm Sigge auf den Arm, und er begann zu weinen. Tränen schüttelten seinen Körper.

»Ich bin allein hergekommen«, schluchzte er.

»Aus Malmö?«

»Ja.«

Birgitta ging ins Badezimmer, und Vera hörte, dass sie die Badewanne einließ.

Vera drückte Sigge fest an sich. Er zitterte. Sie dachte an den Tag im letzten Sommer, als Jonny sich aus dem Staub gemacht hatte und sie mit dem Vorsatz, Sigge beim Jugendamt abzugeben, mit ihm in Malmö draußen vor der Behörde gestanden hatte. Aber sie hatte es damals nicht übers Herz gebracht, und sie würde ihn auch diesmal nicht alleinlassen.

»Kommt ihr?«, rief Birgitta aus dem Badezimmer. »Der Junge braucht ein heißes Bad.«

Vera trug Sigge ins Badezimmer und zog ihm seine verdreckten Sachen aus. Er hatte deutlich abgenommen.

»Es ist zu heiß«, jammerte Sigge, als sie ihn ins warme Wasser setzte.

»Du bist nur unterkühlt«, erklärte Vera. »Gleich wird es schön warm.«

Birgitta ging aus dem Bad, kam mit der Taco-Quiche zurück und begann, Sigge zu füttern. Obwohl sie selbst keine Kinder hatte, handelte sie instinktiv.

Vera fühlte sich wie gelähmt, Schuldgefühle erdrückten sie. Sie hatte alles getan, um das Sorgerecht für Sigge zu bekommen, trotzdem hatte sie das Gefühl, den Jungen im Stich gelassen zu haben.

»Ich werde nicht böse, versprochen«, sagte sie. »Aber ich muss wissen, ob du von zu Hause abgehauen bist.«

Sigge schüttelte den Kopf.

»Papa ist abgehauen. Er wollte mich um Mitternacht wecken, damit ich die Feuerwerksraketen sehe. Aber als ich von der Knallerei wach geworden bin, war er nicht da.«

Wut stieg in Vera auf.

»Warst du seit Silvester alleine?«, fragte sie.

»Ja, und es war nichts zu essen da. Also habe ich das Katzenfutter gegessen, das Papa letztes Jahr gestohlen hat. Das hat ekelig geschmeckt.«

»Ach, kleiner Mann.«

Sigge kaute und schluckte, aß jetzt allein.

»Das hier schmeckt tausendmal besser. Aber am Anfang war es lustig, Katze zu spielen.«

Jonny hatte seinen sechsjährigen Sohn vor drei Tagen einfach seinem Schicksal überlassen. Vera schloss Sigge, nass wie er war, fest in die Arme. Tränen stiegen ihr in die Augen.

»Du riechst wie ein kleines Stinktier«, sagte sie und vergrub das Gesicht in Sigges Haar. »Aber ich werde dich nie mehr alleinlassen.«

20

Ellen stellte sich im Hammarby-Hafen unter das Dach eines Depots. Vom Pier drangen die Geräusche der Werften und Industriebetriebe herüber. Hämmern und metallisches Scheppern. Das hydraulische Zischen eines bremsenden Lastwagens.

Ellen zündete sich eine Zigarette an und inhalierte einen tiefen Zug. Sie dachte an den Mann, der ihren Freier erschossen hatte. Nicht die Tat an sich machte ihr Angst, sondern dass der Mörder ihren Namen gerufen hatte.

Woher kannte er ihren richtigen Namen?

Diese Frage stellte sie sich seit dem Mord in jeder wachen Sekunde; es musste bedeuten, dass sie das eigentliche Ziel des Mannes gewesen war.

Sie war nackt über den Innenhof geflohen, hatte die Malmskillnadsgatan überquert und war zur Johanneskirche gelaufen, wo ein Freier, den sie regelmäßig besuchte, ein leer stehendes Appartement besaß. Sie hatte den Schlüssel unter der Fußmatte hervorgeholt, ein paar Sachen von ihm angezogen und war mit einem Taxi zum Hotel gefahren.

In dieser Nacht war ein Albtraumjahr zu Ende gegangen, das schlimmste ihres Lebens. Pål hatte sie im Frühjahr sitzen lassen. Nach dem Tod ihrer Mutter im Mai war sie im Haus Sonnenblume gelandet, der Entzugsklinik, die ihre Sucht aber nur verschlimmert hatte. Dort war sie komplett in den Drogensumpf abgerutscht und hatte begonnen, ihren Körper zu verkaufen. Kurz darauf war sie mit Nikita auf der Straße der Schande gelandet, dem tschechischen Straßenstrich an der E55, wo Männer alles bekamen, was sie wollten, so gut wie umsonst. Der Tiefpunkt ihres Lebens.

Ellen erschauderte, als versuchte ihr Körper, die Erinnerung abzuschütteln. Dass sie es geschafft hatte, von dort wegzukommen und clean zu werden, erschien ihr noch immer wie ein Wunder. Sie durfte nicht wieder dort landen, ganz egal, was der Mann, der sie jagte, von ihr wollte.

Vom Danvikskanal wehte ein kalter Wind herüber und

trieb körnigen Schnee in die Luft. Sie war hier, um sich an einen Freier zu verkaufen, den sie noch nie getroffen hatte. Er hieß angeblich Lennart und hatte kleine Kinder, aber die meisten Typen erzählten irgendwelche Lügen, um harmlos zu wirken.

Seit dem Mord vor drei Tagen hatte sie sich von der Straße ferngehalten und sich von ihren letzten Ersparnissen in einem Hotel einquartiert. Sie hatte kaum noch Geld und musste anschaffen gehen, um neues zu verdienen.

Am Kai fuhr ein Auto entlang, die Scheinwerfer leuchteten ihr direkt ins Gesicht. Die Schneeflocken tanzten wie Glühwürmchen im Licht. Hinter der Windschutzscheibe erkannte sie die Silhouette eines Mannes. Das musste der Freier sein, auf den sie wartete. Den Kontakt zu ihm hatte sie über Phone Café hergestellt, den neuen Teledating-Dienst. Er glaubte, dass sie sechzehn war.

Ellen blieb im Schatten des Depots stehen, unschlüssig, ob sie den Freier wirklich treffen sollte. Ehe sie zum Hafen gefahren war, hatte sie in der Malmskillnadsgatan nach Jeanette Dunér gesucht. In der Hoffnung, die erfahrene Nutte dort anzutreffen, die den jungen Mädchen half, hatte sie vorm Café Himmelszelt gewartet, während auf der Straße zivile Polizeiwagen auf und ab gefahren waren.

Sie hatte begriffen, dass die Bullen nach ihr suchten. Vor einem Tabakkiosk hatte die Schlagzeile des *Aftonbladet* vom Tag nach dem Mord im Schneematsch gelegen.

NACKTE FRAU
FLÜCHTET IM SCHNEE

Und auch ohne Foto wusste jeder Zuhälter und jede Prostituierte, dass sie gemeint war. Sie konnte ihre Freier nicht mehr auf der Straße aufgabeln, gut möglich, dass einer von ihnen sich als Bulle entpuppte. Oder schlimmer: als der Mörder, der ihren Namen gerufen hatte. Sie musste sich von allen Plätzen fernhalten, an denen Menschen aus der Stockholmer Unterwelt verkehrten.

Das Auto kam näher. Ellen trat aus dem Schatten, damit der Mann sie sah.

Auf der Straße der Schande hatten Nikita und sie eines Nachts genau so dagestanden wie sie in diesem Moment, in einem Gewerbegebiet, während ein Auto langsam auf sie zugerollt war. Und es hatte damit geendet, dass sie mitten in der Nacht von einem entlegenen tschechischen Bauernhof geflohen waren, nachdem man sie mit vorgehaltener Waffe dazu gezwungen hatte, die perversen Gelüste von acht Männern zu befriedigen. Als sie zurückgekommen waren, hatte ihr Zuhälter sie zusammengeschlagen, gesagt, sie müssten ihm den Verdienstausfall ersetzen, und sie zurück auf den Strich geschickt.

Nikita war nicht mehr hier. Sie war wieder auf der Straße der Schande. Ellen wünschte, Nikita wäre in Stockholm geblieben. In der Nacht, als Runström erschossen worden war, hatte sie die Freundin am Telefon gesprochen und ihr hysterisch erzählt, was passiert war. Jetzt hatte sie niemanden, mit dem sie reden konnte. Ihr Drogenkonsum hatte sie den Freund gekostet. Obwohl sie inzwischen clean war, war sie unsicher, ob Pål noch etwas von ihr wissen wollte. Eine kräftige Böe riss an ihrem Schal. Der Mann hatte angehalten und blendete das Fernlicht auf. Vielleicht wollte er woandershin fahren. Sie bekam ein mulmiges Gefühl. Für den Fall, dass der Freier gewalttätig werden sollte, merkte sie sich Fahrzeugmodell und Kennzeichen. Seit dem Mord an Catrine da Costa machten das alle Mädchen und warnten sich untereinander. Dann stieg sie in den hellbraunen Ford und sagte mit kindlicher Stimme:

»Ich habe ein bisschen Angst, ich habe so etwas noch nie gemacht.«

Das Gesicht des Mannes war in der Dunkelheit kaum zu erkennen. Aber seine Zähne blitzten auf, als er den Mund zu einem lüsternen Grinsen verzog, den Gang einlegte und losfuhr.

»Aber ich«, erwiderte er.

TEIL II

Mittwoch, 4. Januar 1995

1

Nach der Entdeckung von Morris Hecklers Leiche im Pornoclub Lack am Dienstagnachmittag lag Tomas wach im Bett. Er ertrug die Leere und die Stille in der Wohnung nicht. Der Anblick von Hecklers malträtiertem Körper hatte sich wie ein Splitter in seine Hirnrinde gebohrt. Um zwei Uhr morgens gab er den Versuch zu schlafen auf, setzte sich ins Auto und fuhr durch ausgestorbene, vereiste Straßen zum Polizeipräsidium. Dort ging er hoch in sein Büro, rollte eine Isomatte auf dem Fußboden aus und schlief endlich ein.

Als er gegen sieben Uhr aufwachte, merkte er, dass er sich wieder eingenässt hatte. Schnell lief er in die Herrentoilette, holte einen Stapel Papiertücher und wischte die Isomatte ab. Dann griff er nach der Tüte mit der Wechselkleidung, die er mitgenommen hatte, fuhr mit dem Fahrstuhl hinunter ins Fitnessstudio des Präsidiums, duschte und zog frische Sachen an.

Als er in sein Büro zurückkam, wartete Zingo auf ihn.

»Hast du hier geschlafen?«, fragte er.

»Ja, das kommt hin und wieder vor.«

Tomas ließ die Tüte mit der dreckigen Kleidung hinter der Tür verschwinden und setzte sich an den Schreibtisch. Zingo hatte frischen Kaffee mitgebracht und schob ihm einen Becher hin.

»Der Mord an Heckler fällt in unsere Zuständigkeit. Ich bin eben bei Ylva gewesen. Weil es keinen Tatverdächtigen gibt, handelt es sich vorerst um eine polizeiliche Mordermittlung.«

Tomas trank einen Schluck Kaffee.

»Aber wie du vielleicht gemerkt hast, sind wir unterbesetzt. Unsere lieben Kollegen fahren in den Bergen Ski, rekeln sich auf den Kanaren in der Sonne oder machen das, was Polizisten im Urlaub eben so machen. Und diese Sache wird enormen Wirbel verursachen. Sobald die Presse Wind davon bekommt, wie Heckler ermordet wurde, ist die Hölle los. Darum hat Ylva entschieden, dass sie die Ermittlung leiten wird.«

Tomas zündete sich eine Zigarette an, um den Uringestank aus der Tüte zu überdecken.

»Sie hat für neun Uhr eine Besprechung anberaumt. Aber wir beide sollen in die Vasastan fahren. Es gibt einen Zeugen, der den Täter möglicherweise gesehen hat.«

Tomas beugte sich vor, sein nasses Haar tropfte auf die Schreibtischplatte.

»Was sagst du?«

Zingo warf einen flüchtigen Blick in seinen Notizblock.

»Ein Olof Jacobsson, wohnhaft in einer Eckwohnung an der Kreuzung Odengatan/Döbelnsgatan. Er hat einen Mann in Mantel und Handschuhen in einen dunkelblauen Saab 900 steigen sehen, der vor seiner Haustür geparkt hat.«

Tomas lehnte sich auf seinem Stuhl zurück.

»Warum sollte das unser Täter sein?«

»Jacobsson hat einen Hund, einen Cockerspaniel, mit dem er im Vanadislunden regelmäßig Gassi geht. Er hat gesehen, wie der Mann gegen 14:45 Uhr aus dem Lack gekommen und in den Saab gestiegen ist.«

»Woher wissen wir das?«

Zingo grinste.

»Der Cockerspaniel musste am Abend sein nächstes Geschäft erledigen, also ist Jacobsson mit ihm wieder in den Vanadislunden gegangen und hat das Polizeiaufgebot vor dem Lack gesehen, Blaulicht und Absperrungen. Du weißt selbst, was da los war. Jacobsson ist zu den Kollegen gegangen und hat ihnen von seiner Beobachtung erzählt.«

Zingo trank seinen Kaffee aus und stand auf.

»Wollen wir los?«

2

Vera schlüpfte in ihre schwarzen Stiefel und wickelte sich einen Schal um den Hals. Jede Faser ihres Körpers sträubte sich, obwohl sie schon zu spät dran war. Sie musste nach Hallstahammar und mehr über Kristian Wolfs Verschwinden herausfinden. Aber sie wollte Sigge nicht allein lassen. Heute Morgen hatte sie noch lange im Bett neben ihm gelegen und seinen tiefen Atemzügen gelauscht. Jetzt saß er vor dem Fernseher und schaute *Turtles*. Gerade war ein Gefecht im Gange, und zwischen dem Kampflärm drang Sigges helles Lachen in den Flur. Sie wollte ihn nicht wieder enttäuschen.

Ihr Handy klingelte. Es war Carina Hult.

»Soll ich dich für das Redaktionsmeeting abholen?«, fragte sie.

»Oh, verdammt.«

Vera tat überrascht, dabei hatte sie die wöchentliche Besprechung nicht vergessen, aber sie wollte noch niemandem von ihrem Verdacht gegen Tomas Wolf erzählen. Wenn sie Rikard und die Kollegen in die Story einweihte, würde man von ihr erwarten, sie in wenigen Tagen druckreif zu recherchieren. Kam sie mit ihren Nachforschungen zu langsam voran, würde Rikard weitere Reporter auf die Story ansetzen, und sie lief Gefahr, dass jemand ihr den Scoop vor der Nase wegschnappte.

»Sag, dass ich mich nicht gut fühle, aber von zu Hause ein paar Hinweisen zum Silvestermord nachgehe und heute nicht in die Redaktion komme«, fuhr sie fort.

»Okay.«

»Danke, Carina.«

Sie legte auf und rief nach Birgitta.

»Kannst du dich ein paar Stunden um Sigge kümmern?«

»Darum musst du mich nie bitten.«

Vera dachte an das Foto der jungen Birgitta mit dem kleinen Jungen auf dem Schoß. Sie musste Birgitta bei der nächsten Gelegenheit danach fragen.

Sigge stürzte mit seiner Schnuffeldecke in der Hand in den Flur. Seine Nase lief, und er hustete. Er hatte sich auf der Fahrt nach Stockholm erkältet.

»Ich will bei dir bleiben.«

»Ich muss nur ein paar Stunden arbeiten.«

Sigges Augen füllten sich mit Tränen.

»Aber ich will mit«, beharrte er.

Vera umarmte ihn. Er zitterte. Er hatte Angst, dass auch sie nicht wiederkommen würde, das hätte ihr klar sein müssen.

»Dann lauf und zieh dich schnell an«, sagte sie.

Sie fuhr das Auto vors Haus und ließ Sigge auf den Rücksitz klettern. Weil er keine Wintersachen hatte, trug er zwei Pullover von ihr übereinander. Er entdeckte eine letzte Dose Oliven, die noch von Jonnys missglücktem Lkw-Überfall stammte, und schob sich eine in den Mund.

»Besser als Katzenfutter«, urteilte er.

Anderthalb Stunden später parkte sie in Hallstahammar vor dem Polizeirevier und stieg aus. Sigge war auf dem Rücksitz eingeschlafen, und sie ließ den Motor laufen, damit er nicht fror. Er hielt seine Schnuffeldecke im Schlaf so fest umklammert, als hinge sein Leben von ihr ab.

Das Polizeirevier lag in einem braunen Backsteinbau mitten im Zentrum. Vera ging hinein und beschloss, ihren Verdacht gegen Tomas Wolf nicht zu erwähnen. Wenn die Polizei erfuhr, dass er ein Motiv hatte, Kristian etwas anzutun, würde ihn das zum Hauptverdächtigen machen, und die Story war damit Allgemeingut. Das wollte sie vermeiden.

»Mein Name ist Vera Berg, und ich komme vom *Aftonbladet*«, sagte sie. »Ich schreibe an einer Reportageserie über verschwundene Personen und habe ein paar Fragen zu einem bestimmten Vermisstenfall.«

Der diensthabende Beamte an der Rezeption sah sie mit großen Augen an.

»Waren Sie nicht mit diesem Frauenmörder Hoffsten in der Schrebergartenlaube?«

»Ja.« Vera lächelte.

Die Ereignisse vorigen Sommer hatten ihr neue Türen geöffnet. Sie wurde noch immer erkannt, kam in alle Clubs, und der Fernsehsender SVT und das schwedische Radio luden sie zu Gesprächsrunden und Talkshows ein.

»Ich suche nach Informationen über Kristian Wolf«, fuhr sie fort.

Der Polizeibeamte machte ein überraschtes Gesicht.

»Lustig, dass Sie ausgerechnet jetzt nach ihm fragen. In seinem Fall gibt es eine neue Spur.«

Er ließ Vera hinter den Empfangstresen treten, und sie nahmen in einem Besprechungszimmer Platz. Der Tisch war mit Kaffeeflecken übersät, in der Luft hing billiger Aftershavegeruch.

»Jonas Ljung«, stellte der junge Mann sich vor und gab ihr die Hand. Ljung schien um die dreißig zu sein, hatte aber schon den größten Teil seines Haars verloren. Er erzählte, dass

Kristian Wolfs Mutter ihren Sohn im September als vermisst gemeldet hatte.

»Und am Montag ging aus heiterem Himmel ein Hinweis ein. Ein anonymer Anrufer meldete unweit von Hallstahammar einen Leichenfund im Wald. Die Stelle konnten wir lokalisieren, aber eine Leiche lag dort nicht.«

»Sagten Sie nicht, Sie hätten eine neue Spur?«, fragte Vera. »Das klingt für mich eher nach einem Scherzanruf.«

Jonas Ljung lächelte.

»Wir haben dort einen Fund gemacht, aufgrund dessen wir den Hinweis als interessant einstufen. Ein Messer mit den Initialen *K. W.*«

»Um was für eine Art Messer handelt es sich?«, hakte Vera nach.

»Ein Armeemesser.«

Vera dachte nach. Die Initialen schienen dafürzusprechen, dass das Messer Kristian Wolf gehörte. Skinheads trugen oft Armeemesser bei sich, und Wolf hatte zudem als Söldner aufseiten der Serben im Balkankrieg gekämpft.

»Was wissen Sie über den anonymen Anrufer?«, fragte sie.

»Nicht viel. Es war ein Mann. Sprach akzentfreies Schwedisch. Und wir konnten den Anruf zu einer Telefonzelle in der Grevgatan zurückverfolgen.«

»Hier in Hallstahammar?«

»Das sollte eine Stockholmerin eigentlich wissen. Die Grevgatan liegt auf Östermalm.«

Ihr Handy vibrierte in der Hosentasche. Sie zog es heraus und sah aufs Display. Rikard. Sie drückte den Anruf weg, wollte nicht von weiteren Versprechungen, dass er seine Frau verlassen würde, gestört werden. Aber eine Aussprache war unumgänglich. Die Szene in der Floragatan ließ sich nicht ungeschehen machen.

»Vielen Dank für Ihre Hilfe«, sagte sie.

Sie standen auf, und Ljung brachte sie zur Tür. Vera gab ihm ihre Visitenkarte.

»Rufen Sie mich an, sollte sich etwas Neues ergeben?«, fragte sie und öffnete die Eingangstür.

Die hereinziehende Kälte biss ihr ins Gesicht.

»Das werde ich.«

Ljung dachte einen Moment nach.

»Eine Leiche haben wir zwar nicht gefunden. Aber wir haben einen Ort. Und da draußen gibt es einen Mann, der etwas weiß. Gerade fischen wir im Trüben, aber ich habe das Gefühl, dass wir bald einen Durchbruch erzielen.«

Vera verabschiedete sich und hastete über den verschneiten Marktplatz.

Vor einem Nachtclub lag eine hohe Schneewehe. Auf der Treppe leuchteten Urinflecken. Sie dachte an den anonymen Anrufer, der die Polizei zum vermeintlichen Fundort von Kristian Wolfs Leiche geführt hatte. Wer war er? Und was war mit der Leiche passiert?

Irgendwo in Stockholm gab es einen Mann, der wusste, was Kristian Wolf zugestoßen war.

Vera stieg ins Auto. Sigge schlief noch immer. Sie fuhr vom Parkplatz, ihr nächstes Ziel stand fest. Mit einer Hand am Lenkrad wählte sie die Nummer der Telefonauskunft. Tomas Wolf würde es gar nicht gefallen, wenn er erfuhr, wohin ihre Nachforschungen sie geführt hatten.

»Können Sie mir die Adresse und die Telefonnummer von Irene Wolf geben?«

3

Olof Jacobsson war verwitwet und lebte allein mit seinem Cockerspaniel in der großen Wohnung im dritten Stock.

Tomas und Zingo saßen mit ihm im Wohnzimmer, dessen

Fenster auf die Odengatan und die Döbelnsgatan hinausgingen.

»Meine Frau Agneta ist vor zwei Jahren gestorben«, erzählte er. »Austin war ihr Hund. Aber bald wird auch er tot sein. Er wird im März zehn.«

Tomas blickte auf den Cockerspaniel, der sich vor den Füßen seines Herrchens zusammengerollt hatte.

Er beschloss, das Gespräch vom Hund und der verstorbenen Ehefrau weg auf den Mann zu lenken, den Jacobsson gesehen hatte. Wie üblich führte er die Zeugenbefragung, und Zingo war stiller Beobachter.

»Sie haben den Mann also ungefähr um 14:45 Uhr aus dem Club kommen und die Döbelnsgatan hinuntergehen sehen?«, fragte er.

»Ganz recht«, bestätigte Jacobsson. »Austin und ich machen nach dem Mittagessen immer einen Spaziergang. Wir gehen um Viertel nach zwei los, und unsere Runde dauert genau eine halbe Stunde.«

Jacobsson strich sich übers Kinn.

»Er ging vor uns die Döbelnsgatan entlang und schloss einen dunkelblauen Saab auf, der hier vor dem Haus stand.«

»Und was hat er dann gemacht?«

»Er hat die Windschutzscheibe freigekratzt. Es hatte geschneit, wie Sie sich vielleicht erinnern.«

»Dieses Detail haben Sie gestern nicht erwähnt«, sagte Tomas und warf Zingo, der unmerklich den Kopf schüttelte, einen Blick zu.

»Das war mir wohl entfallen.«

Tomas sah zum Fenster. Auf dem Fensterbrett lag eine hohe Schneeschicht.

»Er fährt also nicht direkt los, sondern beugt sich in den Wagen, nimmt einen Eiskratzer heraus und kratzt die Frontscheibe frei?«, fragte er.

Jacobsson nickte.

»Exakt. Nur das mit dem Eiskratzer stimmt nicht. Er hat die Scheibe mit einem Gegenstand freigekratzt, den er aus einer Tüte genommen hat.«

Tomas starrte Jacobsson an. Soweit er sich erinnerte, hatte der Kollege, der Jacobsson gestern befragt hatte, nichts von einer Tüte gesagt.

Er beugte sich vor.

»Der Mann hatte also eine Tüte dabei?«

»Ja, eine braune Papiertüte. Fragen Sie mich nicht, von welchem Geschäft. Daran erinnere ich mich nicht.«

»Aber er hat einen Gegenstand aus der Tüte genommen, mit dem er die Scheibe freigekratzt hat? Konnten Sie sehen, um was für einen Gegenstand es sich gehandelt hat?«

Jacobsson lehnte sich zurück und dachte mit geschlossenen Augen nach. Tomas nutzte die Gelegenheit, um sich aus der Karaffe auf dem Couchtisch ein Glas Wasser einzuschenken. Jacobsson schlug die Augen wieder auf.

»Ich glaube, es war eine Kassette.«

Tomas stellte die Karaffe zurück.

»Eine Kassette?«, fragte er.

Obwohl Zingo schwieg, wusste Tomas, dass er den Wortwechsel konzentriert verfolgte.

»Eine Videokassette. Ich habe keinen Videorekorder, aber unser Sohn hat einen.«

In Hecklers Safe hatten sie etliche Videokassetten sichergestellt, die Pornofilme, von denen Samuel Nordmark gesprochen hatte. Aber es war gut möglich, dass Filme fehlten und der Täter eines oder mehrere Bänder entwendet hatte.

Tomas stand auf und trat an das Fenster mit Blick auf die Döbelnsgatan. Er bat Jacobsson, sich neben ihn zu stellen.

»Können Sie mir die Stelle zeigen, wo der Saab gestanden hat?«

Jacobsson deutete hinunter auf die leere Straße.

»Gut«, sagte Tomas. »Und nachdem er die Frontscheibe freigekratzt hat, ist er weggefahren? In Richtung Odengatan?«

Jacobsson schüttelte den Kopf.

»Nein, ich habe ihm noch etwas zugerufen. Das habe ich Ihrem Kollegen gestern auch gesagt.«

»Sie haben etwas gerufen?«, wiederholte Tomas.

»Ja, er hatte etwas verloren. Ich habe es gesehen, als ich eben den Türcode eintippen wollte. Ich habe gerufen, aber er hat es ignoriert und ist schlingernd losgefahren.«

Tomas beugte sich vor, um die Stelle, wo der Saab gestanden hatte, besser zu sehen.

»Was hat er verloren?«

»Einen kleinen weißen Gegenstand. Einen Zettel vielleicht. Ich habe nicht weiter darauf geachtet. Weil er weggefahren ist, nahm ich an, es sei nichts Wichtiges.«

Tomas' Blick verweilte auf dem Bürgersteig. Am Straßenrand parkten keine Autos. Heute musste ein Straßenreinigungstag mit temporärem Halteverbot sein. Mit etwas Glück konnten die Kriminaltechniker noch Reifenspuren sichern und möglicherweise den Gegenstand finden, den der Mann verloren hatte.

»Sind Sie sicher, dass er Sie gehört …«

Tomas beendete seine Frage nicht. Ein großes, blinkendes Fahrzeug kam aus Richtung Innenstadt die Döbelnsgatan hinunter. Ein Schneepflug.

Er streckte die Hand aus und öffnete das Fenster. Es hatte angefangen zu schneien.

Er lehnte sich aus dem Fenster, schrie und winkte. Aber der Schneepflugfahrer, der ungefähr fünfzig Meter entfernt war, machte keine Anstalten anzuhalten. Schneematsch spritzte um das breite Gefährt.

»Scheiße!«, brüllte Tomas.

Zingo trat neben ihn ans Fenster, um nachzusehen, was los war. Tomas lief zur Wohnungstür. In Socken rannte er ins Treppenhaus und die Stufen hinunter. Unten im Erdgeschoss hörte er das Getöse des Schneepflugs draußen vor dem Haus.

4

Die Frau, die Vera in der heruntergekommenen Wohnung gegenübersaß, war Anfang, Mitte sechzig, sah aber aus wie weit über achtzig. Ihre grauen Haare waren dünn und strohig, und um ihren Mund hatten sich tiefe Falten eingegraben. Ein Auge war vom grauen Star getrübt.

»Ich bin sehr froh, dass die Zeitung hier ist«, sagte Irene Wolf.

Ihre Stimme klang wie ein Reibeisen.

»Ich dachte, niemand würde sich für meinen Jungen interessieren.«

Der Couchtisch war mit Zigarettenhülsen zum Selberstopfen und Tabakkrümeln übersät. Neben einer schmuddeligen Medikamentenbox stand eine Dose Starkbier.

Hier ist Tomas also aufgewachsen, dachte Vera. Sie konnte es kaum glauben.

»Wie ich Ihnen schon gesagt habe, schreibe ich an einer Reportage über vermisste Personen«, sagte sie.

Um zu signalisieren, dass das Interview begonnen hatte, zückte sie Notizblock und Stift. Sigge schlief noch immer unten im Auto, und sie hoffte, dass er in der Zwischenzeit nicht aufwachte.

»Die Polizei hat ein Messer gefunden. Ein Armeemesser mit den Initialen K.W. Wissen Sie, ob Kristian ein solches Messer besessen hat?«

»Ich habe meinen jüngsten Sohn Peter gefragt. Er meinte,

Kristian habe das Messer immer bei sich gehabt. Man weiß ja nie, was für Leuten man über den Weg läuft.«

»Warum haben Sie Kristian als vermisst gemeldet?«

»Im Fernsehen liefen die ganzen Nachrichten über die Estonia-Katastrophe. Sie wissen schon, dieses Fährunglück. Ich konnte nicht glauben, dass es stimmte, und habe Kristian angerufen, um mit ihm darüber zu reden. Aber er ging nicht ans Telefon. Da habe ich angefangen, mir Sorgen zu machen. Ich hatte seit mehreren Tagen nichts von ihm gehört und bin zur Polizei gegangen.«

»Von wem wurde Kristian zuletzt gesehen?«

»Von Peter. Sie hatten am Samstag davor ein wenig gefeiert.«

Sie musste überprüfen, wo Tomas Wolf an diesen Tagen gewesen war. Er hatte ein Motiv, Kristian etwas anzutun. Aber es gab kein konkretes Detail, das ihn mit dem Verschwinden seines Bruders in Verbindung brachte.

»Wissen Sie, ob Tomas in den Tagen, als Kristian verschwunden ist, Kontakt zu ihm hatte?«

Irene Wolf zuckte matt mit den Schultern.

»Sie haben keinen Kontakt zu Tomas?«, fragte Vera.

Tomas' Mutter schüttelte den Kopf.

»Er wollte mich an dem Tag, an dem die Estonia gesunken ist, besuchen, aber er ist nicht gekommen.«

»Kommt es öfter vor, dass er Absprachen nicht einhält?«

»Nein, nie.«

Die Antwort ließ Vera zusammenzucken. Sie machte sich Notizen.

Tomas Wolf hatte also vor dem Verschwinden seines Bruders einen Besuch in Hallstahammar geplant, war aber aus irgendeinem Grund nicht wie versprochen bei seiner Mutter aufgetaucht.

»War das davor oder nachdem Sie Kristian als vermisst gemeldet haben?«, hakte sie nach.

Irene Wolf sah aus dem Fenster.

»Am Freitag habe ich die Polizei angerufen«, sagte sie.

Sie fingerte an der Medikamentenbox herum und dachte nach.

»Jetzt erinnere ich mich wieder. Tomas wollte am Montag vor dem Estonia-Unglück kommen. Ich habe ihn angerufen, bevor ich zur Polizei gegangen bin, aber er hat nicht abgenommen.«

Vera nickte. Kristian Wolf war zuletzt am Samstag gesehen worden, und am Montag hatte Tomas sich untypisch verhalten.

»Ich weiß, dass diese Frage schwierig für Sie ist. Aber könnte Kristian sich das Leben genommen haben?«

»Niemals. Das würde er nie tun. Ihm muss irgendetwas zugestoßen sein.«

Vera bedankte sich für das Interview und stand von dem durchgesessenen Sofa auf. Sie musste einen Artikel über Kristian Wolfs Verschwinden schreiben, unabhängig davon, was sie über Tomas in Erfahrung brachte. Das schlechte Gewissen, Irene Wolf hintergangen zu haben, nagte an ihr.

»Ich melde mich wieder bei Ihnen«, versprach sie.

Sie zog ihre Schuhe an und lief durch das kalte Treppenhaus nach unten. Es stank nach Rauch und war noch verdreckter als die Wohnung. Sie wollte weg aus diesem Elend und empfand Mitleid mit Tomas Wolf. Kein Wunder, dass die Brüder so geworden waren.

Als sie ins Auto stieg, war Sigge wach und hielt ihr Handy in der Hand.

»Wer ist Rikard?«, fragte er.

Im Auto war es kalt, und seine Frage produzierte eine Atemwolke.

»Mein Chef«, antwortete Vera.

»Ist er dein Mann? Er hat angerufen und klang wütend.«

»Nein, Sigge. Du bist der einzige kleine Mann in meinem Leben.«

Vera drehte sich zu ihm um, nahm ihm das Handy aus der Hand und wählte Rikards Nummer.

»Ich habe gehört, du bist krank«, meldete er sich.

Vera antwortete nicht. Sie wusste, dass er ihre Lüge durchschaut hatte.

»Und du hast ein Kind?«

»Ich kann jetzt nicht darüber reden, Rikard.«

»Wie üblich. Ich will, dass du umgehend in die Döbelnsgatan fährst. Es gibt einen neuen Mord. Ivarsson hat Hinweise, die darauf hindeuten, dass er mit dem Silvestermord zusammenhängt.«

Verdammt. Vera schloss die Augen.

»Du kannst am Telefon bei dem Redaktionsmeeting dabei sein. Ich rufe dich später an.«

Vera ließ den Motor an und fuhr los.

»Mir ist egal, ob du wütend auf mich bist, weil ich gesagt habe, dass ich meine Frau verlassen will«, fuhr Rikard fort. »Aber du hast einen Mord verpasst, Vera. Ich kann dich nicht länger schützen.«

Das war übel. Richtig übel.

»Es tut mir leid, Rikard.«

Im Hörer tutete es. Er hatte aufgelegt.

5

Tomas drückte die Tür mit der Schulter auf. Die Kälte stach in seine Fußsohlen, als er den verschneiten Bürgersteig entlanglief und in die Mitte der Straße sprang. Er verlor den Halt, fiel hin, kam aber wieder auf die Beine. Auf und ab hüpfend, fuchtelte er wie wild mit den Armen. Schließlich wurde der Schneepflugfahrer auf ihn aufmerksam und bremste. Der Pflug kam einen Meter vor Tomas zum Stehen. Keuchend beugte er sich vor und stützte die Hände auf die Knie. Der Fahrer stieß die Tür auf und streckte den Kopf heraus.

»Sind Sie nicht mehr ganz dicht?«, brüllte er.

Mit hochrotem Kopf sprang er aus dem Fahrzeug und kam auf Tomas zu, der noch immer nach Luft rang.

Er richtete sich auf und betrachtete den Mann.

»Ich bin Polizist«, sagte er. »Diese Straße ist ein Tatort. Sie müssen umdrehen.«

Der Fahrer musterte Tomas argwöhnisch, sein Blick blieb an Tomas' schwarzen Socken hängen.

»Können Sie sich ausweisen?«

Seine Dienstmarke steckte in seiner braunen Lederjacke. Der Fahrer starrte ihn auffordernd an. Tomas blickte zu Jacobssons Wohnung hoch und sah Zingo und Jacobsson am Fenster stehen.

»Bring mir meine Jacke runter!«, rief Tomas. »Und meine Schuhe!«

Zingos Kopf verschwand. Kurz darauf kam er aus dem Haus und gab ihm seine Jacke. Tomas nahm seine Dienstmarke aus der Tasche und hielt sie dem Schneepflugfahrer unter die Nase. Der Mann stapfte davon, kletterte in den Schneepflug und legte den Rückwärtsgang ein.

»Ruf die Spurensicherung an«, sagte Tomas zu Zingo, während er zitternd in seine Jacke schlüpfte.

Zingo drückte ihm seine Stiefel in die Hand. Tomas zog die nassen Socken aus und stieg barfuß hinein.

»Du bist wie ein geölter Blitz die Treppe runter«, sagte Zingo. »So ein Reaktionsvermögen habe ich nicht mehr gesehen, seit Ravelli im Sommer den Elfmeter gegen Rumänien gehalten hat.«

»Ich hoffe, die Sache war es wert«, erwiderte Tomas und nahm die Stelle in Augenschein, wo laut Jacobsson der Saab gestanden hatte.

Eine Stunde später traf das Team der Spurensicherung ein und suchte den Asphalt nach Reifenabdrücken ab. Tomas wies sie an, jeden Gegenstand, jedes Fitzelchen Papier in der Umgebung aufzulesen und es Zingo und ihm zu zeigen.

Eine Zigarette rauchend, verfolgten sie die Arbeit der Kriminaltechniker. Olof Jacobsson kam aus dem Haus. Der Cockerspaniel trottete gehorsam an der Leine neben ihm her. Jacobsson kam zu Tomas herüber.

»Wir machen einen Spaziergang, wenn das in Ordnung ist?«

»Natürlich.«

Jacobsson und sein Hund gingen in Richtung Odengatan weiter. Tomas sah ihnen nach. Plötzlich fiel ihm etwas ein, das Jacobsson oben in der Wohnung gesagt hatte, über die Art, wie der verdächtige Mann losgefahren war. Er kratzte sich an der Wange und versuchte, sich daran zu erinnern, was es gewesen war.

Er rief Jacobssons Namen, und der alte Herr blieb stehen.

»Wie, sagten Sie, ist der Mann losgefahren?«, fragte er.

Jacobsson sah ihn nachdenklich an.

»Mit quietschenden Reifen«, sagte er schließlich und deutete die Odengatan hinunter in Richtung Valhallavägen.

Tomas betrachtete die Fahrbahn. Ein roter Bus fuhr umhüllt von einer dunklen Abgaswolke vorbei. In der Straßenmitte lag eine Verkehrsinsel.

Er schüttelte den Kopf.

»Nein, Sie sagten, der Wagen wäre geschlingert.«

»Das ist er auch, er hätte fast die Verkehrsinsel gerammt.« Jacobsson zeigte in die Richtung.

Austin zerrte ungeduldig an der Leine.

»War das alles?«, fragte Jacobsson.

»Ja, gehen Sie ruhig. Aber ich möchte, dass Sie uns später noch eine neue Personenbeschreibung des Mannes geben.«

Als Tomas sich umwandte, sprach Zingo mit zwei Kriminaltechnikern. Anscheinend hatten sie etwas Wichtiges gefunden, doch was, konnte er nicht erkennen. Zingos Oberkörper versperrte ihm die Sicht.

Er beschleunigte seine Schritte.

»Sieh dir das an«, sagte Zingo. »Hast du schon mal etwas Grauenhafteres gesehen?«

Als Tomas sich vorbeugte, um zu sehen, was der Kriminaltechniker in der behandschuhten Hand hielt, konnte er seinen Augen nicht trauen.

6

Vera brauchte über eine Stunde bis in die Döbelnsgatan in der Stockholmer Vasastan, wo die Kriminaltechniker der Polizei den Tatort bereits untersuchten. Die Straße war einseitig abgeriegelt, und sie musste auf der anderen Straßenseite parken, um die sich aus Richtung Innenstadt stauenden Autoschlangen zu umgehen.

Noch immer aufgebracht vom Gespräch mit Rikard, stieg sie mit Sigge aus dem Auto und überquerte die Straße. Sie hatte einen Mord verpasst, der möglicherweise mit der Tötung von Bertil Runström zusammenhing, und sie hatte sich vor Rikard blamiert.

In diesem Moment entdeckte sie Zingo und Tomas Wolf vor dem Eingang des Pornoclubs Lack. Ein Kriminaltechniker in weißem Schutzanzug zeigte ihnen gerade einen Gegenstand.

»Zingo!«, rief sie.

Er hob den Kopf, und sein Gesicht leuchtete auf, als er Sigge sah. Er duckte sich unter dem Absperrband hindurch und kam ihnen entgegen.

»Warum bist du so schmal, Junge? Du bist ja fast durchsichtig!«

Sigge lachte, und Zingo strubbelte ihm durchs Haar.

»Er ist also wieder bei Ihnen?«, fragte er.

Zingo hatte ihr letztes Jahr geholfen, das Sorgerecht für Sigge zu bekommen. Sie hatten Jonny gemeinsam eine Falle gestellt, und Zingo hatte Jonny für einen Überfall festgenommen, den Vera ihm gesteckt hatte. Aber Jonnys Kumpels hatten das Opfer zu einer Falschaussage gezwungen, Jonny war freigesprochen worden und hatte ihr Sigge weggenommen.

»Fast«, erwiderte Vera. »Jonny hat ihn an Silvester allein gelassen, und ein paar Tage später stand er bei mir vor der Tür.«

Zingo schüttelte den Kopf.

»Wir haben den Belegungsplan gefunden«, sagte er dann leise. »Aber wir wissen immer noch nicht, wer Lucy ist.«

Ein Stück entfernt entdeckte Vera Niklas Svensson vom *Expressen*, der mit einem Zeugen sprach. Wie sie war Niklas einer der neuen Shootingstars. Wenn sie ihn übertrumpfen wollte, musste sie liefern. Ihr blieb keine andere Wahl, als Zingo in ihre Informationen einzuweihen.

»Habt ihr eine Personenbeschreibung von ihr?«, fragte sie.

Sie merkte, dass Zingo hellhörig wurde.

»Sie ist ungefähr zwanzig«, fuhr sie fort. »Etwa eins sechzig groß. Kein ausgeprägter Stockholm-Dialekt. Keine der anderen Prostituierten hat sie seit dem Mord gesehen, und niemand kennt ihren richtigen Namen.«

»Gut zu wissen«, erwiderte Zingo.

Tomas Wolf blieb hinter der Absperrung und wandte ihnen den Rücken zu. Dass er sich nicht einmal die Mühe machte, sie zu begrüßen, ärgerte Vera. Aber sie wusste, dass sie ihm nicht in die Augen sehen könnte, ohne nach Kristian zu fragen.

»Ohne Ihren Tipp hätten wir nie von dem Plan erfahren«, sagte Zingo. »Und darum möchte ich mich bei Ihnen revanchieren.«

Er schielte zu Tomas Wolf hinüber, wie um sein Okay einzuholen.

»Der Tote heißt Morris Heckler«, fuhr er fort. »Und wir suchen nach einem blauen Saab, der nach dem Mord von hier weggefahren ist. Das gleiche Modell wie Ihrer, nur ein bisschen dunkler.«

Vera war klar, was Zingo eigentlich sagte.

»Es gibt also einen Zeugen«, schlussfolgerte sie.

»So ist es. Um 14:45 Uhr wurde ein Mann im Trenchcoat gesehen, der in einen Saab stieg und mit hohem Tempo davonfuhr. Um die fünfzig und ungefähr so mager wie Ihr Junge hier.«

Sigge grinste so breit, dass die Zahnlücke zwischen seinen Vorderzähnen zum Vorschein kam.

»Vielleicht war ich es«, sagte er.

»Na ja, der Mann war ein bisschen größer als du, ungefähr eins achtzig, sagt unser Zeuge.«

Sigge rannte davon, um sich einen der Streifenwagen aus der Nähe anzusehen.

»Hängen die Morde miteinander zusammen?«, erkundigte sich Vera.

»Es gibt einen Zusammenhang zwischen den Opfern«, erwiderte Zingo. »Runström hat über Hecklers Reisebüro im Narvavägen russische Gelder gewaschen.«

Vera nickte. Ihr Handy klingelte. Sie zog es aus der Hosentasche. Rikard Muryn. Das Redaktionsmeeting fing an.

»Sorry, ich muss rangehen«, sagte sie. »Danke, Zingo.«

Sie setzte sich ins Auto. Es war schon ausgekühlt, und die Scheiben beschlugen von ihrem Atem.

»Ich bin da«, sagte sie.

»Muryn holt sich einen Kaffee«, antwortete Ivarssons Stimme. »Aber ich habe eine Frage, bevor wir anfangen.«

»Okay.«

»Wenn man wie du wegen einer Quote eingestellt wurde, reicht es dann, bei der Redaktionsrunde einen Schmollmund zu ziehen, damit das Gehalt aufs Konto fließt? Oder muss man hin und wieder auch mal eine Story am Start haben?«

Vera hörte, dass zwei Kollegen zu lachen begannen, konnte sie aber nicht zuordnen. Ihr Team bestand aus sechs Mitarbeitern, und sie war die einzige Frau.

»Also gut«, erklang Rikards Stimme. »Lasst uns anfangen, gerne reihum.«

Sinn und Zweck des Redaktionsmeetings war, dass sie sich gegenseitig auf den aktuellen Stand brachten, woran jeder gerade arbeitete, laufende Recherchen, neue Reportageideen oder andere mögliche Themen in die Runde warfen.

Nach Sigges Auftauchen gestern Abend hatte Vera es nicht geschafft, sich vorzubereiten. Abgesehen von Kristian Wolfs Verschwinden konnte sie nur von den beiden Morden berichten, die allerdings in die Rubrik aktuelle Tagesereignisse fielen und nicht Gegenstand der Runde waren.

»Ich bin an dem Schwulen-Trara wegen der eingetragenen Lebenspartnerschaft dran«, begann Leif M. Ivarsson. »Die Kirche streitet darüber, welche Haltung sie einnehmen soll. Offenbar hatte Jesus nicht viel übrig für warme Brüder. Außerdem melke ich meine Säpo-Quellen wegen einer Sache, die wir später unter vier Augen besprechen können.«

»Die eingetragene Lebenspartnerschaft können wir als Lokalnachricht in religiösen Hochburgen bringen«, meinte Rikard.

Zwei weitere Kollegen brachten ihre Vorschläge vor, aber Vera hörte nicht zu. Die Idee war, dass man neues Material zur Diskussion stellte, doch sie konnte nur daran denken, dass sie gleich dran war und nichts beizutragen hatte. Sie knöpfte ihren Mantel auf. Trotz der Kälte schwitzte sie.

»Vera«, holte Rikard sie ins Gespräch. »Woran recherchierst du gerade?«

Sie zögerte.

»Ich konzentriere mich seit Silvester voll und ganz auf den Mord an Runström, zu dem jetzt noch der Mord an Heckler gekommen ist«, erwiderte sie.

Stille in der Leitung. Dann räusperte sich jemand.

»Soweit ich weiß, geht es bei dieser Besprechung nicht um laufende Berichterstattungen«, sagte Ivarsson. »Sondern um neue Reportagen?«

»Einen Moment«, erwiderte Rikard.

Vera sah vor sich, wie er beschwichtigend die Hände hob. Er würde sich auch diesmal schützend vor sie stellen, und der Gedanke erschreckte sie. Begannen die Kollegen, ihre Affäre zu ahnen? Oder wussten es längst alle und zeigten ihr deshalb die kalte Schulter?

»Diese Morde sind größer, als wir geglaubt haben«, fuhr Rikard fort. »Und es ist gut möglich, dass sie miteinander zusammenhängen. Das hast du selber gesagt, Ivarsson. Ich stelle dich eine Woche lang von allem anderen frei, Vera. Klemm dich hinter die Morde und liefer uns die beste Story, die du ausgraben kannst, acht, vielleicht zehn Seiten.«

»In Ordnung.«

»Also dann, an die Arbeit«, sagte Rikard.

Vera hörte, wie die anderen aufstanden, dann endete das Telefonat.

Rikard hatte sie wieder gerettet, und sie schämte sich in Grund und Boden. Entschlossen öffnete sie die Fahrertür und rief nach Sigge.

Mit laufender Nase, aber gut gelaunt stieg er ins Auto.

»Schnall dich an. Wir fahren noch kurz in die Malmskillnadsgatan«, sagte sie und ließ den Motor an. »Dann gehen wir zu McDonald's.«

Der Saab geriet im Schneematsch ins Rutschen, als Vera in die Odengatan einbog. In einem Laden ein Stück die Straße hinunter hing noch Weihnachtsdekoration im Schaufenster. Goldgrün eingeschlagene Pakete türmten sich unter einem großen Weihnachtsbaum.

»Hast du zu Weihnachten schöne Geschenke bekommen?«, fragte sie.

Aber noch bevor sie die Frage ganz ausgesprochen hatte, schimpfte sie sich eine unsensible Kuh.

»Papa hat Weihnachten vergessen«, antwortete Sigge traurig. »Er hat gesagt, ich würde die Sega-Konsole zu Silvester kriegen, sie wäre nur nicht rechtzeitig gekommen. Aber ich hab überall gesucht, bevor ich zu dir gefahren bin. Er hat gar keine Konsole gekauft.«

Sie fuhren an der Johanneskirche vorbei. Die Gräber waren zugeschneit. Große weiße Kreuze ragten in den Himmel empor.

Vera streckte einen Arm nach hinten und fuhr Sigge durch die Haare.

»Weißt du was?«, sagte sie. »Weihnachten kommt dieses Jahr ein bisschen später als sonst, und der Weihnachtsmann auch. Ich habe gehört, dass er bald zu einem kleinen Jungen in die Pilgatan kommt.«

»Den Weihnachtsmann gibt es gar nicht«, murmelte Sigge.

»Und ob es ihn gibt. Aber er sieht ein bisschen aus wie Birgitta.«

7

Mit Sigge im Schlepptau bahnte sich Vera einen Weg durch das Gedränge im Café Himmelszelt. Das verqualmte Lokal lag hundert Meter von dem Bordell entfernt, in dem Bertil Runström ermordet worden war. Das Himmelszelt war der Treffpunkt der Prostituierten in der Malmskillnadsgatan, ein Stehcafé mit runden Tischen und einem kleinen Tresen im hinteren Bereich. Das Lokal war gerammelt voll wie an einem Lohnzahltag. Jeanette Dunér saß am Tresen. Ihr lilafarbener Pelz lag vor ihr, und sie trug eine tief ausgeschnittene pinkfarbene Bluse. Wenn jemand den dunkelblauen Saab kannte, dann sie.

Vera zwängte sich zu ihr durch und legte Jeanette eine Hand auf die Schulter.

»Ich muss mit Ihnen reden«, sagte sie.

Jeanette Dunér glitt von ihrem Barhocker und überließ ihn Sigge, der daraufkletterte und beim Barkeeper eine Cola bestellte. Er schien sich in diesem Umfeld besorgniserregend heimisch zu fühlen. Eine Folge von Jonnys Qualitäten als Vater.

»Was kann ich für Sie tun?«, fragte Jeanette.

Überall standen verbrauchte, junge Mädchen mit Weingläsern in den Händen und rauchten. Vermutlich hatte der Mord viele Freier verschreckt, und die Mädchen vertrieben sich die Zeit im Himmelszelt, dachte Vera.

»Haben Sie in den letzten Tagen einen dunkelblauen Saab gesehen?«, erkundigte sie sich.

»Jeder zweite Freier fährt einen Saab, die andere Hälfte Volvo. Aber mir ist tatsächlich ein Saabfahrer aufgefallen. Ich dachte erst, es wäre ein Bulle.«

»Warum?«

»Er wollte keinen Sex. Weder mit mir noch mit den jungen Mädchen. Er wollte nur reden. Ich dachte, er wäre von der Säpo, hat einen Haufen Fragen gestellt. Aber ich kenne meine Pappenheimer von der Geheimpolizei. Er war keiner von ihnen, ihm fehlte die sadistische Ader.«

»Was hat er gefragt?«

»Deshalb bin ich misstrauisch geworden. Er hat nach einem Mädchen gesucht. Ihren Namen wusste er nicht, aber als er sie beschrieben hat, klang es nach Lucy. Er war zweimal hier, und beim zweiten Mal hatte er ein Foto dabei. Aber die Person darauf war kaum zu erkennen. Das Bild war aus großer Entfernung gemacht worden.«

»Was haben Sie ihm gesagt?«

Jeanette rieb die Fingerspitzen aneinander.

»Nur Bares ist Wahres.«

»Wie sah der Mann aus?«

Jeanette atmete aus.

»Daran erinnere ich mich nicht. Es war dunkel. Normal. Weder groß noch klein.«

»Hatte er irgendein besonderes Merkmal?«

Jeanette setzte zu einer Erwiderung an, als ihr ein Mädchen mit kaputten blondierten Haaren eine Hand auf die Schulter legte und sie zum Nachbartisch zog. Dort war eine lebhafte Diskussion im Gang, und die ältere Frau sollte vermitteln.

»Was ist Golden Shower?«, fragte das Mädchen. »Ich hatte vorhin einen deutschen Kunden, der ausgeflippt ist, weil ich das nicht machen wollte. Aber ich hatte keine Ahnung, wovon er geredet hat.«

»Kleines.« Jeanette Dunér lachte. »Er wollte, dass du ihm ins Gesicht pinkelst. Leichter kannst du dein Geld nicht verdienen.«

»Scheiße«, fluchte die Blondine. »Er hätte mir dafür zusätzlich einen Fünfhunderter gezahlt.«

Mit einem Grinsen wandte sich Jeanette Dunér wieder an Vera.

»Sie wollten mir gerade ein besonderes Merkmal des Mannes nennen«, erinnerte Vera.

Dunér schüttelte verwirrt den Kopf.

»Keine Ahnung, was das gewesen sein soll. Haben Sie eine Zigarette für mich?«

Vera hielt ihr ihre Schachtel hin, und Dunér zündete sich eine an.

»Ich hab gerade frei, eine kann ich mir gönnen.«

Vera ärgerte sich, dass Jeanette so zugedröhnt war, dass sie wichtige Details vergaß.

»Schade, dass Nikita nicht mehr hier ist«, fuhr Jeanette fort. »Sie hätte Ihnen helfen können.«

Vera kniff die Augen zusammen.

»Wer ist Nikita?«

»Sie war Lucys Freundin. Die beiden haben zusammengewohnt, glaube ich. Aber nicht nur das. Sie waren auch zusammen in den Filmen.«

»In welchen Filmen?«

Jeanette blickte sich rasch um und sprach mit gesenkter Stimme weiter.

»Pornofilme. Jetzt, wo er abgekratzt ist, kann ich es wohl sagen. Dieser schmierige Heckler hatte ein eigenes Studio, in das er die kaputtesten Mädchen mitgenommen hat.«

Das war eine neue Information, die Lucy mit beiden Morden in Verbindung brachte.

Nach dem Mord an Runström war sie aus dem Bordell über den Innenhof geflohen, und sie war eine der Pornodarstellerinnen des ermordeten Morris Heckler.

Vera legte zwei Zehn-Kronen-Scheine auf den Tresen und gab Sigge ein Zeichen zu gehen. Mit lautem Gepolter sprang er vom Barhocker.

»Wo ist diese Nikita jetzt?«, fragte sie. »Ich muss mit ihr sprechen.«

»Das Letzte, was ich gehört habe, ist, dass sie wieder auf der Straße der Schande sein soll.«

Donnerstag, 5. Januar 1995

8

Vor dem Fenster des Polizeipräsidiums war die Sonne noch nicht aufgegangen. Tomas und Zingo saßen in Ylva Zethraeus' Büro. In einer Klarsichthülle vor ihnen lag aller Wahrscheinlichkeit nach der Zettel, den der mutmaßliche Täter in der Döbelnsgatan verloren hatte. Es war eine Quittung aus dem Admiral, einer Bar auf der Estonia-Fähre, datiert auf den 28. September 1994, um 00:45 Uhr. Tomas hatte sich mehrmals vergewissert, ob das Datum wirklich stimmte.

Nach der morgendlichen Besprechung, auf der Ylva die anfallenden Aufgaben delegiert und die Kollegen über die Erkenntnisse des gestrigen Tages ins Bild gesetzt hatte, hatte sie Tomas und Zingo gebeten, mit in ihr Büro zu kommen. Schweigend hatte sie das Fenster geöffnet, einen Aschenbecher aus der Schublade genommen und auf den Schreibtisch gestellt. Eine ganze Weile hatte keiner von ihnen etwas gesagt. Schließlich hatte Ylva sich geräuspert.

»Denkt ihr auch, dass die Morde an Runström und Heckler zusammenhängen?«

Zingo brummte zustimmend.

»Ich weiß nicht genau, wie, aber es gibt Verbindungen«, sagte Tomas. »Runström wird ermordet. Eine junge Frau flüchtet vom Tatort. Achtundvierzig Stunden später wird

Heckler, der Besitzer des Bordells, in dem Runström tot aufgefunden wurde, auf die sadistischste Weise ermordet, die mir je untergekommen ist. Ihm werden mit einem Kabel Stromschläge verpasst, die Fingernägel ausgerissen, der Täter schneidet ihm die Genitalien ab, stopft sie ihm in den Mund und lässt ihn ausbluten.«

Tomas beugte sich zum Aschenbecher, schnippte die Asche von der Zigarette, räusperte sich und fuhr fort.

»Morris Heckler besitzt einen Pornoclub und ein Reisebüro, über das er Geld wäscht. Außerdem produziert er Pornofilme. Möglicherweise hat der Täter einen oder mehrere der Filme, die Heckler in einem Safe in seinem Büro aufbewahrt hat, mitgenommen. Und kurz nach dem Mord sieht ein Zeuge einen Mann in einem dunkelblauen Saab davonfahren. An der Stelle finden wir eine Quittung von der Estonia, aus der Nacht, in der sie untergegangen ist.«

»Vergiss nicht die Sommerreifen und die aktualisierte Personenbeschreibung«, erinnerte Zingo.

Tomas nickte.

Olof Jacobsson hatte zu Protokoll gegeben, dass der Mann, den er gesehen hatte, einen beigefarbenen Trenchcoat, Lederhandschuhe und eine schwarze Mütze getragen hatte, etwa ein Meter achtzig groß und um die fünfzig gewesen war. Schmales Gesicht. Große Nase. Vermutlich Schwede.

Und die Spurensicherung hatte ihnen soeben mitgeteilt, dass das sichergestellte Reifenprofil von Sommerreifen stammte, was zu Jacobssons Aussage passte, dass der Saab ins Schlingern geraten war, als der Mann mit überhöhtem Tempo davongefahren war.

Ylva griff nach ihrem Kaffee.

»Ich habe mehrere Kollegen darauf angesetzt, die Passagierliste der Estonia durchzugehen. Leider wissen wir, dass diese Liste nicht vollständig ist. Ziel ist es, Überlebende zu identifizieren, die möglicherweise einen blauen Saab 900 besitzen oder Zugang dazu haben. Das wird einige Tage dauern, mindestens. Ein zweites Team nimmt sich Morris Hecklers Wohnung vor und befragt dessen Angehörige. Und schließlich haben wir noch ein drittes Team, das alle anderen erforderlichen Ermittlungsarbeiten übernimmt.«

Ylva verstummte und trank einen Schluck Kaffee. Tomas drückte seine Zigarette aus. Ylvas Telefon begann zu klingeln, aber sie ignorierte es.

»Und die Säpo zieht nach wie vor die Fäden im Runström-Mord. Die Informationen, die sie uns zuspielen, sind äußerst spärlich, um nicht zu sagen gleich null. Aber wir müssen herausfinden, wer Lucy ist und was sie gesehen hat. Dass sie Heckler ermordet hat, halte ich für unwahrscheinlich. Die Art, wie er malträtiert wurde, erfordert viel Kraft.«

Tomas war derselben Ansicht.

»Auch wenn wir uns darüber einig sind, dass zwischen den Morden ein Zusammenhang besteht, müssen wir die Schnittstelle zwischen Heckler und Runström genauer beleuchten. Ich glaube, dass wir da auf das Motiv des Täters stoßen und die größte Chance haben, ihn aufzuspüren.«

»Was schlagt ihr vor?«, fragte Ylva.

Zingo streckte sich.

»Das Reisebüro Eastern Travel«, sagte er. »Soweit wir wissen, ist das der gemeinsame Nenner zwischen Runström und Heckler. Es gehörte Heckler, und Runström hat es für seine russischen Geldwäschegeschäfte genutzt. Runström stand außerdem auf Pornos, und Heckler hat sie produziert.«

Ylva lehnte sich auf ihrem Stuhl zurück und nickte nachdenklich.

»Fahrt hin«, sagte sie. »Versucht, eine weitere Verbindung zwischen Heckler und Runström zu finden. Ich will wissen, wie die Geldwäsche abgelaufen ist und wer darin involviert war. Wobei ich davon ausgehe, dass die Betreffenden, wenn sie an der Botschaft arbeiten, diplomatische Immunität besitzen.«

Ylva war stark geschminkt, trug blauen Lidschatten, und ihre Haut hatte, auch jetzt im Winter, einen leicht gebräunten Teint. Vorigen Sommer, als sie in ihrem Büro gemeinsam über den Stig-Hoffsten-Fall beratschlagt hatten, war sie braun gebrannt gewesen, und Wespen waren um sie herumgeschwirrt. Tomas fragte sich, ob das Nest vor dem Fenster noch da war und ob sie, wenn die Wespen diesen Sommer zurückkehrten, den Mörder von Morris Heckler und Bertil Runström gefasst haben würden. Aus irgendeinem Grund war er skeptisch. Ihnen standen extrem komplizierte Ermittlungen bevor. Er musste herausfinden, wer die junge Frau war, die aus dem Bordell in der Malmskillnadsgatan geflohen war, und was sie gesehen hatte. Auch wenn sie nicht die Täterin war, konnte sie trotzdem eine Komplizin sein. Hatte sie Runström ins Bordell gelockt, damit er dort ermordet wurde? Aber wenn ja, welche Rolle spielte sie dann im Mord an Heckler?

Er zuckte zusammen, als Zingo aufstand.

»Dann auf ins Eastern Travel«, sagte er.

9

Mit Sigge an der Hand kämpfte Vera sich durch den Schnee zur Pornovideothek Lust und Schönheit. Wenn Morris Hecklers Filme irgendwo erhältlich waren, dann dort. Die Videothek inserierte regelmäßig im *Aftonbladet* und warb mit dem größten Angebot schwedischer Amateurpornos.

»Kannst du kurz hier draußen warten?«, fragte Vera.

Die Videothek lag im Souterrain eines Hauses in Norrtull, dem äußersten Randbezirk der Stockholmer Innenstadt. Ein schäbiger Verkehrsknotenpunkt, wo niemand wohnen wollte.

Obwohl die Uhr bereits kurz nach zehn anzeigte und die Rushhour vorbei war, war die Straße stark befahren. Die Abgase der vorüberdonnernden Lkws hatten die Fassaden grauschwarz gefärbt.

»Du willst mich wieder allein lassen, oder?«, erwiderte Sigge. »Genau wie letzten Sommer.«

In dem Schneeanzug, den Birgitta ihm gekauft hatte, zog er missmutig die Schultern hoch. Der Schnee knirschte unter ihren Füßen. Der Schock, ein zweites Mal von Jonny verlassen worden zu sein, ließ allmählich nach. Sigge war schon den ganzen Morgen über bockig, wollte Grenzen austesten. Sie musste Geduld haben und ihm zeigen, dass es nicht seine Schuld war, dass sein Vater weggegangen war.

»Ich werde dich nie wieder allein lassen«, versprach sie und strich ihm über die Wange. »Ich bin zurück, bevor du blinzeln kannst.«

Sigge schien sich damit zufriedenzugeben, und Vera ging die Treppe zur Videothek hinunter.

Die Geschäfte liefen anscheinend glänzend. Trotz der frühen Uhrzeit stöberten schon fünf Kunden zwischen den Regalen.

Vera ging zur Kasse, hinter der ein Mann saß und sein Gesicht mit einer nach Urin stinkenden Fettcreme einrieb. Seine Wangen waren von einem roten Hautausschlag überzogen.

»Ich suche Filme von Morris Heckler«, sagte sie.

Der Typ hinter der Kasse trocknete seine Hände am T-Shirt ab. Ihre Frage schien ihn zu beeindrucken.

»Sind Sie ein Fan?«, erwiderte er.

Vera nickte, wollte ihn nicht misstrauisch machen, indem sie ihm verriet, dass sie für das *Aftonbladet* arbeitete. Dies war eine Schattenwelt. Die Menschen, die hier verkehrten, wollten nicht, dass ihre Vorlieben ins Rampenlicht gerieten.

»Jetzt, wo er tot ist, werden seine Filme begehrte Sammlerobjekte werden«, fuhr der Typ fort und stand auf. »Ich hätte eine extra Edition kaufen sollen.«

Er kratzte sich an der Wange, während er sie an den Regalen entlang in den hinteren Bereich der Videothek führte, wo sich Titel wie »Schwedische Nymphomaninnen« und »Sandwich – mit allem« aneinanderreihten.

»Das ist unser Amateurregal. Unser Spezialgebiet.«

Die Mädchen auf den Covern waren nicht die üblichen Silikonmodels, sie schienen allesamt von der Straße geholt worden zu sein.

»Ich will alle Filme von Heckler«, sagte Vera.

Der Mann nahm sie der Reihe nach aus dem Regal.

»Sie haben Glück«, kommentierte er. »Ich glaube, wir haben alle da.«

Veras Herz schlug schneller. Wenn einer der Filme mit Lucy veröffentlicht worden war, befand er sich in dem Stapel, den der Mann zum Tresen trug. An der Kasse legte er die Videokassetten in die leeren Hüllen und schob sie in eine neutrale Plastiktüte. Seine Kunden wussten Diskretion zu schätzen.

»Wollen Sie die Filme für eine Woche leihen?«

»Ja.«

»Das macht zweihundert Kronen.«

Vera bezahlte. Als sie die Videothek verließ, klingelte ihr Handy. Rikards Festnetzanschluss in der Redaktion. Bevor sie ihren Namen sagen konnte, begann er zu brüllen.

»Was hast du gemacht? Was zum Teufel denkst du dir?«

Vera hatte keine Ahnung, was los war. Rikards Wut verschlug ihr die Sprache. Sigge kam von einer verschneiten Rasenfläche zu ihr herübergelaufen. Schnee bedeckte seine Stiefel, und hinter ihm waren Umrisse von Schnee-Engeln zu erkennen.

»Beruhige dich, um Himmels willen«, brachte sie heraus. »Warum schreist du so?«

Sie wollte nicht, dass Sigge etwas mitbekam.

»Du hast uns bis zum Hals in die Scheiße geritten, Vera!«

Sigge stürmte mit einem Schneeball in der Hand auf sie zu. Rasch drückte sie Rikard weg und schob das Handy zurück in die Hosentasche.

Sigges Schneeball traf sie an der Schulter, und sie zwang sich zu einem Lachen, damit er nicht merkte, dass etwas nicht stimmte.

»Komm, du kleiner Rabauke«, sagte sie und zog ihn zum Auto.

Der Ärger, der bei Rikards Anruf in ihr aufgestiegen war, wandelte sich in Unruhe. Warum war er so wütend? Was war passiert?

»Ich muss in die Redaktion«, sagte sie. »Du musst solange bei Birgitta bleiben.«

Enttäuschung und Misstrauen zeichneten sich in Sigges Gesicht ab. Aber sie konnte es nicht ändern. Sie musste herausfinden, was geschehen war.

10

Im Eastern Travel trafen sie die rothaarige Frau von neulich an. Ihre Augen waren gerötet. Vermutlich hatte ihr die Nachricht vom gewaltsamen Tod ihres Chefs eine schlaflose Nacht beschert.

Tomas nahm auf dem Besucherstuhl Platz, um ihr weitere Fragen zu stellen, während Zingo ihr mitteilte, dass er sich im Büro umsehen würde. Die Frau stand auf, führte Zingo in ein Hinterzimmer, in dem die Buchführung aufbewahrt wurde, und kehrte zu Tomas zurück.

»Wie heißen Sie?«, erkundigte er sich.

»Sonja. Sonja Sorokin.«

Auf Tomas' nächste Frage antwortete sie, dass sie seit der Gründung des Reisebüros im November 1992 im Eastern Travel arbeite.

»Wissen Sie, ob Morris Heckler mit einem Bertil Runström bekannt gewesen ist?«

Sonja Sorokin schüttelte den Kopf.

»Wissen Sie es nicht, oder wollen Sie meine Frage nicht beantworten?«

»Ich weiß es nicht.«

Tomas zog ein Foto von Bertil Runström hervor und legte es vor sie hin.

»Sie haben diesen Mann nie gesehen?«

Das Telefon auf dem Schreibtisch begann zu klingeln. Sonja Sorokin streckte den Arm aus, aber bevor sie abnehmen konnte, legte Tomas die Hand auf den Hörer.

»Nein, ich habe den Mann nie gesehen«, sagte sie.

Tomas ließ Runströms Foto auf dem Schreibtisch liegen.

»Wann haben Sie Ihren Chef das letzte Mal gesehen?«

»Vorgestern.«

»Am Tag, als er ermordet wurde?«

»Ja.«

Sonja Sorokin zog eine Schublade auf und nahm eine Schachtel Zigaretten heraus. Tomas gab ihr Feuer.

»Was hat er da gemacht?«

»Er war morgens eine Weile hier und hat in seinem Büro gearbeitet. Dann ist er weggefahren.«

»Hat er gesagt, wohin er wollte?«

»Nein.«

Zingo rief etwas aus dem Nebenzimmer. Tomas ging zu ihm hinüber und betrat ein kleines, fensterloses Büro. An einer Wand verlief ein Regal mit verschiedenfarbigen Aktenordnern. Zingo saß mit einem aufgeschlagenen Ordner vor sich am Schreibtisch.

Tomas blickte ihm über die Schulter.

»Eine Liste der Angestellten des Reisebüros«, erläuterte Zingo und blätterte um. »Fast dreißig an der Zahl. Ausnahmslos junge Frauen mit osteuropäischen Namen.«

Er zog einen zweiten Aktenordner heran und schlug ihn auf.

»Der Geschäftsbericht von Eastern Travel aus dem vorletzten Jahr. 1993 belief sich der Umsatz auf 3,3 Millionen Kronen. Das reicht kaum aus, um dreißig Leuten ein Gehalt zu zahlen.«

»Was heißt das für uns?«

Zingo zuckte mit den Schultern.

»Ich weiß es noch nicht. Aber es ist interessant.«

Tomas trat an das Regal und überflog die Etiketten der Aktenordner. Wahllos griff er einige Ordner heraus, blätterte sie durch und stellte sie zurück ins Regal. Ein Ordner war unbeschriftet. Tomas schlug ihn auf. Passkopien. Er blätterte die schwarz-weißen Seiten durch. Ein Frauengesicht nach dem anderen blickte ihn mit ernsten Augen an.

»Ausnahmslos junge Mädchen«, sagte er nach einer Weile. »Keine älter als dreiundzwanzig.«

»Wo sind sie jetzt?«, fragte Zingo. »Im Reisebüro arbeiten sie ganz sicher nicht.«

Tomas antwortete nicht.

»Was hat die Rothaarige zu Runström gesagt?«, fuhr Zingo fort.

»Sie hat ihn weder gesehen noch jemals von ihm gehört«, erwiderte Tomas und betrachtete weiter die ernsten schwarzweißen Frauengesichter.

»Glaubst du ihr?«

Er schüttelte den Kopf.

»Wir nehmen diese Ordner mit und bitten Ylva, ein paar Kollegen herzuschicken, die sich das Büro gründlich vornehmen. Ich glaube, das ist besser, als wenn wir es machen.«

Zingo griff nach den beiden Ordnern auf dem Schreibtisch, und Tomas nahm den Ordner mit den Passkopien mit.

»Wir müssen mit Goran sprechen. Er kann uns helfen, unseren Verdacht zu erhärten«, sagte Zingo und klopfte auf den oberen Ordner.

Tomas musterte ihn.

»Du glaubst, dass es Prostituierte sind?«

Zingo warf einen Blick auf seine Armbanduhr.

»Ich glaube gar nichts, bevor wir mit Goran gesprochen haben.«

An Sonja Sorokins Schreibtisch schlug Tomas den Passbild-Ordner auf und legte ihn vor sie hin.

»Wo sind diese Frauen, und wer sind sie?«, fragte er.

Sonja Sorokin schüttelte den Kopf.

»Ich weiß es nicht.«

Tomas gab ihr seine Visitenkarte und bat sie, sich zu melden, sollte ihr noch etwas einfallen.

Dann verließen sie das Reisebüro und traten auf die Straße.

»Bevor wir etwas anderes machen, sollten wir die Passbilder den Zeugen aus dem Pokerclub zeigen, die das Mädchen nach dem Mord an Runström über den Innenhof haben laufen sehen«, sagte Tomas. »Wenn wir Glück haben, erkennt sie jemand wieder, und wir haben Lucys richtigen Namen.«

11

Alle Blicke wandten sich ihr zu, als Vera im *Aftonbladet* aus dem Fahrstuhl trat. Die Redaktion lag neben dem Globen, und man erreichte sie durch das neben der Arena errichtete Einkaufszentrum.

Sie blieb in der offenen Bürolandschaft stehen. Hatte die Reaktion der Kollegen mit Rikard Muryns Anruf zu tun? Sie durchquerte die Redaktion. Über ihr ragten drei halbmondförmige Balkone in den Raum. Überall klingelten Hinweistelefone. Einer nach dem anderen kehrten die Kollegen zurück an ihre Arbeit.

Am Boot, wie der Arbeitstisch des Nachrichtenchefs intern genannt wurde, diskutierte Gäddan mit zwei Abteilungsleitern. Vor ihnen lag die morgige Titelseite. Der Aufmacher versprach eine sensationelle Enthüllung aus den Kreisen der schwedischen Geheimpolizei; ranghohe Führungskräfte sollten dafür verantwortlich gewesen sein, dass Stig Bergling direkt vor den Augen der ermittelnden Säpo-Beamten die Flucht gelungen war.

»Hallo«, sagte sie.

Das Gespräch verstummte. Gäddan wandte den Blick ab und murmelte einen Gruß. Wenn ihm kein galliger Kommentar auf der Zunge lag, wusste man, dass etwas im Argen lag.

Vera ging zu Muryns Büro. Sie musste erfahren, warum er so wütend war, alle außer ihr schienen Bescheid zu wissen. Sie klopfte an die Glastür. Rikard winkte sie herein.

»Setz dich«, sagte er. »Gib mir eine Sekunde.«

Die Ärmel seines weißen Hemds waren aufgekrempelt, seine Krawatte lag auf dem Schreibtisch, neben Abzügen der geplanten morgigen Ausgabe. Komplette Seiten waren mit Rotstift durchgestrichen oder am Rand mit Anmerkungen versehen. Gäddans Blutdruck würde zweifellos steigen, wenn er Muryns Input sah.

Vera setzte sich und blickte über die Schulter in die Redaktion. Leif M. Ivarsson schlenderte durch den Raum und blieb am Boot stehen. Er sagte etwas zu Gäddan, und die Männer sahen zu ihr herüber. Was auch immer Rikard so wütend machte, die redaktionsinterne Gerüchteküche brodelte bereits.

»Okay«, sagte Rikard.

Er warf eine Zeitungsseite auf den Tisch.

»Was ist los?«, fragte Vera. »Offenbar sind alle im Bilde, nur ich nicht. Aber schrei mich bitte nicht an.«

Rikard sah sie verunsichert an. Seine Bereitschaft, seine Frau zu verlassen, stand noch immer zwischen ihnen.

»Ivarsson war heute bei mir. Er sagt, du würdest auf der Malmskillnadsgatan anschaffen gehen, und er habe Fotos davon, wie du mit Freiern sprichst.«

Vera sah ihren Chef entgeistert an.

»Soll das ein Scherz ein? Ich frage mich eher, was Ivarsson im Rotlichtmilieu zu schaffen hat.«

»Was spielt das für eine Rolle? Das Einzige, was zählt, ist, dass das kein gutes Licht auf uns wirft.«

»Ich bitte dich, Rikard. Die Spuren der beiden Morde führen in die Malmskillnadsgatan. Ich werde doch der Story nachgehen können, ohne gleich in den Verdacht zu kommen, eine Sexarbeiterin zu sein? Ivarsson ist doch auch nicht schwul, weil er eine Reportage über die eingetragene Lebenspartnerschaft schreibt!«

Rikard konnte sich ein Lächeln nicht verkneifen.

»Ich glaube ehrlich gesagt, dass er vom anderen Ufer ist.«

»Ja, vielleicht.«

Sie schwiegen eine Weile. Auch wenn sie eine Stinkwut auf Rikard hatte, war es ein komisches Gefühl, sich nicht zu ihm beugen und ihn berühren zu können.

An der Wand hinter ihm hing eine Fotografie, sie zeigte ein Rollfeld in irgendeinem warmen Land. Eine jüngere Version von Rikard stand neben der Tennislegende Björn Borg. Die beiden Männer waren braun gebrannt und lachten in die Kamera. Hinter ihnen parkte das ehemalige Privatflugzeug des *Aftonbladet*.

Rikard drehte sich um und musterte ebenfalls das Bild.

»Weißt du, was mit dem Flugzeug passiert ist?«, fragte er,

ohne ihre Antwort abzuwarten. »Im Sommer 91 hatten wir ein paar Praktikanten eingestellt. Einer von ihnen, ich glaube, er hieß Velander, kam aus Värmland und hatte eine Vorliebe für das Stockholmer Partyleben. Er stellte einen Haufen Fragen, und in einem unbedachten Moment sagte ich ihm, dass man, wenn man irgendwohin wolle, nur den Flughafen-Tower in Bromma anrufen müsse.«

Rikard lachte.

»Im September kam der Chefredakteur zu mir und wollte wissen, wann wir denn die große Topstory von Gotland bringen würden. Immerhin seien wir in den letzten Wochen zehnmal auf die Insel geflogen, ohne einen einzigen Gotland-relevanten Artikel zu bringen.«

»Oops«, sagte Vera, die sich fragte, was Rikard ihr mit dieser Geschichte erzählen wollte.

»Wie sich herausstellte, war dieses Praktikumsgenie mit der Maschine nach Visby geflogen, um dort Mittsommer zu feiern. Als er am Montag in die Redaktion kam und niemand seinen Vergnügungsflug beanstandete, beschloss er, die Sache am nächsten Wochenende zu wiederholen. Und so hielt er es den ganzen Sommer über. Das ist der Grund, warum wir heute nur noch Businessclass fliegen.«

Rikard lachte wieder, wurde aber rasch ernst.

»Das bleibt zwischen uns«, sagte er.

Er sah sie eindringlich an.

»Ivarssons Säpo-Informanten sagen, dass sie gesehen haben, wie du dich prostituiert hast. Deshalb kann ich die Sache nicht einfach ignorieren. Du weißt selbst, was passiert, wenn die Branchenpresse oder der *Expressen* Wind davon bekommen. Die Säpo steht momentan im Kreuzfeuer der Kritik. Es könnte gut sein, dass sie einen solchen Hinweis für ihre Zwecke nutzen, um weitere schlechte Presse zu verhindern.«

Vera dachte einen Moment nach. Die Säpo hatte nach dem Mord an Runström in der Malmskillnadsgatan herumgeschnüffelt. Aber dass sie ernsthaft den Verdacht hegten oder sich überhaupt darum scherten, dass eine Journalistin sich prostituierte, war absurd.

Vera war sich sicher, Ivarsson hatte diese Gerüchte in die Welt gesetzt.

»Wie geht es jetzt weiter?«, fragte sie.

»Jetzt passiert das, was alle Vollblut-Journalisten hin und wieder durchmachen müssen. Du kommst vorübergehend aufs Abstellgleis.«

»Das ist ein Witz?«

»Nein, Vera. Unsere neue Ein-Mann-Onlineredaktion bekommt Verstärkung. Dich! Da wirst du machen, was man in einer Onlineredaktion eben so macht. Und sobald Gras über die Sache gewachsen ist, hole ich dich zurück ins A-Team.«

Vera schüttelte den Kopf. Sie war schon bei der *Kvällsposten* mit Ivarsson aneinandergeraten. Er hatte gegen sie intrigiert und am Ende die Lorbeeren für das Buch eingeheimst, das sie über den Frauenmörder Stig Hoffsten geschrieben hatte.

»Du glaubst diese Story doch nicht ernsthaft? Es ist doch offensichtlich, dass Ivarsson sich das Ganze aus den Fingern gesogen hat.«

»Das spielt keine Rolle. Ich muss die Zeitung schützen. Ich will keinen Anruf vom Rechercheteam des Magazins *Resumé* bekommen und mich der Frage stellen müssen, warum ich meine Mitarbeiterin zwinge, undercover als Prostituierte zu recherchieren.«

Vera konnte nicht glauben, was sie da hörte. Rikard opferte sie, um seine eigene Haut zu retten. Am liebsten wäre sie türenknallend aus dem Büro gestürmt.

»Sind wir fertig?«, fragte sie.

»Vera, diese Sache kann in ein, zwei Wochen schon wieder

vorbei sein. Schlimmstenfalls dauert es ein paar Monate. Das passiert jedem mal im Lauf der Karriere.«

»Ich bitte dich.«

Vera stand auf und öffnete die Tür. Sie kochte vor Wut, aber Hecklers Filme würde sie sich trotzdem ansehen. Dann veröffentlichte sie ihre Artikel eben im Internet.

»Die Sache mit deiner Frau«, sagte sie.

»Ja?«

»Verlass sie nicht. Wir beide werden uns nicht mehr sehen.«

Damit schloss sie die Glastür hinter sich und durchquerte die offene Bürofläche. Sie spürte die neugierigen Blicke der Kollegen im Rücken, als sie sich auf die Suche nach dem einzigen Mitarbeiter der Onlineredaktion machte.

12

Erst um zehn Uhr abends gelang es Zingo, Burek-Goran zu erreichen. Sie parkten in der Tomtebogatan und gingen zu Fuß zum St. Eriksplan, wo er sie hinbestellt hatte.

Davor hatten sie einige der Zeugen aus dem Pokerclub aufgesucht und ihnen die Fotos der Mädchen gezeigt, doch keiner von ihnen hatte die junge Frau in Hecklers Ordner entdeckt. Je länger Tomas die schwarz-weißen Gesichter der jungen Mädchen betrachtete, umso entmutigter wurde er.

Die Stockholmer Prostitution blühte, nicht zuletzt in den Straßen rund um die Malmskillnadsgatan. Seit dem Ende der Sowjetunion waren Tausende mittellose osteuropäische und baltische junge Mädchen nach Schweden gekommen und die Preise stark gefallen. Ein Mädchen für eine Stunde war oft schon für hundertfünfzig Kronen zu haben. Tomas hatte die Auswirkungen dieser Dumpingpreise gesehen: in Hafengebieten und Vorstadtwohnungen aufgefundene abgemagerte, bleiche Körper; in Bahnhofstoiletten oder unter irgendeiner Brücke, mit einer Nadel im Arm.

Wie viele der Mädchen in diesem Ordner waren noch am Leben? Er blätterte ihre Gesichter durch und sah sie vor sich, als Kinder in ihren Heimatländern. Jede von ihnen hatte einmal ihren ersten Zahn verloren, sich zum ersten Mal verliebt, Träume gehabt, Albträume und Ängste.

»Da drüben ist es«, sagte Zingo.

Vor einer schäbigen Tür standen zwei groß gewachsene Männer in Anzug und Mantel. Sie hatten beschlossen, nicht ihre Dienstausweise zu zücken, sondern sich als Kunden auszugeben.

Tomas ging auf einen der Türsteher zu. Der Mann musterte sie und ließ sie ein. Sie gaben der Frau hinter der Kasse jeweils dreihundert Kronen und gingen die Treppe hinunter.

Leise Klaviermusik empfing sie. Ein gutes Dutzend Männer war zugegen. In der Mitte des Raums befand sich ein hoher, durchsichtiger Wassertank, in dem eine nackte Frau schwamm.

In einer Ecke stand, wie im Pornoclub Lack, ein Käfig. Darin saß eine Frau und befriedigte sich selbst, während vier Yuppies ihr dabei zuschauten und Geldscheine zwischen den Gitterstäben hindurchschoben. Weiter hinten tanzten zwei nackte Frauen auf einer Bühne. Tomas registrierte, dass es sich bei der Klientel mehrheitlich um Kriminelle oder Finanzleute zu handeln schien. Andere barbusige Frauen liefen mit Tabletts umher und servierten Drinks. Ein Mann verschwand unter den aufmunternden Rufen seiner Freunde mit einer Frau in einem Nebenzimmer.

An der leeren Bar entdeckte Tomas Burek-Gorans breiten Rücken. Zingo und er nahmen neben ihm auf den freien Barhockern Platz.

Goran trank einen Espresso.

Als Zingo ihm von ihrem Fund im Eastern Travel erzählte, nickte er langsam und kam ohne Umschweife zur Sache.

»Ich habe Folgendes gehört: Heckler hat diese Mädchen in seinem Club und in seinen Filmen eingesetzt. Die Typen vom Odin MC, die im Lack und im Bordell für die Sicherheit zuständig sind, haben sie nach Schweden geschleust, und Heckler hat ihnen durch sein Reisebüro eine Arbeitserlaubnis beschafft.«

»Sind Sie sicher?«, fragte Tomas.

Weißer Kaffeeschaum zierte Gorans fleischige Oberlippe. Er fuhr sich mit der Zunge darüber und wandte sich langsam zu Tomas um.

»Sicher kann man nie sein«, erwiderte er. »Aber das habe ich gehört.«

Tomas bohrte seinen Blick in Gorans.

»Wo finden wir die Filme, die Heckler produziert hat?«

Goran betrachtete die Flaschenreihen hinter der Bar und zündete sich eine Zigarre an.

»Habt ihr seinen Bürosafe nicht aufbekommen?«

»Er war schon offen.«

»Dann müsst ihr die Filme doch haben?«

»Wir haben einen Zeugen, der sagt, dass der Täter mindestens einen der Filme entwendet hat«, warf Zingo ein.

Goran paffte seine Zigarre.

»Wo werden diese Filme vertrieben? Kann man sie kaufen?«, fragte Tomas.

Goran legte die Stirn in Falten.

»Diese Filme sind abstoßend«, sagte er. »Grotesk. Heckler hat die verzweifeltsten und ärmsten Mädchen dafür genommen. Die, die nicht Nein sagen konnten.«

Er zupfte die Goldkette an seinem Hals zurecht. In der verspiegelten Wand hinter der Bar sah Tomas, dass der Club sich langsam füllte.

»Die Filme sind dermaßen Hardcore, dass sie, soweit ich

weiß, nur von einer Videothek vertrieben werden. Dem Laden Lust und Schönheit in Norrtull.«

Tomas warf Zingo einen fragenden Blick zu. Sein Kollege nickte.

»Da treiben sich die bedauernswertesten und dunkelsten Seelen der Stadt herum«, sagte er.

Sie verließen den Club, überquerten die St. Eriksgatan und suchten sich eine Position, von der aus sie den Eingang des Clubs im Blick hatten. Eine Limousine fuhr vor, zwei Männer stiegen aus und wurden von den Türstehern eingelassen.

Was Goran gerade erzählt hatte, machte Tomas zu schaffen, Zingos verbissene Miene zeigte, dass es ihm genauso ging. Ihm graute davor, was er in den Filmen zu sehen bekommen würde, aber er wusste, dass er sie sich anschauen musste. Vielleicht hatte Goran recht, und einige der Mädchen aus dem Ordner waren in den Filmen zu sehen?

Als Tomas vorschlug, zum Auto zurückzugehen, meinte Zingo, dass er zu Fuß nach Hause laufen würde, und wandte sich ohne ein weiteres Wort um. Tomas zündete sich eine Zigarette an und sah ihm nach, wie er im gelben Schein der Straßenlaternen davonging.

Ein Bikerclub schleuste junge Mädchen ins Land, die zum Schein von einem Reisebüro angestellt wurden, bevor Männer für ihre Körper bezahlten oder sie in Hardcore-Pornos auftraten. Morris Heckler war tot, Bertil Runström – ein Freier, der Frauen kaufte und sich daran aufgeilte, wie sie ausgenutzt und gequält wurden – ebenfalls.

Die Morde hingen miteinander zusammen, er wusste nur nicht, wie.

Warum hatte Goran ihnen das alles erzählt? Was sprang für ihn dabei raus?

Er dachte an Lucy, das Mädchen, das in der Silvesternacht aus dem Bordell geflüchtet war. Was hatte sie in ihrem Leben durchgemacht, und woher kam sie? Wo war sie in diesem Moment, und schwebte sie in Gefahr? Vielleicht war sie eines der Mädchen aus dem Ordner. Vielleicht würden sie ihre steif gefrorene Leiche in ein paar Tagen in irgendeinem Waldstück finden. Während er zurück zu seinem Volvo in die Tomtebogatan ging, fragte er sich, ob vielleicht gar nicht Runström das Ziel des Täters gewesen war, sondern Lucy, und seine Befürchtung, dass sie das nächste Mordopfer sein könnte, wuchs.

13

Vera trat an die vier Schreibtische, die aftonbladet.se ausmachten. Drei waren verwaist, an dem vierten saß der Mann, der die Internetseite des *Aftonbladet* pflegte und an seinem Bildschirm auf irgendwelche Hieroglyphen starrte.

Sein Name war Bosse Rosén, aber alle nannten ihn Rose.

»Wer ist hier der Chef?«, fragte Vera. »Ich soll hier anfangen.«

Rose war viele Jahre lang der verantwortliche Sportredakteur des *Aftonbladet* gewesen, aber voriges Jahr aus der Gemeinschaft der Sportredaktion ausgestoßen worden, nachdem er das Trinken nach langjähriger Alkoholsucht aufgegeben hatte. »Hier gibt es keinen Chef. Jeder ist sein eigener Chef.«

Vera hielt einen Karton mit ihren Sachen in den Händen, die Situation war einfach nur erniedrigend.

»Was soll ich machen?«, wollte sie wissen.

»Das musst du selbst herausfinden.«

Rose wandte sich wieder seinem Bildschirm zu. Vera stellte den Karton auf einem der freien Schreibtische ab und packte ihre Habseligkeiten aus. Nach einer Weile sah Rose zu ihr herüber und drückte triumphierend auf eine Taste.

»Guck dir das an.«

Auf dem Bildschirm baute sich langsam eine Webseite auf. Auf einem weißen Hintergrund erschien das Logo von *Aftonbladet Kultur.* »Willkommen beim Kulturmagazin der Zukunft«, verkündete die Seitenüberschrift.

»Ich soll nur die Feuilleton-Artikel einpflegen. Du kannst also beisteuern, was du willst.«

Vera nickte, als ihr die Bedeutung von Roses Worten aufging. Sie war degradiert, aber es gab keinen Vorgesetzten, der ihr Steine in den Weg legen konnte.

Neben Roses Schreibtisch stand ein Fernseher mit integriertem Videorekorder. Sie schob einen von Hecklers Filmen in das Gerät, stellte den Ton aus und setzte sich.

Zwanzig Minuten später hatte sie sich durch zwei Bänder gespult.

Bei Hecklers Filmen handelte es sich ausschließlich um Hardcore-Pornos. Die Mädchen wurden vergewaltigt. Die Kamera war da, wie um die Übergriffe zu legitimieren. Das war das Einzige, was die Szenen von einem herkömmlichen Sexualverbrechen unterschied.

Widerwillig schob Vera eine neue Kassette in den Rekorder und drückte die Vorlauftaste, um den Vorspann zu überspringen.

Ivarsson kam in die Redaktion. Im Reportageplan hatte Vera gelesen, dass er das erste schwule Paar begleitet hatte, das eine eingetragene Lebenspartnerschaft eingegangen war. Ein Auftrag, der ihn aus dem Tritt gebracht zu haben schien. Denn er hatte sich ordentlich die Hucke vollgesoffen und schwankte auf unsicheren Beinen durch die Bürofläche.

Zwei junge Mädchen kamen ins Bild. Sie lagen nackt auf einem schmuddeligen Bett, eindeutig zugedröhnt. Vera drückte auf Play, und der unbeholfene Akt begann. Ivarsson stellte sich hinter sie. Als er begriff, was sie sich ansah, huschte ein zufriedenes Grinsen über sein Gesicht.

»Ich wusste gar nicht, dass du eine Leckschwester bist«, lallte er.

Er stellte den Ton lauter.

Ohne den Blick vom Bildschirm zu nehmen, antwortete Vera:

»Was sagt deine Frau dazu, dass du dich in der Malmskillnadsgatan mit Nutten amüsierst?«

Aus dem Augenwinkel sah sie, dass er rot anlief.

»Ich sollte sie vielleicht anrufen und fragen?«, fuhr sie fort.

Ivarsson rang um eine Antwort. Vielleicht weil er nicht sicher war, ob Vera wusste, dass er sie bei Rikard Muryn angeschwärzt hatte.

»Du … ich …«, brachte er schließlich heraus.

Weiter kam er nicht, weil Vera einen Finger in die Höhe hielt.

Irgendetwas in dem Film hatte sie aufmerken lassen.

»Halt die Klappe und verschwinde«, sagte sie. »Oder ich ruf deine Frau an.«

Sie spulte ein Stück zurück und drehte den Ton noch lauter. Bevor sie die Play-Taste drückte, scheuchte sie Ivarsson mit einer Handbewegung weg. Zu ihrer Überraschung trollte er sich.

Im Film hatten die Mädchen begonnen, sich gegenseitig Gegenstände in die Körperöffnungen einzuführen. Eine Männerstimme erklang. Vera nahm an, dass es Hecklers war. Er stand hinter der Kamera und erteilte den Mädchen Anweisungen.

»Benutz den großen Dildo bei Lucy.«

Mit zitternder Hand pausierte Vera den Film, griff nach ihrem Handy und wählte die Nummer vom Café Himmelszelt.

Das Standbild flimmerte vor ihr. Lucy tat nicht einmal so, als würde sie Genuss empfinden. Aber wahrscheinlich war das der Sinn und Zweck dieser Art Filme. Die Mädchen sollten leiden.

In der Leitung klingelte es, und eine Männerstimme meldete sich.

»Ist Jeanette Dunér bei Ihnen?«, fragte Vera.

»Sie ist eben gegangen. Aber ich glaube, ich sehe sie draußen vor der Tür.«

»Können Sie sie bitte holen? Sie soll sich ein Taxi nehmen, zum *Aftonbladet* fahren und nach Vera fragen.«

Dreißig Minuten später führte Vera ihre Besucherin durch die halb leere Redaktion.

»Ziemlich viele bekannte Gesichter in diesen vier Wänden«, bemerkte Jeanette Dunér, als sie am Boot vorbeigingen.

Sie erreichten die Ecke der Onlineredaktion. Das Standbild mit den beiden Frauen flimmerte noch auf dem Bildschirm.

»Ist das Lucy?«, fragte Vera.

Jeanette nickte ernst.

»Ja. Und das andere arme Ding ist Nikita.«

Freitag, 6. Januar 1995

14

Tomas stand im heruntergekommenen Stadtbezirk Norrtull vor der Pornovideothek Lust und Schönheit. Er war allein. Zingo hatte sich heute Morgen nicht im Polizeipräsidium blicken lassen. Tomas hatte ihm gestern Abend angesehen, dass er mal wieder in die Dunkelheit abzurutschen drohte. Er würde ein paar Tage vom Erdboden verschwinden und sich dem Suff hingeben. Vielleicht hatte die Quittung von der Estonia die Leere in ihm anschwellen lassen, bis sie ihn überwältigte. Manchmal wünschte sich Tomas, Zingo und er könnten über die Dinge reden, die ihr Innerstes bewegten, die wie Widerhaken in ihrer Haut saßen und sie beinahe dazu brachten, vor Schmerzen laut aufzuschreien. Aber das ließ ihre Freundschaft nicht zu. Trotzdem war er davon überzeugt, dass Zingo seinen Schmerz sah, so wie er Zingos.

Ein Mann im Trenchcoat warf einen raschen Blick über die Schulter, bevor er ins Souterrain hinunterging und in der Videothek verschwand. Ein paar Minuten später folgten zwei junge Milchgesichter mit Rucksäcken auf den schmächtigen Schultern.

Eine Glocke bimmelte, als Tomas die Videothek betrat. Der Raum war schummrig beleuchtet, und breite Rohre verliefen an der Decke. In den Regalen reihten sich Videohüllen aneinander. Obwohl sich ein Dutzend Kunden im Laden aufhielten, war kein Laut zu hören.

Hinter der Kasse saß ein Mann im schwarzen Polohemd. Lederarmbänder schmückten seine Handgelenke, und er trug einen Goldring im Ohr. Ein entzündeter roter Ausschlag bedeckte seine Wangen und die Haut zwischen seinen Augen.

Tomas empfand ihm gegenüber eine instinktive Abneigung, als er seinen Dienstausweis zückte.

»Ich möchte Morris Hecklers Filme haben«, sagte er.

Der Mann grinste und entblößte zwei verfärbte Vorderzähne.

»Er ist zurzeit ganz schön populär.«

Tomas runzelte die Stirn.

»Was soll das heißen?«

Der Mann zupfte an seinen Lederarmbändern.

»Sie sind ausgeliehen. Alle. Ausnahmslos.«

»Seit wann?«

»Gestern. Eine Frau hat die komplette Edition ausgeliehen.«

Tomas stützte die Hände auf den Tresen.

»Ich will den Namen der Frau.«

Der Mann grinste.

»Glauben Sie, dass ich eine Kundenkartei führe? Dann könnte ich auf der Stelle dichtmachen.«

Tomas entdeckte weder einen Computer noch einen Karteikasten. Vermutlich sagte der Kerl die Wahrheit. Dies war ein Ort, an dem die Klientel keine Spuren hinterlassen wollte.

»Wie sah sie aus?«

»Ungefähr dreißig. Braune Haare. Schwarze Lederjacke. Ziemlich heiß, ehrlich gesagt. Also die Frau, nicht die Jacke. Ich wünschte, ich hätte mehr Kunden wie sie.«

Er verstummte, als wäre ihm plötzlich etwas eingefallen, von dem er nicht wusste, ob er es erzählen sollte. Tomas sah ihn auffordernd an. Irgendwo hinter ihnen hustete ein Mann.

»Eine Sache war komisch. Sie hatte einen Knirps dabei. Er hat draußen vor dem Laden gewartet.«

Vera Berg, dachte Tomas. Sie muss es sein. Sie hat Hecklers Filme ausgeliehen, weil sie weiß, dass sie für die Ermittlungen wichtig sind.

Tomas verließ die Videothek und blieb eine Weile unschlüssig im Auto sitzen. Er brauchte die Filme. Um dieses Gespräch kam er nicht umhin, obwohl er nicht die geringste Lust hatte, mit Vera zu reden. Sie hatte ihn eine Zeit lang verdächtigt, hinter den Frauenmorden im Sommer zu stecken, und ihr Verdacht hatte ihn dermaßen aus der Bahn geworfen, dass er geglaubt hatte, den Verstand zu verlieren und tatsächlich schuldig zu sein. Nach dieser Anschuldigung hatte sie alle Grenzen überschritten, mit Klara geredet und sie über ihn und ihre Beziehung ausgefragt.

Hin und wieder war er im *Aftonbladet*, wo sie mittlerweile arbeitete, über einen ihrer sensationsheischenden Artikel gestolpert.

Aber jetzt brauchte er sie, es war unumgänglich.

Er hielt bei einer Telefonzelle, suchte im Telefonbuch Vera Bergs Nummer und rief sie an.

15

Vera saß mit ihrem Tandy-Computer in der Zinken Bar und arbeitete. Abgesehen von zwei Säufern, die eine tiefschürfende Diskussion über die Flüchtlingswelle führten, die infolge des Bosnienkriegs über Schweden hereinbrach, war die Kneipe leer.

»Ich war über Silvester zu Hause in Småland. Das reinste Sarajevo. Nicht ein Landsmann auf der Straße«, sagte einer der beiden.

Sein Zechbruder schüttelte den Kopf.

»Ian und Bert haben recht. Wenn das so weitergeht, ist im Jahr 2000 nicht mehr viel von Schweden übrig.«

Vera saß in der schmuddeligen Kneipe, weil sie es in der Redaktion nicht ausgehalten hatte. Bei der morgendlichen Besprechung hatte wahrscheinlich die ganze Belegschaft erfahren, dass die Starjournalistin der Zeitung degradiert worden war, weil sie angeblich auf den Strich ging.

Sie gab dem Barmann ein Zeichen, ihr ein Bier zu bringen, und nahm einen Artikel für die Onlineausgabe des *Aftonbladet* in Angriff, um auf andere Gedanken zu kommen. Sie besaß keinen Macintosh und hatte keine Ahnung, wie sie den Text ins Internet stellen sollte. Der Tandy-Laptop hatte kein Modem und wurde nur genutzt, um Texte über die Telefonleitung an die Redaktion zu übermitteln. Aber Rose würde sicher eine Lösung wissen.

Sie nannte das Dokument *Die Spur, die die Polizei übersieht* und begann, über Lucy und Nikita zu schreiben, schilderte, wie die Polizei auf der Suche nach dem Mörder im Dunkeln tappte und das entscheidende Puzzleteil – die Mädchen – übersah, und ließ ihrer Wut über Tomas Wolfs und Zingos an die Wand gefahrene Ermittlungen freien Lauf.

Sie erwähnte Morris Hecklers Filme, ein exklusives Detail, das die Konkurrenz aufgreifen und in ihre Berichterstattung integrieren würde. Trotzdem vermisste sie das Kribbeln, das sie jedes Mal spürte, wenn sie eine Topstory an der Hand hatte. Vielleicht weil ihr Artikel nicht auf der Titelseite landen würde. Wie viele Leute würden ihn auf aftonbladet.se überhaupt lesen, und würde der Artikel wenigstens in redigierter Form in der Druckausgabe erscheinen?

Der Barmann brachte ihr Bier, und sie nahm einen großen Schluck. War es die richtige Entscheidung gewesen, mit Rikard Schluss zu machen? Draußen auf dem Ringvägen schneite es. Schweden war in eine graue Winterdunkelheit gehüllt. Sie war in ihren Artikel vertieft, als die Kneipentür aufging und kalte Zugluft in den Gastraum strömte.

»Vera«, sagte eine bekannte Stimme.

Sie wandte sich um. Tomas Wolf stand, in eine braune Pilotenjacke gekleidet, vor ihr.

»Ich glaube, Sie haben etwas, das ich mir ansehen muss«, fuhr er fort.

Ihr war klar, dass er Hecklers Filme meinte. Aber wie hatte er herausgefunden, dass sie sie hatte? Sie hatte die Polizeipressestelle noch nicht um einen Kommentar zu der Spur gebeten.

Tomas schien ihre Gedanken zu lesen.

»Es war nicht wirklich schwer herauszufinden, dass Sie die Filme ausgeliehen haben. Niemand außer Ihnen würde einen kleinen Jungen mit in eine Pornovideothek nehmen.«

Vera lächelte.

»Ich dachte, Sie reden nicht mehr mit mir«, erwiderte sie. »Und Sigge hat draußen gewartet.«

Wolf zuckte mit den Schultern.

»Trotzdem, und jetzt gerade werde ich dafür bezahlt, mit Ihnen zu reden.«

Vera nahm den Film, in dem Lucy und Nikita zu sehen waren, aus der Tüte neben ihrem Stuhl und hielt ihn Tomas hin.

»Nur einer der Filme ist interessant«, sagte sie.

Wolf wollte den Film haben, kein Zweifel.

»Und ich werde ihn nicht hergeben«, fuhr sie fort.

Tomas hob in einer resignierten Geste die Hände.

»Ich bin Polizist, Vera. Ich werde ihn nicht stehlen.«

Vera war klar, dass sie die Situation zu ihrem Vorteil nutzen konnte. Wenn sie Wolf dazu brachte, sich den Film gemeinsam mit ihr bei ihm zu Hause anzusehen, konnte sie währenddessen ein bisschen herumschnüffeln. Vielleicht fand sie einen

Hinweis auf seine mögliche Verwicklung in Kristian Wolfs Verschwinden.

»Ich brauche den Film für die Arbeit«, sagte sie. »Wir haben das Material nicht kopiert.«

Tomas wollte etwas erwidern, aber Vera kam ihm zuvor.

»Wir machen Folgendes. Haben Sie einen Videorekorder?«

»Nein, den hat Klara mitgenommen.«

»Dann leihen wir uns einen Rekorder aus und sehen uns den Film zusammen bei Ihnen zu Hause an.«

Tomas nickte. Vera packte ihre Sachen zusammen und ging zum Tresen, um zu bezahlen.

Auf dem Ringvägen herrschte nur wenig Verkehr. Sie bogen um die Ecke und liefen weiter in Richtung Hornstull.

»Ein Stück die Straße runter gibt es eine Videothek«, sagte Tomas.

Der Schnee auf dem Bürgersteig war schwarz von Abgasen, in den Rinnsteinen lagen Überbleibsel der Silvesternacht, abgebrannte Feuerwerkhülsen, leere Dosen und eine rote Kondomhülle.

»Wie geht es Kristian und Peter?«, erkundigte sich Vera.

Von Zingo wusste sie, dass Kristian Wolf Tomas' Geliebte Azra im Sommer zusammengeschlagen und schwer verletzt hatte. aber sie glaubte kaum, dass Tomas wusste, dass Zingo ihr davon erzählt hatte.

»Gut«, erwiderte Tomas.

Also hatte er keine Ahnung, dass sie vom Verschwinden seines Bruders wusste. Die Frage war nur: Log er, weil er selbst darin verwickelt war oder weil er ihr nicht vertraute?

»Haben Sie und Kristian Kontakt, nach allem, was im letzten Jahr geschehen ist?«

Sie hatten die Videothek erreicht. Tomas drehte sich zu ihr um und sah sie an.

»Ja«, erwiderte er. »Wir besuchen unsere Mutter. Immerhin sind wir Brüder, trotz aller Unterschiede.«

16

Tomas schloss die Wohnungstür auf und ließ Vera eintreten. Sie betrachtete die kahlen Wände, die hellen Rechtecke an den Stellen, wo Fotos und Bilder gehangen hatten.

Tomas zog seine Schuhe aus und ging ins Wohnzimmer, um den ausgeliehenen Videorekorder anzuschließen.

Ohne ein Wort legte Vera die Videokassette neben ihn auf den Boden und setzte sich aufs Sofa. Tomas steckte das Kabel in die Steckdose, schob die Kassette in den Rekorder, griff nach der Fernbedienung, drückte die Playtaste und ließ sich in den Sessel sinken. Der Film begann. Zwei Männer mit Tiermasken vor den Gesichtern vergewaltigten eine junge Frau mit zugedröhntem Blick. Ihre Hände waren gefesselt, ihr Gesichtsausdruck gleichgültig und abwesend. Die Männer machten mit ihr, was sie wollten. Mehr Männer kamen hinzu. Tomas zählte mindestens acht. Als einer von ihnen auf die Frau urinierte, spulte er vor.

Weitere, ähnliche Szenen folgten. Wurde es zu schlimm, ließ er das Band vorlaufen. Er ertrug es nicht. Vera Berg protestierte nicht. Neue Übergriffe. Unter Drogen gesetzte junge Frauen wurden mit Gegenständen penetriert, angepinkelt, auf die schändlichste Art und Weise erniedrigt und gedemütigt. Vera und Tomas betrachteten sie stumm.

Das Bild wurde schwarz, dann begann eine neue Szene. Zwei Frauen lagen nebeneinander im Bett, reglos. Im Augenwinkel sah Tomas, dass Vera sich aufrichtete und vorbeugte.

»Halten Sie das Bild an«, sagte sie.

Er drückte auf Pause.

»Wissen Sie, wer die Mädchen sind?«, fragte er.
Vera Berg nickte.
»Spulen Sie zurück und stellen Sie den Ton lauter.«
Im Hintergrund sagte jemand den Namen Lucy.
»Das andere Mädchen nennt sich Nikita«, sagte Vera, ohne den Blick vom Bildschirm zu nehmen. »Ich habe nach den beiden gesucht.«
»Warum?« Tomas spielte den Ahnungslosen.
Er pausierte die Aufnahme erneut und musterte die Gesichter der Mädchen.
Keines der beiden war unter den Passbildern aus dem Eastern Travel gewesen.
»Lucy ist die junge Frau, die während des Mords an Runström im Bordell war«, sagte Vera und deutete auf den Fernseher. »Die beiden Frauen sind miteinander befreundet.«
»Wissen Sie, wo sie sind?«
»Nikita soll auf der Straße der Schande sein.«
Tomas wandte sich zu ihr um.
»Die Straße der Schande?«, wiederholte er.
»Europas Prostitutions-Epizentrum. Ein Straßenstrich in Tschechien. Die Hölle auf Erden. Ein Großmarkt für Frauenkörper.«
Er musste mit Ylva reden, damit sie Kontakt zur tschechischen Polizei aufnahm und sie um Amtshilfe bei der Suche nach Nikita bat. Wenn das Mädchen mit Lucy befreundet war, wusste es vielleicht, wo sie sich aufhielt.
Gegen seinen Willen war er beeindruckt, wie weit Vera Berg mit ihren Recherchen gekommen war. Er dachte daran, wie sie vorigen Sommer draußen bei ihr im Innenhof gesessen hatten und, während des Viertelfinalspiels Schweden gegen Rumänien, Adressenlisten durchforstet hatten, um zwischen den Frauenmorden einen Zusammenhang zu finden. Auch da hatte ihr Spürsinn seine Bewunderung geweckt. Aber gleich-

zeitig hatte sie ihm unterstellt, ein Mörder zu sein. Das würde er ihr nicht verzeihen.

Als Dank für ihre Hilfe hatte er ihr das Exklusivrecht an den Fotos der Festnahme von Stig Hoffsten versprochen. Damals waren ihre Tipps mehr als hilfreich gewesen, das konnte er nicht leugnen. Und trotz seines Zwiespalts ihr gegenüber konnten sie sich auch in diesem Fall gegenseitig helfen.

»Woran denken Sie?«, fragte sie jetzt.

Tomas lehnte sich im Sessel zurück. Wagte er es, wieder mit ihr zusammenzuarbeiten? Wie weit waren ihre Recherchen tatsächlich gediehen? Wenn sie Lucy oder Nikita in einem ihrer Artikel erwähnte, riskierten sie, die beiden zu verschrecken. Und falls Lucy das eigentliche Ziel des Täters war, könnten ihm die Zeitungsartikel womöglich einen Hinweis geben, wo er sie fand. Wie im Sommer würde Vera Berg eine Gegenleistung dafür verlangen, von einer Veröffentlichung ihrer Artikel abzusehen. Im Stig-Hoffsten-Fall hatte er ihr vollen Einblick in die Ermittlungen gewährt, und sie hatte ihren Teil der Abmachung eingehalten und ihre Artikelserie erst nach Hoffstens Festnahme veröffentlicht.

»Ich gehe davon aus, dass Sie über Lucy und Nikita schreiben wollen?«

»Natürlich.«

Tomas räusperte sich.

»Wann?«

»Bald.«

Stille breitete sich aus.

»Woran denken Sie?«, fragte sie wieder.

»Ich möchte, dass Sie bis auf Weiteres nichts veröffentlichen.«

»Darüber haben Sie nicht zu entscheiden«, erwiderte sie mit scharfer Stimme.

Sie musterten einander feindselig. Der Graben zwischen

ihnen war in Windeseile angewachsen. Tomas hob entschuldigend die Hand. Vera Berg verzog keine Miene.

»Ich habe wichtige Details, was die Morde an Runström und Heckler angeht«, sagte er. »Sie würden sie als Einzige erfahren.«

Vera Berg musterte ihn weiter skeptisch, aber ihr Blick war etwas weniger feindselig. Er hatte ihre Neugierde geweckt.

»Reden Sie weiter.«

»Es gibt Verbindungen zur Estonia.«

Ihre desinteressierte Maske bröckelte.

Bevor sie etwas fragen konnte, hob er die Hand.

»Jetzt wissen Sie, was auf dem Spiel steht. Exklusivtipps wie im Fall Stig Hoffsten. Aber Sie dürfen sie erst veröffentlichen, wenn der richtige Zeitpunkt da ist. Denken Sie darüber nach.«

Er stand auf und ging in den Flur, um Zingo anzurufen. Hatte er Glück, war er zu Hause. Während er den Hörer abhob, drängte Vera Berg sich an ihm vorbei und ging in die Küche. Er hörte, wie sie einen Schrank öffnete und den Wasserhahn aufdrehte.

Während es in der Leitung klingelte, wandte Tomas sich um und sah aus dem Fenster. Die Sonne war untergegangen, die Dunkelheit senkte sich auf Stockholm herab. Er fragte sich, wie lange Zingos dunkle Phase diesmal anhielt. Hoffentlich dauerte es nicht zu lange, bis er zurückkam. Sie mussten Lucy finden. Und um Lucy zu finden, mussten sie diese Nikita ausfindig machen, die sich höchstwahrscheinlich in Tschechien aufhielt. Er wandte den Kopf. Vera stand am Kühlschrank und trank ein Glas Wasser.

»Hallo?«

Tomas zuckte zusammen. Er senkte die Stimme und erzählte Zingo, was er von Vera erfahren hatte.

»Können wir uns im Präsidium sehen?«, fragte er.

»Heute nicht. Ich muss ein paar Dinge erledigen.«

Tomas seufzte resigniert.

»Ich kann dich nicht länger decken«, sagte er. »Das habe ich das ganze Frühjahr und den ganzen Sommer über gemacht. Ich dachte, diese Phasen wären endgültig Vergangenheit. Wir ermitteln in einem Mordfall, verflucht noch mal.«

Am anderen Ende blieb es eine Weile still.

»Wir sehen uns morgen«, sagte Zingo schließlich und legte auf.

Tomas griff nach seinem Notizbuch und fluchte, als er sah, dass er versprochen hatte, Alexander und Ebba abzuholen.

17

Vera griff nach dem Kalender, der an Wolfs Kühlschrank hing. Sie hörte, wie er im Flur mit Zingo telefonierte.

Sie hatte den Kalender beim Hereinkommen gesehen und sich daran erinnert, dass Tomas' Frau Klara im Sommer darin nachgesehen hatte, wo sich ihr Mann in der Nacht, als eines von Stig Hoffstens Opfern ermordet worden war, aufgehalten hatte.

Vielleicht fand sie hier einen Hinweis auf Wolfs Beteiligung am Verschwinden seines Bruders?

Der Kalender war noch aus dem Vorjahr und im Dezember aufgeschlagen. Tomas könnte ihn jeden Tag wegwerfen und gegen einen aktuellen Kalender austauschen. Dies war ihre einzige Chance.

Sie füllte ihr Wasserglas auf. Im Küchenschrank war kaum Geschirr vorhanden. Klara schien Tomas bei ihrem Auszug nur das Nötigste dagelassen zu haben.

Vera ließ das Wasser laufen, um ihre Geräusche zu übertönen, und ging zurück zum Kühlschrank. Im Flur war es still.

Hatte Tomas sein Telefonat mit Zingo beendet und würde gleich in die Küche kommen?

Sie zögerte. Im Sommer hatte sie sich geirrt und Wolf das Leben mit ihrem Verdacht zur Hölle gemacht. Vielleicht war es ihre Schuld, dass Klara ihn verlassen hatte. Wollte sie ihm jetzt deshalb auf Teufel komm raus etwas ankreiden? Um im Nachhinein recht zu bekommen? Dann war dies der falsche Weg.

Die Verbindung zur Estonia, die Wolf erwähnt hatte, war ein Vertrauensbeweis. Wenn sie in den Kalender sah, hinterging sie ihn wieder.

Aber sie musste herausfinden, was passiert war. Warum hatte Tomas in den Tagen nach Kristians Verschwinden nicht wie versprochen seine Mutter besucht? Und warum hatte er sie angelogen und behauptet, Irene zusammen mit Kristian zu besuchen?

Sie blätterte den Kalender von hinten nach vorne Monat für Monat durch. Von Klara wusste sie, dass Tomas sich wichtige Termine notierte, weil ihn sein Gedächtnis oft im Stich ließ. Wenn es eine Erklärung für Wolfs auffälliges Verhalten gab, dann würde Vera sie hier finden.

Sie kam bis Oktober, ohne etwas Auffälliges zu entdecken, lediglich ein paar Einträge zu den seltenen Gelegenheiten, wenn die Kinder bei Tomas übernachteten, ein Treffen mit Zingo, aber kein Vermerk, der Kristian Wolf betraf.

Sie spähte hinaus in den Flur, lauschte und blätterte weiter. Tomas telefonierte noch.

Der September war der entscheidende Monat. Kristian Wolf war am Freitag, den 30. September, als vermisst gemeldet worden, zwei Tage nach dem Untergang der Estonia, und zuletzt von seinem jüngeren Bruder Peter gesehen worden. Die beiden hatten am Samstag davor zusammen getrunken.

Dazwischen klaffte eine Lücke. Wenn Tomas mit dem Verschwinden seines Bruders in Verbindung stand, waren diese fünf Tage der Schlüssel.

Sie blätterte um und blieb wie erstarrt stehen, starrte auf den Eintrag am letzten Montag im September, der Tomas für die Ermittlung im Vermisstenfall seines Bruders hochinteressant machte und von dem niemand außer ihr wusste.

26/9
Hallstahammar, Kristian abholen, 14 Uhr

Die Brüder hätten also gemeinsam zu ihrer Mutter fahren sollen. Aber Irene Wolf zufolge war keiner ihrer Söhne bei ihr aufgetaucht. Aus irgendeinem Grund waren die Brüder nicht in Hallstahammar angekommen. Dies war eine vollkommen neue Information.

Vera ließ das Kalenderblatt sinken und drehte den Wasserhahn zu. Wenn Wolf am Verschwinden seines Bruders beteiligt war, konnte sie nur erahnen, wie weit er gehen würde, um sein Geheimnis zu bewahren.

Sie stellte das Glas auf die Spüle und ging leise ins Wohnzimmer. Ihre Wangen brannten, und sie wusste, dass sie einen kühlen Kopf bewahren musste, damit Tomas nicht misstrauisch wurde.

Alles deutete darauf hin, dass er Kristian als Letzter gesehen hatte, bevor Irene Wolf zur Polizei gegangen war. Was nicht heißen musste, dass er mit Kristians Verschwinden etwas zu tun hatte. Aber aus irgendeinem Grund verheimlichte er das Treffen mit seinem Bruder, sowohl vor seinen Kollegen als auch vor seiner Mutter. Und das war auffällig.

Im Flur erklangen Schritte.

Als Tomas mit einem Notizbuch in der Hand ins Wohnzimmer kam, hatte sie wieder ein Déjà-vu; der Mann, der da vor ihr stand, war ihr vollkommen fremd. Seine Geheimnisse und seine Vergangenheit machten ihn undurchschaubar und unberechenbar. Und nun war er obendrein gestresst.

»Wenn Sie wissen wollen, was es mit dem Estonia-Hinweis auf sich hat, müssen wir im Auto darüber reden«, sagte er. »Ich muss los.«

Vera nickte. Sie brauchte Wolfs Information, aber sie wusste auch, dass er etwas verheimlichte, und sie musste herausfinden, was.

Samstag, 7. Januar 1995

18

Kurz nach zwölf setzte Vera sich an ihren Platz in der Online-Ecke. Das *Aftonbladet* war nur halb besetzt, und obwohl es Samstag war und keines der Themen, an denen er arbeitete, Priorität hatte, hockte Rose an seinem Computer.

Vera legte die Quittung, die Tomas Wolf ihr gegeben hatte, vor sich auf den Schreibtisch. Der Mann, nach dem die Polizei im Mordfall Morris Heckler und seitdem auch im Mordfall Bertil Runström fahndete, war an Bord der Estonia gewesen und hatte kurz vor dem Alarm noch einen Drink bestellt. Die Quittung war um 00:45 Uhr erstellt worden. Irgendwie musste sie diese Informationen nutzen, um den Mann ausfindig zu machen.

Jemand tippte ihr auf die Schulter. Rose zwinkerte ihr zu, als sie zu ihm aufblickte.

»Rekord«, sagte er. »Dein erster Onlineartikel über den Mord hat tausend Klicks generiert. Das Feuilleton ist natürlich sauer und zwingt mich, mehr Texte zu veröffentlichen.«

Vera rang sich ein Lächeln ab und widmete sich wieder ihrer Arbeit. Tausend Klicks waren nichts im Vergleich zu einer Titelseite.

Die Verbindung zur Estonia könnte eine Topschlagzeile werden, aber auch die Story über Tomas und Kristian Wolf hatte Potenzial, sie aus der Online-Verbannung herauszukatapultieren. Aber solange sie Tomas Wolfs Hilfe benötigte, konnte sie dieser Spur nicht weiter nachgehen. Er saß auf Informationen zu einer möglichen Verbindung zwischen den Morden und dem Untergang der Estonia. Wenn sie ihn jetzt verdächtigte, seinen Bruder umgebracht zu haben, wäre ihre fragile Zusammenarbeit passé.

Sie musste warten. Aber bald würde er den Kalender wegwerfen, und der kostbare Beweis wäre verschwunden.

Rose tippte ihr erneut auf die Schulter.

»Schau dir das mal an.«

Seufzend blickte sie auf seinen Bildschirm. Textzeilen in verschiedenen grellen Farben flimmerten über den Monitor. Im Hintergrund lief ein Programm namens IRC.

»Das sind ein paar schwedische Jungs, die einen Hackerkanal gestartet haben«, sagte Rose. »#Hack.se. Ich bin gerade in ihre Gruppe aufgenommen worden.«

Er grinste breit. Kindisch stolz.

»Sie sollen Zugang zum System der SE-Bank haben. Das riecht nach einer kommenden Story. Das sind die Verbrecher der Zukunft.«

»Kann sein«, erwiderte Vera. »Ich muss hier weitermachen.«

Sie betrachtete die Quittung. Das war eine wichtige Spur. Eine Neuigkeit, die sie zurück ins A-Team bringen konnte.

Der Barmann, der am betreffenden Abend in der Bar Admiral Dienst gehabt hatte, war am oberen Rand als *I Fredriksson* vermerkt. Sie hatte seinen vollständigen Namen unter den Namen der Überlebenden gefunden, aber er stand nicht im Telefonbuch.

Sie griff nach den Listen mit den Namen der Angestellten auf der Estonia und blätterte sich zum Servicepersonal in den Restaurants und Bars vor. Ihr blieb nichts anderes übrig, als in den sauren Apfel zu beißen und alle Namen durchzutelefonieren, die mit Fredriksson Dienst gehabt hatten. Nachdem sie es bei drei männlichen Kollegen versucht hatte, die nicht ans Telefon gingen, stieß sie auf einen Frauennamen.

Nach dem vierten Freizeichen meldete sich eine Stimme.

»Spreche ich mit Ester Frank?«, erkundigte sich Vera.

Ein Husten erklang, das ein Ja sein konnte.

»Mein Name ist Vera Berg, und ich rufe vom *Aftonbladet* an. Ich suche einen Isak Fredriksson.«

»Isak? Er arbeitet jetzt im Blues Kitchen & Bar beim Globen.«

Ein Glückstreffer. Das Blues Kitchen & Bar war das Stammlokal der Kollegen und lag direkt unter der Redaktion in der Globen-Galerie.

»Wissen Sie zufällig, wann er Schicht hat?«

»Seit dem Unglück arbeitet er rund um die Uhr.«

Vera beendete das Gespräch und griff nach ihrem Mantel. Drei Minuten später betrat sie die Bar. Die Einrichtung war dunkel, und die Klientel trug auch nicht dazu bei, das Ambiente aufzuhellen. In einer Nische ließen sich zwei junge Mädchen von ein paar älteren Männern, die ihre Väter sein könnten, Drinks spendieren. Vera ging an den Tresen und winkte den Barmann zu sich.

»Vera Berg«, sagte sie. »Ich arbeite beim *Aftonbladet.*«

»Dann wollen Sie wohl Angestelltenrabatt?«

»Nein. Ich suche einen Isak Fredriksson. Arbeitet er gerade?«

»Kommt ganz darauf an, wie Sie Arbeit definieren.«

Der Barmann deutete mit dem Kopf auf einen Mann, der allein an einem Tisch hockte und einen Whisky trank.

»Er arbeitet konstant daran, sich ins Grab zu saufen, davon abgesehen habe ich keinen großen Nutzen von ihm.«

»Geben Sie mir dasselbe, was er trinkt. Zwei Gläser.«

Sie ging zu Fredriksson hinüber, stellte sich vor und erzählte, sie habe gehört, dass er in der Nacht des Estonia-Unglücks auf der Fähre gearbeitet habe.

»Die meisten trauen sich nicht, danach zu fragen. Glauben, dass es einen zu sehr aufwühlt. Aber ich fühle einfach … nichts.«

Zwei Whiskys tauchten vor ihnen auf. Vera rührte ihren nicht an.

»Ich verstehe«, sagte sie. »Ich will auch nicht näher darauf eingehen. Ich habe nur eine Frage. Erinnern Sie sich, welche Gäste Sie kurz vor dem Alarm bedient haben?«

Fredriksson zuckte mit den Schultern und kippte seinen Whisky runter.

»Warum wollen Sie das wissen?«

»Es gibt eine Quittung von Viertel vor eins in der Nacht des Unglücks, die in Zusammenhang mit einer Mordermittlung steht. Jemand hat eine Flasche Wodka und zwei Drinks bestellt. Das muss eine der letzten …«

Fredriksson unterbrach sie.

»Die zwei werde ich nie vergessen. Zwei kranke Teufel. Sie haben noch mal bestellt, direkt nach dem Alarm. Wollten jeder noch einen Vagabundengrog.«

»Einen Vagabundengrog?«

»Billiger Cognac mit Limonade, ein Drink, den man vor hundert Jahren getrunken hat. Ich hab ihnen gesagt, dass sie sich selbst bedienen können.«

»Können Sie die Männer beschreiben?«

»Es war die letzte Runde. Wir hatten die Bar trotz des starken Seegangs offen gehalten. Aber nach Mitternacht ging es nicht mehr. Ich glaube, die beiden waren die einzigen Gäste, die noch da waren. Beide waren um die fünfzig. Einer der beiden hockte schon den ganzen Abend in der Bar. Wir haben uns nicht groß unterhalten, aber er sagte, dass er auf Öland wohne, als Kfz-Mechaniker arbeite, momentan aber arbeitslos sei.«

»Hat er noch mehr erzählt?«

»Er hat damit geprahlt, wie viele Nutten er in Tallinn gevögelt hat, meinte, ein Autoschrauber wie er komme in Schweden nicht zum Zug, aber in Estland sei er ein König, oder so was in der Art.«

Zwischen den Morden musste ein Zusammenhang bestehen. Wie genau sie miteinander zusammenhingen, wusste sie noch nicht, aber das Rotlichtmilieu war der rote Faden.

»Und der andere Mann?«

»Über ihn weiß ich nicht viel, aber er hat ungefähr so gesprochen.«

Fredriksson imitierte einen slawischen Akzent.

»Fehlerfreies Schwedisch, aber nicht ganz, wenn Sie verstehen, was ich meine?«

Vera nickte.

»Irgendwann ist er dem Schweden über den Mund gefahren, als der von den Nutten geredet hat. Er schien nicht in Schweden zu leben.«

Vera stand auf und bedankte sich bei Fredriksson. Sie gab ihm ihre Visitenkarte und bat ihn, sie anzurufen, sollte ihm noch etwas einfallen.

Adrenalin schoss durch ihre Adern, und sie fuhr mit dem Fahrstuhl zurück in die Redaktion. Sie wusste, wie sie den Mann finden würde, den die Polizei wegen zweifachen Mordes suchte.

19

Zu Tomas' Überraschung klingelte Zingo am Samstagmorgen wie vereinbart um neun Uhr bei ihm an der Wohnungstür. Seine Haare waren nass und seine Augen klein und gerötet, er wirkte mitgenommen, aber was Tomas über Lucy und Nikita zu berichten hatte, schien ihn zu berühren. Er hatte noch nie von der Straße der Schande gehört, schlug aber vor, Burek-Goran im Medusa aufzusuchen, um mehr zu erfahren.

Kurz darauf saßen sie in dem geschlossenen Restaurant an einem Tisch. Ein Putzmann wischte mit einem Mopp den Fußboden.

»Goran wohnt hier im Haus. Er kommt gleich«, erklärte Zingo.

»Warum hilft er uns? Können wir seinen Aussagen wirklich trauen?«

Bevor Zingo etwas erwidern konnte, ging die Küchentür auf, und Goran rollte im Rollstuhl herein. Er rief über die Schulter, dass er Brote und Kaffee haben wolle, und steuerte mit ausgestreckter Hand auf Tomas und Zingo zu. Schwere Ringe funkelten an seinen fleischigen Fingern.

»Was führt euch diesmal her?«, erkundigte er sich.

»Die Straße der Schande«, erwiderte Tomas.

Goran lächelte.

»Ich weiß, dass Polizisten einen Hungerlohn verdienen, aber wollt ihr euer Glück wirklich da suchen?«

Weder Tomas noch Zingo verzogen den Mund. Goran lachte auf.

»Okay, zu früh am Morgen für Scherze«, sagte er.

Eine dunkelhaarige Frau kam mit einem Tablett zu ihnen herüber und servierte ihnen Kaffee und ein paar Brote. Erstaunt sah Tomas, dass sie mit Zwiebelscheiben belegt waren. Goran nahm einen herzhaften Bissen.

»Die Straße der Schande«, sagte er mit vollem Mund. »Da landen nur die kaputtesten und verzweifeltsten Frauen. Ein tschechischer Straßenstrich an der Europastraße 55, ein paar Kilometer außerhalb von Prag, kontrolliert von der bulgarischen Mafia. Warum fragt ihr danach?«

»Wir suchen nach einem Mädchen, das angeblich dort sein soll. Können Sie uns helfen, sie zu finden?«, fragte Tomas.

Goran nahm einen neuen Bissen. Krümel rieselten auf seine Brust.

»Hört zu. Ich habe in meinem Leben viel Mist gemacht«, antwortete er. »Aber auch für mein Gewissen gibt es Grenzen. Die Straße der Schande ist ein Abgrund der Menschlichkeit. Ich kenne dort niemanden, und ich will auch niemanden von dort kennen.«

Aus irgendeinem Grund erleichterte es Tomas, dass Goran ein Gewissen zu haben schien.

»Dann müssen wir uns an unsere tschechischen Kollegen wenden«, sagte er.

Goran sah ihn an.

»Davon rate ich euch ab.«

»Warum?«

»Auf der Straße der Schande passiert nichts, ohne dass die tschechische Polizei daran verdient. Sie stehen auf der Gehaltsliste der bulgarischen Mafia. Manche Polizisten spielen für sie die Laufburschen. Wenn ihr die tschechische Polizei einschaltet, werden sie das Mädchen ausfindig machen und ihre Leiche zerstückeln.«

Tomas zweifelte, ob das wirklich stimmte, beschloss aber, Gorans Worten zu vertrauen. Zumindest vorerst.

Zingo, der schweigend zugehört hatte, wandte sich an Tomas.

»Ruf Vera Berg an und frag sie, wie frisch die Information ist, dass Nikita auf der Straße der Schande sein soll. Vielleicht ist sie schon wieder in Schweden?«

Tomas nickte. Er verließ das Medusa und ging zu seinem Volvo, der draußen vor der Tür parkte. Als er Vera Bergs Nummer wählte, entdeckte er, dass sein Autotelefon nicht funktionierte. Vielleicht lag es an der Kälte.

Stattdessen ging er zu der Telefonzelle auf der anderen Straßenseite, aus der er die Polizei in Hallstahammar angerufen hatte, stellte aber fest, dass er keine Münzen hatte. Weil er weder Zingo noch Goran um Geld bitten wollte, nahm er den Hörer ab und meldete ein R-Gespräch an.

Vera sagte ihm, dass die Information über Nikita erst zwei Tage alt und sehr glaubwürdig sei. Tomas bedankte sich, legte auf und führte ein zweites Anruf-bezahlt-Empfänger-Gespräch, diesmal mit Ylva Zethraeus, die das Wochenende in ihrem Ferienhaus verbrachte. Er brachte sie auf den neusten Stand und erklärte, warum man ihnen davon abriet, die tschechische Polizei zu kontaktieren.

»Wir können nicht riskieren, dass irgendetwas schiefläuft«, erwiderte Ylva.

Sie klapperte mit Geschirr, wahrscheinlich telefonierte sie mit einem schnurlosen Telefon.

»Wie sollen wir vorgehen?«, fragte er.

»Fahr hin. So schnell wie möglich.«

»Allein?«

»Ich kann nicht mehr Leute entbehren. Momentan ist Urlaubszeit. Ich brauche Zingo hier.«

Tomas umklammerte den Hörer. Er hatte nicht die geringste Lust, nach Tschechien zu fahren, wusste aber, dass es für ihre Ermittlungen unumgänglich war. Nikita könnte sie zu Lucy führen. Falls Lucy, wie er befürchtete, in Gefahr schwebte, mussten sie sie unbedingt finden. Und auf der Suche nach ihr war Nikita ihre beste Spur.

»Ich fahre heute Abend los«, sagte er.

20

Rose war nicht mehr da, als Vera zurück in die Redaktion kam.

Sie setzte sich an ihren Platz und suchte in den Passagierlisten der Estonia nach dem Mann, der nach dem Mord an

Morris Heckler aus dem Pornoclub Lack gekommen war und die Quittung verloren hatte.

Fiebrig fügte sie die Puzzleteile zusammen. Fredriksson zufolge hatten sich zwei Männer die letzte Bestellung geteilt, und der eine war ein etwa fünfzigjähriger Kfz-Mechaniker von Öland gewesen.

Sie ging die Adressen durch. Ihre Anspannung wuchs. Von den einundfünfzig Schweden und Schwedinnen, die die Estonia vor dem Untergang hatten verlassen können, waren zwei auf Öland gemeldet.

Eine in Borgholm gemeldete dreißigjährige Frau und ein Mann namens Dan Blomander, dessen Anschrift nicht angegeben war. Was bedeutete, dass er nach der Katastrophe nicht in den Medien in Erscheinung getreten, möglicherweise nicht erreichbar gewesen war. Aber das spielte keine Rolle. Er musste es sein.

Als sie gerade aufstehen wollte, kam Gäddan zu ihr herüber. Sie blickte auf und machte sich auf einen ironischen Kommentar gefasst.

»Darf ich dem Fräulein etwas Hochprozentiges zum Kauf anbieten?«, fragte der Nachtchef.

Vera blickte sich verblüfft um. Sollte das ein Witz sein? Doch mehrere Kollegen aus der Sportredaktion entkorkten bereits ein paar Flaschen.

»Immerhin ist Samstag«, fügte Gäddan hinzu.

Vera war klar, dass sein Angebot als Versöhnungsgeste gemeint war und sie annehmen musste.

»Ich nehm eine Flasche Wodka«, sagte sie.

Gäddan gab ihr eine Flasche und kassierte das Geld. Dann grinste er sie an.

»Obwohl du strafversetzt wurdest, bist du am Wochenende hier und arbeitest«, sagte er. »Aus dir kann doch noch was werden, Byline.«

»Byline?«

»So nennen sie dich am Newsdesk, weil dein Name abgesehen von der Titelstory, die Muryn dir auf dem silbernen Tablett serviert hat, bisher bloß unter unbedeutenden Meldungen gestanden hat.«

Vera musste wider Willen lachen. Als Gäddan verschwunden war, legte sie die Flasche in ihre Schreibtischschublade. Sie hatte nicht vor, etwas zu trinken. Birgitta und Sigge waren im Kungsträdgården Schlittschuh laufen. Sie würde ihn später dort abholen und mit ihm ins Kino gehen.

Sie stand auf und ging ins Archiv, während sich in der Redaktion Festtagsstimmung breitmachte. Auf einem der Balkone stand ein Kollege vom Unterhaltungsressort, der rauchte und auf die Kollegen vom Feuilleton herunteraschte.

Mit dem Telefonbuch und den Gelben Seiten von Kalmar und Öland kehrte sie an ihren Platz zurück. Sie suchte nach Dan Blomanders privater Telefonnummer, fand aber bloß eine Anschrift. Im Branchenverzeichnis der Gelben Seiten stieß sie schließlich auf eine Dan Blomander Kfz-& Karosserieschmiede in Mörbylånga.

Sie griff nach ihrem Handy. Nach kurzem Zögern wählte sie die angegebene Nummer. Blomander konnte der gesuchte Mörder sein. Sie brauchte einen glaubhaften Vorwand für ihren Anruf, durfte nicht riskieren, dass er misstrauisch wurde.

Sie beschloss, um einen Servicetermin für ihren Saab zu bitten. So konnte sie ihm auf den Zahn fühlen, ohne ihm zu verraten, wer sie in Wirklichkeit war. Ein Freizeichen erklang, doch dann brach die Verbindung ab. Sie versuchte es vom Festnetztelefon. Eine dreifache Tonfolge teilte ihr mit, dass der Anschluss nicht vergeben war, gefolgt von einer automatischen Bandansage, dass der Teilnehmer keine neue Nummer hinterlegt hatte. Das erwartungsvolle Kribbeln war wie weggeblasen. Enttäuscht ließ sie den Hörer auf den Schreibtisch sinken. War Dan Blomander tot? Manche Namen waren fälschlicherweise auf der Liste der Überlebenden gelandet.

Ihr Adrenalinkick verebbte. Doch dann fiel ihr ein, dass Fredriksson gesagt hatte, Dan Blomander sei arbeitslos gewesen. Die Telefonnummer gehörte zu seiner Kfz-Werkstatt. Wenn er arbeitslos war, existierte seine Firma nicht mehr, und der Anschluss war höchstwahrscheinlich abgemeldet.

Vera griff nach ihrem Mantel und traf eine Entscheidung. Sie riss die Anzeige aus den Gelben Seiten und hastete zum Ausgang.

»Bis später, Byline!«, rief Gäddan ihr nach.

Dan Blomander lebte und war wahrscheinlich der Täter, nach dem sie und die Polizei suchten. Sie nahm ihr Handy und wählte Roses Nummer, der sofort abnahm.

»Vera Berg hier. Ich muss eine Dienstreise machen. Wer segnet das ab?«

Rose schwieg einen Moment.

»Spesenstelle ist das Feuilleton«, sagte er schließlich. »Aber die Kollegen sind so mit ihrem Saufgelage beschäftigt, dass du einen Antrag auf Benzinkostenerstattung stellen kannst, bevor einer von ihnen überhaupt mitkriegt, dass du weg warst.«

»Gut, dann fahre ich für eine Artikelrecherche nach Öland.«

21

Die einzige Tasche, die Tomas nach der Scheidung noch besaß, war eine große schwarze Hockeyschlägertasche, die ursprünglich einmal Kristian gehört hatte. Er packte Wechselkleidung für drei Tage ein, Zahnbürste und Hygieneartikel und schwang sich die Tasche über die Schulter. Als er eben die

Wohnungstür abschließen wollte, klingelte im Flur das Telefon. Er stellte die Tasche ab und ging noch einmal zurück. Es war Klara. Im ersten Moment freute er sich, ihre Stimme zu hören, doch dann merkte er, dass sie wütend war.

»Was habt ihr gemacht, als die Kinder bei dir waren?«

Tomas runzelte die Stirn, er erinnerte sich nicht, wann Alexander und Ebba das letzte Mal hier gewesen waren.

»Ich …«

Dann kam alles zurück. Sie waren nach dem Treffen mit Vera Berg bei ihm gewesen. Er hatte sie abgeholt und war mit ihnen zum Abendessen ins Clock in der Nybrogatan gefahren. Dann waren sie eine Weile bei ihm in der Wohnung gewesen, bis er sie nach Hause zu Klara gebracht hatte.

»Hast du Ebbas blaue Flecken gesehen? Auf der Rückseite der Oberschenkel, am Rücken und an den Oberarmen. Das sieht furchtbar aus.«

Tomas betrachtete die leeren Kleiderbügel an der Garderobe und versuchte, sich zu erinnern, ob Ebba hingefallen war oder sich gestoßen hatte, aber sein Gedächtnis war komplett leer.

»Bist du wütend auf sie geworden?«

»Nein, was zum Teufel willst du damit sagen?«, erwiderte er aufgebracht.

Tomas bemühte sich, überzeugt zu klingen, zweifelte aber selbst an dem, was er sagte. Er begann zu schwitzen und wischte seine Hand wütend am Hosenbein ab. Hatte er Ebba geschlagen? Sie zu grob angefasst? Nein, das war unmöglich. Er würde den Kindern nie etwas antun.

»Ein Kind kann es nicht gewesen sein, dafür sind die Flecken zu ausgeprägt. Ich habe in der Kita angerufen und mit den Erzieherinnen gesprochen. Niemand hat Ebba geschlagen.«

Tomas umklammerte den Hörer. Sein Arm zitterte.

»Ich würde unseren Kindern nie wehtun.«

»Woher soll ich das wissen? Wie willst *du* es wissen? Du vergisst Dinge, Tomas. Bist du wie versprochen beim Arzt gewesen?«

Er knallte den Hörer auf die Gabel. Nahm ihn wieder hoch. Schlug ihn gegen die Wand. Riss ein Loch in die Tapete, und das Telefon rutschte vom Tisch. Tomas hieb den Hörer ein letztes Mal gegen die Wand. Dann ließ er den Hörer fallen, ließ den Apparat am Boden liegen, riss die Wohnungstür auf, schwang sich die Hockeytasche über die Schulter und lief die Treppen runter.

Auf der Hornsgatan warf er die Tasche in den Kofferraum und setzte sich hinters Steuer.

Die Übelkeit kam in Wellen. Er musste sich eine Weile sammeln, bevor er losfuhr. Die Scheinwerfer der entgegenkommenden Autos blendeten ihn, die Motorengeräusche klangen dumpf und geisterhaft. Er stieß die Tür auf, um sich zu übergeben, aber nichts kam. Mit zitternder Hand drehte er den Zündschlüssel um, der Motor sprang hustend an. Tomas stellte das Radio an. Schließlich ließ die Übelkeit nach.

Er fuhr gen Süden, Richtung Trelleborg. Von dort würde er die letzte Polen-Fähre nach Swinemünde nehmen.

Er griff nach dem Autotelefon, um Ylva zu informieren, dass er unterwegs war, dann fiel ihm ein, dass das Telefon nicht funktionierte. Es kam ihm vor wie eine Befreiung. Niemand konnte ihn erreichen. Er konnte niemanden erreichen. Er drehte das Radio lauter, wollte nicht nachdenken, wollte den Volvo nur durch die eisige Winternacht steuern.

Doch es ging nicht. Nach einer Weile schaltete er das Radio aus. Seine Gedanken kreisten zwischen Ebbas blauen Flecken und den Ermittlungen hin und her. Der Verkehr lichtete sich. Er fuhr mit der Hand über die braune Lederjacke. Er hatte sie zusammen mit Kristian geklaut. Wie alt war er damals gewesen? Vierzehn? Fünfzehn? Kristian und er waren zwei Tage nicht zu

Hause gewesen. Wo sie gewesen waren, wusste er nicht mehr. Vielleicht in Västerås, hatten mit anderen Skinheads selbst gebrannten Schnaps getrunken oder sich mit Migrantenkids geprügelt. Als sie kurz vor Mitternacht nach Hause gekommen waren, hatten sie durch die geöffneten Wohnungsfenster Schreie und Schluchzen gehört. Peter, ihr kleiner Bruder, hatte sich im Bad eingeschlossen. Ihre Mutter saß mit einer blutenden Platzwunde an der Stirn weinend im Wohnzimmer, während ihr damaliger Freund, ein versoffener Pilot aus Örebro, die Schlafzimmerschränke zu Kleinholz verarbeitete.

Kristian und er hatten den Mistkerl aus der Wohnung gezerrt, ihn in den Wald geschleppt und zusammengeschlagen, mit ihren Stahlkappenstiefeln auf ihn eingetreten, bis er ohnmächtig geworden war. Kristian hatte ihm die Jacke ausgezogen, und sie hatten ihn bewusstlos in der Mainacht zurückgelassen. Auf dem Rückweg hatte Kristian ihm die Lederjacke gegeben.

»Nimm sie, sie gehört dir, kleiner Bruder«, hatte er gesagt.

Die Jacke war ihm viel zu groß gewesen, aber Jahr für Jahr hatte er sie im Winter hervorgeholt und voller Stolz getragen. Er hatte lange nicht mehr daran gedacht, wie sie in seinen Besitz gelangt war.

Sein Hals schnürte sich schmerzhaft zusammen.

Es begann zu schneien. Große Flocken wirbelten im Fahrtwind. Tomas stellte die Scheibenwischer an. Eine Sekunde lang vergaß er, wohin er unterwegs war. Sein Puls hämmerte. Er drückte das Gaspedal durch, umklammerte mit schweißnassen Händen das Lenkrad. Draußen zog die schwedische Winterlandschaft vorüber. Hinter einer Kurve tauchten die Scheinwerfer eines Lastwagens auf. Im ersten Moment wollte er geradewegs darauf zufahren, wie ein Nachtfalter, angezogen vom Licht. Sich zwischen vereistem Asphalt und den Rädern des Lkw von allen Qualen befreien.

Dann brachen die Erinnerungen über ihn herein, überwältigten ihn.

Der Anblick des gefolterten Morris Heckler und des erschossenen Bertil Runström; Männer, deren Tode er aufklären musste. Das Bild der jungen Frau, die sich Nikita nannte und die er auf der Straße der Schande ausfindig machen musste und die sie hoffentlich zu Lucy führen würde.

»Du kannst dich nicht daran erinnern, ob du deine Tochter geschlagen hast, aber du erinnerst dich an die Nacht, in der du und dein Bruder fast einen Mann ermordet hättet«, sagte er.

Dann begann er zu weinen.

22

Ellen gab dem Mann an der Rezeption des af Chapman ihren letzten Hundert-Kronen-Schein; die Kaution für den Schlüssel zum Schlafsaal auf dem Boot, das in eine Jugendherberge umgewandelt worden war. Der schwankende Boden unter ihren Füßen verursachte ihr Übelkeit. »Den Rest bezahlen Sie, wenn Sie auschecken«, sagte der Mann.

Er reichte ihr einen überproportionierten Schlüsselring aus Metall, der in keine Hosentasche passte. Am oberen Ende hatte er eine scharfe, gefährlich aussehende Spitze.

Ellen bedankte sich, wusste aber von vornherein, dass sie die Übernachtungen nicht bezahlen würde.

Sie würde so viel Geld verdienen, wie es ging, damit sie Schweden ein für alle Mal verlassen, Nikita auf der Straße der Schande suchen und zusammen mit ihr irgendwo neu anfangen konnte.

»Wissen Sie, wann die nächste Viking Line fährt?«, fragte sie.

Der Mann rückte seine eckige Brille zurecht und blätterte in einer Broschüre.

»Um zwanzig nach zehn heute Abend. Aber Sie wollen doch bei uns übernachten?«

Ellen lächelte ihn so aufrichtig wie möglich an.

»Ich will einer Freundin zum Abschied winken und habe die Uhrzeit vergessen.«

Sie trug die Tüte mit ihren wenigen Habseligkeiten in den Schlafsaal und stellte sie auf ein freies Bett. Am anderen Ende des Raums ruhte sich ein fettleibiger Mann in einer Koje aus. Er trug ein T-Shirt mit dem Slogan *Der letzte Schwede nimmt die Fahne mit.*

Ellen nahm einen kurzen Rock und ein tief ausgeschnittenes Top aus der Tüte und zog sich um, ohne sich um die Anwesenheit des Mannes zu scheren. Sie verzichtete auf einen Slip, der würde sowieso nur ruiniert. Ihr Blick fiel auf das Feuermal an der Innenseite ihres Oberschenkels. Sie hatte es seit ihrer Geburt. Ihre Mutter hatte immer gesagt, es würde ihr Glück bringen. Aber auf dieses Glück wartete sie bis heute. Als sie sich umgezogen hatte, verließ sie den Schlafsaal mit dem brennenden Blick des Mannes im Rücken.

Als sie eine Dreiviertelstunde später den windigen Stadsgårdskajen entlangging, knurrte ihr Magen vor Hunger. Nasse, schwere Schneeflocken fielen herab. Die Feuchtigkeit kroch in ihren Mantel und umschloss ihren Körper wie eine kalte Hülle. Auf der anderen Uferseite leuchtete die verschneite Achterbahn des Vergnügungsparks Gröna Lund in der monochromen Winterlandschaft.

Am Terminal der Viking Line überquerte sie den Parkplatz. Eine Gruppe Schweden lief mit Duty-free-Paletten Karhu-Bier und Minttu-Schnaps an ihr vorbei. Lkws warteten darauf, an Bord der Fähren zu fahren, die sie nach Finnland und ins Baltikum brachten.

Sie würde sich den Lkw-Fahrern anbieten. Seit die Polizei

nach ihr suchte, konnte sie nicht mehr auf der Malmskillnadsgatan anschaffen gehen. Das Risiko, dass sich einer der Männer als Zivilbulle entpuppte, war zu groß. Und der Freier, den sie über das Teledating-Portal Phone Café klargemacht hatte, hatte sie abgezogen. Er war mit ihr zu einem Parkplatz in Västberga gefahren, hatte sie neben einem Kindersitz auf der Rückbank vergewaltigt und war weggefahren, ohne zu bezahlen. Das war vier Tage her. Sie hatte kein Geld mehr.

Als Kind hatte sie sich immer vorgestellt, ihr unbekannter Vater würde eines Tages auftauchen und mit ihr in den Zirkus oder auf die Kirmes gehen. Aber als sie in dem Auto des Freiers gelegen hatte, den Kopf gegen den Kindersitz gepresst, und seine Stöße gespürt hatte, war sie froh gewesen, keinen Vater zu haben, der sie enttäuschen konnte.

Sie zog die Flasche Lord Calvert, die sie im Alkoholgeschäft geklaut hatte, aus der Manteltasche und trank zwei große Schlucke, um sich zu betäuben. Der Whisky war ihr erster Rückfall seit der Entziehungskur im Herbst. Aber für das, was sich bald in einer Kabine der Lkws abspielen würde, genügte Alkohol nicht. Die Lkw-Fahrer hatten selbst nicht viel, waren aber extrem geil und handelten immer einen Gruppenpreis aus.

Die Stunde, für die sie bezahlten, musste sie einfach durchhalten.

Ellen schob die Flasche zurück in die Manteltasche und ging weiter. Als ihr Blick wieder auf das Wasser fiel, dachte sie an ihren einzigen Besuch in Gröna Lund. Es war lange her, lange vor dem Tod ihrer Mutter. Sie wusste nicht mehr, mit welchen Karussells sie gefahren war, aber sie erinnerte sich daran, dass sie hinterher auf der Fähre zurück in die Stadt ein Eis gegessen hatte. Das war das erste Mal, dass sie ein Cornetto-Eis probiert hatte.

Dieser Tag war etwas Besonderes gewesen.

Die Lichter der Lkws leuchteten fünfzig Meter von ihr entfernt in der Dunkelheit. Von den Auspuffen stiegen Abgaswolken auf. Sie dachte an alles, was seit der Silvesternacht passiert war. Morris Heckler war tot. Sie hatte sein Bild in der Zeitung gesehen. Es erschien ihr wie die Vorahnung ihres eigenen Schicksals. Sie war als Nächste an der Reihe. Warum sonst hatte der Täter ihren Namen gerufen, als sie nach dem Mord an Runström aus dem Bordell geflohen war?

Ihre Angst, dass die Ereignisse mit ihr zu tun hatten, dass das Geheimnis, das ihre Mutter ihr auf dem Sterbebett verraten hatte, der Grund für die Morde im Stockholmer Rotlichtmilieu waren, wurde jeden Tag größer.

In der letzten Woche in der Entzugsklinik hatte sie Besuch von einem Mann bekommen, der sich Sven Rågsjö nannte. Er hatte eine Glatze und die Statur eines Ringers gehabt.

»Ich bin hier, um mit dir über deine Mutter zu reden«, hatte er gesagt. »Ich weiß von ihrem Doppelleben.«

Im ersten Moment hatte sie geglaubt, Rågsjö wäre ihr Vater, den sie nie getroffen hatte. Doch dann hatte sie begriffen, dass er geschickt worden war, um sie auszuhorchen. Das war im Juni 1994 gewesen, einen Monat nach Mamas Tod.

»Ich möchte, dass du ehrlich zu mir bist«, hatte er gesagt. »Was weißt du über das andere Leben deiner Mutter?«

Aber sie war nicht ehrlich gewesen. Sie hatte gelogen, um ihre Mutter zu schützen. War das ein Fehler gewesen?

Sie dachte an den letzten Gefallen, um den Mama sie gebeten hatte. Zunächst hatte sie keine Ahnung gehabt, dass ihre Mutter krank war. Aber als Ellen zu Hause eingebrochen war, um Geld zu stehlen, hatte sie die Rechnung von der Ersta-Diakonie auf dem Schreibtisch gefunden und war sofort zu ihr gefahren.

»Ganz unten in der Mehltüte liegt ein Schlüssel«, hatte Mama gesagt.

Und dann hatte sie ihr von dem Lagerraum in Sundbyberg erzählt.

»Du musst ihn ausräumen und den Schlüssel wegwerfen. Wenn jemand den Lagerraum findet, bist du in Gefahr. Verstehst du, was ich sage?«

Sie hatte genickt, aber die Tragweite des Geständnisses nicht begriffen.

»Ich bin nicht krank«, hatte Mama dann gesagt. »Man hat mich vergiftet. Es könnte sein, dass sie auch hinter dir her sein werden, wenn du nicht alle Spuren vernichtest.«

»Vergiftet?«

»Ja, so schafft man solche wie mich aus dem Weg.«

Ellen konnte noch immer nicht begreifen, dass Mama umgebracht worden war. Sie hatte Pål gebeten, den Schlüssel aus der Wohnung zu holen, wusste aber nicht, was daraufhin mit den Sachen im Lagerraum passiert war.

Vielleicht hatte damit alles begonnen. Vielleicht war das der Grund, warum irgendjemand da draußen nach ihr suchte.

Vor einem Lkw mit polnischem Kennzeichen standen drei Männer zusammen und rauchten. Ellen griff wieder nach der Flasche und trank sie in einem Zug zur Hälfte aus. Ihre Kehle brannte, aber ihr Körper würde gleich weniger spüren. Sie hatte die betäubende Wirkung von Alkohol fast vergessen. Man war eingehüllt wie in einem Kokon, die Außenwelt verschwommen und ungefährlich.

Sie stolperte auf die Männer zu, knöpfte ihren Mantel auf, damit sie den kurzen Rock und ihre nackten Beine sahen, und zog, als Zeichen, dass sie bereit für einen Blowjob war, einen Schmollmund.

»*One thousand for one, two thousand for all of you*«, sagte sie.

Alternativen waren immer eine gute Strategie. Ein fetter Kerl mit dreckigen Händen trat seine Zigarette aus und kam zu ihr herüber.

»*Two for all?*«

»*Yes.*«

Er packte sie am Handgelenk und zog sie zum Lkw. Als sie in die Fahrerkabine kletterte, griff er ihr zwischen die Beine und lachte. Dann rief er den anderen etwas in einer Sprache zu, die sie nicht verstand, stieg hinter ihr in die Kabine und drückte sie auf die Liege hinter dem Fahrersitz.

»*Take off all*«, sagte er und knöpfte seine Hose auf.

Ellen gehorchte, zog erst das Oberteil, dann den Rock aus, rutschte auf der Matratze nach hinten und spreizte die Beine. Sie hasste es, wenn die Männer das Feuermal sahen. Dann war es, als kämen die Worte ihrer Mutter zurück, und sie wollte Mama nicht bei sich haben, wenn sie tat, was sie tun musste. Hinter dem fetten Kerl tauchten weitere Männer auf. Ellen zählte fünf. Er hatte seine Kumpels gerufen.

Der Mann registrierte ihren Blick.

»*You said two for all. This is all*«, sagte er.

Dann zog er seine Boxershorts runter, packte ihre Haare und presste ihr Gesicht grob in seinen Schritt. Kurz darauf spürte Ellen, wie mehrere Hände an ihrem Körper zerrten, und bereute, dass sie nicht etwas Stärkeres als Whisky genommen hatte.

TEIL III

Sonntag, 8. Januar 1995

1

Tomas saß in einem der roten Sitze im Bug der Fähre, die sich durch das Wasser pflügte. Die Ostsee lag ruhig und dunkel vor ihm. Um ihn herum schliefen Passagiere, die ihre Habseligkeiten fest umklammert hielten. Es roch nach aufgewärmtem Essen und Schweiß. Ein paar Reihen entfernt schnarchte ein groß gewachsener Mann. Eine etwa zwanzigjährige Frau ließ sich in den freien Sitz neben Tomas fallen. Sie trug einen grauen Kapuzenpullover und einen kurzen türkisfarbenen Rock. Sie war blass, hatte blondierte Haare mit dunkel nachwachsendem Ansatz und hohe Wangenknochen. Ihre dünnen Beine waren bleich und die roten Adern unter der Haut deutlich zu sehen.

»*Looking for some fun?*«, raunte sie ihm zu. Ihre Fingernägel waren abgekaut, die Nagelhaut entzündet.

Vor einer Weile hatte er gesehen, wie sie sich neben einen anderen Mann gesetzt hatte. Die beiden waren zusammen weggegangen und fünfzehn Minuten später zurückgekommen.

Er schüttelte den Kopf.

Sie stand auf und ging zum nächsten Mann, der sie mit einer Handbewegung wegscheuchte. Tomas tat das junge Mädchen leid. Vielleicht konnte er sie nach der Straße der

Schande fragen und ihr ein bisschen Geld für Essen geben, damit sie nicht mit noch mehr Männern schlafen musste, jedenfalls nicht während dieser Überfahrt? Eigentlich hatte er keine Ahnung, ob sie ihm helfen konnte, aber er wollte nicht, dass sie weiter herumging und sich den Männern anbot.

»Warte«, sagte er auf Englisch, als sie das nächste Mal an seinem Platz vorbeikam.

Sie blieb stehen, und er stand auf. Zusammen gingen sie durch die Sitzreihen. Tomas schoss das Blut in die Wangen, als er die Blicke der anderen Passagiere spürte. Ein Mann mit Pferdeschwanz grinste ihn an. Auf dem Autodeck hatte er gesehen, wie dieser ein Notizbuch aus der Tasche gezogen und sich aufgeschrieben hatte, wo sein Wagen stand. Das hatte Tomas erleichtert, ihm das Gefühl gegeben, nicht allein mit seiner Vergesslichkeit zu sein. Jetzt verabscheute er den Kerl.

Das Mädchen deutete auf ein WC-Schild und fasste ihn am Arm.

Tomas blieb stehen. Sie sah ihn fragend an.

»Nicht hier«, sagte er.

Das Mädchen wirkte verängstigt, protestierte aber nicht.

»Bei den Autos.«

Sie gingen die Treppen zum Autodeck hinunter. Der Schiffskörper knirschte und knackte. Tomas fragte sich, ob es auf der Estonia genauso geklungen hatte. Er schloss den Volvo auf. Das Mädchen setzte sich auf den Beifahrersitz.

»Was soll ich machen?«, fragte sie.

»Nichts. Ich will dir nur ein paar Fragen stellen«, antwortete er.

»Bist du Bulle?« Sie tastete nach dem Griff der Beifahrertür.

»Warte«, sagte er. »Nein, ich bin kein Bulle. Und ich bezahle dich. Wie viel kostet es … Sex mit dir zu haben?«

»Bist du Schwede?«

Tomas nickte.

»Hundert Kronen.«

Er zog sein Portemonnaie aus der Tasche und gab ihr einen Hunderter. Sie betrachtete ihn mit leerem Blick.

»Du kriegst noch einen, wenn du meine Fragen beantwortest. Wie heißt du?«

»Tatiana.« Sie sah weiter auf den Schein.

Ihr kurzer Rock war ein Stück hochgerutscht. Blaue Flecken und Prellungen überzogen ihre Oberschenkel. Die Haut an ihren Knien war schorfig. Tomas wandte den Blick ab und richtete ihn auf einen Punkt außerhalb des Autos.

»Kennst du die Straße der Schande?«, fragte er.

Sie nickte.

»Bist du dort gewesen?«

»Ja. Leider.«

Sie zuckte zusammen, als Tomas sich vorbeugte, um das Handschuhfach zu öffnen. Aus Angst, sie zu verlieren, hatte er die Klarsichthülle nicht mit an Deck nehmen wollen. Er nahm die Fotos von Nikita und Lucy heraus und fragte Tatiana, ob sie eines der beiden Mädchen kenne. Ausdruckslos betrachtete sie die Fotos eine Weile, dann schüttelte sie den Kopf.

»Sind sie tot?«, fragte sie.

»Nein, warum denkst du das?«

»Das ist der einzige Grund, warum jemand nach Mädchen wie ihnen fragt. Nach Mädchen wie uns.«

Tomas bot ihr seine Zigaretten an. Nach kurzem Zögern nahm sie eine.

»Ich sollte eigentlich nicht«, sagte sie.

»Wieso nicht?«

»Ich bin schwanger.«

Tomas wartete. Schließlich deutete sie auf das Feuerzeug in seiner Hand. Er gab ihr Feuer und zündete dann seine eigene Zigarette an. Doch Tatiana rauchte nicht.

»Auf der Straße der Schande bezahlen Freier extra für einen Fick mit einer Schwangeren. Wenn es zu sehen ist, kann ich höhere Preise verlangen. Je weiter die Schwangerschaft fortgeschritten ist, desto mehr kann ich nehmen. Beim letzten Mal habe ich abgetrieben. Mein Zuhälter ist durchgedreht. Aber ich konnte das Kind nicht zur Welt bringen und es dann weggeben.«

Sie schüttelte den Kopf, zog noch immer nicht an der Zigarette.

»Ich hoffe, dass der Vater blond war. Ich habe mit einem großen blonden Mann aus Dresden geschlafen. Er hat gesagt, er sei Ingenieur. Ich wünsche mir, dass er der Vater ist.«

Sie strich sich mit der Hand, in der sie die Zigarette hielt, über den Bauch.

»Warum?«, fragte Tomas.

»Im Kinderheim in Teplice wollte niemand dunkelhaarige Kinder adoptieren. Blonde Kinder sind leichter zu vermitteln.«

Tomas streckte die Hand nach ihrer Zigarette aus. Sie gab sie ihm. Er kurbelte die Scheibe herunter und warf sie aus dem Fenster.

»Du wirst keine Antworten auf deine Fragen bekommen«, fuhr Tatiana fort. »Niemand wird mit dir reden. Du solltest zurückfahren.«

Tomas nahm einen zweiten Hunderter aus seinem Portemonnaie und gab ihn Tatiana. Sie faltete ihn zusammen, griff in den Kragen ihres Kapuzenpullovers und schob beide Scheine in ihren BH. Einen Moment lang saßen sie schweigend nebeneinander, dann öffnete Tatiana ohne ein weiteres Wort die Tür und stieg aus. Tomas sah ihr im Seitenspiegel nach, als sie ihren Rock zurechtzupfte und zum Treppenaufgang ging.

2

Kurz nach drei Uhr nachmittags erreichte Vera Dan Blomanders Haus auf Öland. Der Wind zerrte und riss am Saab, der über die glatte Fahrbahn rutschte.

Das gelbe Holzhaus lag ein Stück außerhalb der Gemeinde Mörbylånga, an einer schmalen Abzweigung von der Landstraße. Eine unregelmäßige Steinmauer umgab das Grundstück. Am Dach fehlten Ziegel, die Zufahrt war nicht vom Schnee freigeräumt. Neben dem Wohnhaus stand ein schäbiger Garagenanbau mit einem unbeleuchteten Schild. Obwohl es schon dunkel war, konnte Vera die Aufschrift entziffern: *Dan Blomander Kfz-& Karosserieschmiede.*

Sie hielt am Zufahrtsweg, ließ den Motor laufen und stieg aus. Sie wollte nicht auf den Hof fahren und dort womöglich stecken bleiben, falls die Begegnung schieflief. Langsam ging sie zur Tür und klopfte an. Nichts rührte sich. Auf der Vordertreppe häufte sich Schnee. Hier war seit Tagen niemand gewesen.

Vera ging zurück zum Auto und fuhr zu einem mehrere Hundert Meter entfernten Hof. In den Fenstern brannte Licht. Vielleicht wussten die Nachbarn, wo Dan Blomander sich aufhielt.

Als Vera in die Einfahrt einbog, kam eine korpulente Frau mit zwei frei laufenden Hunden aus dem Stall und ging zu ihr herüber. Vera kurbelte das Fenster herunter und stellte sich vor.

»Ich schreibe über die Überlebenden der Estonia-Katastrophe und suche Dan Blomander«, sagte sie. »Wissen Sie, wo ich ihn finden kann?«

»War er auf der Estonia?«

»Ja.«

Die Frau spuckte auf den Boden.

»Schrecklich. Ich habe ihn nicht gesprochen, seit er im Herbst nach Tallinn gefahren ist. Ich dachte, er hätte eine andere Fähre genommen. Er kam vorbei und hat mich gebeten, nach dem Haus zu sehen.«

»Ich war eben da und habe geklopft«, sagte Vera. »Aber es scheint niemand da zu sein. Haben Sie gesehen, ob im Haus Licht gebrannt hat oder ob er zu Hause ist?«

Die beiden Hunde begannen, sich im Schnee zu jagen.

»Ich habe heute nicht darauf geachtet. Aber er müsste zu Hause sein.«

»Warum glauben Sie das?«

»Ich habe seinen Saab vor ein paar Tagen kommen sehen. Er fährt nicht oft weg. Er hat ja kein Geld.«

»Welche Farbe hat sein Wagen?«, fragte Vera. Sie witterte eine Fährte, spürte einen Schauer ihre Wirbelsäule entlangkriechen, der nicht von der Kälte kam.

Die Frau deutete auf Veras Auto.

»Etwa wie Ihrer. Nur ein bisschen dunkler. Wie der Himmel gerade jetzt.«

Die Polizei fahndete nach einem dunkelblauen Saab 900. Dan Blomander schien mit zunehmender Sicherheit der Täter zu sein, nach dem sie suchten.

Sie bedankte sich bei der Nachbarin und fuhr zurück zu Blomanders Haus. Sie parkte an der Einfahrt, stieg aus und kontrollierte den Briefkasten. Das entsprach zwar nicht dem Pressekodex, aber wer sollte es schon merken?

Der Deckel war zugefroren, doch nach energischem Rütteln bekam sie ihn auf. Der Briefkasten quoll über. Irgendetwas stimmte nicht. Blomanders Saab war vor einigen Tagen gesehen worden, trotzdem gab es im Haus kein Zeichen von Leben.

Sie überquerte den Hof. Der zentimeterhohe Schnee drang

in ihre Stiefel. Sie klopfte erneut an und wartete. Auch diesmal rührte sich nichts. Vera ging die Vordertreppe wieder hinunter, stellte sich auf die Zehenspitzen und blickte durch eines der dunklen Fenster ins Haus.

Auf dem Küchentisch lagen Papierstapel, auf der Spüle standen Gläser und Teller. Die meisten Leute, die für längere Zeit verreisten, hinterließen keine derartige Unordnung.

Sie ließ ihren Blick durch den Raum schweifen. Die einzige Lichtquelle war eine kleine gelbe Warnleuchte am Kühlschrank. Dann fiel ihr Blick auf etwas am Boden. Im ersten Moment verstand sie nicht, was es war.

Um besser sehen zu können, presste sie das Gesicht an die Scheibe. Plötzlich stockte ihr der Atem, und sie erstarrte. Hinter dem Küchentisch lag eine leblose Frau auf dem Fußboden.

3

Die dünnen Wände des Hotelzimmers erzitterten jedes Mal, wenn draußen auf der E55 ein Fahrzeug vorüberfuhr. Tomas stellte die Hockeytasche auf den Boden und trat ans Fenster. Der Verkehr rauschte vorbei. An diesem Autobahnabschnitt, an dem sich früher nur Industriebauten aneinandergereiht hatten, waren billige Motels, Puffs und Kneipen aus dem Boden gesprossen. Die Infrastruktur der Prostitution. Hunderte dünn bekleidete Frauen standen in der Kälte im gelben Schein der Straßenlaternen am Straßenrand. Hin und wieder hielt ein Wagen an, eine Frau ging hin, stieg ein, und der Wagen fuhr weg. Die meisten Fahrzeuge hatten deutsche Nummernschilder. Die deutsche Grenze war nur wenige Kilometer entfernt, und die Nähe zur Bundesrepublik ließ die Straße der Schande florieren.

Tomas war müde und hungrig. Die Uhr an der Wand zeigte

achtzehn Uhr dreißig. Er griff nach seinen Zigaretten, kontrollierte, dass er die Fotos von Nikita und Lucy eingesteckt hatte, und verließ das Zimmer.

Vor dem Motel blies ein eiskalter Wind. Mit gesenktem Blick lief er an den frierenden Frauen entlang der Autobahn vorbei, um nicht ihre zugedröhnten, leeren Augen sehen zu müssen, und zog die Tür zu einem Pub auf, der auch Essen zu servieren schien. Am Tresen saßen ein paar Männer und aßen. Tomas warf einen Blick in die drei Gerichte umfassende Speisekarte, bestellte einen Hamburger und ein alkoholfreies Bier und setzte sich an einen Fenstertisch mit Blick auf die Autobahn.

Die Reihen an Frauen erinnerten ihn an ausgestelltes Vieh.

Auf der Suche nach Nikita musterte er ihre Gesichter. Etliche schienen minderjährig zu sein. Einige der Frauen hatten deutlich hervorstehende Schwangerschaftsbäuche. Die meisten schienen aus Osteuropa zu kommen, aber es waren auch afrikanische und asiatische Frauen darunter. Hin und wieder traten Männer zu den Frauen, gaben ihnen eine Zigarette oder beschimpften sie. Das mussten ihre Zuhälter sein. Sobald er gegessen hatte, würde er anfangen, nach Nikita zu fragen. Er hatte beschlossen, sich als Freier auszugeben, für die Gespräche zu bezahlen und die Ausgaben in Rücksprache mit Ylva als Spesen abzurechnen. Als der Barmann ihm seinen Hamburger brachte, setzten sich zwei tätowierte Männer in Windjacken an einen Nebentisch. Sie unterhielten sich in einer fremden Sprache.

Tomas nahm einen Bissen von dem geschmacklosen Hamburger und richtete seinen Blick wieder auf die Autobahn. Immer mehr Fahrzeuge hielten an. Die in den Reihen entstehenden Lücken wurden augenblicklich von neuen Frauen geschlossen. Ein verrosteter Lada hielt am Straßenrand, vier Mädchen stiegen aus. Eine von ihnen war Tatiana. Sie hatte sich seit der Fährüberfahrt umgezogen. Die vier schwankten auf hochhackigen Absätzen über den Asphalt und reihten sich wieder ein.

Es dauerte nicht lange, bis ein BMW anhielt. Tatiana ging zum Fahrer und beugte sich durch das heruntergelassene Seitenfenster. Nach einer kurzen Diskussion richtete sie sich auf und stieg ein. Der BMW raste davon.

Der Pub begann, sich zu füllen. Ein paar Mädchen kamen herein, um sich aufzuwärmen. Es stank nach Zigarettenrauch, Schweiß und billigem Parfüm.

Sein Magen rumorte. Tomas hielt den Hamburger in das trübe Licht. Das Fleisch war nicht durchgebraten. Rasch schob er den Teller weg. Schluckte. Er hatte einen seltsamen Geschmack im Mund. Schweiß klebte ihm am Rücken. Er stand auf, drängte sich zum Tresen durch und bat um die Rechnung. Er drückte dem Barmann fünf D-Mark in die Hand, die er auf der Fähre gewechselt hatte, verzichtete auf das Wechselgeld und stolperte aus dem Pub. Die Übelkeit nahm zu. Tomas beschleunigte seine Schritte, zog die Eingangstür seines Motels auf, lief die Treppen hoch in den zweiten Stock, fummelte seinen Zimmerschlüssel aus der Hosentasche, stürzte ins Bad, kniete sich vor die Toilette und übergab sich.

Eine halbe Stunde blieb er auf dem Badezimmerboden sitzen, dann erhob er sich schwankend, sank aufs Bett und zog sich im Liegen aus. Ein Schweißfilm bedeckte seine Haut. Tomas zog die Gardinen zu und rutschte auf Knien zu seiner Hockeytasche, um sich ein frisches T-Shirt zu holen. Schlagartig klärte sich sein Bewusstsein. Er starrte auf die Tasche, und ein starkes Unbehagen befiel ihn. Jemand hatte seine Sachen durchsucht. Er war sich ganz sicher. Automatisch warf er einen Blick zur Tür. Dann stand er mit zittrigen Beinen auf, hakte die Sicherheitskette ein, legte sich aufs Bett und versuchte, durch die Übelkeit hindurch einen klaren Kopf zu bewahren. Wer hatte sein Zimmer durchsucht? Und warum? Aber es ging nicht.

Er glitt in einen traumähnlichen Zustand. Im Nebenzimmer hörte er eine Frau stöhnen. Von der Straße drangen Musik und heisere Stimmen herüber. Die Übelkeit löste in ihm ein Gefühl der Wehrlosigkeit aus. Er sah Ebbas Gesicht vor sich, auf Tatianas magerer, schutzloser Gestalt. Ihre Arme und Beine waren mit blauen Flecken übersät, die sich immer weiter auf der Haut ausdehnten. Plötzlich schrie sie. Konturlose Männer jagten sie. Die Geisterarmee der Prostituierten marschierte lautlos die Autobahnen entlang. Einige der Frauen trugen Neugeborene im Arm. Im Schattenreich hinter ihnen befanden sich Männer, die sie antrieben, sie vor sich hertrieben.

Wer waren sie?

Wie viele waren es?

Er hatte diesen Ort vom ersten Moment an verabscheut, aber nicht nur das, Tomas begriff, dass er Angst hatte.

4

Vera Berg griff nach ihrem Handy, wählte die Nummer der Polizei, drückte aber nicht die Anruftaste und ging zurück zur Vordertür. Sie musste zu der Frau ins Haus.

Behutsam drückte sie die Klinke nach unten. Der Wind heulte über die Felder und brachte leichten Schneefall mit sich. Die Tür war unverschlossen.

Langsam schob Vera sie auf.

»Hallo?«, rief sie in die Dunkelheit.

Keine Antwort.

»Dürfte ich Ihre Toilette benutzen?«

Eine erbärmliche Lüge, aber etwas Besseres fiel ihr nicht ein. Kein Laut war zu hören, vorsichtig ging sie hinein.

Im Flur hing eine grüne mit Fettflecken bedeckte Strukturtapete an den Wänden. Auf dem Boden stand Gerümpel herum. Vera hatte keine Ahnung, was es war. Große Metallteile, die aus Blomanders Kfz-Werkstatt stammen mussten. In einer Ecke lehnte eine Axt. Vera nahm sie und ging weiter in die Küche.

Darin stank es wie in einem Raststätten-WC. Aber sie nahm keinen Verwesungsgeruch wahr. Lebte die Frau noch?

Ihre Umrisse zeichneten sich im Schein der blinkenden Kühlschrankwarnleuchte ab. Sie lag reglos da. Nur das Brummen des Kühlschranks und das Tropfen des Wasserhahns waren zu hören. Langsam tastete sich Vera zu der Frau vor. Was, wenn noch jemand im Haus war?

Ihre Hand stieß gegen ein Tischbein. Vera ließ ihre Finger daran heruntergleiten und berührte das Handgelenk der Frau, um zu prüfen, ob der Körper noch warm war.

Als das Handgelenk zurückfederte, zuckte sie zusammen.

Keuchend versuchte sie zu verstehen, was da vor ihr lag. Im Dunkeln sah es aus wie ein Frauenkörper. Als ihre Augen sich an das Dämmerlicht gewöhnt hatten, erkannte sie, was sie vor sich hatte: eine aufblasbare Sexpuppe.

Vera stand auf und wartete, bis ihr Herzschlag wieder im Takt schlug. Was für ein widerliches Schwein Dan Blomander war.

Sie schob ihr Handy in die Hosentasche und machte sich daran, das Haus zu durchsuchen, die Axt fest in der Hand. Als sie sich vergewissert hatte, dass alle Räume leer waren, ging sie zurück in die Küche, nahm ihr Handy aus der Hosentasche, rief die Telefonauskunft an und ließ sich die Nummer der Lokalzeitung *Barometer* geben.

Wenn Blomander ihre Fragen nicht beantworten konnte, musste sie die Auskünfte über ihn eben anderweitig in Erfahrung bringen.

Eine träge Männerstimme mit fast übertrieben ausgeprägtem Kalmar-Dialekt meldete sich.

»Ja, hier ist Johan vom *Barometer.*«

»Vera Berg vom *Aftonbladet.*«

»Holla, Stockholm calling. Womit kann ich dienen? Wollt ihr uns etwa aufkaufen und plattmachen?«

»Noch nicht. Ich bin auf der Suche nach Informationen über einen Dan Blomander aus Mörbylånga. Ich schreibe über die Überlebenden der Estonia-Katastrophe und kann ihn nicht erreichen.«

»Blomander, richtig? Der Name sagt mir nichts, aber ich höre mich bei den Kollegen um.«

Vera gab dem Mann ihre Handynummer, legte auf und sah die Papiere durch, die sie vorhin durchs Fenster erspäht hatte. Es war ein Stapel ungeöffneter Rechnungen. Fast alle waren nach der Estonia-Katastrophe verschickt worden. Sie öffnete eine Telefonrechnung. Zwischen dem siebenundzwanzigsten September und dem fünfzehnten Oktober waren keine Gespräche von Blomanders Anschluss geführt worden. Davor hatte er mehrmals täglich telefoniert. Was hatte diese Unterbrechung verursacht?

Der letzte Anruf vor Blomanders Tallinn-Reise war an die Sexhotline Heiße Sünde gegangen. Der Anruf hatte sieben Minuten gedauert und kostete über hundert Kronen. Vor seiner Reise hatte Blomander fast täglich unterschiedliche Hotlines für Telefonsex angerufen.

Am fünfzehnten Oktober hatte er ausnahmslos Stockholmer Nummern angerufen. Warum rief Blomander seit der Estonia-Katastrophe keine Sexhotlines mehr an? Eine plötzliche Bekehrung, weil er ein nationales Trauma überlebt hatte?

Sie wählte eine der Stockholmer Nummern. Im Aschenbecher auf dem Küchentisch lag eine nicht gerauchte Zigarette.

Vera zündete sie an und zog daran, während es in der Leitung klingelte. Die Zigarette schmeckte merkwürdig und brannte viel zu schnell ab – wie die Schmuggelzigaretten, die Jonny verschachert hatte.

Am anderen Ende der Leitung sprang ein Anrufbeantworter an.

»Dies ist der Anschluss vom Club Lack. Unsere Öffnungszeiten sind …«

Hastig legte Vera auf und sah aus dem Fenster. Draußen war es stockfinster, und sie stand hier vollkommen ungeschützt.

Blomander hatte eines der Mordopfer angerufen. Vera inhalierte einen tiefen Zug und drückte die Zigarette aus. Das Haus wirkte mit einem Mal bedrohlich. Sie versuchte es bei den anderen Nummern vom fünfzehnten Oktober, doch dort meldete sich niemand.

Sie wählte die letzte Nummer, aber sie brauchte nicht die Anruftaste zu drücken: Auf ihrem Display erschien ein Name; die Nummer war im Adressbuch ihres Handys gespeichert.

Der letzte Anruf von Dan Blomanders Anschluss war an eine Person gegangen, die sie kannte.

Montag, 9. Januar 1995

5

Vera saß im Frühstücksraum des Calmar Stadthotel und würgte ein ungenießbares Frühstück hinunter, während sie versuchte, Pål, den Präsidenten des Odin MC, zu erreichen. Der letzte Anschluss, mit dem Dan Blomander telefoniert hatte, war seine Handynummer gewesen.

Das Gespräch hatte über eine Minute gedauert und bewies, dass Vera sowohl den Odin MC als auch Blomander mit beiden Morden in Verbindung bringen konnte. Sie wählte Påls Nummer, aber der Anruf wurde sofort abgewiesen.

»Scheiße!«

Pål war ihre einzige Hoffnung, das Rätsel um Dan Blomander zu enthüllen. Morris Heckler war tot. Und die übrigen Anrufe vom fünfzehnten Oktober waren alle an verschiedene Stockholmer Puffs gegangen, darunter das Bordell, in dem Lucy gearbeitet hatte. Und dort würde nach dem Mord an Runström niemand mehr ans Telefon gehen.

Sie widmete sich wieder ihrem steinharten Rührei. Es war ein schwieriger Morgen gewesen. Vor dem Frühstück hatte sie Sigge angerufen. Er war wütend und enttäuscht gewesen, weil sie sich nicht von ihm verabschiedet hatte, als sie Sonntagmorgen nach Öland gefahren war. Sie hatte ihn nicht wecken wollen und sich leise aus der Wohnung geschlichen.

Und sie hatte vergessen, dass sie ihm versprochen hatte, nach eigenen Schlittschuhen für ihn zu gucken.

»Du bist genau wie Papa. Du interessierst dich nur für dich selbst«, hatte er gesagt.

Vera hatte auf Rückendeckung von Birgitta gehofft, aber die hatte für Sigge Partei ergriffen.

»Du musst dich entscheiden, Vera. Du kannst nicht nur Mutter sein, wenn es dir gerade in den Kram passt. Dann ist es besser, du lässt es ganz bleiben.«

»Ich tue, was ich kann.«

»Das genügt nicht«, hatte Birgitta erwidert. »Man kann immer mehr tun.«

Dann hatte sie aufgelegt, und Vera war mit dem Handy in der Hand auf dem Bett sitzen geblieben. Sie hatte an das Foto gedacht, das sie in Birgittas Fotoalbum gefunden hatte. An den kleinen Jungen auf ihrem Schoß. Birgitta hatte recht. Sie musste sich entscheiden, ob sie Sigge bei sich behalten wollte. Was für eine Mutter wollte sie sein? Sie kannte die Antwort auf diese Frage, und sie quälte sie. Sie würde viel aufgeben müssen.

Vera trank einen Schluck Kaffee und verzog von dem bitteren Gebräu angewidert das Gesicht, als ihr Handy klingelte. Rasch nahm sie ab, in der Hoffnung, Pål würde endlich zurückrufen.

»Vera Berg vom *Aftonbladet*.«

»Johan vom *Barometer* hier. Sie haben gestern wegen eines Dan Blomander angerufen.«

»Ja, das ist richtig.«

»Ich habe eine alte Dame auf Leitung zwei. Margit Ström. Die Mutter von einem unserer Fotografen. Sie kennt den Mann. Moment, ich stelle sie durch.«

Es klickte in der Leitung, und Vera stellte sich vor.

»Sie kennen Dan Blomander?«, fragte sie dann.

»Ja, oder ich *habe* ihn gekannt, sollte ich wohl besser sagen. Ich glaube, dass ihm etwas zugestoßen ist.«

»Warum glauben Sie das?«

»Er sollte mein Auto reparieren. Am Tag nach dem Estonia-Unglück. Ich wusste, dass er nach Tallinn wollte. Er musste Konkurs anmelden und hatte mich um einen Vorschuss für die Ersatzteile gebeten. Er hat natürlich schwarzgearbeitet. Ich habe bezahlt, aber Blomander ist nicht aufgetaucht.«

Vera seufzte und spielte mit dem Gedanken, das Gespräch zu beenden, es führte nirgendwohin.

»Sie glauben also, dass er Sie um das Geld betrogen hat?«

»Nein. Gott bewahre, nein. Man kann über Dan Blomander viel sagen, aber ein Betrüger war er nicht. Er wäre nie mit dem Geld verschwunden.«

»Sind Sie sicher?«

»Er hat seit Jahren die Autos hier in der Gegend repariert. Er war kein guter Geschäftsmann, dafür war er zu gutmütig. Wenn einer seiner Kunden kein Geld hatte, hat er die Reparaturen umsonst gemacht.«

Das Gespräch nahm eine Wendung, mit der Vera nicht gerechnet hatte. Margit Ström machte aus einem mutmaßlichen Mörder einen Philanthropen. Weit entfernt von der Welt des Rotlichtmilieus, die Vera auf Blomanders Fährte geführt hatte.

»Wo, glauben Sie, ist er jetzt?«

»Wo er ist? Das weiß Gott allein. Aber ich bin mir sicher, dass er mit der Estonia in den Tod gegangen ist.«

Vera zuckte zusammen.

»Warum denken Sie das?«

»Ich war mehrmals bei ihm zu Hause. Er hat nicht einmal seine Post reingeholt. Ich habe mir Sorgen gemacht, dass er vielleicht tot im Haus liegen könnte, ganz allein. Also bin ich reingegangen und habe gerufen. Hier in der Gegend schließt niemand seine Tür ab. Das Haus war ein Schweinestall, aber

Blomander war nicht da. Aber irgendwann ist mir etwas Merkwürdiges aufgefallen.«

»Was?«

»Auf dem Hof waren Reifenspuren, und sein Auto stand nicht mehr in der Garage. Außerdem war der Briefkasten geleert worden. Aber Blomander selbst habe ich auch da nicht gesehen.«

»Wann war das?«

»Irgendwann um Weihnachten, glaube ich. Ich habe mich nicht getraut, noch einmal hinzugehen.«

Die Person, die die Post geholt hatte, war also ein, zwei Wochen vor ihr in Blomanders Haus gewesen, dachte Vera. Ihr fielen die sonderbaren Zigaretten ein, die sie gefunden hatte.

»Wissen Sie, ob Blomander geraucht hat?«, fragte sie.

»Er hasste Zigaretten. Bei der jährlichen Inspektion hat er sich immer über den stinkenden Aschenbecher in meinem Wagen beschwert. Außerdem hatte er COPD.«

»Danke für Ihre Hilfe«, sagte Vera. »Ihre Informationen waren sehr hilfreich.«

Sie beendete das Gespräch und stand auf, um auszuchecken. Sie bekam kein klares Bild von Dan Blomander. Was brachte einen arbeitslosen Automechaniker von Öland dazu, spurlos zu verschwinden, in Stockholm wiederaufzutauchen und zwei Menschen aus dem Stockholmer Rotlichtmilieu zu ermorden? Hatte die Estonia-Katastrophe ihn verändert? Rief er deshalb keine Sexhotlines mehr an und hatte angefangen zu rauchen?

Vera gab ihren Zimmerschlüssel am Empfang ab und bat darum, die Rechnung ans *Aftonbladet* zu schicken. Als sie vor das Hotel trat, lag leichter Puderschnee auf dem Kopfsteinpflaster des Marktplatzes. Die Scheiben des Saab waren überfroren, und der Schlüssel klemmte im Schloss. Zitternd setzte sie sich hinters Steuer und ließ den Motor an.

Sie musste wieder an diese merkwürdigen Zigaretten denken. Waren sie und die Polizei auf der falschen Spur? War der Mann, den sie für den Mörder hielten, in Wahrheit tot und sein Wagen gestohlen worden?

Es gab unzählige Fragen, aber kaum Antworten. Das Einzige, was sie wusste, war, dass sie Pål finden musste. Der Anruf von Blomanders Anschluss hatte über eine Minute gedauert. Vielleicht hatte Pål etwas erfahren, das ihn zum Untertauchen zwang.

Dann schoss ihr ein Gedanke in den Kopf, der sie in Panik versetzte. Blomander hatte mit Leuten telefoniert, die ermordet worden waren. Was bedeutete, dass Pål mit großer Wahrscheinlichkeit in Lebensgefahr schwebte.

6

Erst kurz nach vier am Montagnachmittag fühlte Tomas sich kräftig genug, um aufzustehen. Die Lebensmittelvergiftung und der Schreck, dass jemand in sein Motelzimmer eingedrungen war, steckten ihm noch in den Knochen. Er zog die Gardinen zur Seite. Draußen dämmerte es bereits. Die gespenstische Armee der Prostituierten war noch da. Tomas duschte rasch, zog saubere Sachen an, verstaute sämtliche Wertgegenstände in den Taschen seiner Lederjacke und verließ das Motelzimmer. Vom Münztelefon in der Lobby rief er Ylva Zethraeus an und setzte sie über den gestrigen Tag ins Bild, nur den Einbruch in sein Motelzimmer verschwieg er.

Die kalte Luft belebte ihn ein wenig. Als Erstes lief er die E55 auf und ab und hielt nach Nikita Ausschau. Dann nahm er die Fotos aus seiner Jackentasche und zeigte sie einigen Frauen. Sie schüttelten stumm den Kopf und entfernten sich. Tomas hatte das Gefühl, dass er beobachtet wurde, und beschloss, seine

Taktik zu ändern. Vielleicht wollten die Frauen nicht mit ihm reden, weil er offen auf sie zugegangen war. Anstatt den Pub von gestern Abend aufzusuchen, überquerte er die Straße und betrat einen Puff. Das Bordell war deutlich heruntergekommener als die Stockholmer Rotlicht-Etablissements, in denen er letzte Woche gewesen war. Hinter der Eingangstür verlief ein langer, von kleinen, verglasten Abteilen gesäumter Flur. In jedem Glasabteil saß eine Frau auf einem Bett. Bei einigen Glasfronten waren Vorhänge vorgezogen. Am Ende des Flurs hockte ein blasser Mann mit rasiertem Schädel auf einem Stuhl.

»Welche willst du?«

»Sie.« Tomas deutete auf einen Glaskäfig, in dem eine junge Frau in Leopardentop und weißem Rock mit toten Augen vor sich hinstarrte.

Er hatte keine Ahnung, warum er ausgerechnet sie wählte. Vielleicht weil sie im gleichen Alter wie Nikita war und ihr ein wenig ähnlich sah.

»Welche Nummer?«

Tomas lief ein Stück zurück. Erst jetzt fiel ihm auf, dass in den oberen rechten Ecken der Glasscheiben Nummern standen. Er ging wieder zu dem Mann.

»Sechzehn.«

»Halbe Stunde oder Stunde?«, fragte der Mann, ohne ihn anzusehen.

»Halbe Stunde.«

»Zehn Mark.«

Tomas gab ihm einen Schein, und der Mann steckte ihn in den kleinen Beutel, den er um den Hals hängen hatte. Dann öffnete er die Tür neben sich, führte Tomas einen dunklen Korridor hinunter, blieb vor einer Tür stehen, öffnete sie und entfernte sich wortlos. Tomas betrat den Raum und schloss die Tür hinter sich. Die Frau erhob sich, zog den Vorhang zu und ihr Top über den Kopf.

»Nicht«, sagte Tomas auf Englisch. »Ich will nur mit dir reden.«

Die junge Frau blickte ihn verständnislos an. Im ersten Moment dachte Tomas, sie hätte ihn nicht verstanden. Dann erkannte er, dass sie zugedröhnt war. Ihre Augenlider hingen herab. Sie wiegte sich leicht vor und zurück.

Übelkeit stieg in ihm auf. Er wollte hier weg, zwang sich aber, seine Jacke zu öffnen, Nikitas und Lucys Fotos herauszunehmen und sie dem Mädchen zu zeigen. Die junge Frau betrachtete die Aufnahmen mit glasigem Blick, murmelte etwas Unverständliches und schüttelte den Kopf.

»Du hast sie nicht gesehen?«

Sie kicherte.

Erstaunt über die sonderbare Reaktion, hielt er ihr die Fotos erneut hin.

»Kennst du diese beiden Mädchen?«, fragte er.

Das Mädchen erwiderte etwas in einer Sprache, die er nicht verstand, hob die Hand und wandte den Blick ab. Ihr Mund stand offen, die Wangen zuckten.

Tomas schob die Fotos zurück in die Jacke und setzte sich aufs Bett.

Er sah Ebba vor sich, die blauen Flecken auf ihrem Körper. Er erschauderte und dachte an die Eltern dieses Mädchens, an Tatiana. An den blonden deutschen Ingenieur, der vielleicht der Vater ihres Kindes war. Was würde mit dem Kind passieren? Er wollte diesen Ort verlassen. Sich ins Auto setzen, nach Hause fahren, nach Schweden, und diese Schattenwelt, das Geschäft mit jungen Frauen hinter sich lassen und vergessen, dass die Straße der Schande existierte. Aber er konnte nicht. Er musste bleiben. Sich als Freier ausgeben, der für junge Mädchen bezahlte, um Nikita zu finden.

Seine Finger und Arme verkrampften. Er konnte nicht mehr atmen. Tomas ballte die Hände zu Fäusten, versuchte, den Anfall zu unterbinden. Aber es war zu spät. Er hyperventilierte, bekam keine Luft, umklammerte das fleckige Bettlaken, atmete immer krampfhafter. Seine Kehle war aufgeschlitzt. Jemand hatte ihm die Luftröhre durchtrennt. Tomas spannte den Kiefer an, befühlte seinen Hals. Nein, seine Kehle war unversehrt. Aber irgendwas saß ihm in der Nase. Er beugte sich nach vorn, schnaubte. Nichts kam heraus. Er schnaubte wieder. Bekam noch immer keine Luft. Jemand griff nach seiner Hand. Das Mädchen hatte sich neben ihn gesetzt. Sie drückte seine Hand und strich ihm mit der freien Hand beruhigend über den Rücken.

»Atme«, sagte sie in gebrochenem Englisch. »Atme.«

»Ich sterbe«, röchelte Tomas auf Schwedisch. »Ich sterbe.«

Vor seinem inneren Auge tauchten Bilder aus Bosnien auf. Drei Frauenleichen in einem Erdkeller.

»Ich sterbe«, sagte er diesmal auf Englisch.

Ein alter Mann, tot auf einem Acker. Jemand hatte ihm alle Finger und Zehen abgeschnitten.

»Du wirst nicht sterben. Ich verspreche es dir.«

Geschützfeuer. Eine Mutter und ihre Tochter, nackt am Straßenrand, wo sie vergewaltigt und sterbend zurückgelassen worden waren. Ein Stück von ihnen entfernt: ein kleiner Junge mit aufgeschlitztem Bauch. Der bläuliche Körper eines Neugeborenen auf der Rückbank eines Autos. Das Messer, das er Kristian in den Leib gestoßen hatte. Seine eigenen wahnsinnigen Schreie. Kristians flehender Blick. *Lass mich nicht hier.* Tomas presste einen Finger an den Nasenflügel und schnaubte wieder.

»Wir sind am Leben«, sagte das Mädchen neben ihm. »Wir sind beide am Leben.«

»Ebba«, flüsterte er.

Er hyperventilierte, das Mädchen drückte ihn sanft auf das Bett hinunter und legte sich hinter ihn. Ihr Atem traf ihn in warmen, leichten Wölkchen im Nacken, und seine Atmung beruhigte sich allmählich. Die Atemzüge brachten Sauerstoff, der ihn am Leben erhielt. Er erreichte seine Lungen und verteilte sich in seinem Körper, füllte ihn aus.

Das Mädchen streichelte seinen Nacken, fuhr mit den Fingern durch sein kurz geschnittenes dunkelbraunes Haar.

»Mein älterer Bruder war in Afghanistan«, sagte sie. »Er hatte die gleichen Albträume wie du.«

Tomas antwortete nicht. Scham ergriff ihn. Plötzlich hämmerte jemand gegen die Tür. Er hatte jedes Zeitgefühl verloren. Er kam auf die Füße und bewegte sich auf den Ausgang zu. Drückte die Tür auf. Stolperte hinaus in die Kälte, blieb in der Gasse auf der Rückseite des Puffs stehen und hörte, wie auf der E55 der Verkehr vorbeirauschte.

7

Seit der Nacht am Stadsgårdskajen vor zwei Tagen hatte Ellen in sieben Lastwagen ihren Körper verkauft und währenddessen alles ausgeblendet, hatte nicht mehr gezählt, wie viele Männer es waren. Aber das Geld, das hatte sie jeden Abend gezählt und es in dem Schließfach am Hauptbahnhof eingeschlossen, in dem sie ihre Habseligkeiten aufbewahrte.

Jetzt überquerte sie die Lånholmsgatan, ging zum Söder Mälarstrand hinunter und lief durch die idyllische Schneelandschaft von Långholmen.

Sie war betrunken.

Sie hatte beschlossen, einen Rückfall zu riskieren. Alkohol genügte nicht, um die Nächte auf dem Lkw-Parkplatz zu überstehen. Sie würde sich Heroin besorgen.

Ellen ging an dem Bootsclub und der Schrebergartenkolonie vorbei und durchquerte das verschneite Wäldchen. Sie hatte fast zwanzigtausend Kronen zusammen, doch um Schweden ein für alle Mal den Rücken kehren zu können, brauchte sie mehr. Allein die Fahrt nach Tschechien, um Nikita von der Straße der Schande zu holen, war teuer. Und falls sie da einem ehemaligen Zuhälter in die Arme lief, den sie abgezockt hatte, konnten Strafzahlungen fällig werden.

Ein paar Nächte musste sie noch zu den Lkw-Fahrern gehen. Dann war sie frei. Sie war jünger und hübscher als die anderen Mädchen. Wenn ihr Leben wieder in der Spur wäre, würde sie auf dem europäischen Festland als Escortdame arbeiten und so viel Geld ansparen, dass sie nach ein paar Monaten wieder damit aufhören könnte. Dann würde sie die Kaution für eine Wohnung hinterlegen und in irgendeinem Café kellnern. Vielleicht an der Costa del Sol? Spanisch lernen und bei null anfangen.

Vom Wasser wehte ein kalter Wind herüber und drang durch ihren Mantel. Spanien schien weit entfernt. Aber wenn sie sich jetzt einen Schuss besorgte, würde sie die Nacht überstehen und ihrem Ziel ein gutes Stück näher kommen. Sie würde nicht im Drogensumpf versinken. Ein paar Tage noch, in denen sie so viele Kunden wie möglich abfertigte, Kapital ansparte, und dann nie wieder.

Von einer Anhöhe blickte sie auf das Wasser, das unter der Västerbron Wellen schlug. Dunkel und unheilvoll. Seit dem Mord an Morris Heckler ließ sie der Gedanke nicht mehr los. Sie wusste, warum der Mann in der Silvesternacht ihren Namen gerufen hatte. Sie war der Grund für die Morde.

Immer wieder hörte sie die Stimme ihrer Mutter. Im Hospiz hatte Mama ihr von dem Apriltag im letzten Jahr erzählt, der ihren Tod besiegelt hatte. Sie war am Norr Mälarstrand ihre übliche Joggingrunde gelaufen, mit einem anderen Jogger zusammengestoßen und gestürzt. Der Mann war aufgestanden und weitergelaufen, ohne sich zu erkundigen, ob

Mama sich verletzt hatte. Als sie ihm nachgesehen hatte, hatte sie beobachtet, wie er ein Paar Plastikhandschuhe abstreifte.

Ihrer Mutter war sofort klar gewesen, dass der Mann einen Giftanschlag auf sie verübt hatte.

»Ich bin ins Wasser gesprungen«, hatte sie gesagt. »Um das Gift irgendwie loszuwerden. Aber ich wusste, dass es zu spät war. Alles, was ich noch tun konnte, war, den Verlauf zu verzögern.«

»Warum hast du dich nicht bei mir gemeldet?«, hatte Ellen gefragt.

»Ich wollte dich nicht in die Sache mit reinziehen. Es ist zu gefährlich.«

Zwei Tage später war Mama gestorben, und Ellen war die Einzige, die ihr Geheimnis hütete.

Sie verscheuchte die Erinnerung und ging die Anhöhe hinunter. Ein paar Gestalten lungerten um eine Tonne herum, in der ein Feuer brannte. Die Flammen erleuchteten das Brückengeländer und warfen flackernde Schatten. Die Silhouetten wuchsen und schrumpften auf dem grauen Beton.

Beim Näherkommen entdeckte sie Eddy, mit dem sie zur Schule gegangen war. Im Sommer hatten sie immer zusammen im Tantolunden-Park abgehangen, hatten sonnenbadende Stockholmer beklaut und Gras geraucht. Aber das war, bevor Eddy angefangen hatte, Horse zu drücken.

Sie wollte ihm nicht begegnen. Nicht hier, nicht jetzt.

»Ellen, lange nicht gesehen«, sagte er. »Aber ich dachte, du wärst vom Zug abgesprungen?«

Er kratzte sich im Gesicht. Bewegte sich ruckartig. Doch er schien sich ehrlich zu freuen, sie zu sehen.

»Ich bin wieder aufgesprungen«, erwiderte sie.

Eddy nickte, und Ellen schämte sich, weil er enttäuscht zu sein schien.

»Kannst du einer Freundin helfen?«, fragte sie.

Es würde kein richtiger Rückfall werden, redete sie sich ein. Diesmal hatte sie einen Plan, und es war kein Nullsummenspiel wie früher, als sie angeschafft hatte, um ihren Drogenkonsum zu finanzieren, und Drogen genommen hatte, um das Anschaffen zu ertragen.

»Okay, Schwester.«

Eddy stieß einen Pfiff aus, und wie aus dem Nichts erschien ein Typ mit einer Baseballkappe auf dem Kopf.

»Horse, oder?«, fragte er.

»Ja.«

Der Typ musterte sie. Fingerte in seiner Champion-Daunenjacke herum.

»Dafür musst du mir einen blasen. Ich bin keine verfluchte Sozialeinrichtung.«

Eddy starrte zu Boden, fühlte sich sichtlich unwohl in seiner Haut. Er war einer der wenigen Typen, die nie etwas bei ihr versucht hatten. Selbst dann nicht, wenn sie vollkommen weggetreten gewesen war.

»Kommst du?« Der Baseballkappentyp deutete mit dem Kopf Richtung Brücke.

Die Zeit wurde knapp. Sie musste sich einen Schuss setzen und ein bisschen runterkommen, ehe sie zum Fähranleger ging.

»Ich kann bezahlen. Ich habe Geld.«

Der Dealer packte sie am Arm und zog sie hinter sich her.

»Den Preis bestimme ich.«

An einem der höheren Brückenpfeiler drückte er sie auf den Asphalt runter. Der raue Beton schürfte ihr die Knie auf. Hinter ihm, unterhalb des Scheitelpunkts der Brücke, sah sie Eddy, der mit düsterer Miene vor sich hinstarrte.

»Fang an«, sagte der Baseballkappentyp.

Ellen zögerte. Ihren Körper an Freier zu verkaufen, war eine

Sache. Aber einem Dealer einen Blowjob zu besorgen, obwohl sie bezahlen konnte, war einfach nur erniedrigend.

»Mach schon.«

Der Typ knöpfte seine Hose auf und zog die Boxershorts runter.

Ellen wurde speiübel.

Sie dachte an die Szenen in der Lkw-Kabine am Samstag, als sie hinterher nach draußen gestolpert war und sich übergeben hatte. Nur um zum nächsten Lkw zu gehen und das Ganze zu wiederholen.

Sie brauchte den Stoff, um sich zu betäuben.

»Erst das Heroin«, sagte sie. »Damit ich sicher bin, dass du mich nicht abzockst.«

Der Typ nickte, griff in seine Jacke und warf ein Alufolienpäckchen vor sie hin. Rasch ließ sie es in ihrer Manteltasche verschwinden.

»Zeit für die Bezahlung«, sagte er.

Ellen sah in seine grinsende Visage und zog ihm die Hosen mit einer heftigen Bewegung bis zu den Knöcheln runter.

Der Ruck brachte ihn einen Moment ins Straucheln. Schnell schätzte Ellen die Fallhöhe ab. Bis zum Boden waren es bestimmt drei Meter.

Sie sah dem Typen in die Augen und öffnete den Mund. Als er nach seinem Schwanz griff, holte Ellen aus und stieß ihn über das Geländer.

Mit einem Knirschen landete er unten auf der Erde. Sie begegnete Eddys Blick.

Er grinste.

Dann rannte sie davon, während ihr das Gebrüll des Typen in den Ohren hallte.

8

Tomas zündete sich eine Zigarette an und ging zurück zum Motel. Die Gedanken an Ebba ließen ihn nicht los. Woher kamen die blauen Flecken auf ihrem Körper?

Bevor er das Motel betrat, sah er sich um. Das Gefühl, dass ihm jemand folgte, hielt an. Dann ging er zum Wandtelefon in der Lobby, schob ein paar Münzen in den Schlitz und rief Klara an. Zu seiner Erleichterung nahm Ebba ab. Er erkundigte sich, wie es ihr ging, aber Ebba antwortete einsilbig und fragte, ob sie Mama holen solle.

»Nein, ich möchte mit dir reden.«

Tomas schloss die Augen, sah Ebbas Gesicht vor sich.

»Ich bin nicht böse auf dich, Schätzchen, aber ich muss dich etwas fragen. Hast du Mama erzählt, dass ich dich geschlagen habe?«

»Nein.«

Er wartete auf eine Fortsetzung, die nicht kam.

»Woher hast du die blauen Flecken?«

»Ich weiß nicht«, murmelte Ebba leise.

Tomas umklammerte den Hörer. Eine Frau ging in Begleitung dreier betrunkener Männer die Treppe hinauf.

»Ich würde dir nie wehtun, Ebba. Das weißt du, oder? Ich werde manchmal wütend und laut, aber ich würde weder dich noch deinen Bruder jemals schlagen. Niemals.«

»Das weiß ich, Papa.«

»Bist du ganz sicher?«

»Ja.«

Tomas seufzte.

»Ich muss jetzt gehen. Ich muss arbeiten. Ich vermisse dich. Wenn ich wieder zu Hause bin, essen wir im Clock Hamburger, versprochen.«

»Tschüss, Papa.«

Tomas hängte den Hörer ein, verließ das Motel, lief an der E55 entlang und hielt nach Nikita Ausschau. Die Lebensmittelvergiftung steckte ihm noch immer in den Knochen. Seine Beine zitterten. Das Gefühl, überwacht zu werden, nahm zu. Suchend blickte er sich um, konnte aber nichts Auffälliges entdecken. Er dachte an den Einbruch in sein Motelzimmer und schüttelte den Kopf.

Leichter Schneefall setzte ein. Fröstelnd betrat er einen Puff namens Pussy.

Drinnen war es laut und verqualmt, aber warm. Tomas ging auf die Kundentoilette, trank ein paar Schlucke Wasser direkt aus dem Hahn, kehrte in die Bar zurück und stellte sich in eine Ecke. Weiter hinten brach eine Prügelei aus. Zwei kräftige Hünen lösten sich aus den Schatten und beförderten die Schläger vor die Tür.

Ab und zu verschwanden Frauen in Begleitung von Männern im Obergeschoss. Am Ende fiel Tomas' Wahl auf ein Mädchen, das mit dem Rücken zu ihm an der Bar stand. Sie hatte kurze Haare und kindliche, magere Schultern. Tomas fragte auf Englisch, wie viel sie kostete.

Das Mädchen musterte ihn und nannte ihm den Preis. Er nickte. Sie führte ihn die Treppe hoch. Im Hinaufgehen sah er die entzündeten Einstichstellen in ihren Kniekehlen, Einstiche, wie er sie von den Heroinsüchtigen in Stockholm kannte. Das Mädchen führte ihn in ein Zimmer und schloss die Tür. Tomas blickte sich um. Ein Bett, ein kleiner Nachttisch. Sie zog die Schublade auf und nahm eine türkisfarbene Tube heraus.

Ehe er sie daran hindern konnte, zog sie ihren Rock hoch und griff sich mit der Hand zwischen die Beine. Vermutlich war es Gleitmittel.

»Warte«, sagte er. »Ich möchte dir ein paar Fotos zeigen.«

Mit der Hand zwischen den Beinen hielt sie inne.

»Bist du ein Bulle?«

Tomas schüttelte den Kopf.

»Ich bezahle dir den vollen Preis.«

Er zog die Fotos hervor und zeigte sie ihr. Sie nickte und deutete auf das Bild von Nikita.

»Die habe ich hier gesehen.«

Tomas sah sie durchdringend an.

»Wann genau?«

»Gestern, glaube ich. Oder vorgestern. Sie arbeitet im Rambo.«

»Was ist das?«

»Eine Bar. Liegt hier ganz in der Nähe.«

Tomas bedankte sich und gab ihr zehn Mark. Ihre Hand glänzte von Gleitmittel. Rasch ging er zur Tür, aber sie bat ihn zu bleiben.

»Du musst noch warten. Sonst schnallen die, dass du mich nicht gevögelt hast, und dann stecken wir beide in der Klemme.«

»Wer sind *die*?«

»Die Bosse.«

Tomas sank auf das Bett. Das Mädchen setzte sich neben ihn. Sie schwiegen, Seite an Seite.

Tomas holte seine Zigaretten hervor und bot ihr eine an. Sie rauchten schweigend. Tomas hielt ihr erneut die Schachtel hin. Sie nahm eine zweite Zigarette.

Von der Straße drangen Rufe und Schreie herauf. Tomas ging ans Fenster und sah hinaus. Ein Zuhälter brüllte ein Mädchen an und schlug ihr mit der Faust ins Gesicht. Das Mädchen stürzte zu Boden, und der Zuhälter schleifte es an den Haaren zu einem Auto. Das Mädchen schrie und weinte, wehrte sich. Tomas wandte sich zum Bett, um es nicht mitansehen zu müssen.

»Warum hilfst du mir?«, wollte er von dem jungen Mädchen wissen und zog an seiner Zigarette.

Das Mädchen zuckte mit den Schultern.

»Es scheint wichtig zu sein, sonst wärst du nicht hier. Diese Art Fragen sind gefährlich, aber du stellst sie trotzdem.«

»Für wen sind sie gefährlich?«, fragte Tomas, obwohl er die Antwort kannte.

Das Mädchen betrachtete die Zigarette in ihrer Hand, führte sie zum Mund.

»Für uns beide.«

Tomas blies den Rauch aus.

»Warum ist es gefährlich?«

Sie lächelte traurig.

»Du kannst jetzt gehen, wenn du willst«, erwiderte sie.

Tomas entdeckte das rote Neonschild mit der Aufschrift *Rambo* auf der gegenüberliegenden Straßenseite. Als er durch die verdreckten Fenster sah, fiel sein Blick auf Nikita. Sie hockte mit zwei anderen Mädchen auf einem durchgesessenen braunen Ledersofa, stand auf und ging zum Tresen. Der Barmann schob ihr einen Drink zu. Sie war abgemagert, konnte kaum mehr als vierzig Kilogramm wiegen. Aber sie war hier, und am Leben.

Er hatte sie gefunden.

9

Vera stieg vor dem Clubhaus des Odin MC im Stockholmer Stadtteil Bromma aus dem Saab und streckte sich. Sie war steif und verspannt von der langen Autofahrt.

Ein mit Stacheldraht gekrönter Lattenzaun hielt Eindringlinge ab. Die Fassade sah im weißen Schnee schäbig und unbehaglich aus. Sie ging zum Tor und hämmerte an die Latten. Nach einer Weile rief eine Stimme aus dem Haus.

»Was willst du, verdammt?«

Vera war unsicher, ob sie ihr wahres Anliegen verraten sollte. Pål war die Verbindung zwischen den beiden Morden. Seine Nummer tauchte in Blomanders Anruflisten auf, und Pål und der Odin MC waren an beiden Tatorten für die Sicherheit zuständig. Aber er war seit Tagen untergetaucht, und vielleicht existierte zwischen den Morden und seinem Verschwinden ein Zusammenhang.

»Mein Name ist Vera Berg. Ich bin die Ex von Jonny Möller und habe eine Frage«, erwiderte sie.

Jonny war mit dem Odin MC befreundet. Sein eigener Bikerclub Southside MC, ein Schwesterclub des Odin MC, wollte genau wie die Odin-Biker in den Verband der Hells Angels aufgenommen werden.

»Die Reportertussi. Dacht ich's mir doch, dass ich deine Stimme kenne.«

Das Tor im Zaun ging quietschend auf. Dahinter stand der Typ, mit dem sie nach dem Mord in der Malmskillnadsgatan gesprochen hatte. Die Narbe in seinem Gesicht war von der trockenen Winterluft gerötet und schuppig.

»Komm mit«, sagte er.

Vera folgte ihm über den Hof ins Clublokal. Wie bei ihrem letzten Besuch arbeiteten Stripteasetänzerinnen auf der Bühne. Im Club gingen etliche Stockholmer Prominente ein und aus, die sich zukoksten und die Mädchen vögelten, die sich häufig ein Zubrot als Prostituierte verdienten. Einer dieser Promis war Micael Bratt, den Vera vorigen Sommer von fingierten Vergewaltigungsvorwürfen reingewaschen hatte. Sie hatte Fotos aufgetrieben, die bewiesen, dass Bratt zum angeblichen Vergewaltigungszeitpunkt auf dem Billardtisch des Odin MC eine Stripperin gevögelt hatte.

Der Mann mit der Narbe setzte sich an die Bar und öffnete ein Bier. Auf dem Tresen lag ein Billardqueue. Am unteren

Ende klebte eine eingetrocknete dunkelrote Masse. Beim zweiten Hinsehen begriff Vera, dass es Blut war.

Der Narbentyp registrierte ihren Blick und deutete auf den Stock.

»Jemand wollte aussteigen, und ja … eins führte zum anderen. Der Kerl wird für eine Weile nicht ohne Schmerzen pinkeln können.«

Vera nickte, als sei dies ein völlig normales Konzept von Konfliktmanagement.

»Ich bin auf der Suche nach Pål«, sagte sie. »Bei seinem Telefon bricht die Verbindung ab.«

»Ich dachte, es ginge um Jonny.«

»Ich habe nur gesagt, dass ich seine Ex bin.«

Der Typ hob die Hände, als wollte er jeglichen Ärger von sich weisen. Vielleicht machte er sich Sorgen, wie Jonny reagieren würde, wenn Vera ihm von ihrem unfreundlichen Empfang erzählte. Er schien keine Ahnung zu haben, dass sie keinen Kontakt mehr zu Johnny hatte.

»Wo finde ich ihn?«, fragte sie.

»Er macht sich rar.«

Vera überlegte, was das im Klartext bedeutete.

»Rar, wie in: Er sitzt?«, bohrte sie nach.

»Er macht sich rar. Mehr kann ich nicht sagen.«

»Aber er ist immer noch der Boss von eurem Verein?«

»Wir sind ein Club für Biker-Liebhaber. Wir haben keinen Boss.«

»Erzähl mir keinen Scheiß. Das ist kein Interview. Ich kenne Pål. Wurde er verhaftet?«

»Pål wird eine Weile nicht hier sein. Mehr kann ich nicht sagen. Aber ich kann ihn von dir grüßen, wenn ich ihn sehe.«

Vera nickte. Sie wusste, dass der Grobian vor ihr sich nicht überreden lassen würde. Ihrer Meinung nach deutete immer mehr darauf hin, dass Pål verhaftet worden war. Allerdings war ihr schleierhaft, warum das Ganze so ein großes Geheimnis war.

»Ich finde allein raus«, sagte sie.

Draußen auf dem Hof zog sie ihr Handy aus der Hosentasche. Verrostete Motorradersatzteile ragten wie Gerippe aus dem weißen Schnee. Sie heftete den Blick auf den Boden, um nicht zu stolpern. Auf dem Weg zum Auto wählte sie Zingos Nummer. Er nahm sofort ab.

Ihr Verhältnis war durch ihren Verdacht gegen Tomas Wolf nicht beeinträchtigt worden. Sie fragte sich, was Tomas wohl davon hielt.

»Vera. Was kann ich für Sie tun?«

»Ich bin auf der Suche nach Pål, dem Präsidenten des Odin MC.«

»Und?«

»Ich werde das Gefühl nicht los, dass er im Gefängnis sitzt. Er wurde schon eine ganze Weile nicht mehr gesehen. Habt ihr ihn verhaftet?«

Sie öffnete das Tor, überquerte die Straße und setzte sich ins warme Auto.

»Nein, das glaube ich kaum. Ich habe ihn seit dem letzten Sommer im Auge. Hätten wir ihn einkassiert, hätte ich davon gehört.«

»Okay. Danke, Zingo.«

»Keine Ursache. Aber warum fragen Sie? Geht es wieder um Jonny?«

»Nein.«

Vera konnte Zingo nicht anlügen. Nicht nach allem, was er für sie getan hatte. Sie musste ihm von Dan Blomander erzählen.

»Aber möglicherweise habe ich den Täter gefunden«, fuhr sie fort.

Zingo stieß einen Pfiff aus.

»Wie das?«

Vera erzählte ihm, wie sie Dan Blomander mithilfe der Quittung von der Estonia aufgespürt hatte, die Tomas Wolf ihr gegeben hatte. Erwähnte Blomanders Verbindung zu Pål und dass der dunkelblaue Saab, nach dem sie suchten, aller Wahrscheinlichkeit nach Blomander gehörte.

»Hoppla«, sagte Zingo, als Vera geendet hatte. »Man könnte meinen, dass wir mit unseren Ermittlungen weiter sein müssten. Haben Sie das Kennzeichen von Blomanders Wagen?«

Vera lehnte sich zum Beifahrersitz hinüber und schlug ihr Notizbuch auf, beschloss aber, Zingo nichts von ihrer Theorie, dass Blomander mit der Estonia auf dem Grund der Ostsee lag, zu sagen.

»EJL040.«

»Ich lasse den Wagen zur Fahndung ausschreiben. Sobald ich etwas höre, rufe ich Sie an.«

Sie beendeten das Gespräch, und Vera legte den Gang ein. Sie musste nach Hause zu Sigge und ihn dafür entschädigen, dass sie sich Sonntagmorgen davongestohlen hatte. Bevor sie ihr Handy in die Hosentasche schieben konnte, klingelte es. Die Nummer sagte ihr nichts.

»Vera Berg vom *Aftonbladet*.«

»Hier ist Pål.«

Vermutlich hatte der Typ mit der Narbe ihn informiert. Jetzt wusste sie wenigstens, dass Pål am Leben war.

»Ich muss mit dir sprechen«, fuhr er fort.

»Okay.«

»Weißt du, wo das Tumba-Zelt ist?«

»Ja.«

»Komm mit deinem Auto. Und sorg dafür, dass du genug Benzin im Tank hast, damit wir bis nach Sundbyberg und wieder zurück kommen. Ich muss dir etwas Wichtiges zeigen.«

»Warum treffen wir uns nicht direkt in Sundbyberg?«

Pål zögerte einen Moment.

»Ich will nicht mit meinem eigenen Wagen fahren«, sagte er dann. »Ich glaube, dass ich verfolgt werde. Aber zwischen den Golfschwuchteln am Tumba-Zelt bin ich einigermaßen inkognito.«

10

Nachdem Tomas Nikita weisgemacht hatte, dass er mit ihr Sex haben wollte, lotste sie ihn durch eine Hintertür über einen zugemüllten Innenhof, wo ein Besoffener auf einer Matratze aus Pappkartons und Autoreifen schlief. In einem Nebengebäude schloss sie die Tür zu einem winzigen Zimmer auf. Das einzige Möbelstück war ein wackliges Bett in der Raummitte.

Nikita zog die Vorhänge vor einem Fenster zum Innenhof zu, durch die dünnen Wände drang ein Stöhnen. Nikita war extrem abgemagert, ihre Haltung eingefallen. Die teigige Haut mit billigem Make-up überschminkt.

»Ich will keinen Sex mit dir, ich will mit dir reden«, sagte Tomas auf Schwedisch.

Nikita schnellte herum und starrte ihn an.

»Mir ist scheißegal, was du willst, solange du bezahlst. Sonst verschwinde ich.«

Zu Tomas' Überraschung sprach sie fehlerfreies und akzentfreies Schwedisch. Er hatte sie immer in Osteuropa verortet, jetzt wurde ihm klar, dass sie aus Schweden kam.

Wortlos gab er ihr die vereinbarten zehn Mark. Als sie danach griff, registrierte er die entzündeten Einstichstellen in ihren Armbeugen und an den Unterarmen. Heroin. Das erklärte, wie ein normales schwedisches Mädchen aus dem sozialdemokratischen Wohlfahrtsstaat in diesem Hinterhof der Hölle gelandet war.

»Worüber willst du reden?«, fragte sie jetzt gelassen und schob den Schein in ihren BH.

Er hielt ihr seinen Dienstausweis hin.

»Über deine Freundin Lucy.«

Nikitas Körperhaltung versteifte sich. Sie presste die Lippen aufeinander und musterte ihn misstrauisch.

»Weißt du, wo sie ist?«

Nikita schüttelte den Kopf.

»Bist du sicher?«

»Ja. Ich habe nicht mehr mit ihr gesprochen, seit ... ja, seit dieser Sache.«

Tomas sah sie durchdringend an.

»Seit der Silvesternacht?«

»Ja.«

Tomas zeigte auf das Bett, das laut quietschte, als Nikita sich auf die Matratze sinken ließ. Er setzte sich neben sie.

»Hat sie dir erzählt, was passiert ist?«

Draußen vor dem Fenster wurden heisere Männerstimmen laut, die in einer fremden Sprache redeten. Schatten liefen vorbei.

»Ich weiß nur, dass sie diesen alten Knacker vögeln sollte, Runström. Er war einer ihrer Stammfreier. Dann ist plötzlich ein Mann mit einer Waffe aufgetaucht. Lucy hat einen Schuss gehört und ist aus der Wohnung gerannt.«

»Hat sie das Gesicht des Mannes gesehen?«

Nikita starrte auf ihre Hände. Sie seufzte.

»Ja.«

Als sie gesagt hatte, sie wisse nicht, wo Lucy sei, hatte sie aufrichtig gewirkt.

»Weißt du, warum Lucy sich versteckt hält?«, fragte Tomas.

Die Stimmen, die er eben draußen vor dem Fenster gehört hatte, erklangen jetzt vor ihrer Zimmertür.

»Ja.«

Nikita fuhr mit ihren Fingernägeln über die Einstiche in ihrer Armbeuge.

»Er hat nach ihr gerufen.«

»Wer?«

»Der Mann, der Runström ermordet hat.«

Tomas sah Nikita ungläubig an. Sie nickte.

»Auf Schwedisch?«

»Das weiß ich nicht. Er hat ihren Namen gerufen. Aber nicht Lucy, sondern ihren richtigen.«

Bevor Tomas fragen konnte, wie Lucy mit richtigem Namen hieß, erklang ein lautes Krachen. Die Tür flog auf, und drei Männer stürmten zu ihnen herein.

11

Vera stand mit laufendem Motor vor dem Tumba-Zelt und wartete auf Pål. Die Golfanlage lag am hinteren Ende von Norra Djurgården. Im Schein der Straßenlaternen sah die zerknitterte Zeltplane aus wie eine graue Riesenraupe. Die Radionachrichten meldeten einen Tornado, der über Florida hinweggefegt war und eine Spur der Verwüstung hinterlassen hatte. Und in Russland feierte man, dass ein Kosmonaut der Raumstation Mir den Weltrekord für die meisten aufeinanderfolgenden Tage im Weltraum gebrochen hatte. Ein Jahr und einen Tag. Der Kalte Krieg war seit Langem beendet, trotzdem schien es, als hätten die Russen eine Tagesschlacht gewonnen.

Aus der Gegenrichtung näherte sich ein Auto. Der Fahrer ließ das Fernlicht aufleuchten und hielt an. Es war Pål.

Sie schaltete den Motor aus, stieg aus dem Saab und ging ihm entgegen. Draußen herrschten zehn Grad minus, und ihre Augen tränten in der kalten Luft.

»Vera. Lange her.«

Pål trug eine Lederjacke ohne Odin-MC-Emblem. Er wollte eindeutig keine Aufmerksamkeit erregen.

»Ich versuche seit Neujahr, dich zu erreichen. Wo zum Teufel hast du gesteckt?«, erwiderte sie.

Ein Stück entfernt fuhr ein Auto an den Straßenrand und schaltete die Scheinwerfer aus. Pål wandte sich um und betrachtete es mit zusammengekniffenen Augen.

»Ich weiß«, sagte er dann. »Ich habe meine Gründe. Ich werde dir alles erzählen. Aber ich nehme an, dass du vor allem an Lucy interessiert bist.«

»Woher weißt du das?«

Pål grinste und bedeutete ihr, mit ihm zusammen weiterzugehen, warf aber immer wieder einen Blick zurück auf das fremde Auto.

»Besser, wir entfernen uns ein Stück«, sagte er. »War nicht schwer zu erraten, dass du die Frau bist, die mit einem kleinen Knirps im Schlepptau nach ihr fragt.«

Vera lachte.

»Also, wer ist sie?«

Pål rieb fröstelnd seine Hände aneinander.

»Am Anfang war sie eines meiner Mädchen. Ich hab sie im Club kennengelernt und sie in das Bordell eingeschleust, um sie von der Straße zu holen. Dann haben wir uns ineinander verliebt.«

»Wie romantisch«, kommentierte Vera.

»Ich mochte sie wirklich. Ich hab sie überredet, für Heckler als Pornodarstellerin anzufangen. Ich war der Meinung, dass sie zu gut aussieht, um anzuschaffen.«

»Du bist der reinste Philanthrop.«

Pål grinste schief und blieb stehen.

»Am Ende habe ich Schluss gemacht. Es ging nicht. Sie hing an der Nadel, nachdem ihre Mutter sie aus dem Haus geworfen hatte. Und damit fing dieser ganze Schlamassel an.«

Er blickte sich um, bevor er fortfuhr.

»Irgendwann im Mai rief sie mich an, sagte, ihre Mutter liege im Sterben, und bat mich, einen Schlüssel aus ihrer Wohnung zu holen.«

»Einen Schlüssel?«

»Ja. Ihre Mutter hatte sie gebeten, einen Lagerraum auszuräumen und dafür zu sorgen, dass nach ihrem Tod keine Spuren dorthin führten. Und ich hab's gemacht, ohne Gegenleistung, wie ein verfluchter Samariter. War wohl immer noch in sie verknallt. Ich hab den Schlüssel geholt und bin zu dem Lagerraum gefahren, um zu gucken, ob er passt.«

Pål verstummte und blickte auf einen Punkt hinter Vera.

»Was war in dem Lagerraum?«

Pål wandte sich um und musterte zum zigsten Mal das Auto, das ein Stück die Straße hinunter parkte.

»Hast du gesehen, ob jemand ausgestiegen ist?«, fragte er.

Vera schüttelte den Kopf.

»Ich habe nicht darauf geachtet.«

Irgendetwas behagte ihm nicht. Nach einem letzten Blick auf den Wagen zog er einen Schlüssel aus seiner Jacke und hielt ihn hoch.

»Ich zeige dir, was ich da gefunden habe. Der Raum liegt direkt hinter der Fahrzeugzulassungsstelle in Sundbyberg. Ich habe das Gefühl, dass der ganze Scheiß der letzten Zeit damit zusammenhängt. Darum habe ich dich angerufen.«

Er schob den Schlüssel zurück in die Jacke.

»Aber wir nehmen dein Auto. Ich stelle meines nur eben am Sportplatz ab, da fällt es nicht auf. Unten bei den Gasspeichern.«

»Alles klar.«

An ihrem Saab fiel Vera ein, dass sie keine Ahnung hatte, wie man zu den Gasspeichern kam. Sie blickte sich um, um Pål zu sagen, dass er kurz warten sollte, bis sie gewendet hatte und hinter ihm herfahren konnte, doch er saß schon im Auto.

»Pål«, rief sie. »Warte!«

Doch er hörte sie nicht und ließ den Motor an. Das Getriebe protestierte, als er den Gang einlegte.

»Scheiße«, fluchte sie.

Mit fuchtelnden Armen lief sie ihm nach. Ihr Atem formte weiße Dampfwolken im Schein der Rücklichter. Im nächsten Moment verwandelte sich Påls Auto in einen Feuerball, und sie blieb mit vor Schreck aufgerissenen Augen und der dröhnenden Explosion in den Ohren stehen.

12

Tomas kniete mit auf dem Rücken gefesselten Händen auf einem gefrorenen Acker. Er konnte die Umrisse der Männer in der Dunkelheit bloß erahnen, hörte nur ihre Stimmen, spürte den Schmerz, wenn ihre Fäuste sein Gesicht trafen. Er zitterte vor Kälte. Sie hatten ihm die Lederjacke vom Leib gerissen. Das Einzige zwischen ihm und der eisigen Januarkälte war ein dünnes schwarzes Hemd. Er schmeckte Blut im Mund.

»*I'm a policeman*«, nuschelte er.

Die Männer lachten.

»*So are we*«, erwiderte einer von ihnen in gebrochenem Englisch.

Warum wollten sie ihn töten? Warum waren sie ihm gefolgt? Nur Ylva und Zingo wussten, dass er hier war. Und Burek-Goran. Arbeitete er mit ihnen zusammen? Aber im Grunde spielte es keine Rolle. Er würde hier sterben. Es lohnte sich nicht, sich den Kopf darüber zu zerbrechen, weshalb das alles geschah.

Ein neuer Fausthieb. Seine Augenbraue platzte auf. Tomas kippte nach hinten und blieb liegen. Über ihm am dunklen Himmel funkelten Tausende Sterne. Schönheit mitten im

Schrecklichen. In weiter Ferne hörte er das Verkehrsrauschen der E55. Tomas hustete. Warmes Blut rann über sein Gesicht, lief ihm in die Augen und brannte.

Er dachte an Alexander und Ebba. Er würde sie nie wiedersehen. Wahrscheinlich würde es noch nicht einmal einen Leichnam geben, den sie beerdigen konnten. Die Männer hatten gesagt, dass sie seine Leiche zerstückeln, seine Körperteile in der tschechischen Erde verscharren würden.

Sie ließen eine Schnapsflasche herumwandern.

Tomas dachte daran, wie er vor gut einer Woche in seinem Wohnzimmersessel hatte sterben wollen. Doch jetzt wollte er leben. Er würde alles tun, was in seiner Macht stand, um wieder nach Hause zu kommen, zu seinen Kindern.

Er wollte nicht sterben, nicht hier, auf den Knien, vor diesen Männern.

Zwei der Kerle packten ihn und zerrten ihn auf die Füße, während sie miteinander redeten. Bei dem Versuch, einen Kopfstoß zu landen, verfehlte Tomas sein Ziel und kippte vornüber. Die Männer lachten höhnisch. Ein Stiefel traf ihn im Rücken, er stöhnte auf. Was würden sie mit Nikita machen? Vermutlich war sie schon tot.

Einer der Männer schleuderte die leere Schnapsflasche weg. Tomas hörte, wie sie ein paar Meter entfernt klirrend zerbrach.

Dann vernahm er das Klicken einer Pistole.

Es war so weit. Die Männer packten ihn und zwangen ihn auf die Knie hinunter. Einer von ihnen presste ihm die Pistole an die Stirn. Das Metall war kalt und hart. Tomas hörte seinen eigenen keuchenden Atem, spürte die Erregung im Blick des Mannes. Wie viele Atemzüge blieben ihm noch? Er wollte etwas anderes sehen als das Gesicht seines Mörders. Tomas legte den Kopf in den Nacken, nahm die Konstellation der Sterne in der Unendlichkeit des Universums in sich auf, den rätselhaften Nebel der Milchstraße. Dann schloss er die Augen. Er spürte, wie der Mann den Abzug betätigte, und konnte den Schrei nicht zurückhalten, der seine Kehle emporstieg.

Die Waffe klickte.

Tomas fiel nach hinten.

Warmer Urin rann an der Innenseite seiner Jeans hinunter. Keuchend lag er auf dem hart gefrorenen Acker.

Das heisere Lachen der Männer dröhnte in seinen Ohren. Er wünschte, Kristian wäre hier, um ihn zu beschützen. Wie früher, als sie klein gewesen waren. Doch er war allein, weit weg von zu Hause, gefangen in einem Kosmos aus Gewalt, wo keine Gesetze galten.

13

Das brennende Autowrack knackte und zischte. Die Wucht der Explosion hatte die Fahrertür aufgerissen, Påls zerfetzter Körper saß hinter dem Lenkrad. Seine Augen waren offen, zeigten jedoch kein Zeichen von Leben. Seine rechte Hand war am Steuer festgeschmolzen.

Veras Herz pochte bis zum Hals. Vor Übelkeit wurde ihr schwindelig.

Sie beugte sich vor, tastete nach Påls Puls. In der Hitze des Wracks brach ihr der Schweiß aus. Als sie Pål zwei Finger an den Hals legte, verbrannte sie sich den Handrücken an einer heißen Oberfläche. Er hatte keinen Puls. Er war tot.

Sie konnte es nicht glauben.

Vera drehte sich um und blickte die Straße hinunter. War jemand in der Nähe? War auch sie in Gefahr? Aber das Tumba-Zelt war geschlossen, die Straße ausgestorben.

Eine merkwürdige Taubheit breitete sich in ihr aus. Das Einzige, was störte, war der Gestank. Verbranntes Fleisch, und ein metallischer Geschmack, der sie an Wunderkerzen erinnerte, füllte ihren Mund. Vera wich zurück, zwang die aufsteigende Galle hinunter. In dem Moment sah sie, dass der Schlüssel, den Pål ihr gezeigt hatte, aus seiner Jackentasche hervorschaute.

Mit dem Gefühl, sich beeilen zu müssen, griff sie nach dem glühend heißen Metallstück, verbrannte sich und ließ den Schlüssel in den Schnee fallen. In ihrem Kopf herrschte Chaos, sie konnte keinen klaren Gedanken fassen.

Ein Stück die Straße hinunter sprang ein Motor an. Vera schnellte herum. Das Auto, zu dem Pål sich immer wieder umgeblickt hatte, fuhr mit schlingernden Reifen davon. Irgendetwas sagte ihr, dass es mit seinem Tod zusammenhing. Aber die Entfernung war zu groß, um das Nummernschild zu erkennen.

Es begann wieder zu schneien. Große Flocken fielen herab. Sie zitterte und wollte hier weg. Sie blickte auf Påls Leichnam. Er war kein Freund, aber er war auch kein schlechter Mensch gewesen, trotz des Lebens, das er gewählt hatte.

Jetzt würde sie nie erfahren, ob er mit Dan Blomander telefoniert hatte. Mit Påls Tod war das Geheimnis, wer ihn aus Blomanders Haus angerufen hatte, für immer begraben. Vera klaubte den Schlüssel aus dem Schnee auf und ging mit raschen Schritten zu ihrem Saab. Ihre Beine fühlten sich an wie Gummi.

Die Person, die Påls Tod zu verantworten hatte, musste sich in der Nähe befunden haben. Das war keine automatische Autobombe gewesen, die hochgegangen war, als Pål den Zündschlüssel herumgedreht hatte. Die Explosion war manuell ausgelöst worden. Jemand hatte sie beobachtet und die Bombe über einen Sender aktiviert, aller Wahrscheinlichkeit der Fahrer des Wagens, der sich eben entfernt hatte.

Wieder hatte sie das Gefühl, dass die Zeit drängte. Sie stieg ins Auto. Der Schock ebbte langsam ab, ihre Arme kribbelten, als sie losfuhr. Vera schluckte krampfhaft, um den Geschmack von Tod zu vertreiben.

Als sie nach rechts auf den Lidingövägen einbog und in Richtung Sundbyberg fuhr, traf sie die Einsicht mit voller Wucht, und sie wäre um ein Haar von der Straße abgekommen. Das Auto, das nach dem Anschlag auf Pål davongefahren war, war ein dunkelblauer Saab 900 gewesen.

14

Das Auto hielt vor Tomas' Motel. Bevor er aussteigen durfte, presste ihm einer der Männer die Pistole in die Rippen.

»In zehn Minuten bist du hier weg. Du holst deine Sachen, setzt dich in deine Karre und verschwindest von hier. Wir wollen dich hier nie wieder sehen. Sonst bist du tot.«

Tomas antwortete nicht. Er griff nach seiner Lederjacke und stieg aus. Stolperte über die Straße. Sein Körper schmerzte. Jeder Schritt war ein Kampf. Der Mann am Empfang musterte ihn gleichgültig, als er die Lobby durchquerte und die Treppe hinaufging. Seine Ohren rauschten. Im Flur blieb er stehen, stützte sich an der Wand ab, um nicht zu fallen. Kalte Pisse klebte im Schritt und an den Innenseiten seiner Oberschenkel. Er blickte auf die dunklen Flecken, schloss die Augen, sammelte Kraft.

Du musst weg von hier, sagte er zu sich selbst, du musst nach Hause zu deinen Kindern.

Tomas fummelte den Zimmerschlüssel aus der Hosentasche und schloss auf.

Hinter ihm rief jemand seinen Namen.

Er drehte sich um. Es war Nikita. Sie lief auf ihn zu und zwängte sich an ihm vorbei ins Zimmer.

»Du musst mich von hier wegbringen«, sagte sie mit aufgerissenen Augen. »Sonst bringen die mich um.«

Tomas brachte keine Antwort heraus.

»Verstehst du, was ich sage?« Nikita machte einen Schritt auf ihn zu und zerrte verzweifelt an seinem Hemd.

»Die bringen mich um.«

Tomas schloss die Augen, machte sich los und ging zum Fenster. Das Auto der Männer stand noch draußen auf der Straße.

»Bring mich von hier weg, du Arschloch«, zischte Nikita. »Die töten mich, machen mich kalt. Raffst du das nicht?«

Sie hatte recht. Er musste ihr helfen, sonst hätte er ihr Leben auf dem Gewissen. Tomas schaute Nikita an, ging zu seiner Hockeytasche, nahm frische Kleidung heraus, legte sie aufs Bett, streifte seine vollgepissten Jeans und die Boxershorts ab, ohne sich darum zu scheren, dass sie zusah, und zog die sauberen Sachen an.

»Hast du gehört, was ich sage?«

»Wie lautet Lucys richtiger Name?«, fragte er.

»Von mir erfährst du nichts, bevor du mich nicht von hier weggebracht hast.«

Angst, Überlebenswille. Nikita würde ihm den Namen erst nennen, wenn sie in Sicherheit wäre.

Er bückte sich und zog den Reißverschluss der Hockeytasche vollständig auf.

»Leg dich hier rein.«

Nikitas Blick ging von ihm zu der Tasche.

»Das ist die einzige Möglichkeit«, sagte er. »Anders kriege ich dich nicht hier raus. Sonst sterben wir beide.«

Tomas kniete sich vor die Tasche und hielt sie auf, damit Nikita hineinsteigen konnte. Sie kauerte sich zusammen, winkelte die Beine an. Tomas zog den Reißverschluss zu.

Er atmete ein paarmal tief durch, sammelte Kraft, griff nach der Tasche und hievte sie sich auf den Rücken. Er schwankte, kam aus dem Tritt. Nikita schrie auf. Tomas gewann das Gleichgewicht zurück, blieb reglos stehen, machte einen vorsichtigen Schritt. Es ging, er glaubte, es schaffen zu können. Er trat zur Tür, raus auf den Flur und die Treppe hinunter. Er keuchte schwer. Jede Faser seines Körpers schmerzte. An der Rezeption gab er seinen Zimmerschlüssel ab. Das Zimmer war noch für zwei weitere Nächte bezahlt, aber er machte keinen Versuch, das Geld zurückzubekommen.

Im Hinausgehen musterte er das Auto der Männer. Er spürte ihre Blicke im Rücken, als er um die Ecke bog und das Motel in Richtung des zugemüllten Innenhofs umrundete, wo sein Volvo stand.

Während er die Fahrertür aufschloss, wurden hinter ihm Schritte laut. Es war einer der Männer vom Acker.

Er war um die zwanzig und hatte einen ungleichmäßigen Bürstenschnitt. Tomas' Angst kehrte zurück. Er versuchte, es sich nicht anmerken zu lassen, nicht kampflos aufzugeben.

»*Your jacket*«, lallte der Typ. »*I like it.*«

Er hob ein Messer. Tomas rührte sich nicht, fest entschlossen, keine Angst zu zeigen.

»*Give it to me.*«

Tomas nickte, machte einen Schritt zur Seite und öffnete die Hintertür, um die Hockeytasche auf den Rücksitz zu stellen. Er spannte den Körper an, schob den ersten Riemen von der Schulter. Doch der Mann wurde ungeduldig, stieß ihn in die Seite. Tomas geriet ins Straucheln, und die Hockeytasche fiel zu Boden. In ihrem Inneren erklang ein schriller Schrei.

Der Typ starrte die Tasche an, rief nach seinen Begleitern und hielt Tomas das Messer vors Gesicht. Tomas versetzte ihm mit aller Kraft einen Kinnhaken. Der Typ verstummte, kippte vornüber gegen den Volvo und glitt zu Boden. Rasch öffnete Tomas die Tasche.

»Raus, schnell!«, schrie er.

Nikita schälte sich mühsam heraus.

»Beeil dich!«

Schritte näherten sich. Tomas warf die Hockeytasche auf die Rückbank, stieß Nikita ins Auto und rutschte hinters Steuer. Die beiden anderen Männer kamen um die Ecke, das Scheinwerferlicht erleuchtete ihre Gesichter. Tomas drückte das Gaspedal durch und hielt geradewegs auf sie zu. Sie hechteten zur Seite. Tomas hupte, damit ein paar Mädchen den Weg frei machten, und warf einen Blick in den Rückspiegel. Die Männer waren wieder auf den Beinen und rannten zu ihrem Wagen. Tomas blickte nach links und fuhr auf die E55. Der Volvo geriet auf dem vereisten Asphalt einen Moment ins Schlingern, bevor die Reifen wieder Halt bekamen.

Tomas lenkte den Volvo in die Spur und beschleunigte. Im Rückspiegel sah er Nikitas Gesicht. Mit hohem Tempo überholte er einen Lkw. Sein Herz hämmerte gegen die Rippen. Der Tacho zeigte 130 km/h. Er atmete schwer, warf alle zehn Sekunden einen Blick in den Rückspiegel, konnte aber keinen Wagen entdecken, der sie verfolgte.

»Du kannst dich nach vorne setzen«, sagte er zu Nikita, die sich zwischen den Vordersitzen hindurchzwängte und auf den Beifahrersitz kletterte. Tomas fuhr sich mit der Hand übers Gesicht. Seine Finger wurden blutig. Er griff in die Innentasche seiner Lederjacke; die Männer hatten seine Zigaretten gestohlen.

»Ich hab Kippen«, sagte Nikita.

Sie nahm eine Schachtel aus ihrer Handtasche, zündete eine Zigarette an und schob sie ihm zwischen die aufgeplatzten Lippen. Tomas inhalierte einen tiefen Zug, schmeckte Teer und Blut. Sie rauchten schweigend, während das Gewerbegebiet zu beiden Seiten der Autobahn dunklem Wald wich.

Sie waren zehn Kilometer von der deutschen Grenze entfernt.

»Ich habe dich von da weggebracht«, sagte Tomas. »Jetzt will ich wissen, wie Lucys richtiger Name lautet.«

Nikita starrte aus dem Fenster.

»Ellen. Ellen Alm.«

Tomas wollte etwas erwidern, überlegte es sich aber anders und blickte in den Rückspiegel, umklammerte das Lenkrad fester. Ein einzelner Lichtpunkt kam schnell näher. Ein Motorrad. Nikita sah ihn von der Seite an.

»Was ist?«

»Wir werden verfolgt.«

Sie drehte sich um, betrachtete besorgt die hinter ihnen liegende Straße.

»Was sollen wir tun?«

»Keine Ahnung.«

Tomas blickte auf die Fahrbahn vor ihnen. Bis zur deutschen Grenze würden sie es nicht schaffen, das Motorrad würde sie vorher einholen. Nach ein paar Metern kam eine Abzweigung in Sicht. Tomas zog das Lenkrad zur Seite, fuhr rechts rüber und bog in den schmalen Feldweg ein.

Nikita schrie auf.

»Was zum Teufel machst du?«

15

Auf der E4 wanderte Veras Blick auf der Suche nach dem dunkelblauen Saab unentwegt zwischen Rückspiegel und Frontscheibe hin und her. Der Anblick von Påls verstümmeltem Leichnam hatte sich auf ihrer Netzhaut eingebrannt, und sie wurde das Gefühl nicht los, dass sein Mörder hinter ihr her war.

Als sie nach Sundbyberg abbog, nahm sie ihr Handy aus der Tasche, wählte Rikard Muryns Nummer und hörte, wie es in der Leitung klingelte. Der Artikel über Påls Tod musste in die Zeitung, aber dafür musste Rikard sie aus der Internet-Verbannung zurückholen, zumindest vorübergehend.

»Geh ran, du Idiot«, fauchte sie.

In der Leitung wurde es still, und sie nahm an, dass die Verbindung abgebrochen war. Sie wollte eben auflegen, als Rikards Stimme erklang.

»Das habe ich gehört«, sagte er leise.

Vera hatte nicht den Nerv, sich zu entschuldigen. Das Schild der Fahrzeugzulassungsstelle kam in Sicht, dahinter sollte das Selfstorage-Depot liegen.

»Ich habe eine Story, und es reicht nicht, sie im Internet zu veröffentlichen.«

»Vera. Du wurdest in ein anderes Ressort versetzt. Ich kann nicht …«

Vera unterbrach ihn.

»Wir haben einen neuen Mord. Mit Verbindung zu Morris Heckler und Bertil Runström. Und ich habe eine Spur, die zum Täter führt. Das bringen wir im nächsten Artikel.«

Das Gute am Journalismus war, dass niemand größer war als die Story. Hatte man eine Topmeldung an der Hand, konnte man die Bedingungen diktieren, ganz gleich wie die Redaktionshierarchie für gewöhnlich aussah.

»Okay, ich höre«, sagte Rikard.

»Schick einen Fotografen zum Tumba-Zelt.«

»Alles klar.«

Dann diktierte sie Rikard den Artikel, formulierte Überschrift und Hauptteil aus dem Kopf. Die besten Artikel schrieben sich von allein.

»Verflucht«, sagte Rikard, als sie geendet hatte. »Was für eine Story.«

Sie hörte, wie er auf seine Tastatur einhämmerte.

»So, jetzt habe ich alles. Wie nennen wir das Ganze?«

»Nennen?«

»Drei Morde sind eine Serie. Das ist eine Riesenstory. Wir brauchen Banner für die Titelseite, Vignetten, das ganze Paket. Die Morde müssen einen Namen bekommen.«

Vera nickte nachdenklich. Ihr Gehirn arbeitete träge.

»Ich denk drüber nach.«

Rikard schwieg eine Weile.

»Bist du okay?«, fragte er dann. »Die Story hat mich gerade völlig in Beschlag genommen.«

Im ersten Moment verstand Vera nicht, was er meinte.

»Du musst dich nicht ausruhen oder ins Krankenhaus?«, fuhr Rikard fort.

»Mir geht es gut.«

Vera hatte das Depot, ein nichtssagendes graues Gebäude am Rand eines Gewerbegebiets, von dem Pål gesprochen hatte, erreicht und bog auf einen leeren Parkplatz ein.

»Ich habe nachgedacht«, sagte Rikard. »Und es tut mir leid. Aber ich hoffe, dass du verstehst, dass ich dich in die Onlineredaktion versetzt habe, um dich zu schützen.«

Vera seufzte, aber Rikard redete unbeirrt weiter. Der Stress machte sie reizbar. Sie verlor wertvolle Zeit.

»In ein paar Tagen kann ich dich zurückholen und sagen, dass wir die Vorwürfe ernst genommen haben, der Sache nachgegangen sind und sich die Anschuldigungen gegen dich als haltlos erwiesen haben. Das ist Politik, Vera. Das musst du lernen. Und dann …«

Rikard zögerte, mit einem Mal unsicher.

»Ich vermisse dich«, sagte er schließlich. »Ich vermisse dich sehr.«

Vera stieg mit dem Schlüssel aus Påls Jackentasche aus dem Auto und ging auf den Eingang des Depots zu.

»Ich habe jetzt keine Zeit«, sagte sie und legte auf.

Vor der Tür vergewisserte sie sich, dass niemand sie beobachtete oder verfolgt hatte, vor allem nicht der Fahrer des dunkelblauen Saab.

Sie schloss die Tür auf, Leuchtstoffröhren flackerten auf, als sie den Gang betrat. Lange Reihen von Verschlägen in verschiedenen Größen zogen sich an den Seiten entlang.

Vera nahm den Schlüssel genauer in Augenschein. Darauf war eine Nummer eingraviert: 337. Ein Schild an der Wand wies sie nach rechts, und sie beschleunigte ihre Schritte. Eine Minute später stand sie vor der richtigen Tür und holte tief Luft.

Drei ermordete Männer hatten sie hierhergeführt. Lucy und Dan Blomander, oder wer auch immer in Blomanders Auto herumfuhr, waren irgendwo da draußen. In Stockholms Rotlichtmilieu herrschte Krieg, und Lucy schien der Schlüssel zu sein, um zu verstehen, was ihn ausgelöst hatte.

Plötzlich erkannte Vera, dass sie die Schlagzeile gefunden hatte, die morgen alle Zeitungsplakate schmücken würde. Sie zog ihr Handy aus der Tasche und rief Rikard an.

»Ich hab's«, sagte sie. »Ich weiß, wie wir die Morde nennen.«

»Raus mit der Sprache.«

»Krieg im Pornomilieu. Und bitte Rose, den Artikel auch ins Internet zu stellen.«

»Ich liebe dich.«

Vera stand ein paar Sekunden stumm da. Unangenehm berührt. Dann legte sie auf. Hatte er das ernst gemeint?

Sie rief sich in Erinnerung, wo sie war und was sie zu tun hatte. Horchte auf näher kommende Schritte. Doch abgesehen vom Knacken der Leuchtstoffröhren war kein Laut zu hören. Sie schloss auf und betrat den Raum, hinter dem Pål den Grund für die Geschehnisse seit der Silvesternacht vermutete und von denen das ganze Land ab morgen als Krieg im Pornomilieu lesen würde.

Sie tastete an der Wand nach einem Schalter und knipste das Licht an. Eine Leuchtstoffröhre flackerte auf und tauchte den Raum in grelles Licht.

Als Vera sich umblickte, begriff sie, dass das, was sie vor sich sah, sehr viel größer war, als sie es sich je hatte vorstellen können.

16

Zu beiden Seiten neigten sich die Bäume auf den schmalen Weg herab. Es begann wieder zu schneien. Tomas schaltete die Scheibenwischer ein und beugte sich vor, um besser zu sehen. Der Motorradfahrer kam immer näher, während sich der Wald um sie herum verdichtete. Im Rückspiegel schimmerte der dunkle Helm ihres Verfolgers. Die schlechten Witterungsverhältnisse ließen ihm keine andere Wahl, als das Tempo zu drosseln, doch jetzt ging er absichtlich weiter vom Gas. Die Tachonadel sank von hundertfünf Stundenkilometer auf hundert.

»Warum wirst du langsamer?«, fragte Nikita.

Der Motorradfahrer holte auf, war nur noch zwanzig Meter hinter ihnen. Aber er musste ihn noch weiter herankommen lassen. Ein Risiko, aber es war die einzige Möglichkeit, um zu überleben.

»Er ist bewaffnet«, sagte Nikita. »Er hat eine scheiß Waffe.«

Tomas sah in den Rückspiegel, der Mann hielt eine kompakte Maschinenpistole in der rechten Hand. Solange der Weg nicht geradlinig verlief, hätte er Schwierigkeiten, sie zu benutzen, aber sobald sie einen geraden Abschnitt erreichten, würde er schießen. Tomas wischte seine schweißnassen Hände an der Hose ab.

»Schnall dich an«, sagte er.

Nikita kam seiner Aufforderung nach. Tomas griff nach seinem eigenen Gurt, und Nikita rastete ihn für ihn ein.

Sie kamen an einem unbeleuchteten Haus vorbei, danach wurde der Weg geradliniger.

»Wenn er die Waffe hebt, rutschst du runter und duckst dich«, sagte er.

Nikita starrte ihn unsicher an.

»Verstehst du?«

»Ja.«

Tomas kontrollierte den Wegverlauf, dann blickte er in den Rückspiegel. Das Motorrad beschleunigte, war jetzt weniger als fünf Meter von ihnen entfernt. Wie in Zeitlupe hob der Mann die Maschinenpistole.

»Runter!«, schrie Tomas.

Er wartete noch eine Sekunde, dann drückte er das Bremspedal bis zum Boden durch. Er hörte den ersten Schuss, spürte den Luftzug der Kugel, als sie die hintere Scheibe durchschlug, den Wageninnenraum durchquerte und durch die Frontscheibe austrat. Nikita schrie auf. Tomas umklammerte das Lenkrad mit beiden Händen, um nicht vom Weg abzukommen, und spürte den Aufprall, als der Vorderreifen des Motorrads gegen das Heck des Volvo prallte. Er blickte wieder nach vorn und brachte den Volvo, der bei der Kollision ausgebrochen war, zurück in die Spur. Der Motorradfahrer flog durch die Luft und schlug vor der Motorhaube auf dem Asphalt auf. Tomas gab wieder Gas, und der Volvo holperte, als er den Mann überfuhr.

Tomas bremste ab.

Im Rückspiegel sah er den Mann reglos am Boden liegen. Er fuhr rechts ran, legte den Arm um die Kopfstütze des Beifahrersitzes und setzte zurück. Nikita kauerte sich weiter im Sitz zusammen. Tomas hielt an und stieß die Fahrertür auf.

Der Weg lag verlassen da. Es war stockdunkel.

Er humpelte zu der reglosen Gestalt.

Die Kleidung des Mannes war zerfetzt. Die unnatürlichen

Winkel, in denen seine Arme und Beine vom Körper abstanden, erinnerten Tomas an eine Spielzeugfigur. Er beugte sich nach unten und nahm dem Mann den Motorradhelm ab. Es war der Typ, der auf dem Acker die Scheinhinrichtung vollzogen hatte. Seine Augen starrten leblos ins Nichts.

Tomas tastete die Kleidung des Mannes nach einem Portemonnaie ab, kontrollierte, dass der Ausweis darin steckte, und schob es in seine Jacke. Dann drehte er die Leiche um, klopfte die aufgerissenen, blutigen Jeans ab. In der Gesäßtasche steckte ein harter Gegenstand. Tomas griff hinein und zog ein schwarzes Motorola-Handy heraus. Das Display leuchtete ihm entgegen, als er sich aufrichtete und zurück zum Volvo ging.

TEIL IV

Freitag, 13. Januar 1995

1

Kurz nach drei Uhr morgens betrat Ellen das Tidde auf Södermalm. Das Nachtcafé, das dreihundertfünfundsechzig Tage im Jahr geöffnet hatte, wurde von Taxifahrern und Prostituierten frequentiert.

Sie hatte ihr Soll für heute Nacht erfüllt. Nach mehreren Stunden am Stadsgårdskajen steckte in ihren Taschen ein dickes Bündel schmuddeliger Scheine in diversen Landeswährungen. Die Wirkung des Heroins ließ allmählich nach, und ohne die Drogen kamen die Schmerzen. Ihr Rachen war wund, und ihr Kiefer tat weh.

Ellen bestellte einen Kaffee und ein Käsebrötchen und ging dann auf die Toilette, um sich zu waschen. Das Papier färbte sich blutrot, aber sie war trotzdem zufrieden. Sie hatte knapp vierzigtausend Kronen zusammen. Es war Zeit, aus Stockholm zu verschwinden und Nikita zu suchen. Sie nahm die Tüte mit ihrem letzten Heroin aus dem Rucksack. Sie hatte sich geschworen, den letzten Stoff zu entsorgen.

Vor ihrem planmäßigen Rückfall hatte sie die Regel aufgestellt, nur vor der Arbeit zu fixen. Kein Freizeitkonsum. Damit sie sich nicht daran gewöhnte und sie den Rückfall in die Sucht rechtzeitig verhindern konnte.

Durch das Plastik hindurch befühlte sie die braunen Heroinsteine. Dann warf sie die Tüte in den Mülleimer und verließ die Toilette mit dem Gefühl, etwas verloren zu haben.

Lustlos verzehrte sie das Käsebrot, aß nur, weil sie wusste, dass sie essen musste, und dachte dabei unentwegt an die Tüte im Toilettenraum.

Sie sah den Baseballkappentyp vor sich, den Dealer auf Långholmen, den sie über das Brückengeländer gestoßen hatte, als er von ihr verlangt hatte, ihm einen zu blasen. Hoffentlich steckte Eddy ihretwegen nicht in Schwierigkeiten.

Ein Taxifahrer kam ins Café und bestellte sich etwas zu essen.

»Hey, Sie!«, rief Ellen.

Der Mann drehte sich zu ihr um. Seine Haare waren nach hinten gekämmt, Bartstoppeln bedeckten Kinn und Wangen.

»Ja?«

»Können Sie mich nach Skeppsholmen bringen, wenn Sie gegessen haben?«

Ellen merkte, dass die Worte nicht so herauskamen, wie sie es wollte. Sie stolperte über die Konsonanten.

Der Taxifahrer lächelte sie an, und irgendetwas in seinem Blick ließ sie aufmerken. Doch sie verdrängte ihr Unbehagen, sie musste zurück in die Jugendherberge. Eigentlich sollte sie zum Hauptbahnhof fahren und das Geld im Schließfach deponieren. Aber sie war zu müde, fertig und leer. Das würde sie morgen machen.

»Klar«, erwiderte der Taxifahrer. »Gib mir eine Viertelstunde.«

Sie dachte wieder an die Tüte. Ihre Beine zappelten rastlos unter dem Tisch, und sie begann, das Risiko abzuwägen, wie es nur Junkies fertigbrachten. Der Taxifahrer brauchte eine Viertelstunde, genug Zeit, sich den Schuss zu setzen und den stärksten Rausch abklingen zu lassen, bevor sie ins Taxi stieg. Der Taxifahrer hatte längst bemerkt, dass sie high war, das war also kein Problem für ihn. In der Jugendherberge konnte sie keine Drogen nehmen. Die Toiletten waren Gemeinschaftsräume, und die Türschlösser funktionierten nicht.

Sie stand so hastig auf, dass ihr Kaffeebecher umkippte.

»Tschuldigung«, murmelte sie und wischte das Gröbste fahrig mit ein paar Servietten auf.

»Ich geh nur kurz aufs Klo«, sagte sie, als sie an dem Taxifahrer vorbeikam.

Er nickte, und sein Lächeln beunruhigte sie. Aber sie ging trotzdem in den Waschraum.

Zwanzig Minuten später führte der Taxifahrer sie zum Auto. An den Seiten stand *Lloyds Taxi* neben einem gelben Logo. Er öffnete ihr die Beifahrertür, und sie rutschte auf den Sitz.

»af Chapman«, bekam sie noch heraus, bevor sie wegdämmerte.

Als das Taxi vor dem Schiff hielt, wachte Ellen von einer Berührung auf. Es dauerte eine Weile, bis ihr aufging, wo sie sich befand. Der Taxifahrer hatte seine Hand auf ihre gelegt und lächelte sie an.

»Bist du wach?«, fragte er sanft.

Sein Atem ging schwer, und Ellens Welt drehte sich im Kreis. Sie riss den Jugendherbergsschlüsselbund aus ihrer Handtasche und rammte dem Mann die scharfe Spitze in den Handrücken. Er heulte vor Schmerzen auf.

»Was zum Teufel machst du?«, fluchte er. »Ich wollte dich bloß wecken.«

Ellen stieß die Beifahrertür auf, stolperte auf die Straße, fiel mit einem Knie auf den Asphalt und schürfte sich die Haut auf. Rasch stand sie auf und starrte den Mann an, der immer noch die gleiche gutmütige Miene aufgesetzt hatte.

»Wenn du irgendwas versuchst, zeig ich dich an!«, sagte sie.

Aber er sah sie nur verblüfft an und fluchte ihr laut hinterher, als sie die Gangway des Schiffs hochstolperte.

Sie ging unter Deck und blieb auf der Treppe sitzen. Während sie den blutbeschmierten Schlüsselbund in der Hand drehte, klärten sich ihre Gedanken.

»Scheiße«, murmelte sie leise. »Ich Idiotin.«

Der Taxifahrer hatte sie nur wecken wollen, und als Dank hatte sie ihn verletzt. Er hatte für alle Männer bezahlen müssen, die sie im Lauf der Jahre ausgenutzt hatten.

Sie musste wieder an das Haus Sonnenblume denken. An die Begegnung mit dem kahlköpfigen Mann, der sich Sven Rågsjö genannt hatte. Seit seinem Besuch hatte sie das Gefühl, beobachtet zu werden. Seit dem Mord in der Silvesternacht war dieses Gefühl übermächtig geworden, und sie vertraute niemandem mehr. Hörte immer wieder die Stimme des Mannes, der ihren Namen gerufen hatte, glaubte, ihn überall zu sehen.

Sie hatte das diffuse, aber bestimmte Gefühl, dass die beiden Männer etwas miteinander zu tun hatten.

Rågsjö hatte gesagt, er wisse, dass ihre Mutter als Spionin gearbeitet habe und durch einen Giftanschlag getötet worden sei, und sie gefragt, was sie darüber wisse.

»Ich weiß gar nichts«, hatte sie geantwortet und den Hünen, für den der Stuhl im Besuchsraum kaum ausgereicht hatte, wütend angefunkelt, als er plötzlich die Samthandschuhe ausgepackt hatte.

»Ich weiß, dass deine Mutter mit dir gebrochen hat«, hatte er gesagt. »Aber das war zu deinem Schutz.«

Vielleicht hatte er ihr Vertrauen gewinnen wollen.

»Deine Mutter hatte Feinde, denen es in die Karten spielte, dass du auf die schiefe Bahn geraten bist.«

Ellen dachte an die Nacht, in der Mama sie aus dem Haus geworfen, das Schloss ausgetauscht und jeden Kontakt zu ihr abgebrochen hatte. Alles wegen ein bisschen Cannabis. Sie hatte keine Ahnung, ob Sven Rågsjö die Wahrheit gesagt hatte. Woher kannte er die Beweggründe ihrer Mutter? Aber wenn es stimmte, würde es das Verhalten erklären.

Seufzend stand sie auf und ging in den Schlafsaal. Der Raum war leer. Sie zog sich aus, warf sich auf ihr Bett und schlüpfte unter die Decke.

Durch das Bullauge sah sie die Lichter der Stadt, die sich im Wasser spiegelten. Sie dachte wieder an Gröna Lund, ihren einzigen Besuch im Vergnügungspark, im Juni 1984.

Ihre Mutter hatte sich an dem Tag sonderbar verhalten, war eigenartig ernst gewesen.

Sie hatten da einen Mann getroffen, und er hatte ihr ein Cornetto-Eis gekauft. Sie war damals noch klein gewesen, erst acht Jahre alt. Aber sie hatte trotzdem gemerkt, dass zwischen ihrer Mutter und dem Mann etwas ablief. Eine wortlose Kommunikation.

War der Mann ein Spion gewesen? War er der erste Hinweis gewesen, dass ihre Mutter ein Doppelleben führte?

Es gab so vieles, was sie nicht über ihre Mutter wusste. Die Gedanken lösten sich auf, und ehe die Trauer sie überwältigte, tat es der Schlaf.

Als sie aufwachte, spürte sie etwas Schweres und Warmes auf sich. Ellen schlug die Augen auf und blickte in das Gesicht des fetten Mannes, mit dem sie den Schlafsaal teilte und der jetzt schwer atmend auf ihr lag. Sein kahl rasierter Schädel glänzte.

Ellen versuchte, ihn von sich zu stoßen, doch er schien es nicht einmal zu merken. War sie so geschwächt?

Sie hörte, wie er seinen Gürtel aufschnallte. Doch im nächsten Moment erstarrte er plötzlich und blickte entsetzt auf ihren Unterleib. Dann sah er ihr ins Gesicht.

»Das war ich nicht. Es ist nicht meine Schuld, dass du blutest. Ich habe dich nur angesehen.«

Er wirkte erschrocken. Ellen wandte ihre ganze Kraft auf, um sich freizukämpfen. Aber der Mann war stärker.

»Ich habe nichts gemacht. Ich habe dich nur ein bisschen angefasst, und du hast es ja gewollt. Du hast dich vor mir ausgezogen.«

Mit einem Ruck riss er sie vom Bett hoch und schleifte sie wie einen Müllsack den Flur entlang und hinauf aufs Deck. Die kalte, trockene Luft brannte auf ihrer Haut. Sie war vollständig nackt. Der Mann drückte sie gegen die Reling und packte sie an der Kehle. Der Kai lag verlassen da. Sein dampfender Atem stank nach Alkohol.

»Du hättest nicht aufwachen sollen«, keuchte er. »Ich hab die Einstiche gesehen. Jetzt muss ich dich aus dem Weg schaffen.«

Er presste die Kiefer aufeinander, und sein Adamsapfel stand hervor wie ein Krebsgeschwür.

»Lass mich gehen«, presste Ellen hervor. »Ich werde nichts sagen.«

Der Mann war wie von Sinnen. Als wäre er das Opfer. Als hätte sie ihn in die Bredouille gebracht.

»Du kannst mit mir machen, was du willst«, fuhr sie fort. »Ich wollte es. Ich schwöre. Es war, wie du gesagt hast.«

Er schüttelte den Kopf, presste sie noch fester gegen die Reling.

»Es ist zu spät. Du hast mein Gesicht gesehen. Morgen wirst du es dir anders überlegen und mich anzeigen.«

Die Nacht in der Malmskillnadsgatan zog an ihrem inneren Auge vorüber. Die Schüsse, die sie gehört hatte. Ihre Flucht. Der Mann, der ihren Namen gerufen hatte. Die plötzliche Kampfeslust, die das in ihr ausgelöst hatte. Ein neuer Überlebenswille, als sie begriffen hatte, dass es in dieser Stadt einen

Mann gab, der ihr nach dem Leben trachtete. Vielleicht derselbe Mann, der ihre Mutter ermordet hatte.

Sie hörte auf, sich zu wehren, und ließ zu, dass der Fettwanst sie weit hinaus über die Reling drückte. Der unerwartete Schwung brachte ihn einen Moment lang aus dem Gleichgewicht, und sein Griff um ihren Hals lockerte sich. Schnell stützte sie sich mit dem Fuß an der erhöhten Kante des Decks ab und rammte ihren Kopf gegen seinen Kehlkopf. Sie wollte diesen widerlichen Adamsapfel zertrümmern.

Ein knirschendes Geräusch erklang. Der Mann stolperte mit aufgerissenen Augen zurück. Ein eigenartiger Laut drang aus seiner Kehle, als er verzweifelt nach Luft rang. Ellen blickte sich um und entdeckte links von sich einen Feuerlöscher. Sie rannte darauf zu, packte ihn und richtete den Schlauch auf sein Gesicht. Ihre nackten Fußsohlen brannten auf dem vereisten Holzdeck. Sie zitterte am ganzen Leib.

»Hier ist Säure drin«, sagte sie, obwohl sie keine Ahnung hatte. »Die wird deinen ganzen Körper verätzen.«

Der Mann wich stumm vor ihr zurück zur Gangway, drehte sich um und rannte in Richtung Strömkajen davon.

Ellen verriegelte die Zugangstür zum Unterdeck von innen, ging in den Schlafsaal und klaubte ihre Sachen zusammen. Das Adrenalin hatte den Drogenrausch kurzfristig verjagt. Doch der Zustand würde nicht von Dauer sein.

Sie konnte so nicht weitermachen. Nicht, wenn sie bis zum Sommer überleben wollte. Diese Nacht hatte sie nur mit knapper Not überlebt.

Sie war komplett auf sich allein gestellt. Sie hatte weder einen Zuhälter noch andere Prostituierte, die sie beschützen konnten.

Nutten, die auf eigene Rechnung arbeiteten, wurden in dieser Stadt nicht alt, schon gar nicht, wenn sie an der Nadel hingen.

Sie brauchte Hilfe.

Ellen warf das allerletzte Heroin in einen Mülleimer, dann zog sie sich an und verließ das Schiff, ging zitternd in Richtung City, um sich ein Hotel zu suchen.

Sie konnte nicht nach Tschechien fahren und auf der Straße der Schande nach Nikita suchen. Das war zu gefährlich.

Morgen würde sie sich in ihrem Hotelzimmer einschließen und sich so besinnungslos betrinken, dass sie nicht in der Lage wäre, sich neuen Stoff zu besorgen.

Und dann würde sie das tun, was sie seit ihrem ersten cleanen Tag hatte tun wollen. Sie würde zu Pål fahren und ihn um Hilfe bitten.

2

Nach Påls Ermordung hatte Vera sich krankschreiben lassen, im Homeoffice aber weiter an ihrem Scoop gearbeitet und die Artikel telefonisch eingereicht. Sie brachte es nicht fertig, in die Redaktion zu gehen.

Die Entdeckung des Lagerraums von Lucys Mutter war so immens, dass sie nicht wusste, wie sie damit umgehen sollte. Vier Tage waren vergangen, seit sie Sundbyberg mit allem, was sie hatte greifen können, verlassen hatte.

Jetzt saß sie mit den Kisten vor sich in der Küche. Auf der Pilgatan kämpfte ein Pflug gegen die Schneemengen an, die unermüdlich vom Himmel fielen. Und der Wetterbericht sagte weiteren Schneefall voraus.

Unten auf der Straße erklang ein lauter Knall.

Vera zuckte zusammen und erstarrte, begann zu hyperventilieren.

Vor ihrem inneren Auge sah sie die Explosion von Påls Wagen vor sich, sah seinen versengten Leichnam, hatte den Gestank wieder in der Nase.

Sie stand auf und ging zum Fenster. Der Schneepflug war gegen den Bordstein gefahren.

Mit weichen Knien kehrte sie an den Küchentisch zurück. Sie hatte beschlossen, das Material aus dem Lagerraum gründlich durchzugehen.

In Gedanken kehrte sie zu dem Moment zurück, an dem sie den Lagerraum betreten und das Licht angeknipst hatte.

In der Mitte des Raums hatte ein Schreibtisch mit einem Transistorradio und einigen Schuhkartons gestanden. An den Wänden fanden sich mit Aktenordnern und Kartons bestückte Metallregale.

Sie hatte geahnt, was Pål in Panik versetzt hatte, und als sie das Transistorradio einschaltete, bestätigte sich ihr Verdacht.

Begleitet von Knistern und Rauschen war eine blecherne, monotone Frauenstimme aus den Lautsprechern gedrungen.

»3, 7, 8«, hatte sie gesagt. »2, 12, 13.«

Als die Zahlenfolgen sich immer weiter fortsetzten, dachte sie daran, dass Stig Bergling ihr erzählt hatte, ausländische Geheimagenten würden über Kurzwellenbotschaften miteinander kommunizieren. Stimmen, die endlose Zahlenkolonnen vorlasen, hinter denen sich verschlüsselte Geheimbotschaften verbargen, eine Anweisung, die der Empfänger mithilfe eines Zahlenschlüssels dechiffrierte.

Sie war geradewegs in die Kommandozentrale einer fremden Macht hineingestolpert.

Ohne einen klaren Gedanken zu fassen, hatte sie das Radio ausgeschaltet, die Schuhkartons eilig in eine Bananenkiste gepackt und den Lagerraum verlassen.

Und nun standen die Kartons vor ihr. Allein ihr Anblick löste ein Kribbeln in ihr aus.

Was sie in dem Lagerraum gesehen hatte, bewies, dass Lucys Mutter als Geheimagentin gearbeitet hatte. Sie hatte den Raum angemietet und ihrer Tochter vor ihrem Tod die Anweisung erteilt, ihn auszuräumen. Die Frage war nur, für welches Land sie spioniert hatte und wie ihre Spionagetätigkeit mit den drei Morden im Stockholmer Pornomilieu zusammenhing.

Pål jedenfalls war überzeugt davon gewesen, dass die Ereignisse seit der Silvesternacht in Zusammenhang mit den Gegenständen im Lagerraum standen.

Entschlossen kippte sie den Inhalt des ersten Schuhkartons auf den Küchentisch. Dünne Papierseiten segelten über die Platte. Zeitungsausschnitte.

Ausnahmslos Todesanzeigen, allesamt im Layout der *Dagens Nyheter.*

Aber warum hatten sie sich im Besitz einer Geheimagentin befunden?

Die Namen der Verstorbenen ließen kein Muster erkennen. Menschen unterschiedlichen Alters, die nicht miteinander verwandt zu sein schienen. Möglicherweise verstorbene Säpo-Beamte oder andere Personen, die Lucys Mutter liquidiert hatte? Und die Todesanzeigen hatten dem Auftraggeber als Beweis gedient, dass die Zielobjekte aus dem Weg geräumt waren.

Birgitta kam mit ihrem Einkaufstrolley in die Küche.

»Kann ich den Jungen mitnehmen? Ich brauche ein paar starke Arme.«

»Starke Arme?«

»Ich brauche jemanden, der mir beim Tragen hilft, Vera. Körperliche Arbeit. Hast du schon mal was davon gehört?«

Vera sah Birgitta verwirrt an.

»Ja, klar. Nimm Sigge mit«, erwiderte sie.

»Bis später.« Birgitta verschwand wieder im Flur.

Als Sigge und Birgitta die Wohnung verlassen hatten, Birgitta hatte im Hinausgehen liebevoll den Arm um ihn gelegt, stand Vera auf und holte das Album mit dem Foto von Birgitta und dem kleinen Jungen namens Lasse aus dem Wohnzimmer.

Am Küchentisch nahm sie das Bild heraus und betrachtete lange die sehr viel jüngere Version ihrer Mitbewohnerin.

Dann blätterte sie das Album durch. Sah den kleinen Jungen auf mehreren Fotos pro Jahr heranwachsen. Auf dem letzten Foto trug er eine Abiturientenmütze. Birgitta war am Bildrand zu sehen, den Blick fest auf Lasse gerichtet.

In ihren Augen lag ein Strahlen, das nur eines bedeuten konnte: Lasse war Birgittas Sohn.

Neugierig schlug Vera die nächste Seite auf. Ihr Blick fiel auf ein Foto, das in der Mitte der Achtzigerjahre auf der Rennbahn Solvalla entstanden sein musste.

Es zeigte zwei Männer in einem Restaurant, die mit Martinigläsern in die Kamera prosteten. Hinter ihnen gingen große Fenster auf die Rennbahn hinaus. Der Ältere der beiden war Birgittas Ehemann Börje, aber auch der zweite Mann kam ihr bekannt vor. Er trug einen Anzug, der für seine muskulöse Statur viel zu eng war. Seine Haare waren zurückgekämmt, und seine Augen leuchteten. Vera drehte das Foto um.

Börje und Dragan bei der Einweihung des Kongressen, Solvalla, 1984.

Der zweite Mann war Dragan Joksovic, der Gangsterkönig, der sich mit Künstlern und Filmstars umgab. Angeblich soll er eine Affäre mit der Sängerin Carola gehabt haben.

Vera blieb mit dem Foto in der Hand stehen. Gab es einen Grund, weshalb Birgitta so verschlossen war, was ihre Vergangenheit betraf? Und was war mit Lasse geschehen?

Sie blätterte weiter, fand aber keine anderen Fotos von ihm. Dafür tauchte Dragan Joksovic erneut auf, diesmal in einem dunklen Anzug und mit ernstem Blick. Auf der Rückseite des Fotos las sie, warum.

Börjes Beerdigung.

Die folgenden Fotos zeigten weitere Männer mit ernsten Mienen, auf dem letzten Bild war Börjes Grabstein zu sehen.

Wer war Börje eigentlich gewesen?

Mit einem Kloß im Hals brachte Vera das Album zurück ins Wohnzimmer und setzte sich wieder an den Küchentisch. Ihre Schnüffelei kam ihr albern vor. Aber sie konnte Birgitta nicht offen darauf ansprechen. Es gab einen Grund, weshalb sie nicht aus freien Stücken von ihrem früheren Leben erzählte. Vielleicht wusste Zingo mehr über Börje?

Sie widmete sich wieder ihrer Arbeit und kippte den Inhalt des nächsten Schuhkartons aus. Im Freien geschossene Observationsfotos von Männern in wechselnden Umgebungen.

Spionagefotos.

Alle Bilder waren aus großer Distanz aufgenommen, und die Landschaft wirkte schwedisch. Auf der Rückseite jedes Fotos stand eine Nummer, aber kein Vermerk, der ihr einen Hinweis gab, wer die Männer waren.

Bei einem Bild hielt sie inne. Sie konnte nicht sagen, worauf sie reagierte. Die Aufnahme war körnig, älteren Datums als die übrigen, und zeigte zwei Männer, die vor einem rechteckigen Kleinwagen miteinander sprachen. Die Umgebung war düster und verregnet, und die Männer trugen eine Art Uniform.

Vera beugte sich dichter über das Bild. Im Hintergrund wehte eine verschwommene Fahne. Sie war dreifarbig, und auch wenn es auf dem Schwarz-Weiß-Bild schwer zu erkennen war, glaubte sie, dass es sich um die russische Flagge handelte. Und das Auto musste mit ziemlicher Sicherheit ein Lada sein.

Die russische Botschaft in Stockholm lag direkt neben der Redaktion des *Expressen*, und die Gebäude auf dem Botschaftsgelände sahen nicht aus wie die Häuser auf dem Bild. Konnte das Foto in Russland entstanden sein? War Lucys Mutter eine in Schweden stationierte russische Spionin gewesen?

Seufzend lehnte Vera sich auf ihrem Stuhl zurück. Auch wenn die Erklärung für die Geschehnisse direkt vor ihrer Nase lag, konnte sie die einzelnen Puzzleteile nicht zu einem klaren Bild zusammenfügen. Sie wusste zu wenig. Sie brauchte Hilfe.

Sie griff nach ihrem Handy und wählte Zingos Nummer. Während es in der Leitung klingelte, kippte sie den Inhalt des dritten und letzten Kartons aus dem Lagerraum auf den Küchentisch. Fünf Ausweise, ausgestellt von verschiedenen Ländern. Ganz bestimmt Fälschungen.

»Johansson«, meldete sich Zingo.

Vera blätterte die Pässe durch. Alle waren auf unterschiedliche Namen ausgestellt, und auch das angegebene Geburtsdatum war jeweils ein anderes. Doch die Augen, die ihr von den Passfotos entgegenblickten, gehörten derselben Person: Lucys Mutter, hinter diversen Verkleidungen wie Brillen und Perücken versteckt.

»Hier ist Vera Berg. Wir müssen uns sehen.«

Sie betrachtete das Foto von Lucys Mutter in einem deutschen Pass. Mit der Kurzhaarfrisur war sie Lucy wie aus dem Gesicht geschnitten.

»Okay. Worum geht es?«

Vera zögerte einen Augenblick. Lucy hatte Pål gebeten, den Schlüssel aus der Wohnung ihrer Mutter zu holen, sie hatte von dem Lagerraum gewusst. Konnte sie das wahre Ziel des Täters sein?

»Das möchte ich lieber nicht am Telefon besprechen.«

Zingo seufzte. Er klang müde und resigniert.

»Kommen Sie zum Hammarby-Hafen. Um sechzehn Uhr.«

3

Erst am Freitag nach seiner Rückkehr fühlte Tomas sich fit genug, um wieder zu arbeiten. Zingo hatte ihn zwar zu Hause besucht und ihn über die neuen Erkenntnisse, die sie in der Zwischenzeit gewonnen hatten, informiert, doch nachdem Nikita und er am späten Mittwochabend in Stockholm eingetroffen waren, hatte er keine Kraft gehabt aufzustehen. In Absprache mit Ylva hatten sie beschlossen, Nikita bei Zingo unterzubringen.

Und dorthin, zu Zingos Adresse auf Lilla Essingen, war er nun unterwegs. Es herrschten Minusgrade, über Stockholm strahlte ein blauer Himmel, und die Inseln, die das Herz der Stadt ausmachten, verband eine Eisdecke.

An den Kiosken versprachen Schlagzeilen neue Details zu den Morden, die beide großen Abendzeitungen mittlerweile als *Krieg im Pornomilieu* betitelten.

Zingo saß in seiner Stammkneipe Rosa Träume. Tomas bestellte am Tresen ein alkoholfreies Bier und sank auf die knarzende Lederbank. Vor Zingo stand eine halb gegessene Kartoffelpfanne. Das Mittagsgeschäft war vorbei, außer ihnen war nur noch ein weiterer Gast da. Ein weißhaariger Mann, der in einem Buch las. Tomas kannte ihn aus dem Fernsehen, wusste jedoch nicht seinen Namen.

»Du siehst aus wie durch die Mangel gedreht«, begrüßte Zingo ihn. »Nikita lässt dich grüßen. Ihr geht es gut.«

Tomas trank einen Schluck von seinem Bier. Seine aufgeplatzte Lippe pochte.

Er hatte höllische Kopfschmerzen, und jede Faser seines Körpers schmerzte nach den Misshandlungen auf dem Acker. In den Nächten hatte er unruhig geschlafen und von den Frauen und Mädchen auf der Straße der Schande geträumt, die

Ebbas, Klaras und Azras Gesichter gehabt hatten. Einige hatten sogar Kristians Gesicht auf ihren mageren, mit Nadeleinstichen übersäten Körpern getragen. Immer wieder wachte er schweißgebadet und schreiend auf, weil er glaubte, dass jemand in seinem Schlafzimmer stand. Das war einer der Gründe, warum er weiterarbeiten wollte, um vorwärtszukommen, um nicht im Vergangenen stecken zu bleiben.

»Was gibt's Neues?«, erkundigte er sich.

»Dan Blomander konnten wir noch nicht ausfindig machen, aber das ist nur eine Frage der Zeit. Sein Saab ist zur Fahndung ausgeschrieben. Sobald ihn eine Streife sieht, wird er aufgegriffen. Früher oder später geht uns der Mistkerl ins Netz.«

»Glauben wir, dass er der Täter ist?«

»Er muss es sein. Er hat Morris Heckler angerufen. Er war auf der Estonia. Er besitzt einen blauen Saab. Alles passt.«

Tomas drehte nachdenklich seine Bierflasche in der Hand.

»Aber warum? Warum hat er Heckler und Runström ermordet? Und jetzt diesen Bikertypen, Pål, der mit Ellen Alm zusammen war? Die Morde scheinen miteinander zusammenzuhängen, aber ich verstehe nicht, wie.«

Der Odin MC war im Pornoclub Lack und in dem Bordell in der Malmskillnadsgatan für die Sicherheit zuständig gewesen. Und nun war Pål Olsson, der Präsident des Clubs, vor dem Tumba-Zelt durch eine Autobombe ums Leben gekommen. Und Nikita hatte bei einer ersten Vernehmung bestätigt, dass Olsson und Lucy, die mit richtigem Namen Ellen Alm hieß, ein Paar gewesen waren.

»Ja, das Warum bleibt offen. Danach werden wir ihn fragen, sobald wir ihn haben.«

»Oder Ellen?«

Zingo nickte.

»Oder Ellen. Wo sie auch sein mag. Wir versuchen noch immer, so viel wie möglich über sie in Erfahrung zu bringen.

Ich glaube langsam, dass sie unsichtbar ist, so gut, wie sie sich versteckt. Das Einzige, was wir über sie wissen, ist, dass sie eine Zeit lang in dieser Klapse Haus Sonnenblume außerhalb von Södertälje behandelt wurde.«

»Das Handy?«, fragte Tomas. »Wie läuft es damit?«

Er hatte Zingo das Telefon des toten tschechischen Motorradfahrers ausgehändigt, und Zingo hatte versprochen, es von den Kriminaltechnikern auslesen zu lassen, ohne zu verraten, wie es in ihren Besitz gekommen war.

Sie hofften auf Verbindungen, Namen im Telefonbuch, die mit den Ermittlungen im Zusammenhang standen.

»Die Kollegen arbeiten daran. Weil alles auf Tschechisch ist, dauert es länger. Aber heute Nachmittag, spätestens morgen, haben wir die Auswertung.«

Zingo hob die Hand und orderte ein normales Bier. Ein vierter Gast kam herein und ließ sich an einem der Spielautomaten nieder. Vor dem Fenster lief eine Schulklasse vorbei.

Ein schwarzhaariger Typ brachte das Bier an ihren Tisch.

»Danke«, sagte Zingo.

Als der Typ wieder verschwunden war, sah er Tomas besorgt an.

»Wie geht es dir?«, erkundigte er sich.

Tomas musterte ihn unsicher. In der Stimme seines Freundes lag ein fürsorglicher, fast väterlicher Tonfall, und auch wenn er wusste, dass Zingo ihn wirklich mochte, stellten sie einander selten persönliche Fragen. Tomas hatte ihm von den Ereignissen auf der Straße der Schande erzählt, und Zingo hatte ihm geraten, es für sich zu behalten. Nicht einmal Ylva wusste, was sich dort wirklich abgespielt hatte.

»Ich bin okay«, antwortete er.

Zingo räusperte sich.

»Wenn du reden willst, bin ich für dich da«, fuhr er dann fort, ohne Tomas anzusehen.

»Das weiß ich.«

Zingo trank sein Bier in zwei Zügen aus. Tomas kehrte in Gedanken auf den Acker zurück, erinnerte sich an seinen Verdacht gegenüber Burek-Goran. Er schämte sich dafür und sagte nichts.

»Jetzt müssen wir aber los, wenn wir nicht zu spät kommen wollen«, sagte Zingo und knallte sein Glas auf den Tisch. »Wir können die Hüterin der Demokratie doch nicht warten lassen. Wie würde das aussehen?«

Tomas hob die Augenbrauen.

»Wohin wollen wir?«

»Habe ich das nicht gesagt? Wir treffen uns mit Vera Berg.«

Tomas beugte sich über den Tisch.

»Warum?«

»Weil sie mich angerufen hat und vollkommen durch den Wind war. Wollte mir am Telefon partout nicht sagen, worum es geht. Du fährst, aber keine abrupten Bremsmanöver, bitte. Die Straßen sind glatt.«

4

Die Sonne war schon untergegangen, als Vera am Hammarby-Hafen eintraf. Zingo wartete auf sie im trüben Lichtschein einer Straßenlaterne. Er hatte Tomas Wolf mitgebracht. Die beiden stampften im zentimeterhohen Schnee frierend mit den Füßen.

Sie bog mit ihrem Saab auf den verschneiten Parkplatz ein und stieg direkt vor ihnen aus.

Tomas Wolfs Gesicht war grün und blau geschlagen, aber sie kommentierte es nicht.

Sie hatte beschlossen, ohne Umschweife zur Sache zu kommen.

»Ich bin auf etwas gestoßen«, begann sie. »Aber ich will den gleichen Deal wie im Sommer: gegenseitiger Informationsaustausch. Für die Dauer der gesamten Ermittlungen.«

Tomas Wolf reagierte gereizt.

»Was aber bedeutet, dass Sie keine Artikel veröffentlichen, bis wir so weit sind, dass der Inhalt unsere Ermittlungen nicht beeinträchtigt«, sagte er.

»Ja.«

Ein Stück entfernt flatterte das Band einer Polizeiabsperrung im Wind, die nach dem Mord an dem sechzehnjährigen Teenager um das Streugutlagersilo gezogen worden war.

Vera nahm das Foto aus dem Lagerraum in Sundbyberg aus der Jackentasche und hielt es Tomas und Zingo hin.

»Lucys Mutter hat als Spionin gearbeitet. Vermutlich im Auftrag der Russen«, sagte sie.

Sie beobachtete Zingos und Tomas Wolfs Reaktion. Zumindest Zingo beugte sich mit bestürzter Miene dichter über die Aufnahme. Vera holte den Schlüssel hervor, den sie aus Påls Lederjacke genommen hatte.

»Sie ist voriges Jahr gestorben. Ich habe durch Pål Zugang zu ihrem Lagerraum bekommen. Er war früher mit Lucy zusammen. In dem Lagerraum befinden sich Notizbücher mit verschlüsselten Kurzwellencodes, ein Radio und Fotos von, wie ich vermute, anderen Geheimagenten.«

Sie hielt Tomas den Schlüssel hin, der abwehrend die Arme hob, als wollte sie ihm ein glühendes Kohlebrikett in die Hand drücken.

»Behalten Sie ihn«, sagte er und wandte sich an Zingo. »Wir müssen erst mit Ylva reden, bevor wir dieser Sache weiter nachgehen.«

»Haben Sie mehr über Blomander herausgefunden?«, fragte Zingo. »Bringen Sie Tomas auf Stand.«

Bisher hatte sie Zingo nichts von der Frau gesagt, die vermutete, dass Blomander tot war. Doch jetzt war es wohl an der

Zeit. Die Entdeckung der geheimen Funkzentrale hatte sie aufgewühlt, und sie war auf die Zusammenarbeit mit Zingo und Tomas angewiesen, um sich sicher zu fühlen.

»Ich habe mit einer Frau gesprochen, die überzeugt ist, dass Blomander mit der Estonia untergegangen ist. Sie war in seinem Haus und hat nach ihm gesucht. Und es gibt Anzeichen, die ihre These stützen. Sein Briefkasten quoll über, aber als ich im Haus war, lag die Post auf dem Küchentisch. Und sein Telefon ist abgestellt. Aber was mich am meisten gewundert hat, waren die Zigaretten.«

»Zigaretten?«, hakte Tomas nach.

»Blomander hat Zigaretten verabscheut. Aber als ich in seinem Haus war, stand ein voller Aschenbecher in der Küche.«

»Kann er nicht unter die Raucher gegangen sein?«

»Das glaube ich nicht. Er hatte COPD. Und das ist nicht das einzige Sonderbare. Seit der Estonia-Katastrophe hat ihn keiner der Nachbarn gesehen. Und er wohnt in einem kleinen Ort, wo alle ein Auge aufeinander haben.«

Vera machte eine Pause und überlegte, wie sie Zingo und Tomas überzeugen konnte.

»Warum sollte er von heute auf morgen seinen Lebensstil ändern?«, fragte sie schließlich. »Ich bin seine Telefonliste durchgegangen. Vor der Estonia-Katastrophe hat er fast nur Sexhotlines angerufen. Nach dem Unglück wurden von seinem Apparat Heckler, Pål und der Anschluss des Bordells in der Malmskillnadsgatan angerufen. Und ich habe die Anruflisten nur gefunden, weil jemand die Post ins Haus geholt hat, aber die Rechnungen lagen ungeöffnet auf dem Tisch. Wo ist Blomander, falls er noch am Leben ist? Und warum sollte er plötzlich anfangen, Menschen zu ermorden?«

»Sie könnten recht haben«, meinte Tomas. »Das passt alles nicht zusammen.«

Tomas wandte sich an Zingo.

»Auch wenn es abwegig klingt, müssen wir untersuchen, ob zwischen Blomander, Heckler und den anderen Mordopfern eine Verbindung besteht. Und sei es nur, um diese Möglichkeit auszuschließen.«

»Wir können ins Medusa fahren und Burek-Goran fragen, ob ihm Blomanders Name in irgendeinem Zusammenhang untergekommen ist. Aber ich denke, dass wir damit rechnen können, dass er tot ist.«

Tomas nickte.

Der Informationsaustausch verlief bisher ausnahmslos einseitig, und Veras Frust wuchs.

»Was habt ihr für mich?«, fragte sie. »Und wer sind Medusa und Burek-Goran?«

Zingo lachte.

»Das Medusa ist ein Restaurant, in das wir manchmal gehen. Es gehört einem guten Freund von mir, der uns ab und zu ein paar Tipps gibt.«

»Okay.«

»Aber wir haben etwas, das wichtig ist«, sagte Tomas. »Lucys richtiger Name lautet Ellen Alm.«

Vera zuckte zusammen. Das war eine wertvolle Information. Pål war gestorben, ohne ihr Lucys richtigen Namen zu verraten. Jetzt konnte sie mehr über die Mutter herausfinden und der Funkzentrale auf den Grund gehen, auf die sie gestoßen war. Sie musste Lennart Ringman anrufen, den pensionierten Säpo-Beamten, der ihr im Vorfeld ihres Bergling-Interviews geholfen hatte. Vielleicht konnte er ihr auch weiterhelfen, das Geheimnis des Lagerraums in Sundbyberg zu entschlüsseln.

»Wenn wir Blomander als Täter ausschließen«, sagte sie. »Nach wem suchen wir dann?«

Ein Saab fuhr an ihnen vorüber, das Scheinwerferlicht

blendete sie. Vera hatte das Gefühl, irgendetwas zu übersehen.

»Ich weiß es nicht«, erwiderte Tomas. »Aber wir müssen Ellen Alm finden. Sie ist die Einzige, die den Täter gesehen hat.«

Samstag, 14. Januar 1995

5

Ylva Zethraeus' Ferienhaus auf Ingarö lag am äußersten Rand einer Klippe, und die Sprossenfenster der verglasten Veranda blickten auf das graublaue Wasser des Schärengarten. Tomas und Zingo hatten sie nach dem Treffen mit Vera Berg sofort telefonisch auf den neusten Stand gebracht. Ihre Chefin hatte aufmerksam zugehört und sie gebeten, am nächsten Morgen zu ihr nach Ingarö zu kommen, wo sie jede freie Minute verbrachte.

Sie waren am Samstagmorgen um zehn Uhr angekommen. Jetzt war es kurz nach eins, und die Sonne stand schon tief am Himmel. Am Esstisch auf der Veranda hatten sie die neuen Informationen erörtert und mögliche Erklärungen für Dan Blomanders zuerst überquellenden und dann plötzlich geleerten Briefkasten und abgestellten Telefonanschluss diskutiert.

»Ich glaube, dass er tot ist«, sagte Tomas. »Er muss tot sein. Seit dem Untergang der Estonia hat ihn niemand mehr gesehen.«

Ylva und Zingo widersprachen nicht.

»Und was ist mit der Spionagezentrale, die Vera Berg in diesem Lagerraum gefunden hat?«, fragte Zingo. »Wie passt die ins Bild?«

Ylva und Zingo sahen Tomas an, dem das unangenehm war. Er hatte keine Antwort auf die Frage.

Es war wie im letzten Sommer, während ihrer Jagd nach Stig Hoffsten. Plötzlich wurde von ihm erwartet, dass er alle Antworten parat hatte. Er sollte derjenige sein, der die Taktik vorgab. Das hatte ihm schon damals nicht behagt. Und jetzt behagte es ihm ebenso wenig.

Zingos Handy klingelte. Er stand auf und nahm ab. Fast im gleichen Augenblick erkundigte er sich bei Ylva, ob sie ein Faxgerät im Haus habe. Sie nannte ihm die Nummer. Zingo gab sie an den Anrufer am anderen Ende weiter, legte auf und kehrte zu ihnen an den Tisch zurück.

»Das war unsere IT-Abteilung. Sie haben die Daten des Motorola-Handys ausgelesen. In der Anrufliste standen fünf schwedische Nummern.«

Im Haus erklang ein schriller Klingelton. Ylva verließ die Veranda, kurz darauf ging eine Tür auf und zu. Tomas zündete sich eine Zigarette an, trat ans Fenster und betrachtete die Aussicht. Er hatte seine Zigarette halb aufgeraucht, als Ylva mit einem Blatt Papier in der Hand zurückkam. Sie legte es auf den Tisch. Zingo und Tomas blickten ihr über die Schulter und überflogen die Namen und Telefonnummern auf dem Ausdruck.

Adam Lazarov.

Sven Rågsjö.

Niklas Andersson.

Igor Kournouri.

Gregoriev Pandev.

Die Namen sagten keinem von ihnen etwas. Enttäuscht setzten sie sich wieder hin.

»Ich rufe die Kollegen an und bitte sie, alle Namen zu überprüfen, damit wir wissen, was das für Burschen sind«, sagte Zingo.

Doch als er aufstand, um zu telefonieren, hob Ylva die Hand, und er sank zurück auf seinen Stuhl. Ylva schwieg einen Moment.

»Wir stehen am Anfang einer Entdeckung, von der wir nicht genau wissen, wohin sie führt«, fuhr sie schließlich fort. »Ich weiß nicht, was auf der Straße der Schande vorgefallen ist, aber deinem Gesicht nach zu urteilen, Tomas, lief dein Besuch dort nicht ohne Zwischenfälle ab. Ich habe keine Ahnung, wie du an das Handy gekommen bist, das du mitgebracht hast. Und ich nehme an, dass es besser ist, wenn ich es nicht weiß.«

Sie blickte aus dem Fenster. Ylva war nicht wie die anderen Chefs, die er in seinem Berufsleben gehabt hatte, dachte Tomas. Sie hielt sich nicht sklavisch an die Vorschriften, sondern dehnte sie so weit, wie es die Ermittlungen erforderten. Er hatte größten Respekt vor ihr und schätzte ihren Führungsstil. Irgendwann würde er ihr das auch sagen. Als Frau und Vorgesetzte hatte sie es bei der Polizei ganz sicher nicht leicht.

»Aber innerhalb von zwei Wochen wurden drei Männer mit Verbindungen zur Stockholmer Unterwelt ermordet. Der erste wurde erschossen, der zweite so brutal gefoltert, dass er verblutet ist. Und der dritte, der Präsident des Bikerclubs, dessen Leute für die Sicherheit in den Etablissements verantwortlich waren, in denen die beiden ersten Opfer verkehrten, ist durch eine Autobombe ums Leben gekommen. Wir fahnden weiter nach Dan Blomander, egal ob er tot oder lebendig ist. Um diese Fahndung kümmern sich vorerst andere aus unserem Team. Und die Säpo ermittelt parallel im Mordfall Bertil Runström, einem Mann aus ihren eigenen Reihen. Aber wie nicht anders zu erwarten, treten sie auf der Stelle.«

Tomas sah, dass Zingo sich ein Grinsen nicht verkneifen konnte. Ylva warf ihm einen scharfen Blick zu, und Zingos Lächeln erlosch.

»Wir lassen uns mit Vera Berg auf einen krummen Deal

ein«, fuhr Ylva fort. »Das hat uns zwar weitergebracht, aber es ist ein schmaler Grat. Sie kann ihr Versprechen jederzeit brechen und die Hinweise, die wir ihr zuspielen, veröffentlichen.«

Ylva griff nach ihren Zigaretten, die auf dem Esstisch lagen.

»Wir müssen uns für eine Strategie entscheiden und eine Richtung einschlagen.«

Sie verstummte.

Erneut blickten Ylva und Zingo auf Tomas.

»Die Ereignisse hängen miteinander zusammen, aber keines passt zum anderen«, sagte er.

Er griff nach seinem kalt gewordenen Kaffee, trank einen Schluck und verzog das Gesicht.

»Aber die Person, die, wie wir schon früher vermutet haben, mit allen Beteiligten in Verbindung steht, ist Ellen Alm. Sie war mit Pål Olsson liiert. Bertil Runström war ihr Freier, und der Täter hat nach dessen Ermordung ihren richtigen Namen gerufen. Und sie ist in Morris Hecklers perversen Pornofilmen zu sehen. Ich glaube, dass sie die Lösung ist. Meiner Meinung nach ist sie der Dreh- und Angelpunkt der Ermittlungen.«

Niemand widersprach. Ylva betrachtete ihn durch den Zigarettenrauch hindurch.

»Nicht einmal Nikita, ihre beste Freundin, konnte uns viel über sie sagen. Alles, was wir von ihr wissen, ist ihr Geburtsdatum, dass sie als Prostituierte arbeitet und dass sie wegen psychischer Beschwerden in einer Therapieeinrichtung namens Haus Sonnenblume behandelt wurde.«

Tomas nickte.

»Wir müssen sie finden. Und da fangen wir an, im Haus Sonnenblume. Zingo und ich fahren hin.«

Ylva schnippte die Asche in den vollen Aschenbecher.

»Wann?«

»Jetzt gleich.«

6

Seit dem Treffen mit Tomas und Zingo gestern Abend trug Vera alle Erkenntnisse zusammen, die sie nach Påls Ermordung gewonnen hatte. Am Küchentisch sitzend, versuchte sie auszutüfteln, wie der Funkraum von Ellen Alms Mutter ins Bild passte. Als sie auf keinen grünen Zweig kam, griff sie nach ihrem Handy und wählte Lennart Ringmans Nummer. Der ehemalige Säpo-Beamte würde ihr hoffentlich helfen können, die Zusammenhänge zu verstehen.

Nach dem fünften Freizeichen sprang der Anrufbeantworter an.

»Hier ist Vera Berg«, sagte sie nach dem Piepton. »Ich würde Sie gerne interviewen, es eilt.«

Ohne ein weiteres Wort der Erklärung legte sie auf und kehrte zu ihren Überlegungen zurück. Dass Ellen Alms Mutter für die Russen spioniert hatte, gab der Geschichte eine völlig neue Wendung. Weitere Teile fügten sich ins Puzzle.

Wieder dachte sie an die Zigarettenstummel in Blomanders Küche. Die Entdeckung war wichtig, so viel wusste sie. Wenn Blomander Zigaretten verabscheute und obendrein lungenkrank war, wie war dann der volle Aschenbecher bei ihm zu Hause zu erklären?

Jemand anderes musste dort geraucht haben. Sie war sich sicher. Eine Person, die geglaubt hatte, man würde ihr nicht auf die Schliche kommen. Eine Person, die womöglich wusste, dass Blomander nicht mehr lebte und sich nicht am Rauchgeruch stören konnte.

Die letzte Person, mit der Blomander gesehen worden war, war dieser Zechkumpan auf der Estonia gewesen.

Vera griff nach ihrem Handy und rief die Telefonauskunft an.

»Können Sie mir bitte die Nummer des Blues Kitchen & Bar in Johanneshov geben?«

»Einen Augenblick.«

Vera kritzelte die Nummer auf einen Zettel, bedankte sich, legte auf und rief direkt dort an. Nach dem vierten Freizeichen meldete sich eine Frauenstimme. Vera bat darum, mit Isak Fredriksson zu sprechen.

»Er ist eben gekommen. Einen Moment.«

Als Fredriksson an den Apparat kam, stellte Vera sich vor und fragte geradeheraus: »Hat einer der beiden Männer auf der Estonia geraucht?«

Isak Fredriksson schwieg eine Weile.

»Jetzt, wo Sie es sagen. Das hatte ich komplett vergessen. Zuerst haben sie sich wegen der Zigaretten gestritten.«

»Inwiefern?«

»Der Automechaniker war sauer auf den Ausländer, weil der sich einen Glimmstängel nach dem nächsten angesteckt hat. So sind sie ins Gespräch gekommen.«

»Und das wissen Sie genau? Blomander, also der Automechaniker, hat nicht geraucht?«

»Nein, er war zuerst stinksauer. Ich habe nicht mehr daran gedacht, weil sie danach auf Brüderschaft getrunken haben.«

Vera überlegte einen Moment.

»Sagten Sie nicht, der Ausländer hätte mit slawischem Akzent gesprochen?«, fragte sie dann.

»Ja.«

Sie beendete das Gespräch und blieb mit dem Handy in der Hand sitzen.

»Es ist der Ausländer. Er muss es sein«, sagte sie laut zu sich selbst. »Er muss Blomanders Identität angenommen haben.«

Dann fiel ihr ein, dass sie eine dieser Zigaretten in Blomanders Haus geraucht hatte. Sie hatte sonderbar geschmeckt, war schnell abgebrannt und hatte sie an die Schmuggelzigaretten erinnert, die Jonny aus den Ostblockländern organisiert hatte.

Langsam fielen die Puzzleteile an ihren Platz, und angesichts der Entdeckung, dass Ellen Alms Mutter eine russische Geheimagentin gewesen war, hielt sie dieses Detail für keinen Zufall. Aber sie wusste zu wenig über den Fremden von der Estonia, um seinen Namen auf den Passagierlisten ausmachen zu können.

Er war lediglich als vage Gestalt vorhanden, im Schatten von Blomander.

Schritte im Flur rissen Vera aus ihren Gedanken. Birgitta rauschte mit einem Wust loser Blätter in der Hand in die Küche, knallte sie vor Vera auf den Tisch und starrte sie entgeistert an.

»Du telefonierst mich noch ins Armenhaus«, sagte sie. »Und dabei sind es bestimmt nur berufliche Anrufe und nicht etwa Gespräche mit einem netten Kavalier.«

Zwischen den Seiten lag ein Briefumschlag mit dem Logo der schwedischen Telefongesellschaft.

»Ist das die Telefonrechnung?«, fragte Vera.

»Ja. Wie soll ich diese Summen von meiner mageren Witwenrente bezahlen?«

»Ich ziehe bald aus, dann bleibt dir die Telefoniererei erspart«, murmelte Vera. »Und natürlich komme ich für die Gespräche auf.«

Als Vera nach der Telefonrechnung griff, rief Sigge aus dem Wohnzimmer: »Ich will nicht umziehen. Ich will hier wohnen bleiben. Bei Birgitta.«

Vera wusste nicht, was sie antworten sollte.

»Ich gehe zu ihm«, sagte Birgitta.

Vera blätterte die Post durch und sah, dass Birgitta aus Versehen ihre Handyrechnung geöffnet hatte.

»Das ist meine Rechnung, nicht deine, Biggi!«, rief sie.

Aber sie bekam keine Antwort, hörte nur, wie Birgitta Sigge im Wohnzimmer tröstete. Sie hatte ein weiteres Mal in ihrem Versuch, Mutter zu sein, versagt.

Aber ihre Handyrechnung war in der Tat extrem hoch. Siebenhundertsiebenundsechzig Kronen. Sie ging die einzelnen Posten durch und überlegte gerade, ob sie die Kosten dem *Aftonbladet* in Rechnung stellen konnte, als ihr Blick auf ein R-Gespräch vom siebten Januar fiel, das über dreißig Kronen gekostet hatte. Die Nummer kam ihr bekannt vor, und sie versuchte, sich daran zu erinnern, wo sie sie schon einmal gesehen hatte.

Die Zahlenfolge war ihr im Gedächtnis geblieben.

Vera nahm ihr Notizbuch aus der Handtasche und blätterte willkürlich hin und her, bis sie auf ihre Stichpunkte zu Kristian Wolfs Verschwinden stieß, die sie sich beim Gespräch mit dem Polizisten in Hallstahammar gemacht hatte.

Dort hatte sie die Rufnummer notiert, die die Polizei zum Fundort von Kristian Wolfs Leiche geführt hatte.

Am zweiten Januar hatte die Hallstahammar Polizei einen anonymen Anruf aus derselben Telefonzelle erhalten wie sie am siebten Januar.

Vera kramte in ihrem Gedächtnis, versuchte, sich daran zu erinnern, wer sie angerufen hatte. Der siebte Januar war ein Samstag gewesen, und sie hatte in der Redaktion gesessen und nach dem Barmann von der Estonia geforscht.

»Du Mistkerl!«, stieß sie plötzlich hervor.

Hastig stand sie auf und griff nach ihrer Handtasche. Sie wusste, was sie tun musste.

»Sigge, hast du Lust auf ein Abenteuer?«, rief sie und schlüpfte in ihre Schuhe. Sigge schoss wie ein geölter Blitz in den Flur.

»Wohin fahren wir?«

»Wir spionieren etwas aus. Das ist ein großes Geheimnis, aber ich verrate es dir unterwegs. Zieh dich an. Ich lass schon mal das Auto warm laufen.«

Sigge nickte mit kugelrunden Augen, und Vera rannte die Treppen hinunter zum Saab. Es konnte ein Zufall sein. Aber sie war sich ziemlich sicher, dass Tomas Wolf der Anrufer gewesen war.

7

Tomas und Zingo verließen die Therapieeinrichtung Haus Sonnenblume in Södertälje unverrichteter Dinge. Der Besuch war ein Reinfall gewesen. Ellen Alms Aufenthalt im Sommer 1994 fiel unter die Schweigepflicht, die die Pflegekräfte zu ihrer Verwunderung strikt befolgt hatten. Aus Erfahrung wussten sie, dass sich diese Hürde für gewöhnlich durch den Anruf eines hochrangigen Polizeivorgesetzten, in diesem Fall Ylva, umgehen ließ, der die Dringlichkeit der Sache betonte. Meistens bekamen die Ermittler immerhin informelle Auskünfte über den fraglichen Patienten. Doch die Pflegekräfte des Haus Sonnenblume hatten sich geweigert, auch nur ein einziges Wort über Ellen Alm zu verlieren. Nicht einmal eine indirekte Bestätigung, dass Ellen tatsächlich dort behandelt worden war, hatten sie erhalten.

Unschlüssig blieben sie in der nasskalten Luft stehen. Aus der Ferne drang das dumpfe Verkehrsrauschen der E4 zu ihnen herüber.

»Was zum Teufel machen wir jetzt?«, murmelte Zingo. »Diese Krankenschwestern schweigen ja wie Zisterziensermönche.«

Tomas war ratlos.

»Ich war mir sicher, dass sich das Problem lösen lassen würde«, sagte er.

Der Besucherparkplatz, auf dem sie den Volvo abgestellt hatten, lag da wie ausgestorben. Sie setzten sich ins Auto, ohne den Motor anzulassen.

»Gespenstisch, wie leer es hier ist«, meinte Zingo.

Tomas zuckte zusammen. Ein Gedanke, den er nicht zu fassen bekam, schoss durch seinen Kopf. Zingo schob einen Finger durch das Einschussloch in der Windschutzscheibe. Tomas hatte sie noch nicht ersetzen lassen.

»Ich kenne einen Typen, der das in Ordnung bringen kann«, meinte er. »Vielleicht sollten wir gleich zu ihm fahren.«

Tomas drehte wortlos den Zündschlüssel um, und der Volvo sprang hustend an. Zingo griff zum Hörer des Autotelefons.

»Ich rufe Ylva an und informiere sie über dieses Fiasko.«

»Das Telefon funktioniert nicht«, sagte Tomas. Zingos Kommentar ging ihm nicht aus dem Kopf. »Ich muss es reparieren lassen.«

Zingo sah ihn von der Seite an.

»In was für einer Schrottkiste fährst du eigentlich durch die Gegend?«

Tomas lenkte den Volvo zur Parkplatzausfahrt. Dort blieb er stehen. Auto um Auto fuhr in der Dunkelheit an ihnen vorbei. Schließlich entstand eine Lücke, doch Tomas fuhr nicht los.

»Was ist?«, fragte Zingo. »Sag nicht, dass die Blechkarre jetzt auch nicht mehr fährt?«

Tomas drehte sich um und betrachtete den verwaisten Parkplatz vor dem Haus Sonnenblume. Er wusste, warum er auf Zingos Bemerkung über den leeren Besucherparkplatz reagiert hatte.

»Die Besucherlisten fallen nicht unter die Schweigepflicht«, sagte er.

Zingo schlug auf das Armaturenbrett.

»Und nicht einmal die Zisterzienserschwestern können uns die Einsicht verweigern.«

Zwanzig Minuten später liefen sie einen weiß getünchten Kellergang hinunter. Es roch nach Feuchtigkeit und Schimmel. Vor ihnen ging ein schlecht gelaunter Hausmeister um die sechzig mit einem Schlüsselbund. Er blieb vor einer blauen Metalltür stehen und schloss sie auf. Leuchtstoffröhren sprangen flackernd an und erhellten einen schlauchförmigen Raum. An den Wänden zogen sich Regale voller Aktenordner entlang.

»Welches Jahr?«, fragte er.

»Voriges, 1994.«

Der Hausmeister fuhr mit der Hand über die schwarzen Ordnerrücken, fand den, den er suchte, und händigte ihn Tomas aus. Soweit sie wussten, war Ellen Alm im Juni 1994 zwei Wochen im Haus Sonnenblume behandelt worden. Tomas schlug den Ordner auf und blätterte zum Juni vor. Die Listen steckten in Klarsichthüllen, und es waren Hunderte Namen.

Er blickte sich nach einer Sitzgelegenheit um, doch die verstaubten Aktenregale waren das einzige Mobiliar.

»Ich warte draußen«, sagte der Hausmeister und ließ sie allein.

Zingo zündete sich eine Zigarette an. Tomas ging in die Hocke und fuhr mit dem Finger die Zeilen entlang. Kein einziger Name klang bekannt. Er rieb sich die Augen und las weiter.

Zingo wanderte vor den Regalen auf und ab.

Tomas hatte das Ende der letzten Seite im Juni erreicht. Kopfschüttelnd begann er wieder von vorn. Am fünfzehnten Juni hielt er auf einmal inne.

Beim ersten Durchgang hatte er den Namen nicht registriert, doch jetzt fiel ihm auf, dass er seit ein paar Stunden Teil ihrer Ermittlungen war. Sein Puls schnellte in die Höhe. Triumphierend hielt er Zingo den aufgeschlagenen Ordner hin.

»Was ist?«

»Erkennst du diesen Namen wieder?« Tomas deutete auf die Zeile.

»Ja, aber woher?«

Zingo kratzte sich an seinen grau melierten Schläfen.

»Sven Rågsjö ist einer der Namen aus der Telefonliste dieses tschechischen Motorradfahrers«, sagte Tomas. »Du hast ihn heute schon einmal gelesen. Auf dem Fax unserer IT-Abteilung.«

Zingo nahm einen tiefen Zug von seiner Zigarette.

»Und er hat Ellen Alm letztes Jahr am fünfzehnten Juni besucht. Was ist das für ein Kerl?«

Zingo zog sein Handy aus der Hosentasche.

»Ich rufe Nikita an und frage sie, ob sie den Namen Sven Rågsjö schon mal gehört hat.«

Das Gespräch dauerte eine Minute. Nikita kannte den Namen nicht, und Zingo teilte ihr noch mit, dass er nicht vor morgen zurück sein würde und Essen für sie im Kühlschrank stand.

»Ich fahre gleich nach Västerås und gehe heute Abend mit meiner Tochter essen. Sie hat sich verlobt«, erläuterte er.

»Glückwunsch«, erwiderte Tomas.

Zingo trat seine Zigarette mit der Schuhsohle aus, rief den Fahndungsdienst an und bat die Kollegen, sämtliche Datenbanken nach Informationen über Sven Rågsjö zu durchsuchen.

8

Um halb fünf am Samstagnachmittag fuhr Vera auf der Suche nach der Telefonzelle, aus der das R-Gespräch geführt worden war, im Schritttempo die Grevgatan entlang.

»Was spionieren wir aus?«, fragte Sigge vom Rücksitz.

Vera lächelte ihm im Rückspiegel zu. Er sah so klein aus in dem Kindersitz.

»Erinnerst du dich noch an den Polizisten im Sommer?«

»An den, der uns vor dem verrückten Mann gerettet hat?«

Bei dem Gedanken, was Tomas im Sommer für sie getan hatte, regte sich Veras schlechtes Gewissen. Mit Sigge im Auto hatte sie den Frauenmörder Stig Hoffsten bis zu einer Schrebergartenlaube verfolgt. Dort hatte er sie beide gefangen genommen, und Tomas hatte ihnen am Ende das Leben gerettet.

»Ja, Tomas.«

»Was ist mit ihm?«

»Sein Bruder ist verschwunden. Und ich glaube, dass jemand, der etwas darüber weiß, von einer Telefonzelle aus die Polizei angerufen hat.«

»Oh«, sagte Sigge. »Darum will ich Polizist werden, wie Tomas. Damit ich alle Schurken einsperren kann.«

»Warum nicht Journalist, wie ich?«

»Nein, du kriegst immer nur mit allen Leuten Streit.«

Vera lachte. Im gleichen Moment fiel ihr Blick auf eine graue Stahlkonstruktion am Straßenrand. Gut dreißig Meter entfernt stand eine zugeschneite Telefonzelle. Sie gab Gas, hielt direkt davor an und stieg bei laufendem Motor aus.

»Ich bin gleich wieder da«, sagte sie.

»Nimm dich vor dem Mörder in Acht!«, rief Sigge ihr nach.

Vera ging zu der Telefonzelle und zog die Tür auf. Eine Ladung Schnee rutschte ihr in den Kragen, und sie fluchte laut, als die Kälte unter ihr T-Shirt drang. Dann betrat sie die Telefonzelle und sah sich um. Warum hatte der anonyme Anrufer, der der Polizei den Hinweis zum Fundort von Kristian Wolfs Leiche gegeben hatte, ausgerechnet von dieser Telefonzelle aus telefoniert? War es nur ein Zufall, dass Tomas Wolf ein paar Tage später dieselbe Telefonzelle benutzt hatte?

Sie blickte an den imposanten Jahrhundertwendehäusern ringsum empor, die sich in den dunklen Himmel erhoben. Hier lebte Stockholms High Society. Die Wohnungen kosteten mehrere Millionen. Dass jemand aus Kristian Wolfs Umfeld hier wohnte, war unwahrscheinlich. Der Anrufer musste in der Nähe etwas zu erledigen gehabt haben.

Vera verließ die Telefonzelle und blickte auf der Suche nach etwas, das sie mit einem der Wolf-Brüder in Zusammenhang bringen konnte, die verschlafene Grevgatan hinunter. Auf der anderen Straßenseite lag ein Restaurant. Sie trat ein Stück zur Seite, um den Namen auf einem der vorderen Fenster zu lesen. Ein Schauer, der nicht von der Kälte kam, lief ihr den Rücken hinunter. Das Restaurant hieß Medusa.

Vera überquerte die Straße und betrat mit klopfendem Herzen das Lokal. Dort saß nur ein einziger Gast, ein korpulenter Mann im Rollstuhl, der an einem der hinteren Tische ein Pastagericht verzehrte. Obwohl es im Gastraum kalt war, glänzten Schweißperlen auf seiner Stirn.

»Kann ich Ihnen helfen?«, erkundigte er sich, ohne aufzublicken.

Er hatte einen Akzent, den Vera nicht genau platzieren konnte.

»Ich möchte mit jemandem sprechen, der hier arbeitet.«

»Ist Ihnen der Inhaber recht?«, fragte der Mann und wischte sich formvollendet den Mund ab.

Er lächelte Vera freundlich an.

»Sind Sie der Inhaber?«

»Ja. Mein Name ist Goran.«

Zingos Freund. Zingo und Tomas hatten von diesem Restaurant gesprochen. Vera war klar, dass sie ihrem Gegenüber keine Lügen auftischen konnte, und sie beschloss, unumwunden zur Sache zu kommen.

»Mein Name ist Vera Berg, und ich arbeite für das *Afton-*

bladet. Ich gehe einem Hinweis nach. War am zweiten Januar ein Polizist namens Tomas Wolf in Ihrem Restaurant?«

Goran musterte sie aufmerksam.

»Möglicherweise in Begleitung eines Lars Johansson«, fügte sie hinzu.

Goran erhob sich aus seinem Rollstuhl und kam mit wiegenden Schritten auf sie zu, scheinbar ganz ohne Handicap.

»Ich rede nicht über meine Gäste.«

»Auch nicht gegen Bezahlung? Ich zahle natürlich für Ihr Entgegenkommen.«

»Ich habe Geld genug. Und ich kümmere mich um meine Freunde. Zingo ist mein Freund. Ich will nicht, dass in der Zeitung irgendein Mist über ihn verbreitet wird.«

Goran stand jetzt direkt vor ihr, und sie spürte seinen warmen Knoblauchatem. Seine Stimme war ruhig und sanft, trotzdem war die Atmosphäre angespannt. Dies war nicht der Moment, ihn unter Druck zu setzen.

»Okay«, sagte sie. »Trotzdem vielen Dank.«

Als Vera das Restaurant verließ, klingelte ihr Handy. Laut Display kam der Anruf von einer geschützten Rufnummer.

»Vera Berg, *Aftonbladet*«, meldete sie sich, während sie die Straße überquerte. Der Restaurantbesitzer beschützte seine Freunde bei der Polizei, darüber bestand kein Zweifel. Er hatte sogar Zingos Spitznamen verwendet, ohne dass sie ihn genannt hatte.

»Hier ist Lennart Ringman«, antwortete eine Männerstimme. »Sie wollen mich interviewen. Passt es Ihnen morgen?«

»Ja. Soll ich zu Ihnen kommen?«

An ihrem Saab drehte sie sich noch einmal um. Goran stand am Fenster und blickte ihr nach. Ihm auf den Zahn zu fühlen, war ein Fehler gewesen. Es würde nicht lange dauern, bis Zingo, und im schlimmsten Fall auch Tomas Wolf, von ihren Nachforschungen erfuhr. Und Gott wusste, was dann passierte.

»Gut. Wir sehen uns um zwei«, sagte Ringman.

Vera beendete das Gespräch. Goran sah noch immer zu ihr herüber. Sie hatte nie an Zufälle geglaubt. Vor allem nicht, wenn das Muster so deutlich erkennbar war. Auch wenn sie es noch nicht beweisen konnte: Tomas Wolf hatte etwas mit dem Verschwinden seines Bruders zu tun, da war sie sich ganz sicher.

9

Erst am Samstagabend wagte Ellen sich aus ihrem schäbigen Hotelzimmer im Stockholm Inn. Die Einstichstellen sollten etwas verblasst und die Drogen komplett aus ihrem Körper verschwunden sein, bevor Pål sie sah.

Sie betrat den Stockholmer Hauptbahnhof und lief zu den Langzeitschließfächern. Ihr Körper zitterte, verlangte nach einem neuen Schuss. Sie ließ ihren Blick durch die Menschenmenge wandern, suchte nach dem Mann, der in der Silvesternacht ihren Namen gerufen hatte.

Wenn er hinter ihr her war, musste sie ihn zuerst entdecken. Den Tipp mit dem Schließfach hatte ihr ein älteres Mädchen von der Straße gegeben, das den Trick wiederum von Catrine da Costa bekommen hatte. So schützten Prostituierte in Nächten, in denen sie bei einem Kunden oder einem zwielichtigen Typen übernachteten, ihre wichtigste Habe und vor allem ihr Geld.

Ellen schloss das Fach auf, nahm die Plastiktüte mit ihren Verdiensten aus dem Rucksack, stopfte die Tüte ins Fach und schloss es wieder ab.

Als sie sich umdrehte, um zum Taxistand zu gehen, entdeckte sie ein bekanntes Gesicht. Sebbe, in den sie in der

Neunten bis über beide Ohren verknallt gewesen war. Jetzt war er erwachsen und in Begleitung einer jungen Frau in einer sauteuren Nike-Daunenjacke, die einen Kinderwagen vor sich herschob.

Als Sebbe sie sah, wechselte er die Seite und legte beschützend einen Arm um seine Freundin, als wollte er zwischen ihr und Ellen eine Barriere schaffen.

Ellen senkte den Blick, Übelkeit stieg in ihr auf. Sie hastete durch die Wartehalle, lief zum Taxistand und stieg in einen Wagen von Lloyds Taxi; die waren günstiger, wenn auch nicht besonders pünktlich.

»Idrottsgatan 5 in Råsunda, bitte.«

Das war Påls Unterschlupf, wo er sich versteckte, wenn ihn die Bullen im Visier hatten. Sie hatte noch immer den Ersatzschlüssel.

Der Taxifahrer bog auf die Vasagatan. Vor dem Fenster zog ein schläfriger Samstagabend vorbei. Im Januar waren die Leute knapp bei Kasse. Der Mord an Bertil Runström war zwei Wochen her. Wie lange würde sie es schaffen, sich verborgen zu halten? Sebbes Blick brannte auf ihrer Netzhaut. Ellen wusste nicht, ob Angst oder Ekel darin gelegen hatte.

Sie döste ein und wachte auf, als das Taxi vor Påls Wohnung hielt. Sie bezahlte und stieg aus.

Vor der Eingangstür hielt sie inne. Ihr Körper schmerzte von den Strapazen der letzten Wochen, und ihr Denkvermögen war aus dem Gleichgewicht geraten. Sie hatte Pål seit der Trennung nicht mehr gesehen. Was, wenn er sie nicht reinließ?

Sie öffnete die Tür, stieg die Treppen hoch und legte sich im Kopf zurecht, was sie sagen würde. Sie würde ihm die Wahrheit sagen. Die ganze Wahrheit. Dass sie clean gewesen war und einen Rückfall gehabt hatte. Dass ein Mann sie verfolgte und dass es mit dem Geheimnis ihrer Mutter zusammenhängen musste.

Pål war der Einzige, der davon wusste. Er hatte den Schlüssel zum Lagerraum aus der Wohnung geholt, nachdem Mama ihr kurz vor ihrem Tod alles erzählt hatte.

Sie würde Pål um Hilfe bitten, ihm sagen, dass sie das Land verlassen und Nikita finden musste. Pål kannte Leute auf der Straße der Schande. Er konnte Nikita durch einen Mittelsmann von dort wegholen.

Es würde gut gehen, redete sie sich ein. Pål hatte sie wirklich geliebt, so etwas war nicht von heute auf morgen vorbei.

Sie stand jetzt vor seiner Wohnung. An der Tür klebte ein Zettel mit dem Namen Holm, obwohl er Olsson hieß. In der Ferne heulte eine Polizeisirene. Im Treppenhaus roch es nach Essen. Sie würde ihm sagen, wie sehr sie ihn liebte.

Sie klingelte, doch niemand öffnete. Unten ging die Eingangstür auf, und entschlossene Schritte kamen die Treppe herauf. Ellen kramte den Schlüssel aus ihrem Rucksack. Die Schritte kamen näher. Sie schloss die Tür auf und betrat die Wohnung. Als sie sah, dass niemand da war, atmete sie erleichtert auf. So konnte sie noch eine Weile an ihrer Rede feilen.

Sie angelte eine Zigarette aus ihrer Tasche und zündete sie an. Das runde Wasserbett war mit Bettwäsche im Zebra-Look bezogen. Irgendwo musste ein Wunderbaum hängen, ein süßlicher Waldduft lag in der Luft. Sie ging ins Wohnzimmer, um dort auf Pål zu warten.

Bevor sie sich aufs Sofa setzen konnte, wurde die Wohnungstür geöffnet. Sie hatte vergessen, hinter sich abzuschließen.

»Ich bin es!«, rief sie, um Pål vorzuwarnen. »Ich bin im Wohnzimmer.«

Sie wusste, wie schreckhaft er war. Ehe sie zu ihm gehen konnte, rief jemand ihren Namen.

»Ellen!«

Sie erstarrte, und ihr Puls schoss in die Höhe.
Sie kannte diese Stimme. Langsam wich sie zurück.
Nicht Pål hatte ihren Namen gerufen.
Sondern der Mann, der Bertil Runström ermordet hatte.

Sonntag, 15. Januar 1995

10

Tomas saß im Volvo und betrachtete den silberfarbenen Renault, der in Klaras Einfahrt parkte. Er versuchte, sich daran zu erinnern, ob Klara etwas davon erzählt hatte, dass sie sich ein neues Auto gekauft hatte, und blätterte sein Notizbuch durch, ohne einen entsprechenden Eintrag zu finden. Nein, der Renault gehörte wahrscheinlich ihrem neuen Freund.

Durch das Einschussloch in der Frontscheibe drang kalte Luft herein. Tomas klappte den Kragen seiner Lederjacke hoch und sah auf die Tüte, die auf dem Beifahrersitz lag. Darin waren ein neuer Meccano-Modellbausatz für Alexander und ein Glanzbildersammelalbum für Ebba. Eigentlich hatte er klingeln und sie überraschen wollen. Er vermisste die beiden und wollte sich Ebbas blaue Flecken ansehen, in der Hoffnung, vielleicht eine Idee zu bekommen, woher sie stammten. Aber er hätte Klara vorher anrufen sollen.

Tomas griff nach einem Stift und schrieb *Ich liebe euch. Papa* auf einen alten Kassenzettel, schob den Zettel in die Tüte und stieg aus. Rasch ging er an dem Renault vorbei, hängte die Tüte an die Haustür und kehrte zum Volvo zurück.

Was sein eigener Vater in diesem Moment wohl machte? Seine Mutter hatte ihm nie etwas über ihn erzählt. Vielleicht war er tot. Manchmal fragte er sich, ob sein Vater nicht das

Richtige getan hatte und aus seinem Leben verschwunden war, bevor er zu viel hätte kaputt machen können. Aber vielleicht war er für andere Kinder ein guter Vater gewesen. Manchmal dachte er darüber nach, ob sein Vater verheiratet gewesen war und seine Mutter deshalb verlassen hatte, als sie schwanger geworden war.

Zingos Zug aus Västerås kam erst um zwei Uhr an. Bis dahin waren es noch anderthalb Stunden. Tomas ließ den Motor an, fuhr zu einer Tankstelle im Schlachthofviertel, parkte mit Blick auf die Globen-Arena und ließ den Motor laufen, damit es im Wagen nicht kalt wurde.

Er zündete sich eine Zigarette an und blätterte die Lokalzeitung durch, die er vorhin am Bahnhof gekauft hatte, fand aber keine Meldung, die mit Kristians Tod in Zusammenhang stand.

Wütend knüllte er die Zeitung zusammen und warf sie über die Schulter auf die Rückbank.

»Wo bist du?«, murmelte er.

11

Kurz nach zwei am Sonntagnachmittag klingelte Vera an Lennart Ringmans Wohnungstür im Valhallavägen, im Arm die Kiste aus dem Lagerraum. Es stand kein Name an der Tür. Ein Überbleibsel aus Ringmans Zeit bei der Geheimpolizei.

Die Tür wurde geöffnet, und vor ihr stand ein hagerer Mann in einem grauen Hemd.

»Vera«, sagte er. »Kommen Sie herein.«

Sein Gesicht schien mit dem Hemdstoff zu verschmelzen. Ringman war ein waschechter schwedischer Säpo-Beamter. In seiner Gewöhnlichkeit nicht zu entdecken. Er führte sie in seine Bibliothek, deren Fenster auf den stark befahrenen Valhallavägen hinausgingen.

»Sie sagten, dass es eilt«, fuhr er fort. »Das hat mich natürlich ein bisschen neugierig gemacht.«

Er bat sie, in der Sitzgruppe Platz zu nehmen.

»Ich glaube, ich habe eine geheime Spionagezentrale entdeckt«, begann Vera. »Und ich würde Sie gerne bitten, sich ein paar Fotos anzusehen.«

Sie stellte die Kiste auf den niedrigen Couchtisch, nahm die Bilder heraus und verteilte sie auf dem Tisch.

»In dem Raum standen ein Transistorradio und ein Sender mit Mikrofon. Und diese Aufnahmen lagen in einem Karton auf einem Schreibtisch«, führte sie aus.

Lennart Ringman rückte seine Brille zurecht und beugte sich vor, um die Fotos zu betrachten. Leise vor sich hin murmelnd, nahm er sie der Reihe nach in Augenschein. Er roch angenehm nach Seife und Rasierwasser.

»Dieses Foto wurde in Russland aufgenommen«, sagte er und blickte auf.

Er zeigte auf das Foto der beiden Männer vor dem Lada.

»Und die beiden Herren vor dem Auto sind vom KGB, oder dem, was davon noch übrig ist.«

»Woher wissen Sie das?«

»Schauen Sie sich diese Stelle an.«

Ringman deutete auf die Motorhaube.

»Sehen Sie diesen Fleck? Das ist russische Ingenieurskunst par excellence und der Grund, warum der Westen nie hätte befürchten müssen, den Kalten Krieg zu verlieren.«

Vera nahm das Foto in die Hand und betrachtete es aufmerksam. Auf der Motorhaube war tatsächlich ein dreieckiger Schmutzfleck. Sie zog einen Stift hervor und schrieb *KGB?* auf die Rückseite.

»Der KGB hatte eine eigene Waschanlage, und aus irgendeinem unerfindlichen Grund hat diese Anlage immer ein kleines Dreieck auf der Motorhaube ausgelassen. Wenn also ein ausländischer Geheimagent das Gefühl hatte, beschattet zu werden, musste er im Rückspiegel nur nach diesem Schmutzfleck Ausschau halten.«

»Die Person, die das Foto gemacht hat, ist also ein Geheimdienstler, der andere Geheimdienstler ausspioniert?«

»Ja, und mit ziemlicher Sicherheit im Auftrag eines westlichen Geheimdienstes. Kein schwedischer, die Säpo operiert nicht von Kellerräumen aus. Das muss der MI6 oder die CIA sein. Aber ich tippe auf die Briten.«

Vera erschauderte. Diese Information änderte alles.

»Wer könnten die Männer auf den in Schweden aufgenommenen Fotos sein?«, fragte sie.

»Rekruten. Vermutlich russische. Die gibt es überall. Sie sollen jederzeit bereit sein, für das Vaterland in den Krieg zu ziehen.«

»Was sind Rekruten?«

»Schlafende Spione. Leute, die auf dem Papier durch und durch schwedisch sind, die fließend Schwedisch sprechen, die einen schwedischen Namen tragen und die schwedische Staatsbürgerschaft besitzen. Aber in Wahrheit führen sie ein Doppelleben und wurden von den Russen ins Land geschleust. Wie der typische Durchschnittsschwede von nebenan gehen sie zu Eishockeyspielen und gucken sich im Fernsehen die Lottoshow an, während sie gleichzeitig im Dienste fremder Mächte umfassende Spionage betreiben. Die Russen haben sogar die Geburtenregister in den Kirchenbüchern gefälscht, um die falsche Identität ihrer Leute zu kaschieren.«

»Und wenn ich einen schlafenden Spion enttarnen will? Wie mache ich das?«

»Das ist leicht und kompliziert zugleich. Man beginnt am

Anfang. Redet mit der Hebamme, die bei der Geburt dabei war. Ruft ehemalige Klassenkameraden an. Und schon findet man heraus, dass die betreffende Person weder auf einer schwedischen Entbindungsstation zur Welt gekommen ist noch eine schwedische Schule besucht hat, obwohl die Zeugnisse in den Archiven liegen. Der komplizierte Part ist, die Person zu finden.«

Vera dachte einen Moment nach, dann nahm sie die Mappe mit den Todesanzeigen aus der Kiste. Sie hatte keine Ahnung, ob sie wichtig waren, und sie hatte eigentlich nicht vorgehabt, Ringman danach zu fragen, aus Angst, sich lächerlich zu machen, doch Ringmans kooperatives Verhalten bewog sie, ihre Meinung zu ändern.

»Die lag auch in dem Lagerraum«, sagte sie und reichte ihm die Mappe. Ringman blätterte sie mit einem wissenden Lächeln auf den Lippen durch. Ganz so, als wäre er beeindruckt.

»Kreativ, das muss ich zugeben. Ich bin mir ziemlich sicher, dass diese Anzeigen ein Kommunikationsmittel sind, um einen Treffpunkt und eine Zeit zu vereinbaren.«

Ringman nahm eines der Fotos vom Couchtisch und zeigte darauf.

»Und jetzt, wo wir den Kommunikationsweg kennen, sehen die übrigen Fotos nicht aus, als wären sie allesamt auf Friedhöfen gemacht worden?«

Vera nahm das Foto in die Hand und betrachtete es. Sie hatte ein entscheidendes Detail übersehen. Im Hintergrund ragten dunkle Rechtecke auf. Grabsteine.

»Woher weiß ich, nach welchen Todesanzeigen ich suchen muss?«

»Vor allem müssen es Beerdigungen von Personen sein, die nie existiert haben.«

»Aber wie kann es sein, dass die Kirchen das nicht merken?«

»Daran hat unser schlafender Geheimagent natürlich gedacht. Ich nehme an, dass er Kirchen außerhalb des Einzugsgebiets der *Dagens Nyheter* wählt, damit kein Pfarrer die getürkte Anzeige zufällig liest.«

Die Idee war genial, dachte Vera. Natürlich riefen die Zeitungen nicht bei den Ämtern an und kontrollierten, ob die Leute tatsächlich verstorben waren.

Aber wie sollte sie die richtige Anzeige erkennen?

»In der *Dagens Nyheter* stehen jede Woche Hunderte Todesanzeigen. Woher soll ich wissen, welche davon gefälscht ist?«

Ringman überlegte einen Moment.

»Ich würde nach Todesanzeigen Ausschau halten, die kurzfristig aufgegeben wurden«, sagte er schließlich. »Verschaffen Sie sich einen Informanten bei der DN.«

Vera nickte. Dann erzählte sie Ringman von Dan Blomander und dem Ausländer auf der Estonia, der mit slawischem Akzent gesprochen hatte, und von den Zigaretten, die sie in Blomanders Haus gefunden hatte.

»Halten Sie es für möglich, dass dieser Mann Blomanders Identität angenommen haben könnte?«

Ringman betrachtete sie mit neu erwachtem Interesse.

»Unmöglich ist es nicht«, erwiderte er. »Ich halte es sogar für wahrscheinlich. Wenn ein KGB-Offizier so eine Chance erhält, ergreift er sie.«

Aufgewühlt von den neuen Informationen, stand Vera auf und bedankte sich bei dem ehemaligen Säpo-Beamten.

»Die Freude war ganz meinerseits«, sagte er und gab ihr die Hand. »Im Ruhestand ist Spannung ein rares Gut.«

Vera lächelte ihn an.

»Darf ich Sie fragen, warum Sie mir nichts über Runström erzählen wollten, aber in dieser Angelegenheit so hilfsbereit sind?«

»Manchmal wissen wir Alten nichts«, erwiderte Ringman.

Vera wusste, dass er log, gab sich aber mit der Antwort zufrieden. Sie verabschiedete sich und verließ die Wohnung. Im Treppenhaus wählte sie Zingos Nummer. Mit jedem Freizeichen wuchs ihre Befürchtung, dass Goran ihm von ihrem Besuch erzählt hatte. Aber sie musste ihre Informationen mit ihm teilen, nicht nur, um ihre Abmachung einzuhalten, sondern auch, weil sie einen KGB-Agenten unmöglich im Alleingang verfolgen konnte.

»Wir müssen reden«, sagte sie, als Zingo endlich abnahm.

Sie wollte ihm von ihrer Entdeckung erzählen, dass Ellen Alms Mutter für die Briten spioniert hatte und dass Dan Blomander tatsächlich tot war und ein schlafender russischer Spion seine Identität angenommen hatte; ein Durchbruch, der zig neue Fragen aufwarf.

Doch Zingo unterbrach sie, bevor sie überhaupt angefangen hatte.

»Ich bin auf dem Weg ins Präsidium«, sagte er. »Aber wir können uns später am Hammarby-Hafen treffen.«

Adrenalin pulsierte auf Hochtouren durch ihren Körper, und es fiel ihr schwer, den Aufschub zu akzeptieren.

»Okay«, stimmte sie trotzdem zu.

»Aber bis dahin können Sie einen Sven Rågsjö überprüfen. Er ist möglicherweise unser Täter und hat Verbindungen zu diesem tschechischen Straßenstrich und Ellen Alm. Ich erzähle alles, wenn wir uns sehen. Passt Ihnen sieben Uhr?«

Zingo hatte seinen Teil der Abmachung erfüllt. Also hatte Goran sie allem Anschein nach noch nicht ans Messer geliefert.

»In Ordnung. Ich kenne jemanden im Nationalarchiv, der mir weiterhelfen kann«, sagte Vera und legte auf.

12

Tomas und Zingo befanden sich in Tomas' Büro im Präsidium. Es war kurz vor vier am Sonntagnachmittag. Zingo lehnte rauchend am Aktenschrank. Tomas hatte die Füße auf den Schreibtisch gelegt und betrachtete Sven Rågsjös Passbild.

»Weißt du, was ich denke?«, fragte er.

Zingo musterte ihn abwartend.

»Wir sollten das Foto unserem Zeugen aus der Döbelnsgatan zeigen und ihn fragen, ob er Rågsjö erkennt.«

Zingo nickte.

»Wir fahren sofort zu ihm. Hier kommen wir nicht weiter.«

Sie waren das Einwohnermelderegister durchgegangen, das Kfz-Register, das Grundbuchregister, das Patent- und Handelsregister für Unternehmen und das Steuerregister. Trotzdem war das Bild von diesem Sven Rågsjö noch immer verschwommen und lückenhaft.

Er war zweiundvierzig Jahre alt, unverheiratet und in Växjö geboren. Die Eltern waren beide verstorben. Als Kind war er nach Stockholm gezogen und hatte dort später ein Pharmaziestudium absolviert. Aber obwohl er nie gearbeitet hatte und über kein nennenswertes Einkommen verfügte, besaß er eine Eigentumswohnung in der Kronobergsgatan 20, nur einen Steinwurf vom Präsidium entfernt. Sie hatten zwei Beamte hingeschickt, die das Haus rund um die Uhr bewachten.

»Also los.« Tomas stand von seinem Stuhl auf.

Als er seine Lederjacke anzog, klingelte das Telefon auf seinem Schreibtisch. Im ersten Moment verstand er nicht, was der aufgeregte Kollege am anderen Ende ihm zu sagen versuchte, doch als er die Zusammenhänge begriff, wurde ihm die Tragweite der Information bewusst.

Er legte auf und starrte Zingo an, der mit einer Pelzmütze auf dem Kopf in der Tür stand.

»Was ist los?«

»Sven Rågsjö ist vor einer halben Stunde an seiner Wohnung aufgetaucht.«

»Gut. Dann haben wir ihn also?«

»Als die Kollegen sich ihm vor dem Haus genähert haben, hat er eine Waffe gezogen und auf sie geschossen.«

»Scheiße.«

Sie legten den Weg vom Präsidium in die Kronobergsgatan im Laufschritt zurück. Das Sirenengeheul ausrückender Einsatzfahrzeuge hallte zwischen den Häuserfassaden wider. Streifenpolizisten errichteten Absperrungen. Zwei sichtlich mitgenommene Observationsbeamte hockten am Straßenrand auf einem grünen Streugutkasten. Tomas trat zu ihnen.

»Was ist passiert?«, erkundigte er sich.

»Er kam aus Richtung Fleminggatan. Wir waren nicht ganz sicher, ob er es war, und haben abgewartet, bis er den Türcode eingetippt hat. Dann habe ich seinen Namen gerufen. Er schnellte mit einem Revolver in der Hand herum und hat das Feuer auf uns eröffnet. Wir sind in Deckung gegangen.«

Tomas wandte den Kopf und sah auf die Eingangstür mit der Nummer 20.

»Und dann?«

Der Beamte hob den Arm und deutete in eine Richtung.

»Dann ist er abgehauen. Zum Wasser runter.«

Tomas klopfte ihm auf die Schulter.

Die Fahndung nach Sven Rågsjö lief bereits auf Hochtouren. Eine Hundestaffel suchte den Weg am Kanal entlang ab. Polizeistreifen kontrollierten die U-Bahn-Stationen. Ein Schlüsseldienst war eingetroffen. Tomas und Zingo gingen ins Haus und stiegen hinauf in den dritten Stock, um einen Blick in Rågsjös Wohnung zu werfen. Im Treppenhaus hallten die Stimmen der Kollegen wider, die die Nachbarn befragten.

Als sie im dritten Stock ankamen, wurde eben die Wohnungstür geöffnet, zwei Kriminaltechniker standen parat. Ausgestattet mit Schuhüberziehern und Plastikhandschuhen, betraten sie die dunkle Wohnung.

Die Holzdielen knarrten unter Tomas' Füßen, als er den Flur hinunterging. Zingo war dicht hinter ihm. Die Luft roch stickig und abgestanden.

»Nirgends auch nur ein einziges Foto«, kommentierte Zingo.

Sie liefen durch die Räume und vergewisserten sich, dass die Wohnung leer war, bevor sie sie gründlicher in Augenschein nahmen. Zingo ging ins Schlafzimmer und Tomas in ein Arbeitszimmer mit Blick auf die schmale Kronobergsgatan. Die Einrichtung bestand aus einem Schreibtisch mit dazugehörigem Drehstuhl. An der Wand verlief ein Bücherregal. Daneben hing ein Poster von Pablo Picassos *Guernica*.

Auf dem Schreibtisch standen eine Facit-Schreibmaschine, ein Telefon und ein gereinigter Aschenbecher. Davon abgesehen war die Tischplatte leer.

»Eine Waffe!«, rief Zingo aus dem Schlafzimmer. »Eine Tokarew.«

Tomas spürte, wie sich die Haare an seinen Armen aufstellten. Rågsjö besaß also mindestens zwei Waffen. Die Pistole, die Zingo eben gefunden hatte, könnte die Waffe sein, mit der Runström ermordet worden war. Die ballistische Untersuchung würde ihnen Aufschluss geben.

Er zog die oberste Schreibtischschublade auf und kramte darin herum. Ein paar Büroklammern, Heftmasse, eine Handvoll Stifte, Tipp-Ex und Farbbänder für die Schreibmaschine. Er zog die nächste Schublade auf. Darin lagen, neben einem Stapel leerer DIN-A4-Seiten, eine Zugfahrkarte nach Kalmar, datiert auf den ersten Dezember, eine Ausgabe der *Dagens Nyheter* und ein paar alte Schlüssel.

Tomas nahm die Zeitung in die Hand, sie war bei den Todesanzeigen aufgeschlagen. Er überflog die Namen der Verstorbenen. Dann fiel sein Blick auf das Datum in der oberen rechten Ecke. Die Zeitung war vom fünfundzwanzigsten November.

Warum hatte Rågsjö Ellen Alm im Haus Sonnenblume besucht? Warum war seine Nummer im Handy des tschechischen Motorradfahrers gespeichert gewesen, den er überfahren hatte?

»Wer zum Teufel bist du?«, flüsterte er in den Raum hinein.

Er trat an das Bücherregal und las die Titel auf den Buchrücken. Überwiegend schwedische Romane, Klassiker, eine Handvoll Krimis, ein paar auf Englisch, andere auf Schwedisch.

Zingo erschien in der Tür.

»Was hast du gefunden?«

»Nichts. Aber wir müssen überprüfen, ob er irgendwo ein Haus besitzt«, sagte Tomas und stellte *Der demokratische Terrorist* von Jan Guillou zurück ins Regal.

Zingo trat ans Fenster.

»Wer zum Teufel ist dieser Kerl, Tomas? Irgendetwas an ihm jagt mir eine scheiß Angst ein.«

»Was meinst du?«

Zingo strich sich über seine unrasierte Wange.

»Er scheint in einer Art Grenzland zu leben. Es gibt ihn und auch wieder nicht. Er existiert, erwiesenermaßen, lässt aber alles vermissen, was eine menschliche Existenz ausmacht. Diese Wohnung ist ein Ort, an dem er schläft. Ein Schlupfwinkel, ein verfluchter Dachsbau, aber kein Zuhause.«

Tomas dachte über Zingos Eindruck nach, wusste aber nicht, was er darauf erwidern sollte. Er stimmte ihm zu.

»Wir sollten jetzt mit Rågsjös Passfoto zu Olof Jacobsson in die Döbelnsgatan fahren«, beschloss er. »Dann wissen wir, ob er Heckler ermordet hat oder zumindest im Lack gewesen ist.«

Zingo warf einen Blick auf seine Armbanduhr und schüttelte den Kopf.

»Das schaffen wir nicht mehr. Das muss warten, bis wir mit Vera Berg gesprochen haben. Wir haben nur noch eine Stunde Zeit. Wir müssen die Kollegen zu Jacobsson schicken.«

13

Mit Sven Rågsjös Abgangszeugnis aus der neunten Klasse in der Hand lief Vera in dem unterirdischen Keller, der das Herz des schwedischen Nationalarchivs bildete, an den Regalreihen entlang. Sie suchte nach einem Schuljahrbuch mit einem Foto des Mannes, der laut Zingo und Tomas Wolf möglicherweise der Mörder war. Mithilfe des Jahrbuchs würde sie außerdem ehemalige Klassenkameraden ausfindig machen können, um einen Eindruck von Rågsjös Leben vor den Morden zu erhalten.

Sie warf einen Blick auf die Wanduhr. Kurz vor sechs. Sie durfte das vereinbarte Treffen mit Zingo nicht verpassen.

»Hier ist es«, erklang eine Stimme auf der anderen Seite des Metallregals. Sie gehörte Birk Andersson, ihrem Informanten hier, der sie außerhalb der Öffnungszeiten des Nationalarchivs eingelassen hatte. Sie ging zu ihm hinüber. Andersson sah ihr blinzelnd entgegen. Seine Augen waren so schmal, dass sie nicht sagen konnte, ob sie auf oder zu waren.

»Sagten Sie nicht, dass Rågsjö auf die Vasa Realschule gegangen ist?«, fragte er.

»Ja.«

Andersson zog einen schweren Archivkarton aus dem Regal und stellte ihn auf einen Rollwagen.

»Welche Klasse?«

Vera warf einen Blick auf das Abgangszeugnis.

»9C.«

Andersson zog das Schuljahrbuch von 1968 heraus und blätterte es durch.

»Hier ist die Klasse.«

Mit einem Kribbeln in der Brust beugte Vera sich vor, um besser sehen zu können. Vielleicht hätte sie gleich ein Bild vom Mörder vor sich. Die Frage war nur, wie Rågsjö mit dem rauchenden Mann auf der Estonia zusammenhing.

»Aber er ist nicht dabei«, sagte Andersson.

Vera vergewisserte sich, dass Klasse und Jahrgang stimmten. Die Jahreszahl 1968 und Klasse 9C standen sowohl auf dem Zeugnis als auch im Jahrbuch.

»Können Sie im Jahrbuch von 1967 nachsehen?«

Andersson ging die Buchrücken im Archivkarton durch und zog das betreffende Exemplar heraus.

»Dann dürfte es die 8C gewesen sein«, meinte er.

Veras Spannung wuchs, während er die Seiten durchblätterte.

»Hier ist er auch nicht«, sagte er schließlich und sah Vera verwundert an.

»Sind Sie sicher, dass das Zeugnis korrekt ist?«

»Ja.«

Was Lennart Ringman über schlafende Spione gesagt hatte, schien zu stimmen. Je weiter ihre Recherchen führten, umso undeutlicher wurden die Zusammenhänge. Die Puzzleteile passten, ergaben aber kein klares Bild.

»Kann ich mir das Jahrbuch genauer ansehen und später ausleihen?«, fragte sie.

Birk Andersson nickte und deutete auf einen Tisch mit einer Leselampe am anderen Ende des Archivs.

»Sie können sich dort drüben hinsetzen.«

Vera setzte sich an den Tisch und warf wieder einen Blick auf die Uhr. Es war noch genug Zeit für ein paar Anrufe, ehe sie sich auf den Weg zum Hafen machen musste.

Sie rief die Telefonauskunft an und ließ sich die Nummer eines ehemaligen Klassenkameraden von Sven Rågsjö geben, einem Mann namens Björn Gadd, der mit Rågsjö in die Mittelstufe gegangen und im Jahrbuch auf einem Foto zu sehen war.

Vera wählte die Nummer und betrachtete das Foto, während es in der Leitung klingelte. Ein verpickeltes Teenagergesicht, den Blick auf einen Punkt hinter der Kamera gerichtet. Björn Gadd wirkte einsam und klein.

»Björn«, meldete sich eine Männerstimme.

»Hier ist Vera Berg vom *Aftonbladet*.«

»Aha. Was wollen Sie?«

»Ich schreibe über einen ehemaligen Klassenkameraden von Ihnen und würde Ihnen gerne ein paar Fragen stellen, wenn es Ihnen recht ist?«

Der Mann antwortete nicht.

»Es geht um Sven Rågsjö«, fügte Vera hinzu.

»Sven wer?«

»Sven Rågsjö, Sie sind mit ihm in die Mittelstufe gegangen.«

Der Mann lachte auf.

»Nein, Sie haben sich verwählt. Von einem Sven Rågsjö habe ich nie gehört.«

»Ich spreche doch mit Björn Gadd aus der 9C der Vasa Realschule, Abschlusszeugnis Jahrgang 1968?«

»Ja, aber ein Sven war nicht in unserer Klasse.«

»Das klingt vielleicht ein wenig sonderbar, aber darf ich Sie zitieren, dass kein Mitschüler namens Sven Rågsjö in Ihre Klasse gegangen ist?«

»Ja, aber warum wollen Sie das verwenden?«

»Das kann ich Ihnen jetzt noch nicht sagen. Ich melde mich bei Ihnen, sobald es spruchreif wird.«

»Okay, wie Sie wollen.«

Vera legte auf und blieb mit dem Handy in der Hand sitzen. Ihr Verdacht hatte sich bestätigt. Das bevorstehende Treffen mit Tomas Wolf und Zingo war wegweisend für den weiteren Verlauf ihrer Ermittlungen. Alles sprach dafür, dass sie einen Toten suchten.

Vera stand auf und legte vier Fünfhundert-Kronen-Scheine auf den Tisch.

»Ich muss los«, sagte sie zu Birk Andersson. »Ihre Provision liegt auf dem Tisch.«

Zehn Minuten später stieg sie in der Pilgatan mit dem Jahrbuch unter dem Arm aus dem Auto. Das Foto der beiden KGB-Männer ließ sie für das Treffen mit Tomas und Zingo auf dem Beifahrersitz liegen. Als sie den Wagen abschließen wollte, klemmte, wie immer bei Kälte, das Schloss.

»Scheiße!«, fluchte sie und drehte den Schlüssel hin und her.

Ein Volvo fuhr mit eingeschaltetem Fernlicht die Straße entlang und blendete sie. Vom Riddarfjärden wehte ein kalter, unfreundlicher Wind herüber. Sie gab den Versuch auf, das Auto abzuschließen, sie hatte keine Zeit mehr. Als sie sich umwandte, sah sie, dass der Volvo angehalten hatte. Die Türen gingen auf, und vier Männer stiegen aus.

»Vera Berg?«, fragte der Fahrer.

Er machte einen Schritt auf sie zu und griff in seine Jackentasche. Ihr war sofort klar, dass irgendetwas nicht stimmte. Zwei der Männer umrundeten ihren Saab und stellten sich hinter sie. Sie war umzingelt.

»Würden Sie uns bitte begleiten?«

14

Es war schon lange dunkel, und die Temperatur war auf minus elf Grad gesunken. Tomas und Zingo saßen im Südhafen von Hammarby in Tomas' Volvo am Kai und warteten auf Vera Berg. Sie hatten sieben Uhr vereinbart, inzwischen war es Viertel vor acht. Zingo hatte sie viermal von seinem Handy aus angerufen, aber jedes Mal meldete sich nur die Mailbox.

Die Streifenpolizisten, die sie mit Sven Rågsjös Passfoto zu Olof Jacobsson in die Döbelnsgatan geschickt hatten, hatten gemeldet, dass der alte Herr nicht zu Hause war.

»Was machen wir?«, fragte Tomas.

»Wir warten noch eine Viertelstunde, dann fahren wir.«

Schattenhafte Gestalten lungerten im Hafengebiet herum. Auf der anderen Uferseite glitzerten die Lichter von Södermalm. In den Radionachrichten äußerte sich Finanzminister Göran Persson besorgt über die Lage der schwedischen Wirtschaft. Das Kindergeld sollte um hundertfünfundzwanzig Kronen gesenkt werden. Der Leitzins lag bei 7,6 Prozent und würde vermutlich noch weiter steigen.

»Dieses verfluchte, nicht enden wollende Konjunkturtief«, murrte Zingo.

Zwei Junkies torkelten an ihrem Auto vorbei. Tomas beobachtete sie aufmerksam im Seitenspiegel.

»In meiner Kindheit war das meiste in diesem Land kostenlos«, sagte er. »Heute kostet alles Geld.«

Die Nachrichten wechselten zu einem Beitrag über den russischen Bombenkrieg gegen Tschetschenien.

»Und in meiner Kindheit waren Zeitungsjournalisten noch pünktlich. Wir fahren«, beschloss Zingo.

Tomas drehte den Zündschlüssel um, und der Motor sprang in der Kälte stotternd an.

»Wohin?«

»Zu Vera Bergs Wohnung. Wenn sie nicht da ist, wärmen wir uns in irgendeiner Kneipe auf.«

Tomas lenkte den Volvo an ein paar Containern vorbei. Das Scheinwerferlicht fiel auf zwei Prostituierte, die ihre Gesichter abwandten. Er dachte an Ellen Alm. Wo war sie? Die Stockholmer Innenstadt lag verlassen da, kaum ein Auto war auf den verschneiten Straßen unterwegs.

Tomas entdeckte vor Vera Bergs Adresse eine freie Parklücke. Sie stiegen aus und gingen zur Eingangstür. Die Fenster der Wohnung waren dunkel. Auf halbem Weg zur Tür blieb Zingo stehen. Er wandte den Kopf und betrachtete ein Auto auf der anderen Straßenseite.

»Dann ist sie zu Hause«, sagte Tomas, als er erkannte, dass es Vera Bergs Saab war.

Er ging weiter, doch Zingo überquerte die Straße, lief zum Saab und zog die Fahrertür auf.

Tomas folgte ihm.

»Die Tür war nicht abgeschlossen«, sagte Zingo.

Tomas umrundete den Wagen und öffnete die Beifahrertür.

Sein Pager piepte. Er löste ihn vom Gürtel und blickte auf die Anzeige. Klara. Er würde sie später anrufen.

Er befestigte den Pager wieder und beugte sich ins Wageninnere.

»Das sieht ja aus wie in einer Drogenhöhle«, kommentierte Zingo.

Tomas betrachtete den Müllberg im Fußraum. Leere Limonaden- und Olivendosen, alte Zeitungen und Einwickelpapier von Fast-Food-Restaurants.

Zingo beugte sich in den Fußraum des Fahrersitzes, klaubte etwas vom Boden auf und trat damit in den Lichtkreis einer Straßenlaterne.

»Am besten, du kommst her!«, rief er alarmiert und hielt den Gegenstand hoch.

Es war ein Schwarz-Weiß-Foto, aufgenommen aus großer Distanz, das zwei Männer zeigte, die vor einem Auto standen.

»Erkennst du, wer das ist?«, fragte Zingo.

Tomas nickte. Sein Pager piepte wieder.

»Ruf Ylva an und bitte sie herzukommen«, sagte er zu Zingo.

Er drehte das Foto um und erschauderte. Jemand hatte mit blauer Tinte *KGB?* auf der Rückseite notiert.

15

Vera hatte keine Ahnung, wie viele Stunden vergangen waren, seit die vier Männer sie in der Pilgatan eingekreist und ihre Säpo-Ausweise gezückt hatten. Durch die verdunkelten Scheiben hatte sie nicht sehen können, wohin sie mit ihr gefahren waren. Jetzt saß sie in einer schäbigen Wohnung in einem Raum, der ein provisorischer Verhörraum zu sein schien. Eine grelle Lampe war auf ihr Gesicht gerichtet.

»Was wollen Sie von mir? Warum bin ich hier?«, rief sie wütend und trat so heftig gegen den Stuhl ihr gegenüber, dass er mit einem Poltern umfiel. Seit man sie hier alleine gelassen hatte, hatte niemand mit ihr geredet. Die reinste Psychomasche.

Vor der Tür erklangen Schritte, die Klinke neigte sich, und ein Mann kam zu ihr herein. Seine Haut war grau und grobporig.

»Mein Name ist Tom Ström«, sagte er und stellte den Stuhl wieder aufrecht hin. »Ich habe Sie hergefahren.«

Er nahm schwerfällig Platz, holte eine braune Ledermappe hervor und platzierte ein Diktafon auf dem Tisch.

»Bevor ich unser Gespräch aufzeichne, möchte ich klären, ob wir diese Angelegenheit nicht einvernehmlich lösen können«, begann er.

Vera starrte ihn an. Man hatte ihr gesagt, sie sei freiwillig hier, aber nichts in Ströms Verhalten deutete darauf hin, dass sie eine andere Wahl hatte, als an diesem Tisch sitzen zu bleiben.

»Wenn meine Chefs erfahren, was Sie hier tun, bekommen Sie eine Menge Ärger«, erwiderte sie.

Ström lächelte sie milde an. Draußen auf der Straße fuhr ein Rettungswagen vorbei. Der vierte, seit sie hier war. Sie musste sich irgendwo in der Innenstadt befinden, vielleicht in der Nähe des Karolinska-Krankenhauses.

»Was Sie getan haben, mag Ihren versoffenen Chefs vielleicht recht sein, aber es ist und bleibt strafbar. Die schwedische Geheimpolizei ermittelt in einem laufenden Verfahren gegen Elizabeth Alm. Sie haben sich eigenmächtig in unsere Untersuchungen eingemischt und sie durch Diebstahl von Ermittlungsmaterialien sogar sabotiert. Das können wir beweisen.«

Vera spürte, dass ihr das Blut in die Wangen schoss. Sie war in eine Falle getappt, gutgläubig und naiv.

»Ringman hat euch angerufen, oder? Sobald ich weg war, hat er zum Hörer gegriffen und euch brühwarm alles erzählt.«

»Wir erhalten permanent Hinweise«, erwiderte Tom Ström.

Vera hatte keine Ahnung, welche Gesetze sie möglicherweise gebrochen hatte, als sie sich Zutritt zu dem Lagerraum verschafft hatte. Aber die Tatsache, dass die Säpo sie nicht offiziell zu einer Vernehmung vorlud, deutete auf Verhandlungsspielraum hin. Außerdem ahnte sie, dass das *Aftonbladet* ihr den Rücken stärken würde, nicht aus Prinzip, sondern weil es gute Publicity brachte, wenn die schwedische Geheimpolizei versuchte, Journalisten mundtot zu machen.

»Was wollt ihr?«, fragte sie. »Ihr wollt doch irgendwas, oder etwa nicht?«

»Wir können Ihnen eine Lösung für unser Problem anbieten. Aber dafür erwarten wir von Ihnen ein gewisses Entgegenkommen.«

Allmählich begann sie, die Zusammenhänge zu verstehen. Die Säpo war in letzter Zeit zunehmend ins Kreuzfeuer der Kritik geraten, und ihr Interview mit Stig Bergling, in dem Bergling seine Flucht schilderte und die Säpo-Beamten wie eine Bande von Armleuchtern dastehen ließ, hatte den Ruf der Geheimpolizei nicht verbessert. Und nun wollten sie von ihr, dass sie Artikel schrieb, die ihr Image wieder aufpolierten. Das würde sie ganz gewiss nicht tun. Außerdem hatte der Idiot vor ihr einen Fehler gemacht, als er ihr den Namen von Ellen Alms Mutter verraten hatte.

»Wie stellen Sie sich dieses Entgegenkommen vor? Soll ich einen hübschen Artikel darüber schreiben, wie gut ihr Jungs von der Säpo euch darauf versteht, Jagd auf Kurden zu machen?«

Tom Ström verzog keine Miene. Aber seine Stimme nahm eine neue Schärfe an.

»Sie haben zwei Möglichkeiten, Vera. Wir wissen von dem Jungen … Sigge, nicht wahr?«

Vera schluckte. Ström schlug die braune Mappe auf und überflog ein Dokument.

»Richtig. Sigge Möller steht hier. Der Junge liegt Ihnen am Herzen, nicht wahr? Obwohl er nicht Ihr Sohn ist?«

Vera konnte nicht klar denken. Das grelle Licht ließ schwarze Punkte vor ihren Augen tanzen.

»Was wollt ihr?«, fragte sie.

Sie musste sich anstrengen, damit ihre Stimme nicht zitterte.

»Wie gesagt, wir können uns gegenseitig helfen.«

Ström blätterte in seiner Mappe, nahm ein Foto heraus und legte es vor sie hin.

»Dies ist Jonny Möller, oder?«

Vera betrachtete das Bild, das eine sehr viel jüngere Version ihres Ex-Freunds zeigte. Die Aufnahme war körnig, aber es war deutlich zu erkennen, dass Jonny einem fremden Mann ein Paket übergab, bestimmt Drogen oder Waffen.

»Ja.«

»Der zweite Mann ist ein ehemaliger DDR-Agent. Ich bin mir ziemlich sicher, dass es sich bei dieser Übergabe um gewöhnliche kleinkriminelle Machenschaften gehandelt hat. Aber ich könnte das Foto auch anders deuten.«

»Warum sollten Sie das?«

Tom Ström lächelte mit dem Mund, aber seine Augen blieben kalt.

»Wir möchten, dass Sie die Information, dass unsere alliierten Freunde vom US-amerikanischen Geheimdienst uns jahrelang durch einen Agenten bespitzelt haben, für sich behalten. Wenn Sie von einer Veröffentlichung absehen, werden wir Jonny Möller in einem geschlossenen Gerichtsverfahren wegen Spionage anklagen und rechtskräftig verurteilen, und Sie und der Junge können für immer zusammenbleiben.«

Dieses Angebot kam vollkommen unerwartet, und Vera war sich nicht sicher, ob Ström bluffte oder die Wahrheit sagte. Aber ihr Puls, der ihr eben noch bis zum Hals geschlagen hatte, beruhigte sich, als ihr klar wurde, dass Ström Sigge eher als Köder denn als Druckmittel einsetzte.

»Und was ist, wenn ich nicht kooperiere?«, erwiderte sie.

»Dann klagen wir *Sie* wegen Spionage an.«

»Damit kommt ihr niemals durch.«

»Das spielt keine Rolle. Ihre Karriere ist so oder so im Eimer.«

Ström nahm ein zweites Foto aus der Mappe und schob es ihr über den Tisch zu.

»Nach dieser Art Bilder leckt sich Ihre Konkurrenz wie der *Expressen* die Finger.«

Vera betrachtete das Foto. Es war eine der Aufnahmen, von denen Ivarsson Rikard Muryn erzählt hatte. Sie stand auf der Malmskillnadsgatan und beugte sich in ein Auto, um mit einem Freier zu reden. Es sah in der Tat so aus, als würde sie dem Mann ihre Dienste anbieten.

»Ich habe schon mit dem Chefredakteur gesprochen. Wenn der *Expressen* dieses Foto druckt, wird es sehr schwierig für Sie werden, Ihren Job beim *Aftonbladet* zu behalten.«

Vera hatte keine Ahnung, was sie sagen sollte. Hätte Ström nicht ihre Zukunft in den Händen gehalten, hätte sie ihm ins Gesicht gespuckt.

»Ich glaube Ihnen nicht«, sagte sie.

»Wir werden ja sehen, ob Sie sich trauen, das Risiko einzugehen. Die Säpo kann sehr hilfsbereit sein, wenn es darum geht, den Jugendämtern einen Fingerzeig zu geben. Wir wollen schließlich nicht, dass Kinder in einem unsicheren häuslichen Umfeld aufwachsen.«

Vera schloss die Augen und sah Sigge vor sich, in Stig Hoffstens Gartenlaube, mit Klebeband gefesselt. Ihr impulsives Handeln hatte ein weiteres Mal dazu geführt, dass sein Wohlergehen auf dem Spiel stand.

»Was haben Sie vor?«, fragte sie.

»Nichts. Weil Sie keinen Artikel veröffentlichen werden. Es sei denn, Sie wollen, dass der Junge zu seinem Vater zurückgeschickt wird, weil das Jugendamt erfahren hat, dass seine Stiefmutter wegen Spionage und Prostitution vor Gericht steht.«

Tom Ström stand auf, ging aus dem Raum und ließ Vera allein mit ihren Gewissensbissen und Schuldvorwürfen zurück.

16

Sie saßen in Tomas' Büro und warteten darauf, dass Ylva von Ingarö eintraf.

Vor ihnen auf dem Schreibtisch lag das Foto, das sie in Vera Bergs Auto gefunden hatten. Es zeigte Sven Rågsjö mit einem Unbekannten vor einem Lada.

»Irgendetwas muss passiert sein. Sonst hätte sie die Aufnahme nicht einfach so im Auto liegen lassen«, murmelte Tomas.

Nachdem sie Ylva angerufen hatten, waren sie ins Haus gegangen und hatten an Vera Bergs Wohnungstür geläutet, aber niemand hatte aufgemacht.

Zingo blickte nachdenklich aus dem Fenster. Sein Handy begann zu klingeln, doch er machte keine Anstalten abzunehmen.

»Willst du nicht rangehen?«, fragte Tomas.

Zingo schrak zusammen, fummelte das Ericsson-Handy aus der Hosentasche und meldete sich.

»Johansson?«

Er hörte einen Moment zu, dann setzte er sich auf.

»Wie hat er geredet, sagen Sie?«

Zingo runzelte die Stirn, griff nach einem Stift und trommelte damit auf den Schreibtisch.

»Wie eine polnische Putzfrau?«

Tomas versuchte, Zingos Blick einzufangen, aber der starrte unverwandt auf einen Punkt an der Wand.

»Ich will, dass Sie augenblicklich ins Präsidium kommen.«

Anscheinend protestierte der Anrufer am anderen Ende.

»Das ist mir scheißegal!«, brüllte Zingo. »Ich will, dass Sie auf der Stelle herkommen, sonst lasse ich Sie von einer Streife abholen. Und dann kommen Sie hoch in die Mordkommission, sechster Stock. Bewegen Sie Ihren Arsch sofort hierher, haben Sie verstanden? Gut.«

Dann legte er auf.

Tomas sah ihn fragend an. Zingo schüttelte missmutig den Kopf.

»Ein Kollege von der Verkehrspolizei, ein Roger Hjelm, hat vor ein paar Tagen auf Lidingö einen dunkelblauen Saab angehalten. Danach ist er zu seinen Schwiegereltern nach Härnösand gefahren. Jetzt ist er zurück, und als er im Freihafen Lkws kontrolliert hat, hat er von einem Kollegen erfahren, dass wir einen dunkelblauen Saab suchen.«

»Warum hat er den Saab angehalten?«

Zingo grinste.

»Weil er Sommerreifen draufhatte und in den Gegenverkehr geraten ist.«

17

Roger Hjelm war in Tomas' Alter und hatte kurze blonde Haare und blaue Augen. Unter seiner Oberlippe wölbte sich ein praller Snusbeutel.

Das Kennzeichen des von ihm angehaltenen Saab stimmte mit dem Nummernschild von Dan Blomanders Auto überein.

»Sie haben den Wagen also Montagabend um halb neun auf der Lidingöbrücke angehalten? Wie genau hat sich das zugetragen?«

Am selben Abend war Pål Olsson, der Präsident dieses Bikerclubs, nicht weit von der Brücke entfernt am Tumba-Zelt durch eine Autobombe ums Leben gekommen.

Hjelm zupfte nervös an seiner Uniformjacke.

»Der Fahrer ist meiner Aufforderung, rechts ranzufahren, nachgekommen. Er hat sich entschuldigt, gemeint, er habe den Reifenwechsel vergessen, und versprochen, schnellstmöglich Winterreifen aufzuziehen. Ich habe seinen Führerschein überprüft, ein Bußgeld wegen Überfahrens einer durchgezogenen Linie verhängt, und dann ist er weitergefahren.«

»Und der Führerschein war auf den Namen Dan Blomander ausgestellt?«

Hjelm nickte.

Zingo, der am Fenster stand, schaltete sich ein: »Und Sie fanden es nicht seltsam, dass ein Mann namens Dan Blomander wie eine polnische Putzfrau spricht, wie Sie vorhin am Telefon gesagt haben?«

Hjelm wand sich hin und her.

»Ja, doch, ein bisschen. Aber es war der Mann auf dem Foto.«

Tomas griff nach der Aufnahme von den beiden Männern vor dem Lada und hielt sie Hjelm hin.

»Ist er das?«

Hjelm nickte.

»Ja, hundertprozentig. Kein Zweifel.«

Tomas konnte sich nicht daran erinnern, dass einer von Blomanders Nachbarn, die inzwischen vernommen worden waren, ausgesagt hatte, dass Blomander kein akzentfreies Schwedisch sprach.

Hjelm zog eine Snus-Dose aus der Hosentasche seiner Uniform, pulte den alten Beutel unter seiner Lippe hervor und ließ ihn in den Papierkorb neben dem Schreibtisch fallen. Dann wischte er sich die Hand am Hosenbein ab, schraubte den Deckel von der Dose und formte zwischen Daumen und Zeigefinger eine neue Portion.

In diesem Moment kam Ylva noch im Mantel in Tomas' Büro. Sie war ungeschminkt und wirkte gereizt. Sie lehnte sich an den Aktenschrank und blickte zwischen Tomas, Zingo und Roger Hjelm hin und her.

»Aber er hatte nicht diesen Hut auf«, sagte Hjelm und platzierte den neuen Snus-Beutel unter der Oberlippe.

Tomas runzelte die Stirn. Er schnippte die Asche von seiner Zigarette, griff nach dem Foto und schob es Hjelm erneut hin.

»Roger«, fragte er. »Welchen dieser beiden Männer haben Sie angehalten?«

Hjelm deutete mit braun gesprenkelten Tabakfingern auf den Mann neben Sven Rågsjö.

»Ihn.«

Montag, 16. Januar 1995

18

Tomas saß am Küchentisch und rauchte eine Zigarette. Draußen vor dem Fenster war es dunkel. Vor ihm lag eine Kopie des Fotos mit Rågsjö und dem unbekannten Mann. Hin und wieder nahm er es in die Hand, betrachtete die Gesichter der Männer, den Wagen, vor dem sie standen, den unscharfen Hintergrund, und legte es wieder hin. Wie es aussah, hatte der unbekannte Mann nach dem Estonia-Unglück die Identität des arbeitslosen Kfz-Mechanikers Dan Blomander angenommen, dessen Saab benutzt und sich in dessen Haus aufgehalten. Was das Fundament ihrer Ermittlungen ein weiteres Mal zum Einsturz brachte.

Noch vor ein paar Stunden hatten sie den Namen eines mutmaßlichen Täters gehabt. Sven Rågsjö war zwar nach wie vor verdächtig, schließlich hatte er heute um ein Haar zwei Polizeibeamte erschossen, aber was unter anderem den Mord an Pål Olsson, dem Präsidenten des Bikerclubs, betraf, erschien der unbekannte Mann in seiner Begleitung als der wahrscheinlichere Täter.

In den Radionachrichten wurde vor dem Schneesturm gewarnt, der im Laufe des Morgens an der Ostküste des Landes aufziehen sollte, mit Windstärken bis zu fünfundzwanzig Meter pro Sekunde und heftigem Schneefall.

Tomas fuhr zusammen, als das Telefon im Flur klingelte, schob die Zigarette in den Mundwinkel und ging an den Apparat. Es war Zingo.

»Am besten, du kommst her. Jetzt gleich«, sagte er.

Tomas hatte ihn erst vor anderthalb Stunden vor seiner Wohnung abgesetzt.

»Wohin?«

»Zu mir nach Hause.«

Im Hintergrund weinte eine Frau. Das musste Nikita sein.

»Was ist passiert?«

Suchend blickte er sich nach seinen Stiefeln um.

»Das erfährst du, wenn du hier bist«, erwiderte Zingo und legte auf.

Tomas zog sich hastig an. In der Tür hielt er inne, ging noch einmal zurück, holte seine Dienstwaffe und schob sie ins Holster.

Wenig später hockte er in Zingos Wohnung auf dem Sofa. Neben ihm saß eine von Weinkrämpfen geschüttelte Nikita. Nachdem er Zingo vorhin vor seiner Wohnung abgesetzt hatte, war der noch in seiner Stammkneipe ein Stück die Straße hinunter eingekehrt, um sich vor dem Schlafengehen ein Bier zu gönnen. Als er gegen halb zwei nach Hause gekommen war, hatte Nikita gefesselt auf einem Küchenstuhl gesessen. Dem wenigen nach, was Zingo vor seinem Anruf bei Tomas aus ihr herausbekommen hatte, war ein Mann in die Wohnung eingedrungen, hatte gedroht, sie zu töten, und Informationen über Ellen Alm erpresst.

»Wann genau war das?«, fragte Tomas.

»Am Samstag, gegen vier«, antwortete Nikita. »Er hat an der Tür geklingelt. Ich habe aufgemacht. Er hat mich in die Küche gestoßen, mich gefesselt, mir eine Pistole vors Gesicht gehalten und angefangen, Fragen über Ellen zu stellen.«

Sie hielt ihre Handgelenke hoch, zeigte ihm die Fesselmarken vom Klebeband. Tomas wandte sich an Zingo.

»Warum warst du so lange nicht zu Hause?«

»Ich war in Västerås und habe Noras Verlobten getroffen. Das habe ich dir doch erzählt. Als ich zurückgekommen bin, bin ich vom Bahnhof direkt zur Arbeit gefahren. Und als du mich vorhin abgesetzt hast, habe ich noch ein Bierchen gezischt.«

Es war deutlich, dass Zingo sich darüber ärgerte, sich rechtfertigen zu müssen, und Tomas bereute seinen vorwurfsvollen Tonfall.

Er drehte sich wieder zu Nikita und deutete auf Zingos Kopie des Fotos mit dem unbekannten Mann.

»Und es war dieser Mann?«, fragte er.

Nikita nickte.

»Was hast du ihm gesagt?«

»Ich habe ihm alles erzählt, was ich über Ellen weiß. Über ihr Leben. Dasselbe, was ich euch erzählt habe.«

Sie zitterte am ganzen Leib. Tomas warf Zingo einen hilflosen Blick zu.

Zingo ging in die Küche und kam mit einem Glas Whisky zurück. Er hielt es Nikita hin und strich ihr übers Haar.

»Trink das hier, Mädchen. Das hilft gegen die Angst. Damit wir eine Chance haben, den Kerl zu schnappen, musst du uns mehr erzählen.«

Nikita hob das Glas an den Mund und trank ein paar kräftige Schlucke. Der Alkohol rann ihr aus den Mundwinkeln und tropfte an ihrem Kinn herunter. Sie stellte das Glas auf den Tisch und schloss die Augen.

»Hat er irgendeinen Namen erwähnt? Oder dich gezwungen, einen Namen zu nennen?«

Nikita schüttelte den Kopf. Dann hielt sie inne.

»Oder doch. Ich habe ihm von Pål erzählt. Ellens Ex.«

»Was wollte er über ihn wissen?«, fragte Tomas.

»Alles Mögliche. Wo er wohnt. Ob er ein Sommerhaus hat oder ein Auto.«

»Dass er kein Sommerhaus hat, wissen wir«, sagte Zingo und ließ sich in seinen Sessel sinken. »Und seine Drogenhöhle liegt in Huvudsta, oder? Das ist jedenfalls die Wohnung, in der wir eine Hausdurchsuchung durchgeführt haben.«

Nikita sah Zingo an und räusperte sich.

»Pål hatte zwei Wohnungen. Die andere Wohnung liegt in Råsunda. Da sind Ellen und er immer gewesen.«

»Das hast du uns nie erzählt«, erwiderte Zingo, und Tomas merkte, dass er sich beherrschte, um nicht wütend zu werden.

»Ihr habt nicht danach gefragt. Ich wusste nicht, dass es wichtig ist.«

Zingo wandte den Kopf ab und massierte seine Nasenwurzel mit Daumen und Zeigefinger. Tomas beugte sich vor, lenkte Nikitas Aufmerksamkeit auf sich.

»Hat er gefragt, ob Ellen einen Schlüssel für die Wohnung in Råsunda hat?«

»Ja«, flüsterte Nikita.

»Und sie hat einen Schlüssel, oder nicht?«

»Ja.«

Tomas suchte Zingos Blick.

»Wir müssen dahin. Sofort.«

Sie baten die Leitstelle, eine Streife zu Zingos Adresse zu schicken, damit zwei Beamte auf Nikita aufpassten, zogen ihre Jacken an und verließen die Wohnung.

»Woher hat der Kerl gewusst, dass Nikita bei dir ist?«, fragte Tomas, während sie auf die Kollegen warteten. »Davon wussten nur du, ich und Ylva.«

»Ich habe keinen Schimmer«, erwiderte Zingo knapp.

Tomas musterte ihn. Zingos Miene war angespannt.

»Hast du jemandem davon erzählt?«

»Nein.«

Zum ersten Mal in ihrer Freundschaft war Tomas unsicher, ob Zingo wirklich ehrlich zu ihm war. Als er eben fragen wollte, ob Burek-Goran davon gewusst hatte, erhellten die Scheinwerfer eines Streifenwagens die dunkle Straße. Zingo führte die Kollegen hoch in die Wohnung, Tomas blieb draußen stehen. Der Wind frischte spürbar auf. Fröstelnd hauchte er in seine kalten Hände und rieb sie aneinander.

Zingo kam mit einer Papiertüte in der Hand wieder aus dem Haus; der Griff einer Brechstange ragte daraus hervor. Tomas hatte ein mulmiges Gefühl. Ihm graute davor, was sie in Olssons Wohnung vorfinden würden. Er war zunehmend davon überzeugt, dass Ellen Alm sich dort versteckt hielt.

19

Kurz nach vier Uhr morgens, nachdem sie versprochen hatte, kein Wort über Elizabeth Alms Verstrickung in die drei Morde zu schreiben, ließen die Säpo-Beamten Vera gehen und fuhren sie zurück in die Pilgatan.

Mit dem Handy am Ohr betrat sie den Flur. Rikard Muryn meldete sich mit einem Hallo, das eher wie ein ersticktes Wimmern klang.

»Ich bin es«, sagte Vera.

»Was ist passiert?«

Während sie ihre Schuhe auszog, erzählte sie ihm von der Vernehmung der Säpo-Beamten, dass sie Jonny und Sigge als Druckmittel einsetzten, drohten, die Bilder von ihr auf der Malmskillnadsgatan zu veröffentlichen, und dass sie versprochen hatte, die Story nicht zu bringen.

»Mein Gott«, stöhnte Rikard.

»Sie bluffen natürlich«, fuhr Vera fort. »Sie haben nicht vor,

Jonny zu verhaften, aber sie werden meine Karriere zerstören, wenn ich nicht tue, was sie wollen.«

Vorsichtig öffnete sie Sigges Zimmertür. Er schnarchte leise und hatte die Bettdecke weggestrampelt.

Vera spürte einen Druck hinter den Augen.

Ihren Job zu verlieren, damit kam sie klar, sie konnte irgendeine andere Arbeit finden. Aber bei Sigge verlief die Grenze. Wenn die Fotos von der Malmskillnadsgatan an die Öffentlichkeit gelangten, würde ihr das Jugendamt niemals das Sorgerecht zusprechen.

»*Expressen* und TV3 werden die Fotos bringen«, sagte Rikard. »Die Boulevardpresse ebenfalls. Sie lieben nichts mehr, als uns unter Beschuss zu nehmen.«

»Glaubst du, hierbei geht es um dich und das Ansehen der Zeitung?«, fauchte Vera.

Rikard seufzte.

»Ich lote nur unsere Möglichkeiten aus.«

Vera antwortete nicht. Sie sah Sigge an und versuchte, die Tränen zurückzudrängen, die in ihren Augen brannten.

»Wir machen Folgendes«, sagte Rikard. »Wir lassen sie zunächst in dem Glauben, die Story nicht zu veröffentlichen. Dann verifizieren wir alle Angaben und machen stattdessen dich zur Story. Berichten darüber, wie die Säpo dich mundtot machen wollte, dass sie einen kleinen armen Jungen als Druckmittel verwendet haben. Bevor wir den Artikel bringen, gehen wir damit zu SVT, und dann schlagen wir mit voller Kraft zu. So können sie keinen Rachefeldzug starten.«

»Okay«, flüsterte Vera.

Sie war kurz davor, in Tränen auszubrechen.

»Danke«, bekam sie heraus.

»Arbeite an deiner Story«, sagte Rikard. »Ich halte dir den Rücken frei.«

Sie beendeten das Gespräch, und Vera blieb in Sigges Zimmertür stehen. Sie verspürte den Drang, zu ihm hineinzugehen und ihn ganz fest in die Arme zu nehmen, aber sie wollte nicht, dass er aufwachte und sie weinen sah.

Im Flur erklang ein leises Poltern. Als sie sah, dass es nur die *Dagens Nyheter* war, die durch den Briefschlitz auf den Boden gefallen war, atmete sie auf und dachte daran, was Lennart Ringman über die Todesanzeigen gesagt hatte.

Um auf andere Gedanken zu kommen, hob sie die Zeitung auf und setzte sich damit in die Küche. Die Titelseite handelte von dem aufziehenden Schneesturm, der heute über Schweden hinwegfegen sollte. Die stärksten Böen wurden in den frühen Morgenstunden erwartet.

Sie schlug die Todesanzeigen auf und las sie aufmerksam durch. Waren sie wirklich ein Kommunikationsmittel für Geheimagenten? Dan Blomander schied als Täter aus, und irgendjemand, möglicherweise Sven Rågsjö, hatte seine Identität angenommen. Vielleicht konnte sie den Mörder durch verschlüsselte Nachrichten in der *Dagens Nyheter* aufspüren und die Säpo, unter der Bedingung, dass sie Sigge und sie nie wieder behelligten, auf seine Fährte bringen; so musste sie ihre journalistische Integrität nicht opfern.

Ringman hatte ihr geraten, sich bei der *Dagens Nyheter* einen Informanten zuzulegen, der ihr Bescheid gab, wenn eine kurzfristige Todesanzeige aufgegeben wurde. Aber sie kannte dort niemanden. Sie musste irgendwie herausfinden, ob irgendeine Todesanzeige fingiert war und eine Person betraf, die nie existiert hatte. Wenn Rågsjö sich auf der Flucht befand, war es nicht auszuschließen, dass er Hilfe benötigte und versuchte, Kontakt zu einem seiner russischen Verbindungsmänner aufzunehmen.

Vera griff zum Telefonbuch und telefonierte die Pfarrämter durch, in deren Gemeinden die aktuellen Beerdigungen stattfanden. Nachdem sie drei Nummern gewählt hatte, ohne jemanden zu erreichen, gab sie auf. Es war mitten in der Nacht. Sie würde bis zum Morgen warten müssen.

Sie stand auf, um Kaffee zu kochen, als ihr plötzlich eine Idee kam.

Damit machte sie sich vielleicht strafbar, aber im besten Fall würde es funktionieren. Sie wählte die Servicenummer der *Dagens Nyheter*, nannte ihren Namen und bat um die Durchwahl des für die Todesanzeigen zuständigen Redakteurs.

»Sie wissen, dass es mitten in der Nacht ist?«, erwiderte der Mitarbeiter am anderen Ende der Leitung.

»Ich bin auf dem Sprung. Ich breche gleich zu einer Recherche auf und brauche die Nummer, wenn ich morgen früh ankomme«, log sie.

Sie kritzelte die Nummer auf einen Zettel, legte auf und rief den Redakteur an. Nach dem dritten Freizeichen meldete sich eine schlaftrunkene Männerstimme.

»Lars Vikborg.«

»Mein Name ist Vera Berg, und ich rufe von der Abteilung für Informationsbeschaffung bei der Säpo an«, sagte Vera.

Angesichts der Umstände war das nicht komplett gelogen, konnte aber dennoch als Amtsanmaßung gewertet werden, ein Straftatbestand, der mit einer Freiheitsstrafe geahndet werden konnte.

Der Mann murmelte eine unverständliche Antwort, die Vera als Ja auslegte.

»Ich muss wissen, ob in den letzten Tagen kurzfristig eine Todesanzeige aufgegeben wurde.«

Im Hintergrund murmelte jemand. Vermutlich Vikborgs Frau.

»Einen Moment. Dafür muss ich in mein Arbeitszimmer gehen.«

Eine Minute später klickte es in der Leitung. Vikborg war an einen anderen Apparat gegangen.

»Da bin ich wieder. Eine kurzfristig aufgegebene Todesanzeige, sagten Sie?«

»Ja.«

»Das kommt äußerst selten vor. Ein Todesfall kann plötzlich eintreten, aber die Beerdigungsvorbereitungen brauchen Zeit. Allerdings kam gestern tatsächlich eine kurzfristige Todesanzeige per Fax, die ich von zu Hause bearbeitet habe.«

Vera fühlte, wie Adrenalin durch ihre Adern schoss.

»Steht die Anzeige in der heutigen Ausgabe?«

»Ja. Der Verstorbene heißt Tage … Tage Svensson.«

Vera suchte nach der Anzeige. Sie war knapp gehalten. Kein Trauerspruch. Nur eine kurze Auflistung der Angehörigen. *Tage Svensson ist zu unserer großen Trauer für immer von uns gegangen*, lautete der schlichte Nachruf.

»Wer hat die Anzeige bezahlt?«, fragte sie.

»Die Rechnung soll an eine Kommanditgesellschaft gehen, die den Namen der Inhaberin trägt.«

Vera spürte ein Kribbeln in der Brust.

»Elizabeth Alm?«, fragte sie.

»Ganz genau. Elizabeth Alm Kommanditgesellschaft.«

Alles hing miteinander zusammen. Die Frage war nur, wie.

»Vielen Dank.«

»Warum wollen Sie das wissen?«, erkundigte sich Vikborg.

»Ich melde mich wieder bei Ihnen.«

Vera legte auf. Die Beerdigung sollte heute Nachmittag um drei in der Kirche von Hulterstad im Landkreis Mörbylånga auf Öland stattfinden, unweit von Dan Blomanders Haus. Eine Autofahrt von gut sechs Stunden.

Vera stand auf, ging in Sigges Zimmer und kniete sich vor sein Bett. Er schnarchte leise. Sie beugte sich vor, bohrte ihre Nase in sein Haar und deckte ihn sorgsam zu.

»Ich liebe dich, kleiner Mann«, flüsterte sie.

Als sie die Augen schloss und ihr Gesicht in seinem Nacken vergrub, sah sie wieder die Bilder der Mörderjagd im vorigen Sommer vor sich. Die Gefahr, in die sie Sigge gebracht hatte, würde Vera sich nie verzeihen.

»Ich muss los«, flüsterte sie. »Noch ein letztes Mal. Danach werde ich fast immer zu Hause sein.«

Ihr Handy begann, in der Hosentasche zu klingeln, Sigge bewegte sich im Schlaf. Es war Zingo. Vera drückte den Anruf weg. Sie wollte ihre Abmachung nicht brechen, aber ihr blieb keine andere Wahl. Sie hatte ihre Entscheidung getroffen. Sie würde einen letzten Job erledigen, und sie würde es allein machen.

Wenn diese Sache vorbei war, würde sie eine gewöhnliche Schreibtischjournalistin werden, die von neun bis siebzehn Uhr arbeitet und ihr Herzblut in andere Dinge investiert. Sigge brauchte sie. Wenn sie ihn diesmal wieder enttäuschte, würde sie es für den Rest ihres Lebens bereuen.

Sie küsste Sigge auf die Stirn, dann stand sie auf, um nach Öland zu fahren.

20

Sie parkten am Råsunda-Stadion und liefen in der klirrenden Kälte zur Idrottsgatan 5. Der heftige Wind trieb große Schneeflocken durch die Luft. Sie wechselten die Straßenseite und betrachteten die grüne Fassade. Alle Fenster waren dunkel. Olssons Wohnung sollte im dritten Stock liegen. Nikita meinte, an der Wohnungstür den Namen *Holm* gelesen zu haben, als sie einmal zusammen mit Ellen dort gewesen war.

»Was machen wir?«, fragte Tomas.

»Wir gehen ins Haus, und dann benutzen wir meinen Spezialschlüssel, um in Olssons Wohnung zu kommen«, antwortete Zingo und hob die Brechstange.

Er schien Tomas' Bedenken zu spüren.

»Ellen könnte dort sein«, sagte er. »Verletzt. Möglicherweise tot. Egal, was uns in der Wohnung erwartet, ich will es wissen. Jetzt. Ich halte es nicht aus zu warten, bis Verstärkung kommt. Bleib du hier unten, wenn du willst, aber ich gehe hoch.«

Zingo lief auf das Haus zu. Als Tomas nach rechts schaute, fiel sein Blick auf einen Wagen, der ein Stück entfernt vor der Kreuzung zum Solnavägen am Bordstein parkte.

Es war ein blauer Saab 900.

»Zingo«, zischte er.

Zingo blieb wenige Schritte vor der Haustür stehen und drehte sich um. Tomas deutete auf den Wagen, ging hinüber und kontrollierte das Kennzeichen. Es stimmte nicht mit Blomanders Nummernschild überein, doch das musste nichts heißen. Nummernschilder ließen sich leicht stehlen und austauschen. Er warf einen Blick auf die Reifen. Sommerreifen. Er nickte Zingo zu.

»Treffer. Unser Mann könnte in der Wohnung sein. Wir müssen Verstärkung anfordern.«

Zingo gab ihm sein Handy. Ein Radfahrer in einem grünen Mantel fuhr die Straße entlang. Der Mann wandte den Kopf in ihre Richtung, musterte sie und radelte weiter.

»Ruf du an«, sagte Zingo. »Ich warte nicht länger. Der Mistkerl könnte sich aus dem Staub machen, und das Risiko gehe ich nicht ein. Oder was, wenn er das Polizeiaufgebot bemerkt und wir es mit einer Geiselsituation zu tun bekommen, die wer weiß wie ausgehen kann?«

Zingo lief zum Haus, öffnete die Eingangstür und ging hinein. Tomas schob Zingos Handy in die Hosentasche, zog seine Dienstwaffe und folgte ihm.

Leise schlichen sie durch das stille Treppenhaus. Vor den Fenstern, die auf einen Innenhof hinausgingen, wirbelte der Schnee. Im dritten Stock entdeckten sie die Tür mit dem

Namen *Holm*. Sie lauschten schweigend. In der Wohnung war kein Laut zu hören. Zingo inspizierte das Schloss und nickte Tomas zu.

Er setzte die Brechstange zwischen Tür und Rahmen an und stemmte sich dagegen.

Knackend gab die Tür nach.

Tomas stürmte mit vorgehaltener Waffe in den Flur.

21

Die Wohnung war leer.

Tomas knipste im Schlafzimmer das Licht an. Darin stand ein rundes Wasserbett, darüber war ein Spiegel an der Zimmerdecke befestigt.

Auf dem Bett lag ein Rucksack. Tomas sah hinein. Er gehörte zweifellos einer Frau. Eine Haarbürste, Make-up und ein paar Slips. Zingo rief seinen Namen. Tomas stellte den Rucksack ab und ging zu ihm ins Wohnzimmer.

Zingo hielt einen Zigarettenstummel hoch, an dem roter Lippenstift klebte.

»Die anderen sehen genauso aus. Ellen war hier, Tomas. Hier hat sie sich versteckt.«

»Und wo ist sie jetzt?«

»Der Unbekannte hat sie gefunden.«

Sie suchten die Wohnung nach Anzeichen eines Kampfes ab, konnten aber nichts dergleichen entdecken und kamen kurz darauf im Wohnzimmer wieder zusammen.

»Vielleicht hat sie ihn kommen hören und konnte fliehen?«, überlegte Tomas.

Zingo schüttelte den Kopf.

»Oder er hat sie überwältigt und mitgenommen.«

»Warum?«

»Weil er wusste, dass wir diese Wohnung finden würden, sobald wir noch einmal mit Nikita gesprochen hätten.«

»Warum hat er sie nicht umgebracht?«

»Ich habe keine Ahnung.«

Tomas trat ans Fenster und betrachtete den blauen Saab, dessen Motorhaube inzwischen von einer Schneeschicht bedeckt war.

»Wenn er sie mitgenommen hat, muss er das Auto gewechselt haben«, meinte er.

Zingo sank aufs Sofa.

»Ich rufe die Leitstelle an und bitte sie, die Spurensicherung herzuschicken«, fuhr Tomas fort und nahm Zingos Handy aus der Hosentasche.

Zingo beugte sich nach vorn und vergrub das Gesicht in den Händen.

»Tu zuerst das, was ich dir beigebracht habe«, sagte er.

Es dauerte einen Moment, bis Tomas begriff, was Zingo meinte; er sollte an Olssons Festnetzanschluss die Wahlwiederholung drücken. Er ging zur Kommode neben dem Sofa, hob den Hörer ab und warf einen Blick auf die Uhr. Es war kurz nach fünf Uhr morgens. Er glaubte kaum, dass am anderen Ende jemand rangehen würde.

Er drückte die Wahlwiederholungstaste. Es klingelte, niemand nahm ab. Tomas legte auf.

»In der Küche ist noch ein Telefon«, sagte Zingo, ohne den Kopf zu heben.

Tomas ging mit schweren Schritten in die Küche. Der Apparat stand auf der Fensterbank. Erneut drückte er die Wahlwiederholung und legte den Hörer neben das Telefon. Als sich nach dem zweiten Freizeichen eine Frauenstimme meldete, schrak er überrascht zusammen.

»Hallo?«, fragte die Frau.

»Mein Name ist Tomas Wolf, und ich rufe von der Stockholmer Mordkommission an«, antwortete Tomas perplex. »Mit wem spreche ich, bitte?«

»Wissen Sie das nicht, wenn Sie diese Nummer gewählt haben?«, erwiderte die Frau erstaunt.

Sie klang kein bisschen müde.

»Mit wem spreche ich?«, wiederholte Tomas.

»Sie haben die Nummer des METOCC gewählt«, sagte die Frau.

Der Name kam Tomas bekannt vor, konnte ihn spontan jedoch nicht zuordnen.

Zingo erschien in der Küchentür, lehnte sich gegen den Rahmen und sah ihn fragend an.

»METOCC«, wiederholte Tomas.

Und im selben Moment begriff er, wo er gelandet war: beim Meteorologischen Zentrum der schwedischen Streitkräfte. Während seiner Wehrdienstzeit hatten sich die Ausbilder vor Feldübungen oft beim METOCC über die kommende Wetterlage informiert.

»Hören Sie zu«, sagte er. »Wie ich bereits sagte, bin ich Polizeibeamter, und ich benötige ein paar äußerst wichtige Auskünfte.«

»Ich werde sehen, was ich tun kann«, erwiderte die Frau, und Tomas bezweifelte, dass sie ihm wirklich glaubte.

»Haben Sie als Einzige Dienst?«

»Ja. Das Telefon wird nur von jeweils einem Mitarbeiter oder einer Mitarbeiterin bedient. Das Anrufvolumen ist nicht sehr hoch.«

»Seit wann sind Sie im Dienst?«

»Seit 1989. Damals …«

Während die Frau ihren beruflichen Werdegang herunterleierte, kam Zingo in die Küche und lehnte sich an die Tischkante.

»Ich meine heute, heute Nacht«, fiel Tomas ihr ins Wort.

»Ach so. Meine Schicht hat gestern Abend um neun begonnen. Ich habe gleich Feierabend.«

»Wie viele Anrufe haben Sie entgegengenommen?«

»Moment. Die Anrufe werden automatisch im System gespeichert.«

Sie tippte auf der Tastatur an ihrem Arbeitsplatz.

»Sechs«, sagte sie kurz darauf.

Tomas schloss die Augen, fokussierte seine Gedanken. Woher sollte er wissen, welcher Anruf der richtige war?

»Hatte einer der Anrufer einen Akzent?«, fragte er, als ihm Roger Hjelms Aussage einfiel, der von ihm angehaltene Mann habe mit osteuropäischem Akzent gesprochen.

Die Frau lachte.

»Einen Akzent? Wie ein Ausländer?«

»Ja.«

»Nein, ein Anrufer mit ausländischem Akzent war nicht darunter.«

»Sind Sie sicher?«

»Ja. Hundertprozentig. Die Jungs der schwedischen Streitkräfte sprechen korrektes Schwedisch. Und mich rufen Soldaten und andere Armeeangehörige an. Wehrdienstleistende müssen die schwedische Staatsangehörigkeit besitzen. Ich dachte, ein Polizist wüsste das.«

Tomas hielt inne. Etwas von dem, was sie gesagt hatte, ließ ihn aufmerken. Krampfhaft umklammerte er den Hörer, während er herauszufinden versuchte, worauf er reagiert hatte.

»Können Sie das bitte wiederholen?«

»Was?«, fragte die Frau.

Tomas merkte, dass sie seine Fragen allmählich leid war.

»Dass Soldaten oder Angehörige der schwedischen Streitkräfte nicht mit ausländischem Akzent sprechen? Oder dass Sie als Polizist das wissen sollten?«

Ellen. Vielleicht hatte der Unbekannte Ellen gezwungen, beim METOCC anzurufen.

»Sie sagten, *die Jungs* sprechen korrektes Schwedisch. War eine Frau unter den Anrufern?«

In der Leitung blieb es einen Augenblick still. Dann räusperte sie sich.

»Ja. Um 22:14 Uhr kam ein Anruf von einer Frau. Ich dachte, sie wäre von der Lotta-Svärd-Organisation, auch wenn mittlerweile theoretisch alle Heeresverbände für Frauen zugänglich sind. Ich weiß nicht, ob ich das gut …«

»Was hat sie gefragt?«, unterbrach Tomas sie.

Er schloss die Augen.

»Sie wollte wissen, um wie viel Uhr der Schneesturm Öland erreicht und ob es schon Pläne gibt, die Brücke zu sperren. Das konnte ich ihr nicht genau sagen, aber das ist auch nicht mein Bereich.«

»Sie meinen die Ölandbrücke?«

Tomas öffnete die Augen und merkte, dass Zingo ihn anstarrte.

»Ja«, bestätigte die Frau.

Tomas bedankte sich für die Auskünfte und legte auf. Er setzte sich an den Küchentisch.

»Er muss sie zu Dan Blomanders Haus gebracht haben«, sagte Zingo.

Tomas rechnete im Kopf nach. Bis Öland brauchte man mit dem Auto ungefähr sechs Stunden. Wenn die beiden direkt nach dem Anruf losgefahren waren, waren sie bereits da.

»Was machen wir?«, fragte er.

Zingo griff zum Telefonhörer.

»Wir rufen die Kollegen auf Öland an und bitten sie, Blomanders Haus zu überwachen. Falls nötig, müssen sie Verstärkung aus Kalmar anfordern. Wir informieren unsere Spurensicherung und bitten sie, den Saab und die Wohnung unter die Lupe zu nehmen. Dann setzen wir uns ins Auto, und du fährst uns schnell wie Ronnie Peterson nach Öland.«

Tomas nickte.

»Wir haben ihn, Tomas. Jetzt haben wir den Mistkerl«, sagte Zingo, während er die Nummer der Leitstelle wählte.

TEIL V

1

Die Ölandbrücke war gesperrt. Nicht einmal die Brücke selbst war durch das dichte Schneetreiben zu sehen. Vor der Absperrung stand ein Wagen des Straßenverkehrsamtes. Tomas parkte daneben und drückte die Tür auf. Der Wind peitschte so heftig, dass er kaum aussteigen konnte. Geduckt lief er zu dem Fahrer, der ihn ungläubig anstarrte. Als der Mann keine Anstalten machte, die Tür zu öffnen, hämmerte er gegen das Fenster und presste seinen Dienstausweis an die Scheibe.

Dann lief er auf die Beifahrerseite, zog die Tür auf, stieg ein, kämpfte einen Moment mit der Tür, bis es ihm gelang, sie wieder zuzuziehen, und wandte sich an den Mann.

»Mein Kollege und ich müssen über die Brücke«, sagte er.

»Davon rate ich Ihnen ab«, erwiderte der Mitarbeiter der Straßenbaubehörde mit breitem Kalmar-Dialekt. »Der Kalmarsund ist nicht zu sehen, und oben auf der Brücke ist die Sicht noch schlechter. Von der vereisten Fahrbahn ganz zu schweigen. Das können Sie vergessen.«

»Wann wurde die Brücke gesperrt?«

»Die Entscheidung wurde heute Mittag um zwölf getroffen. Ich bin seit eins hier.«

Jetzt war es vierzehn Uhr. Die Autofahrt nach Kalmar hatte wegen der Wetterverhältnisse zwei Stunden länger gedauert. Sie hatten versucht, die Kollegen auf Öland zu erreichen, um ihnen zu sagen, dass sie sich verspäteten, aber im Revier war niemand ans Telefon gegangen.

Der Täter hatte es mit Ellen Alm vermutlich noch vor der Sperrung über die Brücke geschafft. Mit etwas Glück würden sie noch rechtzeitig kommen, bevor er sie tötete, sofern er das vorhatte. Mit zusammengekniffenen Augen blickte Tomas auf den Kalmarsund. Wind und Schnee peitschten gegen die Frontscheibe.

»Wir müssen auf die andere Seite«, sagte Tomas entschlossen. »Öffnen Sie den Schlagbaum.«

Tomas steuerte den Volvo auf die Brücke.

Der Wagen des Straßenverkehrsamtes wurde im Rückspiegel im Nu vom Schneegestöber verschluckt. Er wagte nicht, schneller als dreißig km/h zu fahren. Die Sicht ging gegen null. Aus dem Augenwinkel sah er zu Zingo, der krampfhaft den Haltegriff an der Decke umklammerte. Die Plastiktüte, mit der er das Einschussloch in der Windschutzscheibe notdürftig verkleidet hatte, löste sich und flog im Wageninneren umher. Der Sturm wütete mit voller Kraft.

Der Volvo geriet ins Schlingern. Tomas bremste. Zingo schnallte sich ab, drehte sich um, fing die Tüte auf und versuchte, sie wieder über dem Loch zu befestigen.

Tomas umklammerte das Lenkrad, gab ein wenig Gas und bemühte sich, den heftigen Seitenwind durch Gegenlenken auszugleichen. Der Volvo rutschte über die glatte Fahrbahn von einer Spur in die andere.

Erstaunt registrierte er, dass Zingo leise »It must have been Love« von Roxette vor sich hin sang.

Irritiert schüttelte er den Kopf.

»Warum zum Teufel singst du?«, fragte er. »Findest du das hier etwa komisch?«

Zingo grinste, scheinbar unbeeindruckt von Tomas' wütendem Tonfall.

»Weil ich eine scheiß Angst habe«, antwortete er und sang weiter. *But in and outside, I turn to water. Like a teardrop in your palm.*

Zingo sang immer lauter.

Kopfschüttelnd stimmte Tomas mit ein. Ihm ging es wie Zingo, und zusammen grölten sie, laut und falsch, während der Volvo weiter von links nach rechts über die Brücke rutschte.

Als sie Öland schließlich erreichten und von der Brücke fuhren, zitterten seine Knie vor Anstrengung. Er lenkte den Volvo an den Straßenrand und zog mit einem erleichterten Seufzer die Handbremse an.

Dann schlug er den Autoatlas auf. Die Straßenschilder waren im dichten Schneefall nicht zu erkennen, und um zum Polizeirevier von Borgholm zu kommen, mussten sie nach Karte fahren.

Eine Dreiviertelstunde später hatten sie den Ort endlich erreicht.

»Das sieht eher nach Nuuk als nach Schweden aus«, kommentierte Zingo.

»Was ist Nuuk?«

»Die Hauptstadt von Grönland. Ich war nach meiner Scheidung da, 1985, zusammen mit einem Kumpel.«

»Warum?«

»Gute Angelgründe.«

Weit und breit war kein Mensch zu sehen. Sie fuhren zum Polizeirevier, stellten den Volvo vor dem Eingang ab, stiegen aus und rüttelten an der Tür. Sie war verschlossen. Tomas entdeckte eine Klingel und drückte sie mehrmals. Zingo hämmerte gegen die Tür. Nach einer Minute kamen sie zu dem Schluss, dass das Gebäude verlassen war. Neben der Tür hing ein Schild mit einer Kontaktnummer. Sie stiegen wieder ins Auto. Zingo griff nach seinem Handy und rief dort an.

»Ja, hallo«, sagte er. »Hier ist Lars Johansson von der Stockholmer Mordkommission. Wir stehen vor dem Revier, aber hier ist niemand.«

Der Mensch am anderen Ende kam kaum dazu, etwas zu erwidern, ehe Zingo ihn unterbrach.

»Die Fahrt hat wegen des Schneesturms länger gedauert. Wir haben von unterwegs viermal angerufen, aber bei euch ist keiner ans Telefon gegangen. Wo sind eure Leute?«

Zingo schüttelte den Kopf.

»Das ist ein Öland-Blizzard, und Sie haben Ihre komplette Mannschaft nach Hause geschickt? Na wunderbar. Wenn der König Orden für Hirnlosigkeit verleihen würde, hätten Sie gute Chancen. Karlberg, war das Ihr Name? Ich werde persönlich dafür sorgen, dass Sie nie wieder einen Fuß auf das schwedische Festland setzen. Dann können Sie auf der Insel versauern und während Ihres verfluchten Öland-Blizzards Schnee-Engel fabrizieren.«

Zingo legte auf und begann, das Gespräch zusammenzufassen.

»Ich habe gehört, was er gesagt hat«, fiel Tomas ihm ins Wort.

Schweigend betrachteten sie die dicke Schneedecke, unter der Borgholm begraben lag.

»Was ist ein Öland-Blizzard?«, fragte er nach einer Weile.

»Riesige Schneeverwehungen, die der Sturm auftürmt und die die Leute in ihren Häusern einsperren.«

Tomas nickte.

»Was machen wir?«, wollte Zingo wissen.

»Wir fahren zu Blomanders Haus. Vielleicht liegen wir falsch. Vielleicht sind sie gar nicht da.«

Zingo nickte und schlug den Autoatlas auf.

Tomas ließ den Motor an.

2

Der Schneesturm machte keine Anstalten abzuflauen. Der Himmel verdunkelte sich, die Dämmerung brach an. Nachdem sie sich zweimal verfahren hatten, waren sie nun, laut

Karte, weniger als einen Kilometer von Blomanders Haus entfernt. Tomas kroch mit dreißig Stundenkilometern voran. Man konnte unmöglich erkennen, ob sich unter der Schneedecke Straße oder Ackerland verbarg. Die Sicht war gleich null, und das dichte Schneetreiben umgab den Volvo wie eine weiße Mauer.

»Wenigstens kann er uns nicht kommen sehen«, meinte Zingo. »Das ist immerhin ein Vorteil.«

Tomas hielt an. Die Schneeschicht war jetzt so massiv, dass er nicht mehr erkannte, wo der Weg weiterging. Nach einem prüfenden Blick auf die Karte deutete Zingo schräg nach rechts.

»Das Haus müsste da drüben liegen.«

Tomas nickte und knöpfte seine Lederjacke bis zum Hals zu. Sie entsicherten ihre Dienstwaffen.

Der Wind heulte und pfiff, als sie ausstiegen. Tomas stemmte sich gegen die Böen und kämpfte sich Schritt für Schritt voran. Schnee peitschte ihm ins Gesicht und trieb ihm Tränen in die Augen. Er blieb stehen und wandte sich um. Der Volvo war nicht mehr zu sehen. Kopfschüttelnd stapfte er weiter und fiel mit einem Mal der Länge nach in den Schnee. Er rappelte sich auf und griff tastend um sich. Er war über eine Reihe von Briefkästen gestolpert. Zingo half ihm wieder auf die Füße. Ein paar Hundert Meter weiter wären sie um ein Haar gegen einen Honda Accent geprallt. Der Wagen war vollkommen unter den Schneemassen begraben.

»Das muss sein Wagen sein!«, rief Tomas Zingo zu. »Damit müssen sie nach Öland gekommen sein.«

Im Windschatten des Honda hielten sie nach Blomanders Haus Ausschau. Tomas richtete sich auf, spähte mit zusammengekniffenen Augen in die wirbelnden Flocken und versuchte, in der weißen Landschaft ein Gebäude auszumachen.

»Siehst du was?«, rief Zingo.

»Nein!«, rief er zurück, doch im selben Moment meinte er, im Weiß eine Erhöhung zu entdecken.

»Da drüben!«

Geduckt stapften sie in die Richtung, in die Tomas gezeigt hatte. Nach ein paar Metern stürzte Tomas erneut. Diesmal spürte er einen stechenden Schmerz im Bein. Als er wieder auf die Füße gekommen war, wischte er den Schnee von dem Gegenstand, über den er gestolpert war. Es war ein Holzstuhl.

Zingo war unterdessen weitergegangen. Tomas erkannte den Rücken seines Partners, der sich in diesem Moment umdrehte. Blindlings stolperte er zu ihm hinüber. Im Näherkommen begriff er, dass sie sich auf einem Grundstück befanden. Sie kauerten sich hinter ein Werkstattgebäude und betrachteten das Wohnhaus. Blomander sollte in einem gelben Holzhaus wohnen, und dies war ein gelbes Holzhaus.

Tomas nickte Zingo zu. Am hinteren Ende der Fassade leuchtete eine Außenlampe über einer zugeschneiten Erhöhung, die eine Vordertreppe sein musste. Vorsichtig schlichen sie zum Eingang.

»Hast du das gehört?«, flüsterte Zingo.

»Nein, was?«

»Ich habe jemanden rufen hören.«

»Bist du sicher?«

Tomas presste ein Ohr an die Tür und lauschte. Die Kälte biss ihm in die Wange. Aber jetzt hörte er es auch. Eine Frauenstimme rief etwas.

»Sie muss alleine im Haus sein«, meinte er.

»Ja.«

Behutsam drückte Zingo die Türklinke nach unten. Die Tür war abgeschlossen.

»Verdammter Mist«, fluchte Zingo verhalten. »Die Brechstange haben wir nicht mitgenommen, oder?«

»Ich hole sie.«

»Und versuch noch mal, Verstärkung anzufordern. Ich hab mein Handy im Auto gelassen.«

»Soll ich die Borgholmer Kollegen anrufen?«

»Nein, nicht diese Taugenichtse. Ruf in Kalmar an. Sie sollten in zwei Stunden hier sein können. Meinetwegen sollen sie mit Skiern über die Brücke fahren oder bei der Armee ein Kettenfahrzeug anfordern.«

Tomas sah Zingo einen Moment lang an, dann nickte er und kämpfte sich zurück zum Auto.

Er versuchte, in Zingos und seinen Fußspuren zurückzugehen, doch die waren bereits im Schnee verschwunden. Trotzdem meinte er, sich zu erinnern, wo sie in etwa langgelaufen waren.

Was passierte, falls er sich verirrte, wagte er sich nicht einmal auszumalen.

3

Vera hatte die Kirche von Hulterstad erst gegen halb eins am Montagmittag erreicht. Auf der Brücke hatten heftige Windböen an ihrem Saab gezerrt, ihn mit sich über die seitliche Fahrbahnbegrenzung reißen wollen. Sie hatte kaum die Hand vor Augen sehen können.

Jetzt saß sie bei laufendem Motor im Auto und behielt den Eingang der Kirche im Auge, wo das mutmaßliche Treffen der Geheimagenten stattfinden sollte. Sie fror. Obwohl sie das Gebläse voll aufgedreht hatte, wurde es im Wageninneren nicht warm. Im Radio erklang der Jingle der Nachrichten. Fünfzehn Uhr. Der vereinbarte Zeitpunkt. Die erste Meldung betraf den Schneesturm. Die Ölandbrücke war für den Verkehr gesperrt worden, und auf der E22 war ein Lastwagen mit dem Pkw einer Familie mit Kindern zusammengestoßen.

»Komm schon«, murmelte Vera. »Wo bleibst du?«

In diesem Moment tauchte an der Rückseite der Kirche ein Mann auf. Er hatte die Hände tief in den Manteltaschen vergraben, war schlank und athletisch und bewegte sich geschmeidig durch den Tiefschnee. Sie schaltete den Motor aus, nahm ihre Kamera vom Beifahrersitz und machte sich bereit, benutzte das Teleobjektiv als Fernglas. Im Windschatten der Fassaden wütete der Sturm nicht ganz so heftig, und die Sicht war etwas besser. Als der Mann in ihre Richtung blickte und sich eine Zigarette ansteckte, erkannte sie einen der Männer von dem in Russland aufgenommenen Foto, das sie in Elizabeth Alms Kellerraum gefunden und mit dem Vermerk *KGB?* versehen hatte.

Sie fotografierte den Mann, legte die Kamera zurück auf den Beifahrersitz und hielt wieder Ausschau. Aus irgendeiner Richtung würde eine zweite Person auftauchen, und derjenige durfte nicht merken, was sie tat.

Ein paar Minuten später näherte sich ein grüner Toyota, der am Parkplatz der Kirche vorbeifuhr und ein Stück weiter die Straße hinunter anhielt.

Ein Mann stieg aus und kämpfte sich durch den Schnee zur Kirche. Er hatte eine Glatze und trug trotz der Kälte keine Mütze. Sein Atem dampfte als weißer Rauch in der eisigen Luft.

Vera nahm die Kamera vom Beifahrersitz und zoomte ihn heran. Der Mann zog seine Handschuhe aus und griff in seine Manteltasche. Sie justierte die Schärfe. Er hielt eine Pistole in der Hand. Was ging hier vor? Wollte er den anderen Mann töten?

Hastig legte sie die Kamera aus der Hand. Ihr Herz schlug bis zum Hals, und sie wünschte sich, diese ganze Sache hätte ein Ende. Was sollte sie machen, wenn der Mann das Feuer eröffnete?

Vor dem Eingang der Kirche blieb der Mann plötzlich stehen, er schien etwas bemerkt zu haben. Er wandte sich um und blickte ihr geradewegs ins Gesicht.

Panik stieg in ihr auf. Sie musste schnell handeln. Ohne nachzudenken, kurbelte sie das Fenster runter. Der hereinwirbelnde Schnee ließ sie husten. Mit der freien Hand winkte sie dem Mann zu.

»Hallo!«, rief sie durch den tosenden Sturm.

Der Mann bewegte sich auf ihren Saab zu, und sie streckte die Straßenkarte durchs Fenster. Ihre Stimme zitterte, und sie hoffte inständig, dass er es nicht bemerkte.

»Kommen Sie von hier?«, fragte sie.

Der Mann hatte ihr Auto erreicht, und sie erkannte sofort, dass es der zweite Mann auf Elizabeth Alms Foto war. Er legte seine Hände aufs Dach und blickte zu ihr in den Wagen. Ein Gedanke schoss ihr in den Kopf. Wenn dieser Mann Påls Mörder war, müsste er sie dann nicht wiedererkennen? Påls Mörder hatte sie beide vor der Detonation der Autobombe beobachtet und auch sie gesehen. In diesem Fall hatte sie gerade ihr eigenes Todesurteil unterzeichnet, als sie ihn hergewunken hatte.

»Ich muss eine Tankstelle finden!«, rief sie.

Der Mann musterte sie lange, als wollte er ihre wahren Absichten ergründen. Dann schüttelte er den Kopf.

»Leider kann ich Ihnen nicht helfen. Ich bin Tourist.«

»Trotzdem vielen Dank«, erwiderte Vera.

Der Mann richtete sich auf und ging zurück zur Kirche. Er schien sie nicht erkannt zu haben. Das konnte nur eines bedeuten: Der Mörder war der Mann, der oben vor dem Eingang auf ihn wartete.

Sie legte den ersten Gang ein, die Reifen drehten mehrmals

durch, doch dann bekamen sie Bodenhaftung, und sie fuhr los, den Blick fest in den Rückspiegel geheftet. Der Mann oben vor der Kirche durfte sie nicht sehen, dann wäre alles aus.

Sie fuhr ein paar Hundert Meter die Straße hinunter, parkte an einer Abzweigung der Landstraße, wickelte ihren Schal um ihr Gesicht, um sich unkenntlich zu machen, und steckte Kamera und Straßenkarte in ihren Rucksack. Sie würde dem Mann, den sie für den Mörder hielt, folgen, ein paar Fotos von ihm machen und der Säpo seinen Aufenthaltsort mitteilen.

Gegen den Wind ankämpfend lief sie zurück zur Kirche, doch die Männer waren fort. Sie hastete zum Eingang der Kirche und versuchte, die Tür zu öffnen. Sie war versperrt. Die Fußspuren der Männer waren bereits unter einer dicken Schneedecke verschwunden. Ohne große Hoffnung ließ sie ihren Blick über den Friedhof schweifen. Der Sturm wütete immer heftiger. In der eisigen Kälte stehend, wurde ihr bewusst, dass sie beide Männer verloren hatte. Der Wind trieb riesige Schneewehen über die Straße. Es war ein surrealer Anblick. Als wäre das Weiß lebendig geworden. Der Schnee erhob sich über die Häuser, als wollte er sie verschlingen, und bald wäre es außerdem stockfinster.

Vom Eingang der Kirche aus erahnte sie die Umrisse des grünen Toyota, der unverändert oben an der Straße parkte und immer mehr zuschneite.

Zu Fuß konnten sich die beiden Männer bei diesem Wetter unmöglich weit von hier entfernt haben.

Es gab nur einen plausiblen Ort, wohin sie gegangen sein konnten.

Vera nahm die Straßenkarte aus ihrem Rucksack, suchte die Adresse und kämpfte sich durch den Sturm voran. Dan Blomanders Haus lag nur etwa einen Kilometer entfernt. Es kam ihr vor wie eine Weltreise.

4

Tomas fand nur mit Mühe zum Volvo zurück. Der Wagen war fast komplett zugeschneit, bloß eine Erhebung im Schnee verriet seinen Standort. Er nahm die Brechstange aus dem Kofferraum, presste sie an den Körper und stapfte auf die Beifahrerseite. Zingos Handy lag auf dem Armaturenbrett. Tomas stieg ein, legte seine Waffe auf den Sitz und wählte die Nummer der Leitstelle. Es dauerte eine Weile, bis die Verbindung zustande kam. Während er darauf wartete, dass sich jemand meldete, ließ er den Motor an, um sich aufzuwärmen. Das Schneegestöber wirbelte im Scheinwerferlicht wie ein wütender Insektenschwarm. Er schaltete das Licht wieder aus.

Plötzlich registrierte er ein Stück entfernt eine Bewegung.

Hastig stellte er die Scheibenwischer an und beugte sich vor, um besser sehen zu können.

Kam Zingo zurück?

***

Vera hatte Dan Blomanders Haus fast erreicht. Der Wind heulte und toste um sie herum. Der Lärm war ohrenbetäubend.

Blomanders Kfz-Werkstatt zeichnete sich als verschwommenes Viereck vor ihr ab. Schneewehen wirbelten durch die Luft und stachen wie Nadeln in ihre Wangen. Sie suchte hinter der Werkstatt Schutz, atmete einen Moment durch, dann bewegte sie sich an der Rückseite des Gebäudes entlang, um sich eine Position zu suchen, von wo aus sie das Haus im Blick hatte und hoffentlich die beiden Männer fotografieren konnte. Sobald sie sie sah, würde sie die Säpo anrufen.

Sie griff nach der Kamera und spähte mit dem Teleobjektiv

als Fernglas den Hof aus, als sie an der Eingangstür einen Mann entdeckte. Mit steif gefrorenen Fingern justierte sie die Schärfe, und im trüben Schein der Außenleuchte erkannte sie ihn. Es war Zingo. Was zum Teufel machte er hier? Wusste er, dass die beiden KGB-Agenten auf dem Weg hierher waren, oder ging er sogar davon aus, dass sie sich im Haus befanden?

Plötzlich nahm sie am anderen Ende des Hauses eine Bewegung wahr – die beiden KGB-Männer schlichen mit gezückten Waffen an der Hauswand entlang.

Zingo war in eine Falle geraten, sie musste ihn warnen.

»Zingo. Zingo!«, schrie sie, so laut sie konnte.

Doch ihre Stimme ging im Sturm unter, schaffte es nicht, das Tosen zu übertönen. Trotzdem schrie sie wieder.

»Zingo!«

Ein Schuss fiel.

Zingo sackte auf die Vordertreppe.

***

Ellen schlug die Augen auf. Im Übergang zwischen Traum und Wirklichkeit fühlte sie sich völlig orientierungslos. War sie zurück im Bordell in der Malmskillnadsgatan? Waren die Geräusche, die sie hörte, die Schüsse, die Runström getötet hatten?

Waren die Ereignisse der vergangenen Tage nur ein böser Traum?

Ganz allmählich gewann sie die Orientierung zurück. Ihr Kopf dröhnte, und ihr war klar, dass man sie unter Drogen gesetzt hatte. Als sie sich vorbeugte, um sich zu übergeben, verlor sie den Halt und fiel mit dem Gesicht voran auf einen dreckigen Holzfußboden.

Stöhnend setzte sie sich auf und würgte. Doch nichts kam.

Das Schwindelgefühl ließ nach, und sie begriff, dass sie von einem Sofa gefallen war.

Ihre Erinnerung kehrte zurück. Der Mann aus der Malmskillnadsgatan, der in der Silvesternacht ihren Namen gerufen hatte und den sie für den Mörder ihrer Mutter hielt, war in Påls Wohnung eingedrungen.

Er hatte eine Pistole auf sie gerichtet und ihr befohlen, von Påls Festnetzanschluss eine Nummer anzurufen.

Er musste sie nach Öland gebracht haben.

Der Raum, in dem sie sich befand, war altmodisch eingerichtet und roch muffig. Bis auf eine TV-Bank aus Birkenfurnier mit Drehteller schienen alle Möbel selbst gebaut zu sein. Auf dem Couchtisch lagen Pornomagazine.

Sie hatte keine Ahnung, was dies für ein Ort war, aber sie wusste, warum man sie hergebracht hatte.

Das mulmige Gefühl, das sie seit der Silvesternacht mit sich herumtrug – oder eigentlich schon seit Sven Rågsjös Besuch im Haus Sonnenblume –, hatte sich bewahrheitet.

Der Mann hatte sie entführt, weil er wusste, dass ihre Mutter als Geheimagentin tätig gewesen war.

***

Als Tomas den Schuss hörte, zuckte er zusammen und spähte hinaus in die Dunkelheit. Dann drückte er die Tür auf, stieg aus und blickte mit Zingos Handy am Ohr in die Richtung, in der er Blomanders Haus vermutete. Am anderen Ende meldete sich jemand. Er setzte sich wieder ins Auto und schloss die Tür, um das Heulen des Sturms auszusperren.

Mit der linken Hand umklammerte er das kalte Metall der Brechstange.

»Mein Name ist Tomas Wo…«

Erneut meinte er, eine Bewegung wahrzunehmen, diesmal näher am Auto, ein paar Meter von der Beifahrerseite entfernt. Konzentriert starrte er dorthin, konnte jedoch nichts entdecken. Er musste sich die Bewegung eingebildet haben, hob das Handy wieder ans Ohr, und im selben Moment zerbarst das Seitenfenster.

Tomas tastete nach dem Türgriff und stieß die Tür auf. Als er sich aus dem Wagen warf, glitt ihm das Handy aus der Hand.

Ein zweiter Schuss fiel.

Blindlings rannte er durch den Schnee, weg vom Auto.

Er glitt aus, stürzte und hätte um ein Haar die Brechstange verloren.

Mühsam kam er auf die Beine und rannte weiter.

Ein dritter Schuss.

Hastig blickte er zurück und sah die Umrisse eines Mannes hinter sich. Als er Sven Rågsjös Gestalt erkannte, wurde ihm klar, dass sie sich die ganze Zeit geirrt hatten. Sie jagten nicht einen Täter, sie jagten zwei.

***

Mit zittrigen Beinen stand Ellen auf und sah sich nach einem Gegenstand um, den sie als Waffe benutzen konnte, wenn der Mann zurückkam.

Auf der TV-Bank stand ein Kerzenständer, aber der war aus Kunststoff. Sie warf ihn in die Ecke.

Draußen vor dem Haus erklangen Schüsse, vom Sturm gedämpft.

Sie kam in einen schmuddeligen Flur, in dem eine Axt an der Wand lehnte. Der Wind heulte, drückte gegen die Fenster. In der Fassade musste ein Riss sein; von irgendwoher drang ein kalter Luftzug herein.

Ellen dachte wieder an ihre Mutter. Wenn Mamas Spionagetätigkeit der Grund für die Ereignisse war und Mamas Mörder sie entführt hatte, würde sie nicht mehr lebend aus diesem Haus herauskommen.

Ehe sie die Axt ergreifen konnte, ging die Haustür auf, und vor ihr stand der Mann, der in der Silvesternacht ihren Namen gerufen hatte. Schneegestöber umhüllte ihn, und sie wollte eben die Axt in die Hand nehmen, als sie den angeschossenen Mann auf der Vordertreppe liegen sah und erstarrte. Sie blieb stehen, während ihr Entführer den verletzten Mann ins Haus zerrte und die Haustür schloss.

Dann wurde es vollkommen still, nur das leise Jammern des Verletzten war zu hören. Er blutete aus der Schusswunde und krümmte sich vor Schmerzen.

»Lassen Sie mich gehen!«, schrie Ellen.

Ihr Entführer wandte seine Aufmerksamkeit von dem jetzt bewusstlos am Boden liegenden Mann ab und drehte sich langsam zu ihr um. Sein schwarzes Haar klebte ihm an der Stirn. Um den Hals trug er eine Kette mit einem großen Kreuz.

»Hab keine Angst«, sagte er. »Mein Name ist Jurij, und ich bin dein Vater.«

***

Vera bewegte sich in die Richtung, aus der ihrer Meinung nach die neuen Schüsse gekommen waren, und erreichte das zugeschneite Auto. Die Fahrertür stand offen, und im Wageninneren hatte sich Schnee angehäuft.

Sie setzte sich hinein und zog die Tür zu.

Die beiden KGB-Agenten hatten sich aufgeteilt, und einer von ihnen war mit Zingo im Haus verschwunden. Sie hatte keine Ahnung, wo der zweite Mann steckte. Hatte er geschossen?

Sie griff nach ihrem Handy und wählte die Nummer der Polizei. Eine Kugel hatte die Windschutzscheibe durchschlagen, und das Fenster auf der Beifahrerseite war zerborsten. Der Volvo schaukelte in den heftigen Böen. Der Wind donnerte, als würde ein Gewitter über sie hinwegrollen. Würde man sie am Telefon überhaupt verstehen?

»Notrufzentrale. Was ist passiert?«, meldete sich eine Frauenstimme.

»Ich stehe vor Dan Blomanders Kfz- & Karosserieschmiede in Mörbylånga auf Öland!«, schrie Vera. »Ein Polizist wurde angeschossen!«

In der Leitung knisterte es.

»Hören Sie mich?«, rief sie.

»Atmet der Beamte? Können Sie die Wunde verbinden?«

»Ich weiß es nicht. Wir brauchen Hilfe. Sofort.«

Die Frau am anderen Ende schien abzuwägen, ob sie die Wahrheit sagte oder nicht.

»Schicken Sie jemanden? Ich muss mich in Sicherheit bringen.«

»Die Kollegen kommen. Aber es wird ein paar Stunden dauern. Begeben Sie sich an einen sicheren Ort und rufen Sie wieder an.«

In dem Moment, als Vera das Gespräch beendete, hörte sie in der Ferne wieder einen Schuss. Auf dem Beifahrersitz lag eine Pistole. Sie nahm sie in die Hand und umklammerte das kalte Metall. Als sie die Waffe in ihre Jackentasche schob, dachte sie daran, wie Jonny sie einmal mit auf ein freies Feld genommen hatte, um auf leere Dosen zu schießen.

In dem Moment begriff sie, dass Zingo nicht alleine zu Blomanders Haus gefahren war. Es war Tomas Wolfs Volvo, in dem sie saß.

Tomas war ebenfalls überrascht worden. Die Pistole musste seine Dienstwaffe sein.

Er war unbewaffnet irgendwo da draußen und wurde von einem KGB-Agenten verfolgt. Vera zog die Pistole aus der Jackentasche und begab sich hinaus in den Schneesturm.

***

Tomas rannte durch den tiefen Schnee. Er wagte nicht, den Kopf zu drehen, um nachzusehen, wie nah Sven Rågsjö war, aber er glaubte, schneller und in besserer körperlicher Verfassung zu sein als sein über zehn Jahre älterer Verfolger.

Er hatte panische Angst. Um sich. Um Zingo. Der unbekannte Mann musste Zingo überrascht haben. Womöglich war er tot.

Was würde passieren, wenn Rågsjö ihn einholte? Würden die Männer ihn foltern, wie sie es mit Morris Heckler gemacht hatten? Ihm die Fingernägel ausreißen, ihn aufschlitzen und kastrieren?

Er riskierte einen Schulterblick, konnte Rågsjö aber nirgends entdecken.

Aber er wusste, dass er da war, hinter ihm, in der weißen Öland-Dunkelheit.

Jeden Augenblick konnte ihn eine Kugel treffen und allem ein Ende machen.

Vielleicht wäre das besser als Folter?

In Tschechien hatte er dem Tod ein Schnippchen geschlagen, er wusste nicht, ob er die Kraft hatte, es ein zweites Mal zu tun.

Die Umgebung veränderte sich. Er stolperte über etwas, sein rechter Fuß brach durch eine Eisdecke und versank in eiskaltem Wasser.

Keuchend rappelte er sich auf. Lief weiter. Seine Lunge brannte. Er fiel der Länge nach hin, rutschte bäuchlings über den glatten Untergrund und tastete im Schnee panisch nach der Brechstange. Sie war seine einzige Waffe, er durfte sie nicht verlieren. Tomas umklammerte sie fest und floh weiter.

***

Ellen funkelte den Mann, der sich Jurij nannte und behauptete, ihr Vater zu sein, misstrauisch an. Er wandte sich wieder dem Verletzten am Boden zu und gab ihm ein paar kräftige Ohrfeigen.

»Wach auf«, rief er.

Ellen wich zurück und setzte sich aufs Sofa. In ihrem Kopf existierte nur ein einziger Gedanke: Was der Mann gesagt hatte, konnte nicht stimmen. Sie war nicht seine Tochter.

»Komm schon«, wiederholt Jurij zunehmend frustriert, während er dem Mann am Boden weiter ins Gesicht schlug.

Ellen wagte nichts zu fragen, wollte nicht, dass er ihr Vater war.

»Wer ist das?«, sagte sie stattdessen.

»Ein Polizist«, erwiderte Jurij.

Ellen sah sich um, suchte den Raum nach Fluchtmöglichkeiten ab, konnte aber keine entdecken, und Jurij blockierte die Haustür. Er war bewaffnet. Sie würde nicht an ihm vorbeikommen, ohne dass er auf sie schoss. Der Blutgeruch verursachte ihr Übelkeit. Sie war sicher, dass der Polizist im Sterben lag.

***

Vera stolperte durch das dichte Schneetreiben. Der Sturm wütete immer heftiger, sie konnte kaum einen Meter weit sehen. Tomas brauchte Hilfe, und sie war seine einzige Chance. Vorigen Sommer hatte er ihr das Leben gerettet. Jetzt würde sie alles daransetzen, sich zu revanchieren, um nicht mehr in seiner Schuld zu stehen.

Sie hielt die Pistole mit beiden Händen umklammert, spürte ihre Finger nicht mehr.

Es roch nach Schwefel, der Boden unter ihren Füßen war uneben. Ein Stück vor ihr bewegte sich etwas, ein schwarzer Schatten in all dem Weiß.

***

Ellen sah, wie Jurij dem Polizisten zwei Finger an den Hals legte. Dann schüttelte er den Kopf.

»Er ist am Leben, aber nicht sehr viel mehr«, sagte er. »Wir brauchen ihn lebendig.«

Er wandte sich zu ihr um.

»Es ist die Wahrheit. Ich bin dein Vater.«

Ellen antwortete nicht. Wenn sie eines als Prostituierte gelernt hatte, dann Fügsamkeit. Solange man im richtigen Moment den Mund hielt, kam man aus jeder Situation wieder heraus.

Ihre Brust zog sich zusammen, aus Angst, was es bedeutete, wenn er nicht ihr Vater war.

»Deine Mutter und ich haben uns in den Siebzigern kennengelernt«, fuhr Jurij fort. »Wir haben beide als Geheimagenten gearbeitet, und sie hat mich in eine klassische Honigfalle gelockt.«

Er lächelte sie an.

»Aber daraus wurde echte Liebe, und du kamst auf die Welt. Elizabeth hatte als Studentin für die CIA gearbeitet, aber angefangen, am Krieg gegen den Kommunismus zu zweifeln. Ich war einer der vielen KGB-Agenten, die mit dem Gedanken spielten, zum Westen überzulaufen. Es war die zum Scheitern verurteilte Liebe von zwei Zweifelnden.«

Ellen hätte ihm am liebsten ins Gesicht gespuckt, weil er sich anmaßte, von ihrer Mutter zu reden. Er musste lügen.

Warum hätte er sie sonst hierhergebracht? Trotzdem wollte sie, dass er weitererzählte.

»Ich habe sie nie vergessen.«

Ellen zitterte vor Kälte.

Dann sagte Jurij etwas, das alles veränderte.

»Du wurdest am zweiten Februar 1975 im Krankenhaus von Danderyd geboren. Du kamst drei Wochen zu früh und hast ein Feuermal auf der Innenseite deines Oberschenkels. Deine Mutter hat immer gesagt, es würde dir Glück bringen.«

Ellen schnappte nach Luft und sah den Mann, vor dem sie seit Silvester geflüchtet war, mit großen Augen an.

Er musste ihr Vater sein.

***

Tomas hatte keine Ahnung, wie lange er schon durch den Schnee lief. Er konnte sich genauso gut im Kreis bewegt haben. Um ihn herum waren nichts als kahle Baumgerippe und das verfluchte Weiß.

Im Laufen zerrte er sich die nasse, schwere Lederjacke vom Leib und warf sie weg.

Augenblicklich klapperte er mit den Zähnen. Aber auch wenn das weiße T-Shirt ihn nicht wärmte, machte es ihn in all dem Weiß zu einer weniger sichtbaren Zielscheibe, und er riskierte einen neuen Schulterblick. Sein Verfolger war immer noch nirgends zu sehen. Hatte Rågsjö ihn aus den Augen verloren? Tomas ging hinter einem Baumstamm in Deckung und spähte in die Dunkelheit, lauschte mit geschlossenen Augen, ob jemand in der Nähe war. Er zitterte wie Espenlaub, hatte kein Gefühl mehr im rechten Fuß.

Das einzige Geräusch war das Heulen des Windes. Erneut suchte er die Landschaft ab und versuchte, klar zu denken.

Ein Schuss ließ ihn zusammenfahren.

Die Kugel schlug in den Baumstamm ein.

Er rannte, änderte die Richtung, lief nach rechts. Vor ihm türmte sich ein Schneewall auf. Tomas warf sich der Länge nach hinein und stieß mit dem Rücken gegen etwas Hartes. Mit schmerzverzerrtem Gesicht tastete er danach; es schienen Metallfässer zu sein. Zitternd umfasste er die Brechstange. Sein Körper bebte vor Kälte, und er spannte die Waden an, damit das Zittern aufhörte.

Plötzlich entdeckte er ein paar Meter entfernt die Konturen eines Mannes. Rågsjö kam langsam auf ihn zu, bewegte sich parallel am Schneewall entlang. Vorsichtig brachte Tomas sich in Position, um mit der Brechstange zuzuschlagen. Sein Handgelenk verkrampfte, die Finger versagten ihm den Dienst, waren außerstande, die Brechstange mit festem Griff zu packen.

Seine Zähne klapperten.

Rågsjö kam mit erhobener Pistole immer näher.

***

Ellen betrachtete den Mann, der ihr Vater war. Seine großen Hände, die nach dem Puls des Polizisten tasteten. Seine Augen, die gleichzeitig tot und lebendig aussahen.

So hatte sie sich ihren Vater nicht vorgestellt.

»Wir müssen ihn wieder munter kriegen«, sagte er jetzt.

In weniger als einer Minute war alles, was sie über ihr Leben zu wissen geglaubt hatte, auf den Kopf gestellt worden. Der Vater, von dem sie sich so oft gewünscht hatte, er würde sich auf die Suche nach ihr machen, stand vor ihr.

Vor ihrem inneren Auge liefen die Bilder der letzten Begegnung mit ihrer Mutter ab. Fragmente aus dem Hospiz. Sie hatte nach ihrem Vater gefragt, aber Mama hatte ihre kalte Hand auf ihren Handrücken gelegt und versprochen, ein andermal von ihm zu erzählen. Im Nachhinein hatte sie gedacht, dass es eine egoistische Frage gewesen war. Mama war in all den Jahren für sie da gewesen, und selbst auf ihrem Totenbett hatte Ellen ihr das Gefühl gegeben, unzulänglich zu sein.

Sie schob die Erinnerungen beiseite.

Ihr Vater stand auf und ging in die Küche. Der Weg zur Haustür war frei, aber Ellen rührte sich nicht. Einen Augenblick später kam er mit einer Packung Salz und einer Rolle Klebeband zurück.

»Wir müssen ihn wach bekommen.«

Er fesselte die Hände des Polizisten mit dem Klebeband und riss ihm dann mit einer energischen Bewegung das Hemd auf, dass die Knöpfe abrissen und über den Holzfußboden rollten.

»Warum bin ich hier?«, fragte sie. »Warum bist du jetzt gekommen?«

Jurij ließ die Hand, in der er das Salz hielt, sinken und sah sie an.

»Deine Mutter hat mich gebeten, dich zu holen«, antwortete er. »Ich bin so schnell gekommen, wie ich konnte, nachdem ich ihren Brief erhalten hatte.«

Ellen verstand kein Wort.

»Ihren Brief?«, wiederholte sie. »Mama ist tot. Sie ist im Frühjahr gestorben.«

Jurij nickte.

»Sie hat mir geschrieben und erzählt, dass du auf die schiefe Bahn geraten bist und Hilfe brauchst. Dass ich nach ihrem Tod für dich sorgen muss. Dass es meine Pflicht ist.«

»Aber das ist fast ein Jahr her«, erwiderte sie.

Ihr Vater hatte ein ganzes Leben lang damit gewartet, nach ihr zu suchen, und kam trotzdem zu spät.

»Ich habe einen Fehler gemacht«, sagte Jurij. »Darum sind

wir überhaupt voneinander getrennt worden. Das war nicht so geplant.«

Mit leiser Stimme erzählte er, dass man ihn Mitte der Achtzigerjahre aus unerfindlichen Gründen in die Sowjetunion zurückbeordert hatte und er befürchtet hatte, dass seine Beziehung mit ihrer Mutter ans Licht gekommen war.

Doch der Grund war ein anderer gewesen. Ein schlafender Agent, dem Jurij in einem unbedachten Moment seine Zweifel am Kommunismus anvertraut hatte, war zu seinem Führungsoffizier marschiert, worauf man Jurij als Sicherheitsrisiko einstufte und ihm verbot, die Sowjetunion jemals wieder zu verlassen.

»Aber im Herbst erteilte man mir plötzlich einen Auftrag. Einer meiner ehemaligen schlafenden Agenten in Malmö erstattete keine Meldungen mehr. Ich sollte ihn eliminieren und habe die Fahrt mit der Estonia gebucht.«

Als der Alarm losging, hatte Jurij mit einem versoffenen Automechaniker von Öland, der mit den Nutten prahlte, die er in Tallinn durchgevögelt hatte, in einer Bar gesessen.

Gemeinsam hatten sie bis zur letzten Minute gewartet, ehe sie in eines der Rettungsboote gestiegen waren.

»Wir saßen allein in der Rettungsinsel, und ich fragte ihn, ob er seinen Ausweis bei sich habe. Als er meine Frage bejahte, nahm ich ihm den Pass ab. Dann habe ich den Hurenbock im Meer ertränkt und bin in Schweden als Dan Blomander an Land gegangen. Der FSB-Agent Jurij Gregoriev ist mit der Estonia auf den Grund der Ostsee gesunken.«

»Aber wie hast du mich gefunden?«

»Deine Mutter hatte mir geschrieben, dass du dich mit den falschen Leuten abgibst. Also habe ich in Stockholm alle Orte und Plätze abgesucht, wo du möglicherweise sein könntest. Und als ich dich schließlich mit diesen Männern gesehen habe, in diesen Filmen … Ich musste dem ein Ende setzen.«

Jurij hob die Arme.

»Aber du bist vor mir geflohen und untergetaucht. Zum Glück konnte ich dich durch das Adressbuch, das du zurückgelassen hast, in Råsunda ausfindig machen.«

Der Polizist am Boden begann, sich stöhnend zu bewegen. Jurij beugte sich über ihn und sagte etwas auf Russisch. Ellen nahm an, dass es ein Fluch war.

»Kannst du mir das Salz geben?«

Ellen stand vom Sofa auf und gab ihm die Packung, die er auf den Boden gestellt hatte. Die Stirn des Polizisten war schweißgebadet.

»Wird er sterben?«, fragte sie.

»Ich weiß es nicht. Vielleicht.«

Ellen wich zurück.

»Warum hast du Morris Heckler und Bertil Runström getötet?«

»Weil sie dich gequält haben.«

Jurij streute Salz in die Schusswunde des Polizisten.

Ihr Leben lang hatte sie sich nach einem Vater gesehnt. Jetzt hatte sie einen, und er hatte ihretwegen mehrere Morde begangen. Außer Pål hatte noch nie ein Mann sich für sie eingesetzt.

Die Schmerzensschreie des Polizisten rissen sie aus ihren Gedanken.

***

Mit vorgehaltener Pistole kämpfte Vera sich durch den Sturm. Die Gestalt, die sie eben gesehen hatte, war vom Schneefall verschluckt worden. Hatte sie sich den Mann nur eingebildet? Was, wenn nicht sie ihn verfolgte, sondern er ihr irgendwo auflauerte?

Sie dachte an Sigge. Würde sie ihn wiedersehen?

In diesem Moment trat sie auf etwas Weiches. Es war eine

Lederjacke, die der Jacke ähnelte, in der sie Tomas Wolf zuletzt gesehen hatte.

War sie zu spät gekommen? Hatte der KGB-Agent ihn ermordet?

Orientierungslos stolperte sie weiter, als sie im Augenwinkel plötzlich etwas bemerkte. Sie drehte sich in die Richtung und hob die Pistole.

Plötzlich sah sie die Silhouette eines Mannes. Er hielt eine Waffe in der Hand und bewegte sich an einem Schneewall entlang. Vera legte den Finger an den Abzug und zielte.

Dann schoss sie.

***

Tomas hörte den Schuss und sah, dass Rågsjö sich von ihm abwandte. Den Schützen konnte er nirgends entdecken, doch er reagierte instinktiv und sprang mit erhobener Brechstange aus der Deckung.

Rågsjö fuhr zu ihm herum. Tomas wurde klar, dass er ihn nicht früh genug erreichen würde. Um zu verhindern, dass Rågsjö einen Schuss abfeuerte, schleuderte er ihm verzweifelt die Brechstange entgegen. Rågsjö verlor einen Augenblick lang das Gleichgewicht, was Tomas die zusätzlich benötigte Hundertstelsekunde verschaffte. Er packte Rågsjös rechte Hand, und sie kamen beide ins Straucheln. Rågsjö fiel und begrub Tomas unter sich. Auf dem Rücken liegend versuchte Tomas, ihm die Pistole aus der Hand zu winden.

Aber Rågsjö war überraschend kräftig.

Mit seiner freien linken Hand schlug er Tomas immer wieder ins Gesicht. Tomas stieß ein lautes Brüllen aus, von dem er nicht wusste, ob es von abgrundtiefer Wut oder abgrundtiefer Angst herrührte. Seine Finger glitten von Rågsjös Handgelenk, sein Griff lockerte sich.

Ein Schuss fiel. Die Kugel wirbelte neben ihnen eine große

Schneewolke auf. Dann näherte sich der Pistolenlauf Tomas' Gesicht.

***

Ellen hörte gedämpfte Schüsse vor dem Haus.

Der Polizist schrie noch immer vor Schmerzen.

»Wer schießt da draußen?«, fragte sie panisch, als die Schmerzensschreie des Polizisten in ein Röcheln übergingen.

»Der schlafende Agent, von dem ich erzählt habe.«

»Der schlafende Agent?«

»Sven Rågsjö. Er hat mich in den Achtzigerjahren verraten.«

»Rågsjö?«

Jurij durchsuchte die Kleidung des Polizisten und zog eine Pistole hervor, die er ihr über den Fußboden zuschob.

»Ja.«

Ellen erinnerte sich an den kahlköpfigen Mann, der sie im Haus Sonnenblume besucht hatte.

»Er hat mich einmal besucht und einen Haufen Fragen über Mama gestellt«, sagte sie.

»Was sagst du da?«

»Er hat mich kurz nach Mamas Tod im Haus Sonnenblume besucht.«

Jurij starrte sie an.

»Weiß er, dass ich deine Tochter bin?«

»Nein.«

Jurij stand auf, ging zum Fenster und sah hinaus in den Schneesturm.

»Es gibt keinen schlafenden Agenten, den ich eliminieren soll«, gestand er. »Ich bin derjenige, der ermordet werden soll.«

»Von wem?«

Jurij deutete aus dem Fenster.

»Von Rågsjö. Der Auftrag war nur ein Vorwand, um mich nach Schweden zu lotsen. Er will mich töten. Sein Besuch bei dir hat mein doppeltes Spiel vermutlich enttarnt. Er soll mich foltern, um in Erfahrung zu bringen, wer die anderen schlafenden Agenten in Schweden sind, damit sie weiterkooperieren und Informationen liefern. Ich bin der Einzige, der ihre Identität kennt.«

Ellen sah ihren Vater an. Sie bekam kein Wort heraus. Draußen vor dem Haus erklangen neue Schüsse.

Sie stellte sich neben Jurij.

»Bleib vom Fenster weg«, warnte er sie.

Es war ein schönes Gefühl, dass er Angst um sie hatte.

Jurij wandte sich wieder dem Polizisten zu und rüttelte ihn. Seine Augen waren halb geschlossen.

»Wachbleiben!«, befahl er.

Der Polizist regte sich nicht.

»Was passiert jetzt?«, fragte Ellen.

Sie setzte sich aufs Sofa.

»Rågsjö hat versprochen, uns bei der Flucht in die USA zu helfen, aber das war ein Bluff. Wenn wir nicht weg sind, bevor er zurückkommt, muss ich ihn töten. Gib mir das Wasser«, sagte er und deutete auf die Karaffe auf dem Couchtisch.

Ellen reichte sie ihm, und Jurij leerte sie über dem halb bewusstlosen Polizisten aus. Der Mann regte sich, griff sich hustend an den Bauch und öffnete die Augen. Jurij presste ihm die Pistole auf die Stirn.

»Jetzt erzählst du hübsch alles, was du über mich weißt, oder dein Leben ist hier und jetzt vorbei.«

***

Vera sah, wie Tomas Wolf und der KGB-Mann miteinander kämpften. Ihr Schuss hatte das Ziel verfehlt.

Mit dem Vorsatz, ein zweites Mal zu schießen, ging sie näher heran. Der KGB-Agent presste Tomas seine Waffe an den Kopf. Sie versuchte, sich daran zu erinnern, was Jonny über Atem- und Schusstechnik gesagt hatte, aber es fiel ihr nicht ein. Mit klopfendem Herzen umklammerte sie die Pistole. Sie musste schießen.

Und dieses Mal musste sie treffen.

Sie drückte ab.

***

Verzweifelt wand Tomas sich hin und her, um Rågsjö keinen geeigneten Schusswinkel zu bieten. Der Schnee war überall. Rings um sie herum. In seinem Mund und in seinen Augen. In seiner Kleidung. Wutentbrannt versuchte er, einen Kopfstoß auf Rågsjös Kinn zu landen, verfehlte es aber. Der Pistolenlauf kam immer näher. Tomas wehrte sich nach Leibeskräften, aber es war nur noch eine Frage von Zentimetern. Dann würde sich die Kugel durch seine Wange bohren und ins Gehirn dringen.

Er versuchte, Widerstand zu leisten, hatte aber keine Kraft mehr. Er schloss die Augen. Rågsjös Grinsen sollte nicht das Letzte sein, was er im Leben sah.

Ein Schuss hallte durch den Sturm.

***

Diesmal traf die Kugel den Schneewall hinter Tomas Wolf und dem KGB-Agenten. Eine Flüssigkeit ergoss sich auf die beiden Männer, und für einen Moment geriet ihr Kampf ins Stocken.

Veras Finger näherte sich dem Abzug. Benzingeruch stieg ihr in die Nase. Wahrscheinlich verbargen sich unter dem Schnee Benzinfässer.

Tomas Wolf lag mit der Pistolenmündung am Hals unter dem KGB-Agenten.

Vera zielte, entschlossen, auf den Mann zu schießen. Doch dann begriff sie, dass sie das nicht tun konnte. Seine Kleidung war von Benzin durchtränkt. Ein einziger Funke genügte, um sie in Brand zu stecken, und die übrigen Fässer würden im Nu eine gigantische Bombe bilden.

Mit erhobener Pistole hielt sie inne. Ihre Arme zitterten. Sie sah die Angst in Tomas Wolfs Augen, als die Waffe des KGB-Agenten sich seinem Gesicht näherte.

Wieder dachte sie an Sigge. Alles, was sie wollte, war, nach Hause zu kommen.

Vera ließ die Waffe sinken. Ihr blieb nichts anderes übrig, als dabei zusehen, wie der KGB-Agent Tomas töten würde.

***

Tomas begriff, dass der Schuss nicht aus Rågsjös Waffe gekommen war. Ein Stück entfernt nahm er eine Gestalt wahr, konnte jedoch nicht erkennen, wer es war. Ein beißender, chemischer Geruch drang ihm in die Nase. Benzin. Das auf ihn und Rågsjö herunterfloss.

Rågsjö hielt eine Sekunde lang inne, hob den Kopf, um festzustellen, woher das Benzin kam, ehe er den Druck seiner Pistole wieder verstärkte. Die Sehnen an seinem Hals traten deutlich hervor. Ohne nachzudenken, grub Tomas seine Zähne in die dünne Haut und warf den Kopf hin und her wie ein Hund, um so viel Schaden wie möglich anzurichten, schmeckte Benzin und Blut.

Rågsjö ließ seine Waffe fallen und brüllte vor Schmerzen.

Der Blutgeschmack wurde immer stärker, und Tomas würgte, als warmes Blut auf ihn spritzte und seine Kehle herunterrann. Rågsjö verstummte. Blut sprudelte aus der Bisswunde. Er musste die Halsschlagader getroffen haben.

Mit aller Kraft stieß Tomas Rågsjö von sich.

Er blieb im Schnee liegen, griff sich an den Hals und versuchte, die Wunde mit den Händen zu bedecken. Doch das Blut rann durch seine Finger, färbte den Schnee rot und brachte ihn zum Schmelzen.

***

Ellen zuckte zusammen, als Jurij seine Pistole in die Wunde des Polizisten presste.

»Woher kommst du? Von der Säpo?«

Die Wunde begann wieder zu bluten, als er die Waffe zurückzog.

Der Mann stöhnte auf, dann presste er hervor: »Nein, ich bin normaler Polizeibeamter. Meine Kollegen nennen mich Zingo.«

»Wie habt ihr mich gefunden?«

»Ich denke, das wissen Sie.«

Jurij schlug ihm mit dem Schaft der Pistole ins Gesicht. Eine Augenbraue platzte auf.

»Erzähl mir alles, was ihr über mich wisst«, sagte er.

»Sie wissen doch, dass wir nichts gegen Sie in der Hand haben. Sie sind in meine Wohnung eingedrungen und haben Nikita zu Tode erschreckt.«

Bei dem Namen zuckte Ellen zusammen. Sie vergaß ihre eigene Angst für einen Moment und fragte mit weit aufgerissenen Augen: »Wovon reden Sie?«

Abwehrend hob Jurij die freie Hand, doch der Polizist redete weiter.

»Nikita, deine Freundin«, antwortete er. »Sie war zu Tode verängstigt, als er mit ihr fertig war.«

»Was hast du gemacht?«, schrie Ellen. »Was hast du mit ihr gemacht?«

Ellen registrierte die Veränderung in Jurijs Augen, als habe er verstanden, dass etwas zwischen ihnen zu Bruch gegangen war.

Er ließ die Pistole sinken, doch der Polizist war zu schwach, um sie ihm aus der Hand zu schlagen.

***

Vera rannte zu Tomas Wolf, der sich im Schnee aufsetzte. Sein Gesicht und sein weißes T-Shirt waren blutüberströmt.

»Wir müssen zu Blomanders Haus«, sagte sie. »Zingo wurde angeschossen.«

Tomas stand mühsam auf, und sie machten sich gemeinsam auf den Weg.

»Wo ist der zweite Mann?«

Wolf klaubte eine Handvoll Schnee auf und rieb sich damit das Gesicht ab.

Vera fragte sich, ob sie lebend von hier wegkommen würde. Was würde aus Sigge werden, wenn nicht?

»Er hat Zingo ins Haus gezerrt.«

»Ist Zingo am Leben?«

»Ich weiß es nicht.«

***

Ellen funkelte ihren Vater an. Schweißperlen glänzten auf seiner Stirn.

»Lebt sie?«, fragte sie.

Sie hob die Stimme.

»Ist Nikita am Leben?«

Als Jurij schwieg, antwortete der Polizist.

»Sie lebt.«

Seine Stimme klang schwächer. Die Lache auf dem Boden machte deutlich, dass er viel Blut verloren hatte.

»Entschuldige«, flüsterte Jurij leise. »Ich wollte dich nur finden.«

Dann richtete er seine Pistole wieder auf den Polizisten.

»Wir nehmen dein Auto, und du kommst mit. Wenn du unterwegs irgendwelche Spielchen versuchst, jage ich dir eine Kugel in den Kopf.«

Der Polizist schien ihn kaum zu hören.

Jurij ging zur Haustür, öffnete sie und wandte sich zu Ellen um. Hinter ihm wirbelte der Schnee.

»Ich weiß, dass ich nicht für dich da gewesen bin«, sagte er. »Aber wenn wir in den USA sind, mache ich alles wieder gut.«

Ellen spürte, wie sie erstarrte. In den vergangenen zwei Wochen hatte sie die abstoßendsten Dinge getan, um aus Schweden wegzukönnen. Jetzt stand der Mann, vor dem sie geflohen war, vor ihr und bot ihr einen Weg aus dieser Hölle an.

Und sie wusste nicht, was sie tun sollte.

»Wir müssen jetzt gehen«, fuhr ihr Vater fort und beugte sich zu dem Polizisten hinunter. »Wir müssen ihn als Geisel mitnehmen, für den Fall, dass wir angehalten werden. Dann töte ich ihn.«

***

Tomas und Vera kämpften sich durch den Schnee. Das Schneegestöber hatte etwas nachgelassen, ihre Fußspuren waren noch zu erkennen. Tomas glitt aus und stürzte, Vera half ihm wieder auf die Beine.

Tomas blickte an seinem T-Shirt hinunter. Es war mit Rågsjös Blut durchtränkt, roch nach Eisen und Benzin. Er machte sich große Sorgen um Zingo. Wenn sein Freund starb, würde er den Polizeiberuf an den Nagel hängen. Er konnte sich das Präsidium ohne Zingo nicht vorstellen.

»Da«, keuchte Vera Berg plötzlich.

Mit zusammengekniffenen Augen versuchte Tomas zu erkennen, worauf sie zeigte. Die Umrisse von Blomanders Haus zeichneten sich vor ihnen ab.

Vera warf sich auf den Boden, instinktiv folgte er ihrem Beispiel. Der Länge nach im Schnee liegend spähten sie nach vorn. Er hörte, worauf sie reagiert hatte.

Stimmen.

Vorsichtig krochen sie näher, um zu verstehen, was gesagt wurde.

***

Ellen stand mit weichen Knien auf. Von der offenen Haustür zog kalte Luft herein. Schnee wehte in den Flur und sammelte sich an der Schwelle zum Wohnzimmer.

Ihr Vater kehrte ins Wohnzimmer zurück, zerrte den Polizisten auf die Füße und presste ihm die Pistole in den Nacken.

»Wir müssen los«, sagte er zu ihr. »Kommst du?«

Ellen antwortete nicht. Sie dachte an den Taxifahrer, dem sie einen scharfen Schlüssel in den Handrücken gebohrt hatte, obwohl er keine bösen Absichten gehabt hatte.

Weil sie gelernt hatte, niemandem zu vertrauen.

Der resignierte Ausdruck in den Augen des sterbenden Polizisten war derselbe, der in den Augen der Frauen auf der Straße der Schande lag.

Hatte Nikita so ausgesehen, nachdem ihr Vater sie sich vorgenommen hatte?

»Ellen!«, rief er jetzt. »Du willst doch mitkommen?«

Sie nickte und ging zur Tür.

Jurij stieß den Polizisten vor sich her hinaus in den Schneesturm.

»Lassen Sie meinen Freund da draußen am Leben«, bat er.

»Er weiß nichts. Mir können Sie gerne eine Kugel in den Schädel jagen. Ich will so oder so keinen offenen Sarg.«

Ellen wusste, was sie zu tun hatte – und hob die Waffe des Polizisten vom Fußboden auf.

***

Tomas sah den unbekannten KGB-Agenten von dem Foto aus dem Haus kommen. Mit einem Arm um dessen Hals, um ihn aufrecht zu halten, stieß er Zingo vor sich her, mit der anderen Hand presste er ihm eine Pistole an die Schläfe.

»Komm mit, bitte«, sagte er zu jemandem, den Tomas nicht sehen konnte, der aber in der Tür stehen musste.

Er umfasste seine Sig Sauer, die von Vera Bergs Schüssen nach Schmauch roch. Plötzlich ließ der Mann Zingo los, der zu Boden sackte und im Schnee liegen blieb.

War er tot?

Vera stieß ihn in die Seite.

Der KGB-Agent bewegte sich mit der Waffe in der Hand Richtung Tür. Die Person, die er nicht sehen konnte, musste Ellen Alm sein.

***

Ellen hatte noch nie etwas Vergleichbares gesehen; der Schnee stieg wie ein Geist in die Luft und wirbelte über die umliegenden Gebäude.

»Kommst du?«, fragte ihr Vater.

Er ging auf sie zu.

Sie umklammerte die Pistole.

Bald könnte sie in den USA sein, unter einem anderen Namen ein neues Leben beginnen und Lucy für immer hinter sich lassen.

Sie dachte daran, was sie durchgemacht hatte. Die Schüsse

in der Silvesternacht, der Sex mit den Lkw-Fahrern, den sie nur mit Drogen hatte durchstehen können. Ihr Vater, der in Påls Wohnung eingedrungen war und sie entführt hatte.

Wie viel Angst sie gehabt hatte.

Dieses Leben würde bald Vergangenheit sein. *Könnte* Vergangenheit werden.

Auch die Erlebnisse auf Öland könnte sie vergessen.

Ihr Vater sagte wieder etwas, aber seine Worte gingen im Heulen des Sturms unter.

Sie dachte an ihr Adressbuch, das sie in dem Bordell in der Malmskillnadsgatan zurückgelassen hatte, daran, was den Männern widerfahren war, die ihr Vater aufgespürt hatte.

»Was hast du mit Pål gemacht?«, rief sie.

Ihr Vater sah sie stumm an. Er stand jetzt vor ihr.

Das Kreuz, das er um den Hals trug, war unter seinem Hemd hervorgerutscht.

»Du hast ihn umgebracht«, sagte sie. »Habe ich recht?«

Die Pistole lag schwer und fremd in ihrer Hand. Sie fragte sich, ob sie sie überhaupt würde heben können.

»Du hast seinen Namen in meinem Adressbuch gefunden und ihn umgebracht. Er war der einzige Mann, den ich jemals geliebt habe.«

Sie begann zu weinen.

»Du hast gesagt, du hättest Mama nie vergessen. Wie konntest du mir die Liebe meines Lebens nehmen?«

Ihr Vater machte einen Schritt auf sie zu, und Ellen hob die Pistole. Sie hatte ihr Leben lang auf ihn gewartet, trotzdem musste es so enden.

»Ich kann nicht mit dir mitgehen«, sagte sie. »Du musst den Bullen laufen lassen. Er hat nichts getan.«

***

Jurij betrachtete seine Tochter, die der Frau, in die er sich vor zwanzig Jahren hoffnungslos verliebt hatte, so sehr glich.

Der Frau, für die er sein Land verraten hatte. Elizabeth lebte in Ellen weiter. Solange Ellen lebte, lebte auch sie.

Bis eben war er überzeugt gewesen, dass Ellen mit ihm kommen würde, weg aus dem Milieu und weg von den Drogen, in Sicherheit. Sie könnten eine Familie werden. Begriff sie das nicht? Begriff sie nicht, was er auf sich genommen hatte, um sie zu finden? Er hatte sein Land verraten. Und ihretwegen würde er es mit Freuden tausendmal wieder tun und Männer aus dem Weg schaffen, deren Taten nichts als Leid und Elend verursachten.

Jetzt war keine Zeit für Diskussionen und vernünftige Argumente. Er musste ihr Verhältnis später ins Reine bringen. Wenn er nicht handelte, wäre hier und jetzt alles zu Ende. Sie mussten weg, bevor Rågsjö zurückkam.

Er machte einen Schritt auf sie zu, der sterbende Polizist stöhnte laut auf.

Schnee peitschte Jurij ins Gesicht und trieb ihm die Tränen in die Augen.

Er musste Ellen die Pistole abnehmen, sie mit Gewalt ins Auto schaffen. In ein paar Jahren würden sie in einer beschaulichen amerikanischen Kleinstadt wohnen, wo das Wetter warm und das Leben leicht war, und gemeinsam darüber lachen.

Ihm blieb keine Wahl. Um Ellen Angst zu machen, hob er seine Waffe. Hoffentlich genügte es, damit sie die Pistole sinken ließ und sich fügte. Es fühlte sich schrecklich an, eine Waffe auf das eigene Kind zu richten, aber jetzt war kein Moment für Gefühle.

»Nimm die Waffe runter, mein Mädchen«, sagte er. »Du musst mit mir kommen. Wir gehen in die USA.«

Seine Stimme bebte, Unsicherheit ließ sie versagen.

»Nein.«

Entschlossen schüttelte Ellen den Kopf.

Er war nur noch ein paar Schritte von ihr entfernt. Jurij nahm seine Waffe in die linke Hand. Mit der rechten würde er ihr die Pistole mit einer schnellen Bewegung aus der Hand winden.

Doch plötzlich hatte er das Gefühl, beobachtet zu werden. Rasch wandte er den Kopf nach links und rechts, konnte aber in der massiven Schneelandschaft niemanden entdecken.

Er machte einen weiteren Schritt auf Ellen zu und sah sie über den Lauf seiner Waffe hinweg an.

»Ich komme nicht mit dir mit«, sagte sie.

Ihre Pistole war jetzt in seiner Reichweite. Jurij suchte auf dem glatten Untergrund sicheren Stand und ließ seinen rechten Arm vorschnellen.

Seine Finger schlossen sich um Ellens Handgelenk, und ehe sie reagieren konnte, fiel ihr die Pistole aus der Hand.

Ein Schuss hallte durch die Luft.

Jurij strauchelte, dann gaben seine Beine unter ihm nach. Er sackte auf die Knie, kippte zur Seite und blieb im Schnee liegen. Ihm war klar, dass er sterben würde. Er versuchte, die Beine zu bewegen, doch es ging nicht. Die Kugel musste das Rückenmark getroffen und ihn gelähmt haben.

Aber wer hatte geschossen?

Rågsjö?

Jurij wischte die Fragen beiseite. Für Fragen blieb keine Zeit. Es blieb überhaupt keine Zeit mehr.

Ellen stürzte zu ihm hin und kniete sich neben ihn. Sie griff nach seiner Hand. Ihre Hand fühlte sich klein und warm an. Sie beugte sich über ihn, und er sah, dass sie weinte.

»Papa«, schluchzte sie. »Papa.«

Er hörte Schritte, unbekannte Stimmen, doch es kümmerte ihn nicht, wer da kam.

Er versuchte zu lächeln, wusste aber nicht, ob es ihm gelang. Er zog Ellen zu sich herunter und flüsterte ihr etwas ins Ohr.

Dann starb er, den Blick in die Augen seiner Tochter geheftet.

EPILOG

Es war März, und die eisige Kälte hatte seit Mitte Februar ein Einsehen. Als der Monat zu Ende ging, brachten die ersten Anzeichen des Frühlings eine willkommene Erleichterung, wie eine kurze Atempause. Vor dem Krankenhausfenster strahlte ein blauer Himmel, und das Thermometer zeigte zwölf Grad plus.

Ebbas Kopf war fast gänzlich kahl, nur hier und da waren ein paar vereinzelte Haarsträhnen geblieben. Ihr Gesicht war blass, die Augen eingesunken. Die blauen Flecken auf ihrem Körper kamen von einer Leukämie-Erkrankung. Unmittelbar nach der Diagnose war Tomas vor Angst und Trauer wie gelähmt gewesen. Doch dann hatte er sich gezwungen, stark zu sein, für Ebba.

»Dann komm mit«, sagte er.

Tomas nahm Ebba auf den Arm, trug sie ins Badezimmer und stellte sich mit ihr vor das Waschbecken.

»Machst du es auch, Papa?«, fragte sie.

»Ja.«

»Versprochen? Du veräppelst mich nicht?«

Ihre Blicke trafen sich im Spiegel.

»Willst du, dass ich es zuerst mache?«

Ebba nickte.

»Dann warte kurz.«

Er ging zurück ins Zimmer, holte den elektrischen Rasierapparat, den er von zu Hause mitgebracht hatte, und stöpselte ihn in die Steckdose. Den Rasierapparat hatten Kristian und er schon als Halbwüchsige benutzt. Sie hatten ihn bei einem Einbruch in einen Friseursalon in Köping mitgehen lassen, und in den folgenden Jahren hatten sie sich damit gegenseitig die Köpfe glatt rasiert. Tomas schaltete ihn ein, gab ihn Ebba in die Hand, beugte sich zu ihr hinunter und lächelte aufmunternd. Zögernd fuhr Ebba mit dem Rasierer über seinen Kopf, und ein dunkles Haarbüschel fiel zu Boden.

Erschrocken sah sie ihn an.

»Mach weiter, Schätzchen. Alle Haare sollen weg.«

»Okay.«

Mit konzentriertem Gesichtsausdruck fuhr sie ihm über den Kopf, vor und zurück, bis er vollkommen kahl war.

»Du siehst aus wie Onkel Kristian«, sagte sie.

Tomas betrachtete sich im Spiegel und musste Ebba recht geben.

»Jetzt bist du an der Reihe«, erwiderte er.

Als er ihr mit dem Rasierapparat behutsam über den Kopf fuhr, kniff sie die Augen zu.

»Du kannst jetzt gucken«, sagte er kurz darauf.

Ebba machte die Augen auf.

»Ich sehe aus wie ein Junge.«

Tomas ging vor ihr in die Hocke und strich ihr über die Wange.

»Das ist nicht für immer, Süße. Bald bist du wieder gesund. Dann kannst du deine Haare so lang wachsen lassen, wie du willst. Sogar bis zu den Kniekehlen.«

»So lang?«

»So lang, dass du mit deinen Haaren Seilspringen kannst.«

Ebba lachte und schlang ihre Arme um seinen Hals. Tomas drückte sie behutsam an sich.

»Mama holt dich gleich ab. Ihr wollt doch heute nach Skansen, oder?«

Tomas verließ das Söderkrankenhaus durch den Haupteingang, legte den Kopf in den Nacken, schloss die Augen und hielt sein Gesicht in die blasse Frühlingssonne. Niemand wusste, ob Ebba überleben würde, aber den Ärzten zufolge standen die Chancen gut.

Auf dem Ringvägen näherte sich ein Rettungswagen mit Martinshorn.

Klara wollte mit Ebba einen Ausflug ins Freilichtmuseum Skansen machen. Die Ärzte hatten gesagt, dass sie drei Stunden wegbleiben durften. Er war früher gegangen, um eine Begegnung mit ihr zu vermeiden. Aber als er sich eine Zigarette anzündete und die Treppe hinunterging, kam sie ihm entgegen. Sie war nicht allein. Er erkannte Eskil, Klaras ehemaligen Chef beim Arbeitsamt, augenblicklich wieder. Sie hatten ihn hin und wieder zum Essen eingeladen, und Klara hatte gesagt, Eskil wäre während seines Bosnieneinsatzes eine große Stütze für sie gewesen. Eskil streckte ihm die Hand entgegen, und Tomas ergriff sie.

»Was hast du denn mit deinen Haaren gemacht?«, rief Klara.

Tomas grinste.

»Es musste sowieso geschnitten werden. Ich habe es Ebba machen lassen.«

»Das war lieb von dir. Wie geht es ihr?«

»Sie ist stark, wie ihre Mutter«, erwiderte Tomas und sah seine Ex-Frau an.

Er wandte sich an Eskil, nickte ihm zu und lief dann weiter die Treppe hinunter. Auf dem Bürgersteig drehte er sich noch einmal um.

»Sie wird es schaffen. Viel Spaß in Skansen.«

Er lief im Sonnenschein den Ringvägen entlang. Ein Oldtimer fuhr mit wehender Südstaatenflagge auf dem Kofferraum dröhnend an ihm vorbei. Vor der Zinken Bar hockten ein paar abgehalfterte Säufer auf einer Bank und warteten darauf, dass die Kneipe aufmachte. Als sein Handy klingelte, pfriemelte er es ungeschickt aus der Hosentasche. Er hatte sich ein Nokia 2110 angeschafft, damit Ebba ihn jederzeit erreichen konnte. Aber es war nicht Ebba, die ihn anrief, sondern Zingo. Er war noch immer krankgeschrieben, sollte aber im Herbst wieder in die Mordkommission zurückkehren.

»Hast du Lust, was zu unternehmen?«, fragte Zingo. »Ich sterbe noch vor Langeweile.«

»Ich kann nicht«, antwortete Tomas.

»Was hast du denn so Wichtiges vor?«

»Ich besuche meine Mutter in Hallstahammar.«

»Hast du *NileCity 105,6* im ersten Programm gesehen? Schräg, aber verdammt cool.«

»Nein, habe ich nicht.«

»Solltest du aber.«

Sie legten auf. Tomas zog sein Notizbuch aus der Gesäßtasche und sah nach, wo er das Auto abgestellt hatte. *Am Fischgeschäft*, lautete die Notiz. Die Straßen waren frei, und er hatte wirklich vor, nach Hallstahammar zu fahren. Aber nicht, um seine Mutter zu besuchen, sondern um die Stelle in Augenschein zu nehmen, wo er vor einem halben Jahr seinen sterbenden Bruder zurückgelassen hatte.

***

Auf dem Adolf-Fredrik-Friedhof ragte ein weißes Holzkreuz mit dem Namen *Elizabeth Alm* aus der Erde. Ellen hatte noch keinen Grabstein ausgewählt. Ein Grabstein hatte etwas Endgültiges an sich.

Bis sie bereit dazu war, musste das provisorische Kreuz genügen.

Sie nahm die Halskette mit dem goldenen Kreuz aus der Hosentasche, die ihr Vater getragen hatte, als er auf Öland im Schneesturm erschossen worden war. Kurz vor seinem Tod, während das Blut den Schnee um ihn herum rot färbte, hatte er ihr noch etwas ins Ohr geflüstert.

»Ich möchte, dass du mich neben ihr begräbst.«

Sie hatte die Kette von seinem Hals gelöst und eingesteckt.

»Ruh dich aus«, hatte sie gesagt.

Sie hörte noch immer Jurijs rasselnden Atem. Sein Körper war bereit aufzugeben, aber sein Wille noch nicht.

»Erinnerst du dich an Gröna Lund?«, hatte er gefragt. »Bevor ich zurück nach Russland musste?«

Seine Stimme klang wie ein Zischen. Sein Blick war in die Ferne gerichtet, als sähe er etwas, das sich in einer anderen Zeit abspielte.

»Ich habe dir ein Eis gekauft und dich umarmt, weil ich tief in mir wusste, dass ich nicht zurückkommen würde.«

Er stöhnte auf, dann erstarben seine Atemzüge.

»Ich erinnere mich«, hatte sie geantwortet. »Du hast mir ein Cornetto-Eis gekauft.«

Aber Jurij hatte es nicht mehr gehört.

Sie vergrub das goldene Kreuz neben dem Grabkreuz ihrer Mutter. Das war das Familiengrab, das sie ihrem Vater bieten konnte. Russische und schwedische Behörden erhoben gleichermaßen Anspruch auf seine Leiche. Im Vaterland wurde Jurij als gefallener Held gefeiert. Die schwedische Presse nannte ihn den »Mörderspion«. Der schwedische Geheimdienst hatte ihr mitgeteilt, dass man ihre Mutter möglicherweise exhumieren müsse, um Licht in den Giftanschlag zu bringen. Man wollte prüfen, ob sich in ihrem Körper Rückstände des Nervengifts Nowitschok nachweisen ließen. Ihr Mörder war noch immer auf freiem Fuß.

Ellen stand auf, klopfte die Erde von ihren Knien und blickte in Richtung Sveavägen. Der Polizist namens Zingo stand am Zaun und telefonierte. Als sie zu ihm hinüberging, signalisierte er ihr, dass er gleich fertig war.

»Er will heute nach Hallstahammar«, sagte er gerade. »Sie müssen sich also beeilen, Vera. Wenn ich Ihnen glauben soll, was Sie sich da zusammenfantasieren, müssen Sie mir schon etwas Handfesteres liefern.«

Zingo beendete das Gespräch und lächelte sie an.

»Bist du bereit für eine Wohnungsbesichtigung?«, fragte er.

Ellen sah ihn ungläubig an. Seit Jurijs Tod wohnte sie zusammen mit Nikita bei Zingo, und sein Freund Burek-Goran hatte ihr einen Job in einem Nachtclub besorgt.

»Goran hat auf Södermalm eine Wohnung aufgetan, die deine werden könnte. Natürlich nur, wenn du willst. Nikita ist schon auf dem Weg dorthin.«

Ellen wusste nicht, was sie sagen sollte. Es fiel ihr noch immer schwer, Männern zu vertrauen, insbesondere solchen, die ihr halfen, ohne dafür eine Gegenleistung zu fordern. Die Quittung kam immer, früher oder später.

Vielleicht war sie doch nicht so viel anders als ihr Vater. Was hatte er noch zu ihr gesagt? Nur wer eine Schuld einfordert, hat ehrliche Absichten.

Aber Zingo war nicht so. Und sie wollte nicht wie ihr Vater werden.

Also nickte sie begeistert. Es war Zeit für einen Neuanfang.

»Gut«, sagte Zingo. »Denn ich bin es langsam leid, ständig hinter euch herzuräumen. Immerhin soll ich mich noch ausruhen.«

Sirenen näherten sich, und ein Streifenwagen fuhr mit Blaulicht an ihnen vorbei. Der Schnee schmolz, es roch nach Frühling und feuchter Erde. Zingo zündete eine Zigarette an und reichte sie an sie weiter.

»Ist die Lösung okay für dich?«, fragte er und deutete mit dem Kopf auf das Grab.

»Ja. Ich glaube, er hat die Beerdigung bekommen, die er verdient.«

Zusammen liefen sie über den Friedhof, und Zingo legte vorsichtig einen Arm um sie. Das Gehen fiel ihm von Tag zu Tag leichter. An der Bushaltestelle lärmte ein Schwarm Elstern. Die Frühlingssonne machte deutlich, wie dreckig die Stadt war.

»Beerdigungen werden nicht den Verstorbenen zuliebe begangen«, sagte Zingo. »Sie werden begangen, damit wir Hinterbliebenen nach vorne blicken können.«

***

Tomas strich mit der Hand über das Moos. Er war sicher, dass Kristian hier gelegen hatte. Er sah ihn wieder vor sich. Hörte seine flehende Stimme.

Lass mich nicht hier.

Aber er war davongestolpert, hatte seine blutverschmierte Kleidung ausgezogen und sie entsorgt.

Er versuchte, diese Erinnerungen zu verdrängen.

Von Kristians Leiche war nichts mehr übrig. Hatten sich wilde Tiere darüber hergemacht? Vor ein paar Jahren hatte eine Frau behauptet, in dieser Gegend einen Bären gesehen zu haben. Aber sie war eine stadtbekannte Säuferin, und man hatte ihre Aussage nicht wirklich ernst genommen, auch wenn die Lokalzeitung ihrer Geschichte eine Randnotiz gewidmet hatte.

War es möglich, dass Kristian überlebt hatte? Aber wenn ja, wo war er dann? Warum hatte er ihn, Tomas, nicht aufgesucht? Oder hatte sich wenigstens bei ihrer Mutter und ihrem jüngeren Bruder Peter gemeldet?

Tomas sank auf einen Stein und bekam zunehmend das Gefühl, beobachtet zu werden. Er stand wieder auf und blickte sich um, doch er sah nichts als Wald. Baumstämme, Felsen und Moos. Sonnenstrahlen sickerten durch die Baumkronen, irgendwo plätscherte ein Bach.

Er verscheuchte sein Unbehagen.

»Hier ist niemand«, murmelte er. »Mach dir keine Sorgen.

Das Einzige, worüber du dir Sorgen machen musst, sind deine Kinder. Alles andere ist unwichtig.«

***

Von einem etwas erhöht liegenden Waldstück hatte Vera freie Sicht auf die Stelle, wo den Angaben des anonymen Anrufers zufolge Kristian Wolfs Leiche gelegen hatte.

Die Sonne war blass. In dem Baum über ihr riefen ein paar frühe Zugvögel.

Nachdem sie von Zingo erfahren hatte, dass Tomas Wolf heute nach Hallstahammar fahren wollte, war sie ihm hierher gefolgt. Zingo hatte von Burek-Goran von ihren Nachforschungen über Tomas erfahren und sie deswegen angerufen. Als sie ihm von ihrem Verdacht erzählt hatte, hatte Zingo ihr die Chance eingeräumt, weitere Hinweise zu finden. Jetzt hatte sie ihr Teleobjektiv auf Tomas gerichtet und fotografierte ihn. Er schien im Moos nach etwas zu suchen. Nach Spuren seines Verbrechens?

Der Frühling war in diesem Jahr früh gekommen. Nach den dramatischen Ereignissen auf Öland hatte sie sich ein paar Wochen Urlaub genommen, war mit Sigge nach Mallorca geflogen und hatte versucht zu verstehen, was die Erfahrung, den gewaltsamen Tod eines Menschen mitanzusehen, bei ihr auslöste. Bei ihrer Rückkehr hatten in Stockholm Plusgrade geherrscht, und der gröbste Schnee war geschmolzen.

Aber noch immer wachte sie fast jede Nacht schweißgebadet auf und glaubte, sich wieder mitten im Schneesturm zu befinden. Hörte das Tosen. Spürte die Kälte. Sah den Mann, den sie jagte und der sie jagte.

Sie betrachtete Tomas Wolf, der sich jetzt suchend im Wald umblickte. Letztes Jahr hatte er Sigge und ihr das Leben gerettet, und auf Öland hatte sie sich revanchiert.

Trotzdem würde sie sein Leben unwiderruflich zerstören.

Denn jetzt war sie sich sicher: Tomas Wolf hatte seinen Bruder ermordet. Sein Besuch am Tatort war der Beweis, nach dem sie gesucht hatte. Ein richtiger Scoop, vielleicht ihr letzter. Ein Polizist, der glaubte, ungeschoren mit einem Mord davonzukommen. Das wäre eine sensationelle letzte Enthüllungsstory.

Sie ließ die Kamera sinken und setzte sich in ihren Saab. Die Märzsonne hatte das Auto aufgewärmt, und Sigges leere Olivendosen verströmten einen muffigen Geruch.

Auf dem Beifahrersitz lag ein Brief vom Jugendamt. Er war heute Morgen gekommen, aber sie hatte sich nicht getraut, ihn zu öffnen.

Sie holte tief Luft und riss den Umschlag auf.

Dauerhafte Sorgerechtsverfügung. Vera Berg wird das dauerhafte Sorgerecht für Sigge Möller zugesprochen ...

»Das ist nicht wahr«, stieß Vera hervor. »Das kann nicht wahr sein!«

Sie fing an zu lachen. Die Erleichterung löste einen Knoten in ihrer Brust. Dann kamen die Tränen.

Jonny hatte seit Monaten nichts von sich hören lassen, und nun war der Bescheid endlich da. Sigge würde bei ihr leben.

Vera griff nach ihrem Handy und rief Birgitta an. Sie dachte an den Säpo-Beamten, der sie vernommen hatte. Nach den Ereignissen auf Öland hatte sich die Säpo nicht mehr bei ihr gemeldet. Die Spionage-Story war an die Öffentlichkeit gelangt, ohne dass die Geheimpolizei etwas dagegen unternehmen konnte. Ihre Artikel hatten wochenlang die Titelseiten gefüllt. Sie war in Fernsehen und Radio aufgetreten und hatte von den Versuchen der schwedischen Geheimpolizei erzählt, sie zum Schweigen zu bringen.

»Hast du den Brief geöffnet?«, erklang Birgittas Stimme am anderen Ende. »Mach den Mund auf, Mädchen.«

Vera dachte daran, was sie über Birgittas Mann Börje herausgefunden hatte. An das Foto, das ihn mit dem Gangster Dragan Joksovic zeigte.

An ihren Sohn, von dem sie nie ein Wort erzählt hatte. An ihren Arm, den sie immer liebevoll um Sigge legte.

»Also?«, fragte Birgitta atemlos.

Sie hatte sich bei Zingo nach Börje erkundigt, und er hatte bestätigt, dass Börje zu den hochkarätigen Kriminellen auf der Rennbahn von Solvalla gehört hatte und 1991 in Albano erschossen worden war. Aber von einem Sohn hatte Zingo nie etwas gehört.

»Ja. Sigge darf von jetzt an bei uns wohnen. Ich werde meinen Job als Kriminalreporterin aufgeben, damit ich mehr Zeit für ihn habe. Das heißt, wenn ich überhaupt aus meiner Internet-Verbannung zurückgeholt werde.«

Ihr Entschluss zu diesem Schritt war schon während des Schneesturms gefallen. Doch bislang hatte sie noch niemandem davon erzählt.

»Papperlapapp. Ich bin in meinem Leben schon Hausfrau gewesen. Es gibt keinen Grund, dass du die gleiche Hölle durchmachen musst, wenn ich schon auf dem Altar des Patriarchats geopfert worden bin. Das lösen wir gemeinsam.«

»Bist du sicher?«

Neue Tränen liefen ihr über die Wangen. Diesmal aus schlechtem Gewissen, weil Birgitta ihr im letzten Jahr so oft auf die Nerven gegangen war. Aber sie war alles, was Vera an Familie hatte.

»Klar wie Kloßbrühe. Wir sehen uns gleich bei der Bescherung.«

Vera beendete das Gespräch und ließ den Motor an. Sie wollte zum Expert in Västerås. Sie hatte im Geschäft angerufen und für Sigge eine Sega Mega Drive-Spielekonsole zurücklegen lassen. Die gleiche Konsole, die Jonny ihm als Weihnachtsgeschenk versprochen, dann aber vergessen hatte. Birgitta und sie würden Sigge heute mit einem verspäteten Weihnachtsfest überraschen. Sie hatte schon einen Plastikbaum geschmückt und ihn im Putzschrank versteckt, und Birgitta wollte den Weihnachtsmann spielen.

Vielleicht würde Rikard vorbeischauen. Sie hatte ihn eingeladen, und wenn er kam, wollte sie sich bei ihm entschuldigen. Er hatte sich inzwischen von seiner Frau getrennt, und sie hatte eingesehen, dass er sie nur versetzt hatte, um sie zu schützen.

Es wäre die erste Begegnung zwischen ihm und Sigge.

Doch zuerst musste sie noch ein wichtiges Gespräch erledigen. Im Adressbuch ihres Handys drückte sie auf Zingos Namen und rief ihn an. Er nahm sofort ab.

»Ich bin jetzt da«, sagte sie. »Und Tomas auch. Er hat Kristian ermordet.«

»Sind Sie ganz sicher, dass es Tomas ist?«, erwiderte Zingo.

Vera fuhr los.

»Ja, ich habe Fotos, die ihn am Tatort zeigen.«

Zingo seufzte und schwieg eine Weile.

»Okay«, sagte er schließlich. »Dann werde ich Ihnen helfen. Wir werden dieser Sache auf den Grund gehen.«

Nachwort und Dank der Autoren

Wintersonnenwende spielt in einem anderen Schweden, in einer anderen Zeit, die viele von uns immer noch in Erinnerung haben. Der Dramaturgie zuliebe haben wir uns die Freiheit erlaubt, einige historische Ereignisse, Orte und Handlungsverläufe zu verändern.

Wir danken unseren Familien, Linnea, Magda, Dino und Benjamin für eure Geduld und eure Liebe. Ein weiterer Dank gebührt unserem Verleger John Häggblom und unserem Lektor John Hagström für euer unschätzbares Engagement, damit dieses Buch Gestalt annehmen konnte, und dafür, dass ihr es mit uns aushaltet. Wir danken dem Forum-Verlag, Clara Lundström, Caroline Ernsth und der Nordin Agency, die Tomas Wolf und Vera Berg in die Welt hinaustragen. Und – vor allem – danken wir unseren Leserinnen und Lesern, weil ihr Tomas und Vera aufgenommen und ihre gebrochenen Seelen in euer Herz geschlossen habt, das bedeutet uns unendlich viel.

Macht. Ohnmacht. Tatnacht.

Im morgendlichen Schneegestöber an der Berliner Siegessäule steht ein verlassener Kleinlaster. Auf der Ladefläche findet die Polizei eine halbnackte tote Frau. Jemand hat ihr mit roter Farbe etwas auf den Körper geschrieben – die Privatadresse des Bundeskanzlers.
Am Tatort trifft die unerfahrene und ehrgeizige Kommissar-Anwärterin Nele Tschaikowski auf den berüchtigten Ermittler Artur Mayer. Was sie nicht wissen: Das ist kein Zufall.
Kurz darauf tauchen auf einer Enthüllungsplattform im Netz Videos von der Toten auf, und der Fall nimmt eine dramatische Wende.

»Figuren, Plot, Timing – hier stimmt einfach alles. Ein packender, mitreißender Thriller, den man gelesen haben muss.«
krimi-couch.de

Marc Raabe
Der Morgen
Thriller

Klappenbroschur
Auch als E-Book erhältlich
www.ullstein.de

ullstein